Ljuba war nicht gut zu sprechen auf ihre Freundin Mila. Denn Mila hat sie bei einem Arbeitsaufenthalt in der Türkei im Stich gelassen und ihr zu Hause den Freund ausgespannt. Als Mila ermordet aufgefunden wird, fällt der Verdacht deshalb prompt auf Ljuba. Und Ljubas Selbstmord scheint wie eine Bestätigung dieses Verdachts.

Doch Anastasija hält nichts von einfachen Erklärungen. Berüchtigt für ihre Sturheit, ermittelt sie weiter und stößt schließlich in Ljubas Freundeskreis auf die Spur eines alten Geheimnisses.

Alexandra Marinina (Pseudonym für Marina Alexejeva) wurde 1957 in Lvov geboren. Die promovierte Juristin arbeitete zwanzig Jahre lang im Moskauer Juristischen Institut des Innenministeriums, zuletzt im Rang eines Oberstleutnants der Miliz. Seit dem Frühjahr 1998 hat sie sich aus dem Beruf zurückgezogen, um sich ganz dem Schreiben widmen zu können.

Lieferbare Titel im Fischer Taschenbuch Verlag: ›Auf fremdem Terrain‹ (Bd. 14313), ›Der Rest war Schweigen‹ (Bd. 14311), ›Mit verdeckten Karten‹ (Bd. 14312), ›Tod und ein bisschen Liebe‹ (Bd. 14314), ›Die Stunde des Henkers‹ (Bd. 14315), ›Widrige Umstände‹ (Bd. 15414), ›Mit tödlichen Folgen‹ (Bd. 15415).

Unsere Adresse im Internet: www.fischer-tb.de

Alexandra Marinina

Im Antlitz des Todes

Roman

Aus dem Russischen von
Natascha Wodin

Fischer Taschenbuch Verlag

Deutsche Erstausgabe
Veröffentlicht im Fischer Taschenbuch Verlag,
einem Unternehmen der S. Fischer Verlag GmbH,
Frankfurt am Main, November 2003

Die russische Originalausgabe erschien unter dem Titel
›Svetlyj lik smertyj‹
im Verlag ZAO Izdatelstvo EKSMO, Moskau

Satz: Pinkuin Satz und Datentechnik, Berlin
Druck und Bindung: Clausen & Bosse, Leck
Printed in Germany
ISBN 3-596-15416-2

Im Antlitz des Todes

Erstes Kapitel

»Wenn Sie eine Nachricht hinterlassen möchten, sprechen Sie bitte nach dem Signalton. Wenn Sie ein Fax aufgeben möchten, können Sie jetzt senden …«

Ljuba warf den Hörer mit einem tiefen Seufzer auf die Gabel und kämpfte gegen die Tränen an, die ihr in die Augen schossen. Schon seit Monaten hörte sie diese kalte, gleichgültige Stimme, die sie aufforderte, eine Nachricht auf dem Anrufbeantworter zu hinterlassen.

»Na, haben Sie diesmal Glück gehabt?«, erkundigte sich der sympathische Hauptmann der Miliz mitfühlend, der sich vor einer halben Stunde Ljubas erbarmt und ihr erlaubt hatte, das Telefon in seinem Büro auf dem Flughafen Scheremetjewo zu benutzen. »Oder hat sich wieder niemand gemeldet?«

»Wieder niemand«, erwiderte Ljuba und drehte ihren Kopf weg, um zu verbergen, dass sie mit aller Macht gegen die Tränen ankämpfte.

»Dann rufen Sie doch jemand anderen an«, riet ihr der Milizionär. »Gibt es denn sonst wirklich niemanden, der Sie abholen könnte?«

Nein, es gab niemanden. Ljuba wollte nur von Strelnikow abgeholt werden. Und der war nicht da. All die langen, qualvollen Monate in der Türkei hatte sie versucht, ihn zu erreichen, hatte sich das Geld für die teuren Telefonkarten vom Munde abgespart und immer wieder in Moskau angerufen, aber statt Strelnikows lebendiger Stimme hatte sich nur der Anrufbeantworter gemeldet, während die kostbaren Sekunden vergingen und das Guthaben von der Telefonkarte fraßen. Vor drei Tagen hatte sie ihm in ihrer Verzweiflung schließlich doch eine Nachricht hinterlassen, sie hatte ihm die Flugnummer und das Datum ihrer Rückkehr nach Moskau mitgeteilt und darum gebeten, sie vom Flughafen abzuholen. Sie hatte ihm gesagt, wie sehr er ihr gefehlt hatte und wie sehnsüchtig sie das Wiedersehen mit ihm erwartete. Sie hatte noch irgendwelche anderen zärtlichen Worte aufs Band gesprochen, so lange, bis das Fiepen im Hörer ankündigte, dass die Telefonkarte zu Ende ging. Sie wollte, dass Strelnikow leichten Herzens zum Flughafen kam, er sollte sich nicht vor Vorwürfen und Angriffen fürchten. Aber er war nicht gekommen.

Sie wählte die Telefonnummer einer guten Freundin. Obwohl nicht mehr sicher war, dass Mila wirklich noch ihre Freundin war. Schließlich hatte sie Ljuba im Stich gelassen und war allein nach Moskau zurückgeflogen. Aber durfte sie Mila deshalb böse sein? Sie waren gemeinsam in den Schlamassel geraten, keine von beiden war schuld daran, es hatte nur an ihrer Dummheit und übertriebenen Vertrauensseligkeit gelegen. Hinterher musste jede selbst sehen, wie sie da wieder herauskam, und Mila war das schneller geglückt, sie hatte dafür die besseren Voraussetzungen gehabt. Durfte Ljuba ihr daraus einen Vorwurf machen? Mila war bereits Anfang Juni nach Moskau zurückgeflogen, während Ljuba noch bis Oktober in der Türkei hängen geblieben war.

Auch Mila nahm nicht ab. Wie sollte Ljuba vom Flughafen in die Stadt kommen? Sie besaß keine einzige Kopeke. Von dem türkischen Restaurantbesitzer, für den sie die ganze Urlaubssaison über geschuftet hatte, hatte sie nur einen Schlafplatz in dessen Haus und eine magere Verköstigung bekommen. Sie hatte nur für die Visagebühr und das Ticket nach Moskau gearbeitet und nie Bargeld erhalten. Wenn sie eine neue Telefonkarte für ihre Anrufe in Moskau brauchte, musste sie eine Mahlzeit ausfallen lassen. Dafür bekam sie dann zwei, drei Dollar auf die Hand. Hunger wurde zur Gewohnheit für sie. Die Kellner und Köche des Restaurants wären zwar bereit gewesen, ihr heimlich etwas aus der Küche zuzustecken, aber das hätten sie nicht umsonst getan. Und das war nichts für Ljuba. Sie hieß schließlich nicht Mila, die es gewohnt war, alle ihre Probleme über das Bett zu lösen. Auf diese Weise hatte sie es auch geschafft, sich das Geld für den Rückflug nach Moskau viel schneller zu verdienen als Ljuba und bereits zu Beginn des Sommers die Türkei wieder zu verlassen. Mila fürchtete sich vor nichts und hatte Mut zum Risiko. Ljuba hingegen war ängstlich, und außerdem lagen ihr Milas Methoden nicht.

»Hier, trinken Sie einen Schluck«, sagte der Milizionär namens Georgij und stellte eine Tasse mit dampfendem Tee und ein Paket Würfelzucker vor Ljuba hin.

»Danke«, murmelte Ljuba gerührt und nippte an dem heißen Tee. »Darf ich noch einmal anrufen?«

»Natürlich, nur zu«, lächelte Georgij. »Irgendwie müssen Sie ja von hier wegkommen. Telefonieren Sie in aller Ruhe, lassen Sie sich durch mich nicht stören.«

Ljuba wählte die Nummer der Leontjews. Gena Leontjew war einer von Strelnikows Stellvertretern und sein enger Freund. Er musste wissen, wo Wolodja zu finden war. Aber auch diesmal hatte sie Pech. In der Leitung ertönten nur die langen leeren Zeichen, die besagten, dass niemand zu Hause war. Blieb nur noch Slawa Tomtschak, ebenfalls ein Freund und Stellvertreter von Strelnikow. Er war Ljubas letzte Hoffnung. Wenn sie auch ihn nicht erreichen sollte, würde sie überhaupt nicht mehr wissen, was tun.

»Hallo!« In der Leitung ertönte die vertraute Stimme von Larissa Tomtschak, Slawas Frau.

»Lara, ich bin es, Ljuba«, sagte sie mit gepresster Stimme.

»Welche Ljuba?«, fragte Larissa verständnislos, doch

dann besann sie sich plötzlich. »Guter Gott, Ljuba, bist du zurückgekommen? Wann? Wo bist du?«

»Ich bin auf dem Flughafen Scheremetjewo, im Büro der Miliz.«

»Warum bei der Miliz? Ist irgendetwas passiert?«, fragte Larissa beunruhigt.

»Nein, ich habe einfach kein Geld zum Telefonieren, und man hat mir erlaubt, das Diensttelefon zu benutzen. Wo ist Strelnikow?«

Einen Moment lang war in der Leitung nur beklommenes Schweigen zu hören.

»Er … er ist weggefahren. Hätte er dich abholen sollen?«

»Ja, eigentlich schon. Jedenfalls habe ich ihn darum gebeten.«

»Ljuba, bleib, wo du bist, ich komme gleich und hole dich. Warte in einer Dreiviertelstunde unter der Ankunftstafel auf mich. Hast du mich verstanden?«

»Heißt das, dass Wolodja mich nicht abholen wird?«, fragte Ljuba aus irgendeinem Grund nach, obwohl völlig klar war, dass keinerlei Hoffnung bestand. Wie hätte er sie abholen können, da er weggefahren war! Wahrscheinlich hatte er auch ihre Nachricht nicht erhalten, wahrscheinlich war er, als sie zum letzten Mal angerufen hatte, schon nicht mehr in Moskau gewesen.

»Ich werde dich abholen, Ljuba, ich fahre gleich los. In einer Dreiviertelstunde unter der Ankunftstafel.«

Ljuba trank ihren Tee aus und bedankte sich höflich bei dem gutherzigen Milizionär.

»Haben Sie endlich jemanden erreicht?«, fragte Georgij.

»Ja, danke.«

»Darf ich Sie etwas fragen?«

»Bitte, gern.«

»Haben Sie Eltern?«

»Ja, natürlich.«

»Leben sie hier, in Moskau?«

»Ja.«

»Warum haben Sie dann nicht Ihre Eltern angerufen? Wäre das nicht das Nächstliegende?«

Warum ... Darum! So konnte sie ihren Eltern nicht unter die Augen treten. Sie war auf Einladung eines türkischen, auf Hotelbau spezialisierten Unternehmens in die Türkei geflogen. Mila und sie hatten eine Hotelfachschule abgeschlossen und wollten als diplomierte Hotelfachfrauen in einem großen Touristenhotel praktische Berufserfahrung sammeln. Die Vertreter der türkischen Firma hatten sie in Moskau kennen gelernt, und diese hatten ihnen gute Arbeitsstellen in einem der großen türkischen Badeorte versprochen, in Bodrum, Izmir, Kemer oder Antalya. Das klang überzeugend, denn schließlich waren sie Vertreter einer soliden Firma, die in der Türkei Touristenhotels für Urlauber aus aller Welt baute. Zudem verhielten die Männer sich anständig, sie machten keinerlei Annäherungsversuche oder Anspielungen. Sie waren den Mädchen einfach wohl gesonnen und wollten ihnen helfen, Berufserfahrung in Hotels mit internationalem Standard zu sammeln.

»Geld braucht ihr nicht mitzubringen«, hatten sie den Mädchen versichert, »das werdet ihr nicht brauchen. Nur für die ersten paar Tage, bis das Organisatorische geklärt ist. Dann tretet ihr eure Stellen an und bekommt sofort einen Vorschuss. Das Monatsgehalt für eine Fachkraft im Hotelmanagement liegt bei zweitausend Dollar, und wenn ihr die Arbeit eine Urlaubssaison lang macht, wird es euch für alles reichen. Ihr könnt nach Herzenslust schlemmen, euch mit Gold behängen, in Leder und Pelz hüllen, und dann bleibt euch immer noch eine ordentliche Summe, die ihr nach Hause mitnehmen könnt.«

Das war eine viel versprechende Aussicht. Die beiden Mädchen kauften sich Flugtickets und flogen im April, zu Beginn der Urlaubssaison, nach Antalya. Jede hatte ganze fünfzig Dollar bei sich. Nach den Ausgaben für Tickets und

Klamotten, die sie für Arbeit und Leben bei vierzig Grad Hitze brauchten, waren die beiden blank. Natürlich hätten sie Strelnikow anpumpen können, aber wozu sollten sie sich verschulden, da die türkischen Männer ihnen versichert hatten, dass sie kein Geld brauchen würden. Wie hatten sie wissen können, welche Wendung die Dinge nehmen würden!

In den vergangenen Monaten hatte Ljuba mehrmals bei ihren Eltern angerufen und ihnen mit fröhlicher Stimme versichert, dass es ihr gut ging, prächtig sogar, dass sie eine tolle Arbeit hatte und alles in bester Ordnung war. Sie konnte ihren Eltern einfach nicht gestehen, dass sie in die Hölle geraten war. Zumal ihre vorsichtige Mutter beharrlich versuchte hatte, sie von ihrem Vorhaben abzubringen, während ihr Vater, der in allem direkter und schärfer war, ganz unverblümt seine Meinung geäußert hatte. »Umsonst ist der Speck nur in der Mausefalle«, hatte er gesagt. »Was sind denn das für seltsame Wohltäter? Bist du dir sicher, dass man ihnen trauen kann?« Ljuba war sich sicher gewesen. Und danach hatte sie es nicht fertig gebracht, ihren Eltern die Wahrheit zu sagen. Hätten ihre Eltern erfahren, was sie in der Türkei wirklich erlebt hatte, wären sie außer sich gewesen. Ljuba musste mit einem Koffer voller Geschenke und Einkäufe und mit wenigstens etwas Geld in der Tasche nach Hause kommen. Aber sie besaß überhaupt nichts. Im Koffer war nicht mehr als das, was sie vor einem halben Jahr mitgenommen hatte, und an Geschenken hatte sie nur zwei winzige silberne Talismane mitgebracht, die man ihr auf einem Bazar einfach nur für ihre schönen Augen geschenkt hatte und die keinen Pfifferling wert waren. Damals waren Mila und sie gerade erst angekommen, sie waren aufgeregt durch die Straßen gelaufen und hatten mit leuchtenden Augen die bunten Auslagen betrachtet. Man hatte die beiden für Touristinnen gehalten und ihnen Werbegeschenke gemacht in der Hoffnung, dass sie zurückkommen und Geschenke für ihre Freunde und Verwandten kaufen würden. Aber sie waren nicht zurückgekommen.

Ljuba ging hinaus in die Ankunftshalle und begann, ziellos umherzugehen, während sie auf Larissa wartete und ständig zur Uhr sah. In kurzen Abständen wurde per Lautsprecher angekündigt, welche Maschine gerade gelandet war, und die Wartenden stürzten zu den Zollabfertigungsschaltern. Ihnen kamen lächelnde Fluggäste entgegen. Alle wurden abgeholt. Nur sie nicht, Ljuba Sergijenko. Wieder begannen Tränen über ihre Wangen zu laufen, und sie schlich zu den Toiletten, um sich das Gesicht zu waschen. Während sie sich über das Waschbecken beugte und die zu einer Schale geformten Hände mit Wasser voll laufen ließ, hielt sie es plötzlich nicht mehr aus und brach in lautes, hemmungsloses Schluchzen aus. Zum ersten Mal im Lauf dieses halben Jahres konnte sie sich nicht mehr beherrschen. In einer einzigen Sekunde hatte sie sich plötzlich an alles erinnert: an die Demütigung, den Hunger, das schäbige Lager in dem stickigen Zimmer ohne Klimaanlage, an ihr ganzes Elend, ihre Verzweiflung und ihre Scham. Sie erinnerte sich, wie sie auf dem Flughafen von Antalya gesessen hatte. Der Abflug der Maschine nach Moskau war zweimal verschoben worden, zuerst um sechs Stunden, dann noch einmal um dreizehn. Sie hatte nicht gewusst, wohin mit sich, die Passagiere der Maschine hatten bereits die Passkontrolle durchlaufen und durften den Flughafen nicht mehr verlassen. Alle Plätze in den Bars und Bistros waren besetzt, die Leute saßen auf dem Fußboden, nirgends war mehr Platz. Und sie hatte schrecklichen Hunger gehabt. Aber alles das war Ljuba in diesem Moment unwichtig erschienen, weil in Moskau Strelnikow auf sie wartete. Der Albtraum war vorbei, sie flog endlich wieder nach Hause. Diese letzte kleine Unannehmlichkeit war leicht auszuhalten. Während sie auf dem Boden saß, schloss sie die Augen und sah Wolodjas Gesicht vor sich, sein Lächeln, seine geöffneten Arme, die sich ihr entgegenstreckten. Er wartete auf sie, er sehnte sich nach ihr ...

Aber nun wusste sie, dass niemand auf sie wartete.

***

Larissa Tomtschak steuerte das Auto sicher und geschickt durch die Straßen. Während der ganzen Fahrt schwieg sie, aber Ljuba war das recht, auch sie hatte keine Lust, sich zu unterhalten. Sie wollte nur eins: einschlafen und beim Aufwachen feststellen, dass sie das letzte halbe Jahr nur geträumt hatte.

Zu Hause angekommen, schickte Larissa Ljuba als Erstes unter die Dusche, dann ging sie in die Küche, um etwas zu essen zu machen.

»Wo ist Slawa?«, fragte Ljuba. »Doch nicht etwa zur Arbeit? Heute ist doch Sonntag. Hat Strelnikow ihn wieder einmal eingespannt?«

Larissa warf ihr einen seltsamen Blick zu.

»Geh dich duschen. Danach unterhalten wir uns.«

Bei Tisch brachte Ljuba, so ausgehungert sie auch war, keinen Bissen hinunter. Sie hatte das Gefühl, sie würde sich verschlucken und sofort ersticken. Das kam gelegentlich bei ihr vor. Schon in ihrer frühen Kindheit hatte sie die Angst vor dem Essen überfallen, wenn sie in nervlicher Anspannung war. Vor Klassenarbeiten in der Schule, vor Prüfungen. Später, in ihrer Jugend, wenn es Streit mit den Jungs gab oder wenn sie unglücklich verliebt war.

Sie schob den Teller mit einer entschiedenen Handbewegung zur Seite und schüttete gierig ein Glas Mineralwasser hinunter.

»Warum isst du nicht? Schmeckt es dir nicht?«

»Doch. Danke, Lara, ich bin schon satt. Erklär mir jetzt bitte endlich, was das alles zu bedeuten hat. Was geht hier vor?«

»Ljuba, ich werde dir etwas Unangenehmes sagen müssen. Wappne dich bitte.«

»Ich habe nichts mehr, um mich zu wappnen«, lächelte Ljuba. »Die sengende Sonne im türkischen Paradies hat mich völlig ausgebrannt. Du brauchst mich nicht zu schonen. Alles, was es an Schlechtem geben kann, ist schon passiert. Wo ist denn nun mein Strelnikow? Wohin ist er verschwunden?«

»Er ist für zwei Wochen nach Spanien gefahren, an die Costa Brava.«

»Eine Geschäftsreise für den Fonds?«

»Nein, er macht Urlaub.«

»War er so erschöpft?«, fragte Ljuba skeptisch.

»Nein, er ist in den Flitterwochen.«

»Wie bitte? Was hast du gesagt?«

Ljuba war sich sicher, dass sie sich verhört hatte. Wie konnte Strelnikow in den Flitterwochen sein, da er seit zwanzig Jahren verheiratet war? Die letzten zwei Jahre hatte er mit ihr, Ljuba Sergijenko, zusammengelebt, nachdem er seine Frau verlassen und sich eine eigene Wohnung gekauft hatte. Kurz vor Ljubas Abreise in die Türkei war die Rede davon gewesen, dass er sich in nächster Zeit scheiden lassen würde, um Ljuba zu heiraten, sobald sie wieder zurück war. Wie konnte er in die Flitterwochen gefahren sein? Mit wem? Mit seiner Frau Alla?

»Ich habe gesagt, dass Strelnikow in den Flitterwochen ist«, wiederholte Larissa Tomtschak laut und deutlich.

»Mit wem?«, fragte Ljuba mit ausgetrocknetem Mund.

»Mit deiner Freundin Mila.«

»Nein!«

Einschlafen, aufwachen und feststellen, dass man geträumt hat ...

»Doch. Ich habe dir ja gesagt, dass du dich auf eine unangenehme Neuigkeit gefasst machen musst.«

»Heißt das, dass er sich hat scheiden lassen?«

»Warum sollte er solche Anstrengungen unternehmen? Offiziell ist er nach wie vor mit Alla verheiratet. Mila und er haben sich nur kirchlich trauen lassen.«

»Unsinn, purer Unsinn ...«, murmelte Ljuba. »Ich bin krank, ich habe hohes Fieber, und das alles ist ein Fiebertraum. Das ist unmöglich.«

Larissa erhob sich, trat von hinten zu Ljuba heran, umarmte sie und legte ihre kühle Handfläche auf die glühende Stirn des Mädchens.

»Ljuba, Liebes, du wirst es überleben, so schwer es auch ist. Weder Tomtschak und ich noch die Leontjews haben das akzeptiert. Mir ist klar, dass das kein Trost für dich ist, aber eines sollst du wissen: Zusammen mit Mila empfangen wir Strelnikow nicht bei uns zu Hause. Wir alle lieben dich und leiden mit dir. Aber wir können Strelnikows Handlungen nicht beeinflussen. Das steht nicht in unserer Macht.«

Ljuba schloss die Augen und lehnte ihren Kopf zurück, an Larissas weiche Brust.

»Wie ist das passiert?«

»Nach ihrer Rückkehr im Juni ist Mila gleich zu Strelnikow gelaufen. Sie wollte ihm von deinen Angelegenheiten berichten und einen Brief von dir übergeben. Hattest du ihm geschrieben?«

»Ja. Und ich habe Mila den Brief für ihn mitgegeben.«

»Dann hast du also selbst dafür gesorgt, dass sie sich kennen gelernt haben. Ich weiß nicht, was zwischen den beiden passiert ist, aber bereits im Juli tauchte Mila auf einem Bankett auf, zu dem die Leiter des Fonds mit ihren Ehefrauen eingeladen waren. Tomtschak und ich, Gena Leontjew mit Anna und Wolodja mit deiner Freundin. Wir hatten bis dahin gar nicht gewusst, dass Mila deine Freundin ist. Wir haben einfach eine attraktive Blondine an seiner Seite gesehen und geglaubt, dass er irgendeine Zufallsbekanntschaft mitgebracht hat, weil du nicht da warst und er mit Alla keinen Kontakt pflegt. Damit ihm die Veranstalter des Banketts keine überflüssigen Fragen stellen. Aber im August, als Gena Leontjew seinen vierzigsten Geburtstag feierte, kündigte Wolodja an, dass er mit Mila erscheinen würde. Da wussten wir natürlich Bescheid. Kurz, sie muss ihn im Nu um den Finger gewickelt haben. Aber jetzt erzähl mir doch mal, Ljuba, was dort mit euch passiert ist. Warum seid ihr zusammen weggeflogen und getrennt zurückgekommen? Warum bist du dort so lange hängen geblieben? Wir haben, ehrlich gesagt, gedacht, dass du irgendeinen reichen Türken kennen gelernt und beschlossen hast, in der Türkei zu bleiben. Mila hat das Strelnikow erzählt. Dann wäre die ganze Geschichte irgendwie verständlich. War es so?«

»Nein, Lara, es war ganz anders …«

***

Die ersten fünf Tage vergingen wie im Rausch. Die türkischen Badeorte waren wahrhaft paradiesisch, erst recht im April, vor dem Einsetzen der drückenden Hitze. Die beiden Mädchen betrachteten verzückt den Goldschmuck in den Schaufenstern, die Preise der Kolliers, Armbänder und Ohrringe erschienen ihnen im Hinblick auf die zu erwartenden zweitausend Dollar pro Monat lächerlich gering. Sie betraten jeden Leder- und Pelzladen, probierten Mäntel und Jacken und wählten schon jetzt die Modelle aus, die sie sich von dem verdienten Geld kaufen wollten. Es fehlte nicht an Einladungen zu einem Tässchen Kaffee, die Inhaber der Geschäfte, Restaurants und Bars lächelten ihnen zu und baten sie zu sich herein. Das Leben erschien bunt und wunderbar. Die türkischen Männer, die sie in Moskau kennen gelernt hatten, berichteten ihnen jeden Abend über den Stand ihrer Verhandlungen mit potenziellen Arbeitgebern. Doch die Tage vergingen, erst fünf, dann zehn, und es geschah nichts. Die Mädchen hatten kein Geld mehr. Am elften Tag teilten die Männer ihnen mit, dass nichts zu machen war, dass sie ihnen keine Stellen besorgen konnten. Die Mädchen könnten als Masseusen in einem Hotel arbeiten, etwas anderes sei für sie nicht aufzutreiben gewesen. Sie hatten keine Wahl, für ein Ticket nach Moskau besaßen sie kein Geld, und so erklärten sie sich einverstanden. Sie hatten seinerzeit beide einen Massagekurs absolviert und sich bei dieser Gelegenheit kennen gelernt. Erst danach hatten sie gemeinsam den Beschluss gefasst, eine Hotelfachschule zu besuchen.

Die Männer brachten sie an einen Ort irgendwo zwischen Side und Manavgat. Nach zwei Tagen lud der Hotelbesitzer, der fließend englisch und deutsch sprach, sie zum Abendessen ein und machte ihnen ein eindeutiges Angebot. Er war nicht böse, als die Mädchen freundlich ablehnten. Ljuba nahm an, dass die Sache damit ein für alle Mal erledigt war. Bis zum Mai kneteten die Mädchen unermüdlich Rücken, Bäuche, Hüften und braun gebrannte Beine, die nach Sonnencreme und nach dem Salz des Mittelmeeres rochen. Im April kamen die meisten Gäste aus Deutschland und Norwegen, ab etwa Mitte Mai begannen die Urlauber aus Russland einzutreffen. Sie ließen sich gern auf Gespräche mit den hübschen Masseusen ein, fragten sie nach den Gepflogenheiten des Hotels und wollen wissen, wie viel die Mädchen hier verdienten. Wenn sie die Antwort hörten, verzogen sie verächtlich die Lippen. Was hatte man davon, ins Ausland zu reisen, um dort für so einen Bettellohn zu arbeiten?

»Dafür sind wir nicht nur zwei Wochen hier wie Sie, sondern für die ganze Urlaubssaison. Und das kostenlos«, erwiderte Ljuba fröhlich.

In Wahrheit war sie natürlich nicht sehr fröhlich, ihre Arbeit war alles andere als ein Urlaubsvergnügen. Der Arbeitstag dauerte von morgens neun bis abends neun, freie Tage gab es nicht. Die Gäste mussten jederzeit die Möglichkeit haben, die Dienste der Masseusen in Anspruch zu nehmen. Aber man konnte gut gelaunten Urlaubern schließlich nicht sein Leid klagen. Ljuba ertrug es nicht, wenn man sie bemitleidete und für unglücklich oder erfolglos hielt.

Nach Ablauf eines Monats stand die erste Gehaltszahlung an. Der Hotelbesitzer hatte jeder von ihnen einhundertfünfzig Dollar versprochen. Und da kam der nächste Schlag für Ljuba. Der Hotelbesitzer teilte den Mädchen mit, dass es schlecht um das Hotel stehe, es seien viel weniger Gäste gekommen als erwartet, und die Kasse sei leer. Die Mädchen sollten noch einen weiteren Monat arbeiten, und danach, wenn der Hotelbetrieb wieder besser lief, würden sie ihr Geld für beide Monate auf einmal bekommen.

Die Mädchen machten einen Aufstand, sie schrien, weinten und flehten. Der Hotelbesitzer forderte sie auf, ihn am nächsten Tag wieder aufzusuchen, er würde darüber nachdenken, was zu machen sei.

»Der will uns reinlegen«, sagte Ljuba wütend. »Wir arbeiten noch einen Monat, und dann bezahlt er uns wieder nichts. Er wird uns von Monat zu Monat vertrösten, und so bis zum Nimmerleinstag.«

Mila schwieg düster. Sie befanden sich in einer Lage, in der sie völlig rechtlos waren. Das Touristenvisum, für das sie bei ihrer Ankunft in Antalya zehn Dollar bezahlt hatten, galt nur einen Monat, und dieser Monat war bereits vor zwei Wochen abgelaufen. Um irgendwelche Rechte geltend machen zu können, brauchten sie ein neues Visum, und das war viel teurer als das erste. Sie konnten sich nicht an die Polizei wenden, da sie keine Arbeitserlaubnis in der Türkei hatten. Sie hatten überhaupt nichts.

Am nächsten Morgen gingen sie wieder zur Arbeit. Ljuba war der Meinung, dass es so besser war, dass sie ihren Chef nicht verärgern sollten. Blieben sie von der Arbeit weg, würde er sie zwar vielleicht für den vergangenen Monat bezahlen, aber bestimmt nicht für einen weiteren behalten. Bis zum Mittag hatte Ljuba es bereits geschafft, fünf Hotelgäste durchzukneten, dann schloss sie den Massageraum ab und klopfte an der Nachbartür, hinter der Mila arbeitete. Es war Zeit, zum Chef zu gehen. Aber die Tür war abgeschlossen. Ljuba rüttelte an der Klinke und rief einige Male den Namen ihrer Freundin. Sie kannte ihren Charakter und war deshalb überzeugt davon, dass Mila hinter dieser Tür nicht nur medizinische Massagen verabreichte. Aber es blieb völlig still, und Ljuba begriff, dass Mila tatsächlich nicht da war.

Ljuba ging hinauf in das Büro des Hotelbesitzers. Die Sekretärin im Vorzimmer warf ihr einen mitleidigen und irgendwie schlüpfrigen Blick zu, unter dem Ljuba unwohl wurde.

»Der Chef ist nicht da«, sagte sie, und Ljuba schien, dass sie sich nur mit Mühe ein anzügliches Grinsen verkniff.

»Wann kommt er zurück?«

»Morgen.«

»Aber er hat uns für heute herbestellt. Er muss uns unser Gehalt bezahlen.«

»Er hat bereits bezahlt«, erwiderte die Sekretärin und versuchte nun nicht mehr, ihr anzügliches Grinsen zu verbergen.

Ljuba stürzte Hals über Kopf zum Nachbardorf, wo sie mit Mila zur Untermiete in einem Zimmer wohnte. Sie riss die Tür auf und erblickte sofort ihre Freundin, die gerade dabei war, ihre Sachen zusammenzupacken.

»Hat er bezahlt?«, fragte sie atemlos und hoffnungsvoll

Ohne ihre Beschäftigung zu unterbrechen, hob Mila ihre kalten blauen Augen und sah ihre Freundin an.

»Mich hat er bezahlt.«

»Was heißt das?«, fragte Ljuba verständnislos. »Und was ist mit mir?«

»Dich hat er nicht bezahlt.«

»Wieso das?«

»Weil du die Unschuld vom Lande spielst. Bist du etwa ein kleines Kind und weißt nicht, wie man hier Geld verdient?«

Ljuba ließ sich kraftlos auf einen Stuhl fallen. Erst jetzt spürte sie, wie ihr Herz nach dem schnellen Laufen in der Mittagshitze klopfte.

»Und du hast ihm gegeben, was er haben wollte?«

»Ja, meine Liebe, ich habe es ihm gegeben, und nicht nur einmal, sondern schon den ganzen Monat lang, jeden Tag, den Gott schuf. Und dafür hat er mich bezahlt. Wenn du etwas schlauer wärst, hättest du jetzt auch das Geld in der Tasche. Aber so kannst du hier sitzen bleiben und am Daumen lutschen.«

»Aber ich habe doch gearbeitet!«, rief Ljuba verzweifelt aus. »Ich habe geschuftet wie ein Pferd! Denkst du etwa, ich habe keine Augen im Kopf? Ich habe jeden Tag fünfzehn bis zwanzig Massagen gemacht und du höchstens sechs. Ich habe es gezählt. Wir hatten hier ein gemeinsames Arbeitspensum, aber ich habe dreimal mehr gemacht als du, weil du es außerdem noch mit deinen Kunden getrieben hast. Ich weiß das, weil man durch die Wand alles hört. Zu dir sind nur Männer gekommen, und sie wussten, warum sie das taten.«

Mila zog mit einer entschlossenen Bewegung den Reißverschluss ihrer Tasche zu und warf den Riemen über die Schulter.

»Ja, ich habe es auch mit meinen Kunden getrieben. Mit meinen Kunden und mit dem Chef. Und so habe ich Geld verdient. Während du leer ausgegangen bist. Jeder verdient, wie er kann. Als der Chef uns am ersten Abend ein Angebot machte, hätte sich alles zum Besten wenden können. Wenn du nicht so eine dumme Gans wärst und dich nicht so geziert hättest, hätten wir hier leben können wie die Maden im Speck. Aber dazu hätten wir zu zweit sein müssen, verstehst du? Wir hätten gemeinsame Sache machen müssen. Prostituierte gibt es hier wie Sand am Meer, unter anderem auch aus Russland, aber die interessieren niemanden mehr. Jetzt sind nur noch gute Gruppen gefragt. Aber mit deinen blöden Prinzipien hast du uns alles verdorben, hast selbst nichts verdient und auch mir alles vermasselt. Das war's, mach's gut.«

Sie ging entschlossen zur Tür.

»Wohin gehst du?«, fragte Ljuba hilflos.

»Das ist meine Sache. Mit einer wie dir kommt man sowieso auf keinen grünen Zweig. Ich mache mich allein auf den Weg, so komme ich besser aus diesem Sumpf hier heraus.«

Die Tür fiel ins Schloss. Erst nach etwa fünf Minuten fiel Ljuba ein, dass sie Mila gar nicht gefragt hatte, ob sie ihren Anteil für das Zimmer bezahlt hatte. Sie sprang auf und lief zum Taxistand, aber es war zu spät. Die Türkei war nicht Russland, hier musste man nicht auf Taxis warten, sie standen immer bereit.

Am nächsten Tag ging Ljuba noch einmal in das Büro des Chefs.

»Wenn Sie meine Freundin bezahlt haben, müssen Sie mich auch bezahlen«, sagte sie entschieden.

»Deine Freundin hat viel besser gearbeitet als du«, erwiderte der Mann ungerührt. »Darum hat sie auch ihr Geld bekommen. Aber du hast schlecht gearbeitet. Euer Arbeitspensum war nicht allzu groß, ihr hattet zu zweit nicht mehr als fünfundzwanzig Klienten pro Tag zu bedienen, ihr musstet euch nicht überanstrengen, aber deine Freundin hatte einen festen Kundenstamm. Und das heißt, dass man mit ihrer Arbeit zufrieden war. Und wenn die Gäste zufrieden sind, dann bin auch ich zufrieden. Das ist das Arbeitsprinzip meines Hotels.«

»Von den fünfundzwanzig Massagen, die pro Tag anfielen, habe zwanzig ich gemacht«, widersprach Ljuba, »und

Mila nur fünf. Das ist ungerecht. Sie müssen mich für meine Arbeit bezahlen. Die Tatsache, dass Mila einen festen Kundenstamm hatte, ist letzten Endes auch mein Verdienst. Ich habe ohne Pause geschuftet, damit die Gäste nicht warten mussten, weil Mila für ihre Massagen immer sehr lange brauchte. Zu lange. Sie wissen genau, was ich meine. Wenn ich so langsam gearbeitet hätte wie Mila, hätte es lange Wartezeiten gegeben, und die Gäste hätten sich bei Ihnen beschwert. Aber sie haben sich nicht beschwert, nicht wahr?«

»Ich weiß von nichts«, winkte der Türke ab. »Ich habe von Anfang an gesagt, dass ich euch für eure Arbeit pauschal bezahle und nicht jede einzeln. Ihr müsst das unter euch abmachen, das ist euer Problem. Ich habe das Geld deiner Freundin gegeben, hole dir deinen Anteil bei ihr.«

Ljubas Wortschatz der höflichen Konversation war erschöpft, und sie gab auf. Es war klar, dass der Mann nicht zahlen wollte, und dagegen war sie machtlos. Sie hatte hier keinerlei Rechte, sie besaß weder ein Visum noch Geld noch eine Arbeitserlaubnis.

Es stellte sich heraus, dass Mila abgereist war, ohne ihren Anteil an dem gemeinsamen Zimmer bezahlt zu haben. Zum Glück war der Hauswirt ein mitleidiger Mensch und erklärte sich bereit, so lange zu warten, bis Ljuba in der Lage war, die Miete zu bezahlen. Nach ein paar Tagen begriff sie, dass es so nicht weitergehen konnte. Sie wusste nicht, wie sie zu Geld kommen sollte, und ging erneut zu ihrem Hauswirt. Der überlegte eine Weile und bot ihr eine Arbeit in seinem Geschäft an. Dafür konnte sie kostenlos bei ihm wohnen und essen. In ein paar Monaten, erklärte er in gebrochenem Deutsch, wirst du deine Schulden auf diese Weise getilgt haben.

Die Arbeit in dem Bekleidungsgeschäft bestand darin, russische Kunden anzulocken und zu bedienen. Ljuba stand auf der Schwelle des Geschäfts oder saß auf einem

Stuhl und musste sich auf jeden vorübergehenden Russen stürzen, um ihn zum Betreten des Geschäfts zu animieren. Das war schrecklich. Ljuba wusste, dass russische Kunden sich grundsätzlich von anderen unterschieden. Ein Deutscher, ein Norweger oder ein Engländer betraten ein Geschäft nur dann, wenn sie etwas brauchten. Sie gingen nur mit einer ganz konkreten Kaufabsicht in ein Geschäft. Wenn sie nichts kaufen wollten, saßen sie in einer Bar und tranken Bier. Die Russen hingegen, die an jahrzehntelangen Warenmangel und an ständige Jagd nach defizitären Artikeln gewöhnt waren, betraten einen Laden für alle Fälle. Man konnte ja nie wissen, ob nicht gerade etwas angeboten wurde, was man später nie wieder bekommen würde. Brauchte man es nicht jetzt, würde man es irgendwann später brauchen. Und dieses Verhalten war ihnen in Fleisch und Blut übergegangen, obwohl in Russland oder jedenfalls in Moskau das Wort »Defizit« inzwischen aus dem Sprachgebrauch verschwunden war und man in den Geschäften alles bekam, was das Herz begehrte. Die Russen, die Ljuba ins Innere des Ladens locken konnte, betrachteten nörglerisch die Blusen, Kleider, Shirts und Sportanzüge, fragten nach den Preisen in Dollar und in türkischen Lira, sie ließen sich die Kleidungsstücke in verschiedenen Farben und Größen zeigen und kauften nichts. Ljuba riss hektisch Kleiderpakete auf, breitete die Stücke auf dem Ladentisch aus, pries ihre Qualität an, wühlte beflissen in den Regalen, um das zu finden, was gewünscht wurde, aber sie wusste genau, dass es umsonst war. Ihre russischen Landsleute hielten sie einfach zum Narren und genossen es, dass sie sich so ausführlich mit ihnen abgab.

Anfang Juni tauchte plötzlich Mila auf, behängt mit goldenen Ketten und Armreifen. Sie war schlanker geworden und wirkte höchst zufrieden mit sich selbst. Ljuba zweifelte nicht daran, dass sie ihre Schlankheit ihrer ausgiebigen körperlichen Betätigung zu verdanken hatte.

»Ich fliege nach Moskau«, verkündete sie. »Hast du irgendwelche Bitten oder Aufträge für mich?«

Ljuba schrieb schnell einen kleinen Brief an Strelnikow, sie schob ihn in ein Kuvert und versah es mit seinen Telefonnummern, der privaten und der geschäftlichen.

»Ist das alles?«, fragte Mila verwundert.

»Das ist alles. Vorläufig gibt es nichts, womit ich mich rühmen könnte, wie du weißt, deshalb habe ich auch nichts zu berichten. Und meine Eltern rufe ich sowieso regelmäßig an.«

»Wie du meinst«, sagte die Freundin mit einem Schulterzucken.

Ende Juli teilte der Haus- und Ladenbesitzer Ljuba endlich mit, dass sie ihm nun nichts mehr schulde und frei sei. Zu dieser Zeit hatte sie Bekanntschaft mit zwei jungen Kasachen gemacht, die in der Türkei studierten und in den Semesterferien dieselbe Arbeit machten wie Ljuba, der eine in einem Pelzgeschäft, der andere bei einem Juwelier. Es waren zwei fröhliche, unverzagte Burschen, die sich ihrer Arbeit nicht schämten und sich offenbar nicht erniedrigt fühlten. Sie erklärten Ljuba, dass sie von Anfang an einen Fehler gemacht hatte. Sie hätte sich nicht auf monatliche Entlohnung für ihre Arbeit einlassen dürfen, sondern darauf bestehen müssen, dass der Hotelbesitzer sie täglich bezahlte. Das sei hier so üblich.

Die jungen Kasachen halfen Ljuba schließlich, eine andere Arbeit zu finden, eine, die nicht so demütigend für sie war und ihr eine wenigstens minimale Perspektive eröffnete, früher oder später nach Hause zurückzukehren. Es handelte sich um die Stelle des Managers im Restaurant Dupont in Kemer.

Das Wort »Manager« erwies sich natürlich als Euphemismus, in Wahrheit ging es auch hier darum, russische Gäste anzulocken und für sie zu dolmetschen. Der Restaurantchef musterte Ljuba wollüstig von Kopf bis Fuß und stellte ihr seine Bedingungen. Für jeden russischen Gast, der durch ihre Bemühungen das Restaurant aufsuchte, würde sie einen Dollar bekommen. Der Preis für Kost und Logis betrug je fünfzehn Dollar pro Tag. Das hieß, dass Ljuba täglich für mindestens dreißig Restaurantbesucher zu sorgen hatte, um ihren Aufenthalt im Dupont zu finanzieren. Alles, was sie darüber hinaus verdienen würde, würde man für das Ticket nach Moskau und die fällige Visagebühr zurücklegen. Dafür musste eine Summe von annähernd fünfhundert Dollar auflaufen. Ljuba arbeitete von zwölf bis vierundzwanzig Uhr. Sie musste die Vorübergehenden zu einem Restaurantbesuch animieren, ihnen bei der Auswahl der Speisen helfen, erklären, woraus sie zubereitet waren, sie musste freundlich und liebenswürdig sein und alles dafür tun, dass die Gäste sich wohl fühlten, dass sie wiederkamen und Freunde mitbrachten. Und dass sie so viel wie möglich bestellten.

Draußen vor dem Restaurant flanierten braun gebrannte, lebensfrohe Urlauber in Badeanzügen, die noch feucht waren vom Schwimmen im Meer. Moskauer wie Ljuba selbst, aber sie kamen ihr vor wie die Bewohner eines anderen Sterns. Sie stürzte auf sie zu, versuchte, sie zu einem Restaurantbesuch zu überreden, und bot ihnen ihre Hilfe bei der Auswahl der Speisen an, aber meistens traf sie ein hochmütiger, kalter Blick.

»Ich spreche englisch und brauche Ihre Hilfe nicht.«

In der Regel stammten diese Worte von eleganten, langbeinigen Damen, die auf eine unbestimmte Art Mila glichen. Sie wollten nicht als Russinnen in diesem Urlaubsparadies gelten, sie wollten Ausländerinnen sein, die in einem Hotel mit internationalem Standard wohnten und fließend die englische Sprache beherrschten. Sie wollten sein wie die Deutschen, die Engländer, die Dänen, die Italiener und Australier, die im September und Oktober Kemer bevölkerten.

An Angeboten, ihre materielle Lage zu verbessern, mangelte es Ljuba nicht, aber sie konnte sich nicht dazu überwinden, obwohl es Momente gab, in denen sie es ernsthaft in Erwägung zog. Sie redete sich ein, dass es sich nicht um Prostitution handelte, sondern um ein aus der Not geborenes Übel, aber beim Gedanken an die behaarten, verschwitzten Türken mit den fettigen Äuglein und krummen Beinen wurde ihr übel. Warum machten sich nur solche Männer an sie heran? Es gab doch schöne, groß gewachsene, schlanke junge Türken mit muskulösen Beinen und großen leuchtenden Augen, die von unwahrscheinlich langen Wimpern umrahmt waren. Hätte sie ihr materielles Wohl in die Hände eines solchen Adonis legen müssen, wäre es einfacher gewesen, sich zu überwinden. Zumindest wäre es nicht ganz so widerwärtig gewesen, irgendwie hätte sie es ausgehalten.

Die Tage und Wochen zogen sich hin. Von Mittag bis Mitternacht immer dasselbe: Guten Tag, beehren Sie uns mit Ihrem Besuch. Wir haben immer frischen Fisch auf der Speisekarte, Garnelen, Hummer und andere Meeresfrüchte. Außerdem Kebab ... Entschuldigen Sie, alles Gute. Ich hoffe, Sie schauen doch noch bei uns herein ... Eine klägliche, bettelnde, erniedrigte Stimme, und Ljuba selbst ein klägliches, erniedrigtes Wesen, während ihre Landsleute vergnügt, glücklich und strotzend vor Gesundheit an ihr vorübergingen und bestenfalls einen mitleidigen Blick für sie übrig hatten, wie für einen herrenlosen Hund, den man zwar bedauerte, aber nie nach Hause mitnehmen würde. Es war glühend heiß und unerträglich schwül, die Urlauber liefen in Badeanzügen oder bestenfalls in Shirts und kurzen Hosen herum, aber Ljuba musste immer in voller Montur erscheinen. Bluse, Rock und hochhackige Sandaletten, die gnadenlos an den von der Hitze geschwollenen Füßen scheuerten. Von den Gerüchen, die sie aus der Küche erreichten, wurde ihr schwindelig, weil sie ständig hungrig war. Aber davon konnte sie ihrem Chef nichts sagen. Er hätte ihre Verköstigung zwar verbessert, aber natürlich nur auf ihre eigene Rechnung. Statt fünfzehn hätte er dann zwanzig Dollar pro Tag von ihrem Verdienst abgezogen, und sie hätte allein für Essen und Trinken zwanzig Personen pro Tag ins Restaurant schleppen müssen. Da war es besser, den Hunger auszuhalten. Um Mitternacht wurde das Dupont geschlossen, und Ljuba trottete dorthin, wo sie ihren Schlafplatz hatte. Es war nur ein Winkel in einem Zimmer, das sie mit vier türkischen Studentinnen teilte. Zu fünft drängten sie sich in dem engen Verschlag, der keine Klimaanlage hatte, sondern nur eine winzige Luke irgendwo unter der Decke. Es fehlte die Luft zum Atmen, ihr ganzer Körper war bedeckt mit klebrigem Schweiß, erst gegen Morgen, wenn es etwas kühler wurde, fiel Ljuba in einen kurzen, betäubten Schlaf. Um sieben Uhr standen die Studentinnen auf, obwohl sie erst um neun Uhr zu arbeiten anfingen und keinen weiten Weg hatten, aber sie machten sich immer lange Zeit zurecht. Im Haus gab es nur eine einzige, mit einer Dusche kombinierte Toilette, die von allen fünfzehn Hausbewohnern benutzt wurde, die Familie des Hauswirts eingeschlossen. Um sich zu duschen, musste man immer anstehen. Wenn die Studentinnen gegangen waren, konnte Ljuba nicht mehr einschlafen, weil das Haus sich mit den Stimmen der inzwischen aufgewachten Kinder füllte und weil es schon wieder heiß wurde. Und um zwölf Uhr musste sie wieder vor dem Restaurant stehen. Jeden Tag bis Mitternacht.

Das war im Grunde die ganze Geschichte …

***

In dem schönen, mondänen Kemer hatte Ljuba sich geschworen, niemandem von ihrer Zeit in der Türkei zu erzählen, um sich nicht erneut gedemütigt und verraten zu fühlen und Mitleid auf sich zu ziehen. Doch jetzt hatte sie ihre ganze Leidensgeschichte Larissa Tomtschak erzählt, und sie fühlte kein Bedauern. Es war, als sei das alles gar nicht ihr passiert, als hätte sie einfach die Geschichte irgendeiner anderen Person erzählt, die sie in einem Buch gelesen oder von einem Mitreisenden gehört hatte. Larissa hatte ihr aufmerksam zugehört, ohne sie zu unterbrechen. Erst jetzt fragte sie:

»Willst du das alles wirklich auf sich beruhen lassen?«

»Was alles?«, fragte Ljuba müde zurück.

»Das, was deine Freundin und dein Freund dir angetan haben. Mila hat dich verraten und allein und mittellos in einem fremden Land zurückgelassen. Und dann hat sie sich mit Strelnikow zusammengetan. Und auch Strelnikow hat dich verraten. Bist du etwa bereit, ihnen das zu verzeihen?«

»Ich weiß nicht, Lara. Im Moment weiß ich gar nichts, außer dass ich völlig erschöpft bin und nirgends mehr hingehen möchte. Ich kann nicht ohne Geld und Geschenke zu Hause bei meinen Eltern auftauchen. Dieses Problem muss ich als Erstes lösen.«

»Das werden wir schon hinkriegen«, versprach Larissa. »Wir werden Geld für dich auftreiben, Klamotten und Geschenke. Ich werde alle meine Bekannten anrufen, jetzt machen alle Urlaub in der Türkei, bestimmt hat jemand noch ein paar Souvenirs und mitgebrachte Geschenke übrig. Vorläufig kannst du bei uns wohnen.«

»Und Slawa? Werde ich euch nicht zur Last fallen?«

»Slawa ist im Moment auf der Datscha und wird in nächster Zeit nicht zurückkommen.«

»Warum? Habt ihr Probleme miteinander?«

»Nein«, winkte Larissa ab, »er ist in einer inneren Krise, weil er seine Arbeit verloren hat. Er nimmt sich das sehr zu Herzen und leidet. Und in solchen Zeiten zieht er es vor, allein zu sein.«

»Wieso hat er seine Arbeit verloren? Ist er denn von Strelnikow weggegangen?«

»Nein, dein heiß geliebter Strelnikow ist von ihm weggegangen. Von ihm und von Gena Leontjew. Er hat sie beide genauso verlassen wie dich. Lieber Gott«, stöhnte Larissa auf, während sie mit beiden Händen ihren Kopf umfasste, »wenn du wüsstest, Ljuba, wie ich ihn hasse! Wie ich ihn hasse! Am liebsten würde ich ihn umbringen.«

Zweites Kapitel

Ljuba Sergijenko kehrte erst drei Wochen nach ihrer Ankunft in Moskau nach Hause zurück. Bis dahin wohnte sie bei den Tomtschaks. Die mitfühlende Larissa hatte sich mit ihr solidarisiert und erklärt, dass sie in diesem bedauernswerten Zustand tatsächlich nicht vor ihre Eltern treten dürfe. Ljuba hatte sich in den Monaten in der Türkei natürlich jeden Tag im Spiegel gesehen und deshalb nicht bemerkt, wie sehr sie sich in dieser Zeit verändert hatte. Anderen, die sie lange nicht gesehen hatten, fiel das sofort auf. Trübe, tief in den Höhlen liegende Augen mit einem bittenden, unterwürfigen Ausdruck, ein bleiches Gesicht mit eingefallenen Wangen. Dass sie nicht braun gebrannt war, hätte man damit erklären können, dass sie in der Türkei jeden Tag arbeiten musste und nie an die Luft kam, aber für das von Schlafmangel und Unterernährung gezeichnete Gesicht ließ sich keine Begründung finden. Vor allem aber der gequälte, gehetzte Blick …

Larissa befahl Ljuba, so viel wie möglich zu schlafen und zu essen, sie versorgte sie mit Vitaminen und fuhr kreuz und quer durch die Stadt, um Freunden Klamotten und Souvenirs abzubetteln, die diese von ihrem Urlaub in der Türkei mitgebracht hatten. Mit dem Geld gab es keine Probleme. Larissa hatte zwar nicht viel davon, aber genug, um Ljubas Eltern damit zu täuschen.

»Gib es mir zurück, sobald du kannst«, sagte sie entschieden und reichte Ljuba ein Kuvert mit dreitausend Dollar. »Es hat keine Eile. Es ist mein eigenes Geld, Tomtschak weiß nichts davon. Ich habe es für den Notfall gespart, und jetzt ist dieser Notfall eingetreten.«

»Und was ist mit euch?«, fragte Ljuba schuldbewusst. »Du hast doch gesagt, dass Slawa arbeitslos ist. Wovon wollt ihr leben?«

»Wir haben in den letzten Jahren genug verdient. Dein Strelnikow, dieser Gauner, hat jede Menge Geld gemacht, und wir haben auch davon profitiert. Slawas Tragödie besteht nicht darin, dass er seine Arbeit verloren hat und dass wir jetzt kein Geld mehr zum Leben hätten, sondern darin, dass Strelnikow ihn verraten hat. Er hat ihn dazu gebracht, eine viel versprechende Stellung aufzugeben und gemeinsame Sache mit ihm zu machen. Und jetzt braucht er ihn nicht mehr. Dasselbe hat er mit Gena Leontjew gemacht. Hätten sie sich damals nicht auf Strelnikow eingelassen, wären sie heute noch in ihren alten Stellungen, der eine als Dekan, der andere als Laborleiter, oder sie wären inzwischen sogar Prorektoren geworden. Aber wer sind sie heute? Die Wissenschaft ist eine schreckliche Sache, Ljuba, schrecklicher als eine Frau, die einen Treuebruch nicht verzeiht. Zu einer verlassenen Frau kann ein Mann zurückkehren, wenn er nur ordentlich auf die Tränendrüse drückt und ihr Mitleid erregt, aber die Wissenschaft braucht weder deine Tränen noch deine reuevollen Schuldbekenntnisse. Sie bleibt nicht stehen, sie entwickelt sich ständig weiter, und wenn du ihr auch nur ein Jahr fern geblieben bist, ist es aus, dann bist du hoffnungslos zurückgeblieben. Neue Entdeckungen, neue Richtungen, neue Ideen. Das kannst du nicht mehr aufholen. Wer ist denn dieser Tomtschak?, wird man fragen. Derjenige, der vor fünf Jahren eine Monographie geschrieben hat? Ach ja, ich erinnere mich dunkel. Und was hat er seitdem gemacht? Was hat er geschrieben, welche neuen Forschungsergebnisse hat er vorzuweisen? Keine? Na dann! Viel Glück und auf Wiedersehen.«

Larissa hasste Strelnikow von ganzem Herzen. Aber darüber konnte sie nur mit Anna Leontjewa und mit Ljuba sprechen. Weder Annas Mann noch ihr eigener wollten etwas davon hören. Für sie war Strelnikow unantastbar, es war kategorisch verboten, ein schlechtes Wort über ihn zu verlieren.

»Wieso lässt Slawa sich das alles von ihm gefallen?«, fragte Ljuba verwundert. »Versteht er denn nicht, was du verstehst?«

»Er versteht überhaupt nichts. Er ist in seinen Strelnikow verliebt wie eine Jungfrau in ihren Bräutigam. Alles, was dieses Ungeheuer macht, ist für ihn in Ordnung. Es ist, als hätte er die beiden verhext ...«

Als Wladimir Alexejewitsch Strelnikow Hochschulrektor geworden war, begann er sofort damit, ergebene Gleichgesinnte um sich zu versammeln. Er wollte den Universitätsapparat modernisieren und die Studienabläufe optimaler gestalten, und dazu hatte er zwei Möglichkeiten. Er konnte versuchen, Menschen von sich zu überzeugen, sie für seine Ideen zu begeistern, oder aber einfach treue Freunde zur Mitarbeit verpflichten, die nach seiner Pfeife tanzen und seine Ideen widerspruchslos in die Tat umsetzen würden. Freunde, die ihn nie im Stich lassen würden, auf deren Schultern er die gesamte Arbeit abwälzen könnte und die alles tun würden, was Strelnikow von ihnen verlangte. Strelnikow wählte diesen zweiten, sehr viel einfacheren Weg. Wjatscheslaw Tomtschak war damals Laborleiter eines renommierten wissenschaftlichen Forschungsinstituts und galt als viel versprechender Wissenschaftler. Genadij Leontjew war Dekan der Fakultät für Psychologie an der Universität. Strelnikow bot Tomtschak die Stelle des Prorektors für Wissenschaftsarbeit an und Leontjew den Posten des stellvertretenden Personalchefs.

»Komm zu mir«, sagte er, »ich brauche dich.«

Das waren geheiligte Worte. Wenn ein Freund dich braucht, wenn er um deine Hilfe bittet, dann darfst du nicht nein sagen. Tomtschak wollte damals gerade mit der

Arbeit an seiner Dissertation beginnen, aber auf Strelnikows erstes Wort hin ließ er die Wissenschaft stehen und liegen und folgte seinem Freund an dessen neuen Arbeitsplatz. Strelnikow hatte ihm versprochen, dass er auch auf seinem neuen Posten die Möglichkeit zur Promotion haben würde, und Tomtschak hatte ihm geglaubt. Aber schon nach einer Woche war klar, dass sein neuer Arbeitsbereich mit Wissenschaft überhaupt nichts zu tun hatte. Es handelte sich um eine aufwendige, hektische Verwaltungsarbeit, zu der es nicht nur gehörte, die Erfüllung der Lehrpläne an den einzelnen Lehrstühlen zu überwachen, sondern auch, Seminare und Konferenzen zu organisieren, die Betreuung der Doktoranden sicherzustellen und anderes mehr, das für einen Menschen der Wissenschaft nicht von geringstem Interesse war. Papiermangel oder technische Störungen in der Druckerei, zu großer Andrang zur Aspirantur, störrische alte Professoren, die man abholen und mit dem Wagen zu den Sitzungen des Wissenschaftsrates bringen musste, die Suche nach Sponsoren, die bereit waren, Geld für die Bibliothek der Hochschule zu spenden – um alles das musste sich der verhinderte Doktor der Wissenschaften Wjatscheslaw Tomtschak kümmern. Und das vor dem Hintergrund dessen, dass er bis zu seinem alten Arbeitsplatz eine Fahrzeit von einer halben Stunde gehabt hatte und jetzt täglich zweimal anderthalb Stunden unterwegs war.

Und das Unangenehmste an der Sache war, dass Strelnikow ganz offensichtlich nicht vorhatte, bis ans Ende seiner Tage Rektor dieser Hochschule zu bleiben. Alle seine Freunde wussten, dass er es nie länger als zwei, drei Jahre auf einem Posten aushielt. Nach einer Weile wurde ihm langweilig, er wollte neue Gipfel erstürmen, wechselte seinen Tätigkeitsbereich und stürzte sich in neue Aufgaben. Tomtschak und Leontjew, die auf Anweisung des Rektors die Schrauben an der Hochschule hart angezogen und sich auf diese Weise viele Feinde gemacht hatten, warteten bange auf den Tag, an dem ihr Freund seinen Posten an der Hochschule wieder verlassen würde. Und sie wussten genau, dass das auch für sie das Ende sein würde. Es würde ein neuer Rektor kommen und sich der alten Mitarbeiter auf dieselbe Weise entledigen, wie es vor ihm Strelnikow getan hatte.

Ihre Befürchtungen bestätigten sich. Es vergingen nicht einmal drei Jahre, und Strelnikow kam auf die Idee, einen Fonds zur Förderung humanistischer Bildung zu gründen. Zur großen Erleichterung seiner zwei Freunde und Stellvertreter nahm er sie mit in diesen Fonds. Die vorausschauende Larissa warnte ihren Mann allerdings schon damals.

»Tu das nicht, Slawa«, sagte sie, »geh lieber wieder in die Wissenschaft, solange es noch nicht zu spät ist. Die drei Jahre, die du verloren hast, kannst du noch irgendwie aufholen, zumal du jetzt Prorektor einer Hochschule bist und durchaus die Chance hast, stellvertretender Direktor irgendeines wissenschaftlichen Forschungsinstitutes zu werden. Aber wenn du Strelnikow in diesen Fonds folgst, wird das irreversibel sein. Leute, die den Staatsdienst verlassen, um in die private Wirtschaft zu gehen, können nicht mehr zurück. Solche mag man dort nicht. Bestenfalls kannst du danach noch die Stelle irgendeines kleinen wissenschaftlichen Mitarbeiters bekommen. Wäre das nicht ein allzu tiefer Fall?«

»Strelnikow braucht mich«, sagte Tomtschak starrsinnig. »Er hat mich gebeten, mit ihm zu gehen.«

Gegen diese Art von Treue war Larissa machtlos. Und bei den Leontjews war es ähnlich. Anna flehte ihren Mann ebenfalls an, sich zu besinnen, solange es noch nicht zu spät war, aber auch der berief sich hochtrabend auf Männerfreundschaft. Die beiden verließen gemeinsam die Hochschule und folgten Strelnikow in den berüchtigten Fonds, den er sich ausgedacht hatte. Aber es dauerte nicht lange, und Strelnikow wechselte seine Arbeitsstelle erneut. Er bekam einen hohen Posten beim Staatskomitee und überließ seine treuen Freunde ihrem Schicksal. Beide kannten sich in der freien Wirtschaft nicht aus, sie hatten keine Ahnung von kommerziellen Dingen und auch wenig Enthusiasmus dafür. Ohne den findigen, energischen, geschäftstüchtigen Strelnikow konnten sie den Fonds nicht leiten.

Das alles war aber nur das Fundament für das Gebäude des wachsenden Hasses und der Wut gegen Strelnikow. Die Steine für dieses Gebäude hatte Strelnikow Larissa Tomtschak und Anna Leontjewa Tag für Tag geliefert.

Er hatte die bezaubernde Angewohnheit, gegen sechs Uhr abends von unterwegs bei seiner Sekretärin anzurufen.

»Natalia Semjonowna, sagen Sie Tomtschak, dass er nicht nach Hause gehen soll. Ich brauche ihn heute noch. Ich bin in zwanzig Minuten im Büro.«

Tomtschak saß wie angenietet in seinem Büro und wartete. Nach einer halben Stunde rief er bei der Sekretärin an und fragte nach Strelnikow.

»Wladimir Alexejewitsch ist beschäftigt«, antwortete Natalia Semjonowna, »er hat Gäste.«

Und Tomtschak wartete. Alle zehn Minuten rief Larissa an, weil sie an diesem Abend etwas vorhatten. Entweder wollten sie ins Theater gehen, auf ein Bankett, oder sie waren bei Freunden eingeladen. Jedenfalls hatten sie ganz konkrete Pläne für den Abend. Oder Larissa erwartete ihren Mann einfach nur zum Abendessen, ohne ihn setzte sie sich nicht an den Tisch, und sie wollte wissen, wie lange es noch dauern würde.

»Geh nach Hause«, sagte sie, »es wird nichts passieren.«

»Er hat mich gebeten, auf ihn zu warten. Er braucht mich.«

Endlich, gegen neun Uhr, öffnete sich die Tür, und in Tomtschaks Büro erschien Strelnikow, ein blendend aussehender Mann in einer teuren, aufgeknöpften Lederjacke und mit einem Handy in der Hand.

»Mach Schluss, lass uns nach Hause gehen«, sagte er, so, als sei nichts geschehen.

»Wolltest du etwas mit mir besprechen?«, fragte Tomtschak zaghaft.

»Wir unterhalten uns morgen. Ich habe da so eine Idee, ich erzähle dir morgen davon.«

Kein einziges Mal kam es ihm in den Sinn, Tomtschak in seinem Privatwagen mitzunehmen und nach Hause zu bringen, nachdem dieser stundenlang umsonst auf ihn gewartet und den Fahrer des Dienstwagens pünktlich um sechs Uhr in den Feierabend entlassen hatte. Und erst recht kam er niemals auf die Idee, sich bei Tomtschak zu entschuldigen. Aber das war noch der günstigste Fall. Es kam auch vor, dass Tomtschak, erzürnt vom langen, sinnlosen Warten, selbst zum Büro des Rektors ging und auf eine verschlossene Tür stieß. Strelnikow war bereits nach Hause gegangen, er hatte völlig vergessen, dass er seinen Stellvertreter gebeten hatte, auf ihn zu warten.

Er behandelte seine Stellvertreter wie Sklaven, die keine eigenen Bedürfnisse hatten, kein eigenes Leben. Und dabei vermied er geschickt jede Konfrontation. Es konnte geschehen, dass er morgens Viertel nach neun von wer weiß woher (unter Umständen aus seinem warmen Bett) bei seiner Sekretärin anrief.

»Sagen Sie Leontjew, dass um zehn Uhr eine Sitzung im Ministerium stattfindet und dass er an meiner Stelle hinfahren soll. Wenn Sie ihn nicht erreichen, schicken Sie Tomtschak. Ich komme heute erst nach eins ins Büro.«

Strelnikow wusste von der Sitzung bereits seit drei Tagen, aber beim Aufwachen an diesem Morgen verspürte er nicht die geringste Lust, sich auf den Weg zu machen. Wie gut, dass es auf der Welt so etwas wie Stellvertreter gab, die, wie das Wort schon sagte, dazu da waren, ihn zu vertreten. Und wie gut, dass es Sekretärinnen gab, die man anrufen und beauftragen konnte, Anweisungen weiterzugeben. Hätte er seine Stellvertreter persönlich angerufen, hätten sie womöglich schwer wiegende Gründe vorgebracht, die es ihnen unmöglich machten, auf ihn zu warten oder an der Sitzung teilzunehmen. Der Sekretärin konnten sie diese Gründe nicht entgegenhalten, da sie lediglich eine Anweisung des Chefs weitergab. Und dabei interessierte es Strelnikow nicht im Geringsten, was seine Stellvertreter an diesem Tag vorhatten, wie viele Termine sie ausfallen lassen mussten, um ihm die Arbeit abzunehmen. Es zählten nur seine eigenen Termine, seine eigenen Interessen.

Er ahnte nicht einmal, wie viele Familiendramen er auslöste und wie viel Nerven sein Verhalten die Ehefrauen und Kinder seiner Freunde und Stellvertreter kostete. Zwei dieser Dramen waren besonders bedeutsam, sie hatten die Stimmung in der Familie verdorben und waren lange Zeit nicht mehr aus dem Gedächtnis zu tilgen. Der erste Zwischenfall fand bei den Leontjews statt. Deren zwölfjährige Tochter Alissa lag im Krankenhaus, man hatte sie an der Bauchhöhle operiert und wollte sie nach drei Tagen wieder entlassen. Im Grunde hätte sie bis zur Entfernung der Nähte im Krankenhaus bleiben müssen, also mindestens eine Woche, aber da sehr großer Patientenandrang herrschte, schickte man die Kinder so schnell wie möglich nach Hause, wenn die Eltern nichts dagegen hatten. Gena hatte der Sekretärin Bescheid gesagt, dass er seine Tochter vom Krankenhaus abholen musste und deshalb am Vormittag nicht ins Büro kommen konnte. Er hatte mit dem Fahrer seines Dienstwagens vereinbart, dass dieser ihn und seine Frau um halb zehn von zu Hause abholen würde. Beide waren auf die Straße hinuntergegangen und warteten, doch das Auto kam nicht. Zuerst machten sie sich noch keine Sorgen, sie nahmen an, dass der Fahrer in einem Stau stecken geblieben war und jeden Moment auftauchen würde. Doch um zehn Uhr war er immer noch nicht da. Gena ging zurück in die Wohnung und rief im

Büro an. Das, was er dort erfuhr, brachte ihn aus der Fassung. Wladimir Alexejewitsch hatte an diesem Morgen den Dienstwagen seines Stellvertreters für sich geordert, weil sein Privatauto nicht angesprungen war, und mit seinem eigenen Dienstwagen war Ljuba unterwegs. Er hatte sie zum Flughafen geschickt, um irgendeine Verwandte oder Freundin abzuholen. Strelnikow war es gar nicht in den Sinn gekommen, Leontjew vorher anzurufen und zu fragen, ob er an diesem Vormittag auf seinen Dienstwagen verzichten konnte.

Gena geriet in Panik. Seine Tochter wurde um zehn Uhr entlassen, man hatte die Eltern gebeten, sich nicht zu verspäten, da das Mädchen sonst in der Halle des Krankenhauses würde warten müssen. Man konnte sie nicht länger auf der Station behalten, da die Betten für neue Patienten gebraucht wurden. Gena hielt einen Privatwagen an, dessen Besitzer sich für eine horrende Summe bereit erklärte, ans andere Ende der Stadt zu fahren, zum Krankenhaus, und die Eltern zusammen mit Alissa wieder nach Hause zu bringen. Auf dem ganzen Weg zum Krankenhaus schwieg Anna beharrlich, aber Gena war klar, dass sie dasselbe dachte wie er selbst: Das Mädchen saß mit der unerträglich schmerzenden Operationswunde und den Nähten in der Bauchdecke allein in der Halle und verstand nicht, warum die Eltern nicht kamen. Die Leontjews kamen erst nach zwölf Uhr im Krankenhaus an, Alissa saß blass und zitternd in der Halle und drückte krampfhaft das Päckchen mit ihren Sachen an die Brust, über ihre Wangen liefen dicke Tränen. Als sie ihre Eltern erblickte, brach sie in lautes Schluchzen aus, zitterte am ganzen Körper und konnte auch während der Heimfahrt nicht zu weinen aufhören. Erst zu Hause, als sie in ihr Zimmer kam, begriff sie, dass der Albtraum vorüber war, und beruhigte sich. Das Sitzen auf dem unbequemen Stuhl in der Krankenhaushalle hatte ihr sehr wehgetan, weil die Operationsnaht noch ganz frisch war. Und sie hatte schreckliche Angst gehabt, dass ihre Eltern vergessen hatten, sie abzuholen, und dass sie nun bis zum nächsten Tag so würde sitzen müssen. Das Mädchen war nach der Operation noch sehr schwach und geriet nach dem Erlebten in eine regelrechte Nervenkrise. Es wollte nicht essen und brach ständig in Tränen aus. Anna hielt es nicht mehr aus und beschloss, ihrem Mann zum ersten Mal alles zu sagen, was sie über seinen geliebten Chef und Freund dachte.

»Er gibt überhaupt nichts auf dich, er behandelt dich wie Dreck, und du lächelst dankbar und kriechst ihm in den Hintern! Schämst du dich eigentlich nicht? Hast du überhaupt keinen Stolz? Warum lässt du dir das alles von ihm gefallen?«

Gena versuchte seiner Frau zu erklären, dass man Strelnikow nicht böse sein durfte, weil er nur an die Sache dachte und dabei das Persönliche vergaß.

»Wolodja ist mein Freund, und ich bin überzeugt, dass er mich genauso achtet wie ich ihn. Wenn er meinen Dienstwagen genommen hat, dann hat er ihn wirklich dringend gebraucht, sonst hätte er das nicht getan.«

»Hast du ihn etwa nicht dringend gebraucht?«, ereiferte sich Anna. »Das kranke Kind sitzt nach einer Operation in der kalten Krankenhaushalle und stirbt vor Angst und Schmerzen – ist dir das völlig egal? Wenn es Strelnikows Kind gewesen wäre, hätte er zwei Dienstwagen genommen, um zum Krankenhaus zu fahren. Den einen hätte er selbst gesteuert, und der andere hätte hinter ihm her fahren müssen, damit er im Fall einer Panne sofort hätte umsteigen können.«

Der Streit wurde immer heftiger, es hagelte gegenseitige Beleidigungen, und in diesem Konflikt blieben die Leontjews noch lange Zeit gefangen.

Der zweite denkwürdige Zwischenfall ereignete sich bei den Tomtschaks. An Larissa wandte sich eine gute alte

Freundin, deren Sohn an der Hochschule studierte, der Strelnikow als Rektor vorstand. Mit dem Sohn hatte es Unannehmlichkeiten gegeben, er war zusammen mit zwei Freunden wegen Rowdytums festgenommen worden. Im Grunde hatte nur einer von den dreien Streit angefangen, er war mit einem Straßenverkäufer aneinander geraten, der nicht bereit war, ihm auf einen großen Schein herauszugeben; es war zu einer lautstarken Auseinandersetzung gekommen, und im Nu hatten die beiden sich in der Wolle gehabt. Just im selben Moment war die Miliz aufgetaucht. Sie nahm die drei Jungs mit aufs Revier, und es stellte sich heraus, dass sie alle nicht ganz nüchtern waren. Im Grunde war das verzeihlich, der Randalierer hatte an diesem Tag Geburtstag, natürlich hatte man ein wenig gefeiert. Aber der Test hatte ergeben, dass sie Alkohol im Blut hatten, und so war der Tatbestand einer in angetrunkenem Zustand begangenen Ordnungswidrigkeit erfüllt. Die Miliz meldete den Vorfall der Hochschule, an der der Sohn von Larissas Freundin studierte, und Strelnikow, der ein glühender Verfechter der Studiendisziplin war, ordnete die Exmatrikulation des Studenten an. Alles wäre halb so schlimm gewesen, wenn das im Mai passiert wäre, dann hätte der Junge vielleicht ein Studium an einer anderen Hochschule beginnen können. Aber der Vorfall ereignete sich im März, als gerade die Einberufungen zur Armee bevorstanden, und ein exmatrikulierter Student war natürlich von diesen Einberufungen betroffen. Die Mutter geriet in Panik. Was, wenn man ihren Sohn nach Tschetschenien schicken würde? Das hätte sie nicht überlebt. Die Exmatrikulation musste um jeden Preis verhindert werden. Die Maßnahme gegen ihren Sohn war stark überzogen, er hatte schließlich kein Verbrechen begangen. Es verging kein einziger Monat, ohne dass eine ähnliche Meldung der Miliz bei der Hochschule einging, deshalb wurde doch niemand exmatrikuliert.

Larissa versprach ihrer Freundin, mit ihrem Mann zu reden. Tomtschak zeigte Verständnis für die Lage der unglücklichen Frau, die er ebenfalls seit langer Zeit kannte, und ging zu Strelnikow. Der war gerade stark beschäftigt, wie immer, deshalb hörte er seinen Stellvertreter nicht einmal bis zum Ende an.

»Gut«, sagte er, während er die nächste Telefonnummer wählte und in Gedanken schon bei dem bevorstehenden Gespräch war, »ich werde anordnen, dass man die Exmatrikulation rückgängig machte. Wir werden uns auf einen strengen Verweis beschränken.«

Tomtschak kehrte in sein Büro zurück und rief sofort seine Frau an.

»Sag Galja, dass alles in Ordnung ist. Man wird ihren Sohn nicht exmatrikulieren. Er bekommt natürlich einen Verweis, aber das ist eine Lappalie. Hauptsache, er wird nicht zur Armee einberufen.«

Am selben Abend erschien die glückliche Mutter mit einer Flasche Sekt und einer riesigen Schachtel Pralinen bei den Tomtschaks, sie schluckte ihre Tränen hinunter, sah Slawa ergeben in die Augen und bedankte sich ein ums andere Mal.

Und am nächsten Tag legte man Tomtschak den Exmatrikulationsbeschluss zur Unterschrift vor. Ihm wurde schwarz vor Augen.

»Lassen Sie mir den Beschluss hier«, sagte er, »und bringen Sie mir sämtliche Unterlagen. Ich muss wissen, was ich da unterschreibe.«

Er war überzeugt davon, dass man in der Personalabteilung alles durcheinander gebracht hatte, wie immer, dass man ihm nicht den letzten Beschluss vorgelegt hatte, sondern den, der vor seinem Gespräch mit Strelnikow gefasst worden war. Nach zehn Minuten befanden sich sämtliche Unterlagen über den Fall auf seinem Schreibtisch. Eine Fotokopie des Protokolls über die begangene Ordnungswidrigkeit und die an die Hochschule ergangene Meldung der Miliz, auf der oben Strelnikows Anweisung stand: Exmatrikulieren. Und das Datum. Es war nicht von gestern, sondern von heute.

Tomtschak stürzte zum Büro des Rektors.

»Wolodja, hast du unser gestriges Gespräch vergessen? Du hast mir doch versprochen, dass die Exmatrikulation rückgängig gemacht wird.«

»Das geht leider nicht«, sagte Strelnikow kalt. »Wenn wir uns so verhalten, werden wir den Sumpf hier niemals austrocknen. Du bist mein Stellvertreter und musst das verstehen. Die Studenten machen, was sie wollen, sie schwänzen ständig die Vorlesungen, und manche erscheinen überhaupt nur noch zu den Prüfungen. Wir haben überhaupt keine Kontrolle mehr über sie. Das Prestige unserer Hochschule ist fast auf null gesunken. Und wir beide müssen dieses Prestige wieder auf das einstige Niveau bringen und es sogar noch anheben. Es geht um unsere Hochschule, um deinen und meinen Ruf.«

»Aber ich habe der Mutter doch versprochen, dass alles wieder in Ordnung kommt.«

»Entschuldige dich bei ihr und wälze alles auf mich ab. Sag ihr einfach, dass der Schweinehund ich bin, dass du alles getan hast, was du konntest. Lass uns lieber Folgendes besprechen ...«

An diesem Tag mochte Tomtschak nicht nach Hause gehen. Er konnte sich lebhaft vorstellen, wie Larissa reagieren würde, und ihm war klar, dass sie Recht hatte. Aber die Wirklichkeit übertraf alle seine Erwartungen, sogar die schlimmsten. Seine Frau bekam einen hysterischen Anfall. Sie schrie fast eine ganze Stunde lang ohne Unterbrechung, sie weinte und nahm wiederholt Valocordin-Tropfen. Alles in allem handelte es sich bei ihren Vorwürfen um Variationen eines Themas mit zwei Motiven: Wie sollen wir der unglücklichen Mutter jetzt in die Augen schauen, und warum erlaubst du Strelnikow, dich so zu behandeln? Warum ist sein Wunsch dir Befehl, während deine Wünsche rein gar nichts für ihn bedeuten? Bist du ein Mensch, eine Persönlichkeit, bist du sein Freund, oder bist du einfach ein Stück Dreck?

Zu weniger dramatischen Konflikten kam es ziemlich häufig, da Wladimir Alexejewitsch Strelnikow ständig Anlass dazu gab. Sowohl Larissa Tomtschak als auch Anna Leontjewa hassten ihn von Tag zu Tag mehr, obwohl sie nach wie vor nicht verstehen konnten, warum ihre Ehemänner sich das alles gefallen ließen und Strelnikow alles nachsahen.

In den drei Wochen, die Ljuba Sergijenko bei den Tomtschaks verbrachte, machte Larissa ihrem Herzen Luft und lud auf Strelnikows Exfreundin alles ab, was sich im Laufe der Jahre an Bitternissen in ihr angestaut hatte. Ljuba hörte ihr mit wachsendem Entsetzen zu. War dieser Despot, dieser unverschämte Egoist, wirklich der Wolodja Strelnikow, den sie so geliebt hatte und den sie hatte heiraten wollen? Ihr gegenüber hatte er sich immer großartig verhalten, er war fröhlich, immer besorgt um sie, er sparte nicht mit großen Gesten und machte ihr oft Geschenke, er führte sie an interessante Orte aus und sorgte ständig für Überraschungen. Sie erinnerte sich gut an jene Fahrt zum Flughafen, für die er ihr großzügig einen Dienstwagen zur Verfügung gestellt hatte. Dabei hätte das keinesfalls sein müssen, Ljuba musste niemanden abholen, sie hatte sich nur von einer Freundin verabschieden wollen, die mit einem Arbeitsvertrag in der Tasche für drei Jahre in die Staaten flog. Sie hatte ja nicht ahnen können, was diese Fahrt mit dem Dienstwagen die Leontjews kosten würde.

Während der langen Monate in der Türkei hatte Ljuba Sergijenko davon geträumt, wie sie nach Moskau zurückkehren würde, zu Strelnikow, wie sie ihn lieben und wie sie seine Frau werden würde. Der Gedanke daran, dass sie nach all den Leiden in das Reich der Liebe zurückkehren würde, wärmte sie und hielt sie am Leben. Aber es hatte sich herausgestellt, dass sie in das Reich des Hasses zurückgekehrt war. Eines grenzenlosen, brennenden, blinden Hasses, der ihr die Finger im Krampf verdrehte und den Hals zuschnürte.

***

Die Einkaufstaschen waren schwer und zogen an Tatjanas Armen, aber sie ärgerte sich nicht, sondern freute sich dieser Last. Gewöhnlich versorgte eine Verwandte ihren Haushalt, die Schwester ihres ersten Mannes, mit der sie zusammenlebte, sodass Tatjana ungehindert ihrer Arbeit und ihrem Hobby nachgehen konnte. Es handelte sich um ein sehr interessantes Hobby: Tatjana Obraszowa, leitende Untersuchungsführerin bei der Verwaltung für Inneres in St. Petersburg, schrieb in ihrer Freizeit unter dem Pseudonym Tatjana Tomilina Krimis. Obwohl sie das bereits seit mehreren Jahren tat, konnte sie sich nicht daran gewöhnen, dass man sie für eine der besten Krimiautorinnen des Landes hielt und dass ihre Bücher reißenden Absatz fanden. Das alles schien nichts mit ihr selbst zu tun zu haben, und wenn es dennoch sie meinte, dann war es nicht mehr als ein netter Scherz. Sie war eine gute Untersuchungsführerin und hielt ihre Arbeit ganz aufrichtig für das Wichtigste in ihrem Leben.

Tatjana war vor einigen Tagen aus dem Urlaub zurückgekehrt, den sie mit ihrem dritten Mann und seiner neunjährigen Tochter Lilja im Süden verbracht hatte. Ihr Mann lebte in Moskau, und Tatjana hatte sich entschlossen, die noch verbliebenen zwei Urlaubswochen bei ihm in der Hauptstadt zu verbringen. Sie kochte ihrem Mann Suppen und briet Frikadellen für ihn. Sie liebte diese Beschäftigung, zumal Wladislaw, den Tatjana Dima nannte, ein sehr dankbarer Esser mit beneidenswertem Appetit war und ihre kulinarischen Meisterleistungen nicht genug loben konnte. In Petersburg hatte sie für solche Dinge keine Zeit, dort überließ sie das Kochen ihrer wundervollen Verwandten Irotschka Milowanowa. Doch hier, in Moskau, gefiel es ihr, am Herd zu stehen und ihren Mann zu bekochen, zumal ihr Kopf jetzt mit nichts Besonderem beschäftigt war und sie sich beim Zubereiten von Fleisch und Salat Gedanken über die Handlung ihres neuen Buches machen konnte.

Um diese Uhrzeit war die Metro nicht überfüllt, Tatjana hatte einen bequemen Sitzplatz in einer Ecke des Wagens gefunden und die schweren Einkaufstaschen zu ihren Füßen abgestellt. Neben ihr nahm eine junge Frau Platz und vertiefte sich sofort in ein Buch. Tatjana blickte verstohlen auf die geöffneten Seiten – es interessierte sie immer, was die Leute in den öffentlichen Verkehrsmitteln lasen – und lächelte. Die Frau las ihr neuestes Buch mit dem Titel »Dreh dich um und geh«.

Tatjana betrachtete die neben ihr sitzende Frau unauffällig. Sie war jung und sehr schön, ihre Haut war von einer zarten, gleichmäßigen Bräune bedeckt. Tatjana gelang es nie, so braun zu werden, sie hatte eine milchig weiße Haut und bekam sofort einen Sonnenbrand, sodass sie sich während des Urlaubs meistens im Schatten aufhalten musste und es nur am frühen Morgen oder gegen Abend wagen konnte, sich der Sonne auszusetzen. Die Frau trug ein hellgrünes Seidenkostüm, das sehr schön mit ihrer gebräunten Haut und ihren zahlreichen Goldschmuckstücken harmonierte. Die grell lackierten Fingernägel wirkten etwas vulgär, doch insgesamt machte die Frau einen sehr aparten Eindruck. Interessant, dachte Tatjana, was findet so eine Person an meinen Büchern?

Die Frau las, ohne sich ablenken zu lassen, und Tatjana blickte unauffällig in den Text. Sie versuchte sich vorzustellen, welchen Eindruck der eine oder andere Absatz auf die

Leserin machte. Nicht zu glauben, dachte sie, diese Frau liest ein Buch und ahnt nicht, dass die Autorin direkt neben ihr sitzt, sogar unsere Ellenbogen berühren sich.

Die Metro schien sich der Haltestelle zu nähern, an der die Frau aussteigen musste. Sie schloss das Buch, ließ es noch einen Moment auf ihren Knien liegen und sah nachdenklich irgendwohin in die Ferne. Dann steckte sie das Buch in ihre kleine Handtasche, und als die Metro anhielt, stand sie auf und stieg aus. Zuerst war sie Tatjana sehr groß vorgekommen, aber in Wahrheit trug sie nur Schuhe mit sehr hohen Absätzen.

Tatjana sah ihr nach, bis sie verschwunden war, dann kehrte sie innerlich zu ihrem neuen Manuskript zurück. Etwa das erste Drittel war schon fertig in ihrem Kopf, aber das war immer der leichteste Teil der Arbeit. Den Anfang konnte man nach Herzenslust ausphantasieren, aber im letzten Drittel begann die Schwerstarbeit. Alle gelegten Fäden mussten zusammengeführt und miteinander verknüpft werden, keinen einzigen durfte man vergessen, jede der Figuren musste sichtbar werden mit ihrem Schicksal. Und natürlich musste im letzten Drittel immer die wichtigste Frage geklärt werden: Sollte es ein gutes Ende geben oder ein schlechtes? Sollten alle Täter gefasst und bestraft werden oder nicht alle? Oder sollte womöglich kein einziger ins Netz gehen und die Miliz gehörnt zurückbleiben? Sollte um der Tragik willen vielleicht einer von den »Guten« ermordet werden, zum Beispiel bei der Festnahme? Und zusätzlich vielleicht einer von den »Schlechten«, um einen Ausgleich zu schaffen und die Gerechtigkeit wiederherzustellen? Aber würden das nicht zu viele Morde werden? Immerhin zeugte es von schlechtem Geschmack, wenn es in einem Krimi von Leichen wimmelte. Es war sehr schwer, den schmalen Grat zu finden, der einen psychologischen Thriller von einem simplen Reißer trennte. Wie also sollte sie das Buch enden lassen? Aus ihrer langjährigen Erfahrung als Untersuchungsführerin wusste sie, dass es fast nie einen absoluten Sieg über das Verbrechen gab. Aber es existierten ja auch die Gesetze der literarischen Gattung …

Sie war so in Gedanken versunken, dass sie gar nicht bemerkt hatte, wie sie bis zur Wohnung in Tscheremuschki gekommen war. Ihr Mann war natürlich noch nicht da, er würde nicht vor acht Uhr nach Hause kommen. Tatjana war noch gar nicht dazu gekommen, Jacke und Schuhe auszuziehen, als das Telefon läutete.

»Tatjana Grigorjewna?«

Die eisige Stimme in der Leitung gehörte Margarita, der ersten Frau von Wladislaw Stassow.

»Ja«, sagte Tatjana mit einem tiefen Seufzer, »ich bin am Apparat, Margarita Wladimirowna.«

»Ich habe mit Stassow ausgemacht, dass er heute Lilja für etwa fünf Tage zu sich nimmt, ich muss zu einem Filmfestival nach Prag.«

»Wenn Sie das mit ihm ausgemacht haben, dann wird er das Kind auch holen. Machen Sie sich keine Sorgen, Margarita Wladimirowna.«

»Aber ich muss in einer halben Stunde zum Flughafen«, entrüstete sich Margarita, »und Lilja ist immer noch hier. Was denkt Ihr Mann sich eigentlich?«

»Lilja ist schon ein großes Mädchen, Margarita Wladimirowna, und kann ohne weiteres ein paar Stunden allein zu Hause bleiben. Gegen acht Uhr wird Stassow sie abholen.«

»Nein, so geht das nicht«, widersprach Margarita empört. »Ich muss wissen, dass mit meinem Kind alles in Ordnung ist. Ich muss Lilja Stassow persönlich übergeben, um mich ruhigen Herzens auf den Weg machen zu können.«

»Ich kann Ihnen leider nicht helfen«, erwiderte Tatjana ruhig. »Wenn Sie in einer halben Stunde das Haus verlassen müssen, wird Lilja eine Weile allein bleiben müssen. In einer halben Stunde kann ich Stassow nicht für Sie finden, und in dieser Zeit würde er es sowieso nicht bis zu Ihnen nach Sokolniki schaffen. Das ist unrealistisch.«

»Nun gut«, gab Margarita nach. Sie war sehr streitsüchtig und mischte sich in alles ein, aber meistens fing sie sich schnell wieder und hörte auf die Stimme der Vernunft. »Ich fahre etwas früher los und bringe Lilja auf dem Weg zum Flughafen selbst bei euch vorbei. Werde ich Sie zu Hause antreffen?«

»Ja«, versprach Tatjana, »Sie werden mich antreffen, ich gehe heute nicht mehr weg.«

Die Unterhaltungen mit der ersten Frau ihres Mannes waren für Tatjana immer äußerst amüsant. Die schöne Margarita mit ihrem schlanken Luxuskörper und ihren unwahrscheinlich langen Beinen, die in der ganzen Filmszene berühmt waren, konnte beim besten Willen nicht begreifen, was ihr geschiedener Mann an der frühzeitig füllig gewordenen Tatjana fand, sie nannte ihre Nachfolgerin eine Kuh mit Schweinsäuglein und äußerte bei jeder Gelegenheit ihr Befremden über Wladislaws seltsame Wahl. Als Stassow Tatjana kennen lernte, war er schon seit drei Jahren von Margarita geschieden, aber das änderte nichts daran, dass sie sich ständig in das Privatleben ihres einstigen Ehemannes einmischte.

Natürlich hasste Margarita die neue Frau ihres Mannes aus tiefstem Herzen, obwohl es dafür eigentlich keine Gründe gab. Margarita hatte einen Liebhaber, mit dem sie ständig internationale Filmfestivals besuchte, sie hegte keinerlei Absichten, wieder mit Stassow zusammenzukommen, sodass Tatjana ihr eigentlich nichts wegnahm. Aber allein die Tatsache, dass Stassow es gewagt hatte, sich nach ihr, der berühmten Schönheit, »so etwas« auszusuchen, empörte Margarita über alle Maßen.

Wenn die Damen in die Verlegenheit kamen, miteinander kommunizieren zu müssen, so taten sie dies mit ausgesuchter Höflichkeit und sprachen einander nur mit Namen und Vatersnamen an, wobei die eine nicht mit Gift und Verachtung sparte, während die andere sich aufrichtig amüsierte. Tatjana Obraszowa war fünfunddreißig Jahre alt, und in den dreizehn Jahren als Untersuchungsführerin hatte sie es längst gelernt, nicht auf die Emotionen ihrer Gesprächspartner zu reagieren. Diese bedachten sie oft mit so viel Bosheit und Verachtung, dass Margaritas Verhalten sich dagegen ausnahm wie der Auftritt eines fünfjährigen Kindes in einem Theaterstück, das im Kindergarten aufgeführt wurde.

Nach etwa einer Dreiviertelstunde läutete es an der Tür. Margarita überschritt nicht die Schwelle der Wohnung, sondern schob nur Lilja in den Flur und schleuderte die Tasche mit ihren Sachen regelrecht hinterher. Sie küsste das Mädchen auf die Stirn, befahl ihm, dem Vater zu gehorchen, ging zurück zum Lift und verschwand grußlos.

»Wie geht es in der Schule?«, fragte Tatjana und beobachtete mit einem Lächeln, wie das Mädchen sorgfältig seine Stiefel aufschnürte.

»Wie immer. Ich habe zwei Einser bekommen, einen in Rechnen und einen in Russisch. Was gibt es heute zum Abendessen, Tante Tanja?«

»Das weiß ich noch nicht. Ich habe viel eingekauft und muss erst entscheiden, was ich kochen soll. Hast du einen Vorschlag?«

»Machen Sie doch bitte Kartoffeltaschen mit Fleisch«, bat Lilja. »Ich esse sie schrecklich gern, und meine Mutter kann sie nicht kochen.«

»Das wäre eine Möglichkeit«, sagte Tatjana. »Dein Papa isst sie auch sehr gern. Obwohl wir beide uns vorsehen sollten, Lila. Wir sind sowieso schon zu dick. Fleisch mit Kartoffeln ist nicht gerade gut für uns.«

Lilja war ein kräftiges Mädchen, im Wachstum eiferte sie ihrem zwei Meter langen Vater nach, und das Übergewicht stammte bereits aus ihrer frühen Kindheit. Es war die Folge ihrer unmäßigen Vorliebe für Weißbrot, Räucherwurst, Pralinen und Torten. So seltsam es auch war, aber äußerlich glich Lilja sehr viel mehr Tatjana als ihren leiblichen Eltern.

»Ein einziges kleines Mal darf man schon, Tante Tanja.«

»Nun gut, ein einziges kleines Mal«, stimmte Tatjana zu. Sie ging in die Küche und ließ Lilja mit einem Buch in der Hand zurück. Solange sie mit Lesestoff versorgt war, konnte man das Mädchen beliebig lang allein lassen, sie verlangte keine Aufmerksamkeit. Wenn sie etwas zu lesen hatte, wurde ihr nie langweilig. In Stassows Einzimmerwohnung war nicht viel Platz, aber dafür war eine riesige Bibliothek vorhanden.

Als das Fleisch bereits fertig war und Tatjana die rohen Kartoffeln durch den Fleischwolf drehte, erschien Lilja in der Küche.

»Tante Tanja, wäre es nicht besser, wenn Sie mich zu Tante Irotschka nach Petersburg schicken würden?«

»Wie kommst du darauf?«

»Ich will euch nicht stören.«

»Du störst uns nicht«, lächelte Tatjana. »Wie kommst du auf so seltsame Gedanken? Wir haben es doch immer gut gehabt zu dritt, nicht wahr? Oder gefällt dir hier etwas nicht? Wahrscheinlich schmeckt es dir bei Tante Irotschka besser, gib es zu. Du hoffst, dass sie dir jeden Tag Kartoffeltaschen mit Kraut macht, stimmt's?«

»Kinder dürfen nicht mit Erwachsenen in einem Zimmer schlafen«, sagte Lilja sehr ernst.

»Ein interessanter Gedanke«, erwiderte Tatjana ebenso ernst. Sie war längst an die überraschenden Äußerungen ihrer Stieftochter gewöhnt. »Wo hast du das denn gelesen?«

»Lachen Sie mich nicht aus, Tante Tanja, Sie wissen selbst, dass das stimmt. Ihr seid Mann und Frau, mein Papa und Sie, und ihr müsst allein im Zimmer schlafen und nicht zusammen mit mir.«

»Aber im Süden haben wir doch bestens zusammen in einem Zimmer geschlafen.«

»Das war nicht richtig«, widersprach das Mädchen trotzig.

Tatjana spürte, wie ihr die Röte in die Wangen stieg, aber sie nahm sich zusammen. Sie und Stassow hatten sich nichts vorzuwerfen. In dem Jahr, seit sie verheiratet waren, hatten sie schon oft mit Lilja in einem Zimmer geschlafen, aber sie hatten sich in dieser Situation immer zurückgehalten und andere Möglichkeiten gefunden. Außerdem waren sie keine zwanzig mehr, Wladislaw war bereits neununddreißig und sie selbst fünfunddreißig, sie hatten es nicht mehr so nötig und konnten notfalls auf Sex verzichten. Wie kam das Kind auf solche Gedanken?

»Was liest du zurzeit, Lilja?«, fragte sie streng. »Raus mit der Sprache.«

»›Der Hutmacher und sein Schloss‹ von Cronin. Denken Sie nicht, dass das zu schwer für mich ist, Tante Tanja, ich verstehe alles. Papa hat mir erlaubt, das Buch zu lesen.«

»Wenn Papa es dir erlaubt hat, dann ist es natürlich in Ordnung. Aber du darfst die Literatur nicht mit dem wirklichen Leben verwechseln. Dein Papa und ich lieben dich sehr und freuen uns immer, wenn du bei uns bist. Alles andere darfst du nicht ernst nehmen. Und vor allem darfst du niemals denken, dass du uns stören könntest. Wenn Menschen sich lieben, dann stören sie einander nie. Hast du verstanden? Und wenn du Sehnsucht nach Tante Irotschka hast und gern zu ihr nach Petersburg fahren möchtest, dann können wir das einrichten. Zu uns kannst du dann während der Ferien kommen, zum Beispiel im November. Übrigens, wie gefällt dir Cronin?«

»Gut«, sagte Lilja ausweichend. »Aber Sie schreiben besser. Sie gefallen mir am besten von allen Schriftstellern.«

Tatjana begann zu lachen.

»Lilja, du wirst mich eines Tages noch umbringen mit deinen Meinungen! Wer ist Cronin, und wer bin ich?«

Während Tatjana sich weiter mit Lilja unterhielt, fuhr sie fort, die Kartoffeln durch den Fleischwolf zu drehen, und rührte ab und zu das Hackfleisch in der Pfanne um. Fast alles war fertig. Wenn Stassow nach Hause kam, musste sie nur noch schnell die Taschen füllen und ins kochende Wasser werfen. Bis er die Hände gewaschen und die Pilzsuppe gegessen hatte, würde auch der Rest fertig sein.

Stassow erschien erst kurz vor neun, riesig, grünäugig und fröhlich. Er wusste bereits, dass seine Tochter zu Hause auf ihn wartete, deshalb hatte er auf dem Heimweg von der Arbeit Räucherwurst für sie gekauft, die sie mehr liebte als jede Delikatesse. Er lobte die Pilzsuppe, freute sich lautstark an den Kartoffeltaschen und erzählte lachend von seiner Unterhaltung mit einer Verkäuferin am Bücherstand des Kaufhauses, in dem er die Räucherwurst für seine Tochter erstanden hatte.

»Sie haben vier deiner Bücher im Angebot«, sagte er. »Ich mache ein schlaues Gesicht und frage, wie die Tomilina sich so verkauft. Sehr gut, sagt mir die Verkäuferin, sie gehört selbst zu deinen Verehrern, ebenso alle ihre Bekannten, aber man hat auch Kritik an dir. Ich will natürlich wissen, was sie meint, und sie fragt mich, warum mich das so brennend interessiert. Ich musste ihr sagen, dass ich dein Literaturagent bin.«

»Und warum hast du nicht gesagt, dass du mein Mann bist?«, fragte Tatjana erstaunt. »Wahrscheinlich war die Verkäuferin jung und schön, du wolltest ihr schöne Augen machen und deshalb nicht zugeben, dass du verheiratet bist.«

»Du bist ein Dummerchen. Ein gut erzogener Mensch wird einem Mann niemals etwas Schlechtes über seine Frau sagen. Aber ein Literaturagent ist genau derjenige, dem man seine Kritik vortragen kann. Die Verkäuferin war übrigens im mittleren Alter, gut über fünfzig. Eine sehr gebildete Frau, Kandidatin der philologischen Wissenschaften. Aber anstatt Russisch und Literatur zu unterrichten, muss sie den ganzen Tag im Kaufhaus stehen und Bücher verkaufen.«

»Lenk nicht ab, Stassow. Was passt ihr nicht an meinen Büchern? Zu wenig Sex und Gewalt?«

»Du darfst dreimal raten. Für jede falsche Antwort legst du mir eine neue Kartoffeltasche auf den Teller. Abgemacht?«

»Abgemacht. Zu wenig Action und zu viele Reflexionen.«

»Her mit der Kartoffeltasche. Bis du dir die nächste Antwort überlegt hast, habe ich sie aufgegessen.«

Tatjana begann zu überlegen. »Das traurige Ende«, schlug sie wenig später unsicher vor.

»Die nächste Kartoffeltasche. Du hast noch einen Versuch.«

»Und wenn ich nicht darauf komme?«

»Dann fährst du morgen mit mir in die Stadt, und wir kaufen Küchengeräte ein. Es gibt jetzt die verschiedensten Kaffeemühlen, Kaffeemaschinen, Fleischwölfe und andere Haushaltsgeräte. Ich weiß, dass du so etwas für Luxus hältst und der Meinung bist, dass man alles mit seinen eigenen Händen und einem Messer machen kann. Aber dich hat deine Irotschka verdorben, sie sitzt den ganzen Tag zu Hause, hat alle Zeit der Welt, und um ein Essen für zwei Personen zuzubereiten, muss man sich nicht sonderlich anstrengen. Wenn du also nicht errätst, welche Kritik deine Leser an dir haben, wirst du morgen zur Strafe Küchengeräte mit mir einkaufen und sie dann auch benutzen. Nun, wie sieht es aus, Tatjana Grigorjewna, was ist dir eingefallen?«

»Die angelegten Handlungsfäden werden nicht konsequent bis zum Ende verfolgt.«

»Nun ja«, sagte Stassow und zuckte mit den mächtigen Schultern, »du weißt es natürlich besser, aber die Kritik besteht nicht darin. Gibst du auf?«

»Ja, ich gebe auf.«

»Aber halt dich jetzt gut fest, sonst fällst du vom Stuhl. Es gibt bei dir Szenen, in denen jemand Essen zubereitet. Einige deiner Leserinnen haben deine Rezepte ausprobiert, aber es ist nichts Rechtes dabei herausgekommen. Nicht dass es ungenießbar war, aber geschmeckt hat es ihnen jedenfalls nicht. Dabei waren sie davon überzeugt, dass es sich um Meisterwerke der Kochkunst handeln müsste.«

»Du lieber Gott, Dima, es gibt in meinen Büchern doch keine Rezepte, es kommt lediglich vor, dass jemand zum Beispiel Auberginen mit Tomaten dünstet. Kein Wunder, dass aus diesen Versuchen nichts wird. Ich schreibe doch Krimis und keine Kochbücher.«

»Ich sage dir nur, was ich gehört habe, meine Liebe. Die Buchhändlerin wollte, dass ich dir das ausrichte, und das habe ich hiermit getan. Wenn du die nächste Küchenszene entwirfst, dann tu deinen Leserinnen einen Gefallen und beschreibe etwas genauer, wie das Gericht zubereitet wird, schildere die Arbeitsgänge, welche Zutaten, welches Kochgeschirr du verwendest und so weiter. Danke, Tanja, es hat wunderbar geschmeckt. Lilja, hast du deine Hausaufgaben gemacht?«

»Ja, Papa, schon längst.«

»Dann ab mit dir nach nebenan. Mach dir das Bett auf dem Sofa, schnapp dir ein Buch, und unter die Decke. Bis zehn Uhr darfst du noch lesen.«

Nachdem das Mädchen die Küche verlassen hatte, sah Tatjana ihren Mann aufmerksam an.

»Was hast du vor, Stassow?«

»Was meinst du?«

»Diese Geschichte mit den Küchengeräten. Ich lebe in Petersburg, Lilja bei ihrer Mutter, und du kommst bestens mit deinen eigenen Händen und einem Küchenmesser zurecht, wie du es selbst ausgedrückt hast. Wozu brauchst du all diese teuren Küchengeräte für deinen Einpersonenhaushalt?«

»Lass uns über unser eigentliches Problem sprechen, Tanja. Ich möchte, dass du hier lebst, bei mir. Ich möchte das sehr. Du brauchst deshalb deinen Beruf nicht aufzugeben, in Moskau werden dringend Untersuchungsführer gebraucht. Ich weiß, du möchtest einmal eine anständige Rente bekommen, um nicht den Wechselfällen des Schicksals ausgeliefert zu sein, das hast du mir schon hundertmal gesagt. Aber du kannst dich nach Moskau versetzen lassen und hier dieselbe Arbeit machen wie in Petersburg. Obwohl ich persönlich der Meinung bin, dass du deine Dienstuniform endlich ablegen und zu Hause bleiben solltest, um in Ruhe deine Krimis zu schreiben.«

»Du hast leicht reden. Und wenn mich plötzlich die Inspiration verlässt und ich kein einziges neues Buch mehr schreiben kann? Wovon soll ich dann leben?«

»Du hast einen Mann, der dich ernähren kann. Ich hoffe, du hast seine Existenz noch nicht vergessen. Ich verdiene genug, um für dich zu sorgen, für Lilja und für mich selbst. Ich bitte dich, Tanja, vergiss diesen ganzen Unsinn und komm nach Moskau. Du kannst dir gar nicht vorstellen, wie sehr du mir fehlst. Und notfalls kannst du auch mit mir zusammenarbeiten, dafür brauchst du keine Inspiration, und Aufträge wird es immer geben. Du wirst eine Lizenz als Privatdetektivin bekommen und kannst bei der Arbeit deine Berufserfahrung anwenden. Kannst du dir vorstellen, wie gut wir es zusammen haben werden? Und deiner Irotschka kannst du dann endlich die Freiheit schenken, du überlässt ihr deine Wohnung, und sie kann sich endlich ihr eigenes Leben einrichten. Der Haushalt wird dich nicht viel Zeit kosten, wir fahren morgen los und besorgen alles Notwendige, einschließlich vollautomatischer

Waschmaschine. Dann brauchst du nur noch Knöpfe zu drücken. Und wenn du willst, dann kaufe ich dir sogar eine Geschirrspülmaschine.«

Diese Gespräche fanden schon seit einem Jahr regelmäßig statt. Stassow wollte sehr gern mit seiner Frau zusammenleben, während Tatjana der Gedanke an einen Umzug nach Moskau nicht gerade begeisterte. Aber nicht umsonst sagte man, dass steter Tropfen den Stein höhlt. In letzter Zeit begann Tatjana nachzugeben. Und jetzt, während sie nach dem gemeinsamen Abendessen in der kleinen, engen Moskauer Küche saß und hörte, wie Lilja nebenan hantierte, traf die leitende Untersuchungsführerin Tatjana Obraszowa eine spontane Entscheidung.

»Ist gut, Dima«, sagte sie leise. »Ich werde umziehen. Du hast Recht, die Familie ist wichtiger.«

***

Im Zimmer brannte kein Deckenlicht, nur zwei Wandleuchten und eine Stehlampe auf einem hohen Fuß, aber das gedämpfte Licht war angenehm und reichte aus, um das Foto an der Wand betrachten zu können. Es zeigte zwei Männer in Reitdress, sie standen nebeneinander, jeder hielt einen riesigen, muskulösen Hengst mit glänzendem, gepflegtem Fell am Zaum. Das Gesicht des einen Mannes war Mila gut bekannt, es gab in ganz Russland wohl kaum jemanden, der den namhaften Politiker, einen der Kandidaten bei den vor kurzem stattgefundenen Präsidentschaftswahlen, nicht erkannt hätte. Der zweite Mann auf dem Foto war außerordentlich attraktiv, er hatte ein sehr männliches, markantes Gesicht, und mit ihm stand Mila Schirokowa in einer halben Stunde ein Treffen bevor. Ein richtiger Deckhengst, dachte sie voller Ungeduld, einfach himmlisch. Hoffentlich hat er keinen schwierigen Charakter. Mit so einem wäre eine leichte Nummer das reinste Vergnügen.

Sie setzte sich auf das Sofa mit den weichen Kissen,

streifte die Schuhe mit den hohen Absätzen ab und machte es sich bequem. Sie schlug die Beine unter und achtete dabei darauf, dass der Rock nicht zu viel, aber genug von ihren Beinen zeigte. Weiß der Henker, was für einer dieser Derbyschew ist, dachte sie, er könnte ja völlig verklemmt sein. Nicht umsonst hat er Probleme mit Frauen, obwohl einer, der so aussieht wie der, keinen Grund dazu hätte. Also muss er irgendeinen Defekt haben, irgendeine wurmstichige Stelle. Etwas ist nicht in Ordnung mit diesem Prachtexemplar. Aber das schreckte Mila nicht ab, sie war überzeugt von ihren weiblichen Reizen und ihren erotischen Künsten. Bis jetzt hatte noch kein einziger Mann bei ihr Probleme gehabt, und in Mila Schirokowas Leben hatte es nicht wenige Männer gegeben.

Sie konnte hören, wie Alik hinter der Tür hantierte, mal in der Küche, mal im Bad. Auch ein interessantes Exemplar, dachte sie, sehr originell, aber leider nicht zu gebrauchen für den üblichen Sex. Wäre Alik nicht schwul gewesen, hätte Mila sich liebend gern die Zeit bis zu Derbyschews Erscheinen mit ihm vertrieben. Ihr sexuelles Verlangen kannte keine Grenzen und ging längst über das Maß gewöhnlicher Wahllosigkeit hinaus. Sogar Strelnikow, der sie so gnadenlos herannahm, dass ihr Hören und Sehen verging, konnte ihre hemmungslose Gier nach fleischlichen Lüsten nicht befriedigen. Die ersten Wochen hatte er fast ununterbrochen mit ihr im Bett verbracht, aber so hatte es natürlich nicht ewig weitergehen können. Es lag nicht etwa an Strelnikows Potenz, obwohl der Mann, der Mila Schirokowa auf Dauer hätte befriedigen können, noch nicht geboren war, aber das Leben ging ja weiter, es gab Arbeit, Verpflichtungen, unvermeidbare Treffen und Besprechungen. Strelnikow konnte es nicht rund um die Uhr mit seiner jungen Angetrauten treiben. Aber das verlangte sie auch nicht von ihm. Sie begnügte sich mit seiner attraktiven Erscheinung, mit seinem Geld, mit dem angenehmen Leben, das er ihr bot. Mit ihren sexuellen Bedürfnissen würde sie schon irgendwie selbst zurechtkommen, sie hatte ja Erfahrung.

»Alik, was machen Sie dort?«, rief Mila.

»Nichts weiter. Ich habe hier noch einiges zu tun. Ruhen Sie sich aus, Mila, Viktor wird in etwa zwanzig Minuten hier sein. Soll ich Ihnen einen Cocktail mixen?«

»Nicht nötig«, rief sie zurück, »ich trinke lieber später etwas, zusammen mit Viktor.«

In Wahrheit konnte sie es ohne einen Drink kaum noch aushalten, wie immer vor dem ersten Treffen mit einem neuen Partner, aber sie hielt sich zurück. Man konnte ja nicht wissen, was für einer dieser Derbyschew war, womöglich würde es ihn stören oder gar abstoßen, wenn seine Besucherin nach Alkohol roch. Und so einen Mann durfte Mila sich auf keinen Fall entgehen lassen. So groß und kräftig gebaut, diese Figur, dieses Gesicht, und außerdem betrieb er Reitsport und verkehrte mit prominenten Leuten.

Aber Alik war wirklich eine sehr amüsante Erscheinung. Die Schultern so breit, dass er kaum durch die Tür kam, Arme und Beine, die nur aus Muskeln bestanden, aber die Stimme ... dünn und piepsig wie die eines Mädchens. Er sprach in einem manierierten, süßlichen Tonfall und zog die Vokale in die Länge. Es war zum Totlachen. Viktor Derbyschew war ganz offensichtlich kein Dummkopf, er hatte zur Unterhaltung seiner Besucherin ein ganz und gar ungefährliches Wesen ausgesucht, eines, das ihm die Dame keinesfalls vor der Nase wegschnappen würde.

Plötzlich fiel Mila etwas ein. Der Anhänger. Verdammt, beinahe hätte sie es vergessen. Sie öffnete ihre Handtasche, entnahm ihr einen Halsschmuck in Form eines kleinen geflügelten Amors mit Pfeil und Bogen und versteckte ihn zwischen den Sofakissen. Diesen Trick wandte Mila schon seit langem an, und obwohl er denkbar einfach war, funktionierte er fast immer. Es kam vor, dass ein Partner Mila sehr gefiel, aber manchmal sagte ihr das Gespür der erfahrenen Frau, dass er von der Angel gehen und das erste Treffen mit ihm auch das letzte sein konnte. Wenn nach zwei, drei Tagen kein Anruf von ihm kam, rief sie ihn selbst an und teilte ihm mit schuldbewusster Stimme mit, dass sie ihren Anhänger in seiner Wohnung verloren hatte. Alles Weitere war nur noch eine Frage der Taktik, und Mila erreichte praktisch jedes Mal ihr Ziel. Wenn der Partner ihr nicht gefiel oder keine Notwendigkeit bestand, sich eines nächsten Treffens im Voraus zu versichern, nahm sie den Anhänger unauffällig wieder an sich, bevor sie die Wohnung verließ.

»Mila, ist bei Ihnen alles in Ordnung? Haben Sie es bequem?«, hörte sie Alik fragen. »Viktor wird in fünf Minuten hier sein.«

Mila war in Gedanken vertieft und bemerkte nicht, dass die Stimme plötzlich ganz anders klang, gar nicht mehr piepsig und manieriert, sondern kräftig, schön und völlig normal.

Drittes Kapitel

Nastja Kamenskaja hatte nicht geahnt, dass es in Moskau noch solche Ecken gab. Eine riesige unbebaute Fläche, die mit Müll übersät war. Zwar befand sich dieser Schandfleck nicht in der Innenstadt, sondern an der Peripherie, in der Nähe einer Ausfallstraße, es waren keine Wohnhäuser zu sehen, aber dennoch ...

Die Ermordete, eine schöne junge Frau in einem eleganten hellgrünen Seidenkostüm, lag auf der Erde, mit dem Gesicht nach unten. Die Miliz befand sich bereits seit drei Stunden am Fundort der Leiche, die Identität der Ermordeten war inzwischen festgestellt. Es handelte sich um Ljudmila Schirokowa, achtundzwanzig Jahre alt, Empfangsdame im Hotel Rusitsch. Der Gutachter Oleg Subow hatte seine Arbeit bereits erledigt, jetzt machte sich der Gerichtsmediziner an der Leiche zu schaffen. Es sah so aus, als sei die Frau erwürgt worden, aber die wahre Todesursache würde erst die Obduktion zeigen. Vielleicht hatte man sie vorher vergiftet oder noch etwas anderes mit ihr angestellt. Der Gerichtsmediziner hatte festgestellt, dass der Tod vor vierzig bis achtundvierzig Stunden eingetreten war, also bereits vor fast zwei Tagen.

Obwohl schon Ende Oktober, war es noch warm, die Leute gingen ohne Mäntel und freuten sich des verspäteten Altweibersommers. Aber Nastja fror. Sie hatte Kreislaufprobleme und fror immer, wenn die Temperatur unter fünfundzwanzig Grad sank. Die Jacke fest um den Körper geschlungen, die Hände tief in den Taschen vergraben, ging sie langsam auf und ab und versuchte sich vorzustellen, was diese elegante, mit Goldschmuckstücken behängte junge Dame zu dieser Müllhalde geführt haben mochte. Was hatte sie hier verloren? Warum war sie an diesen Ort gekommen und wie? Doch nicht etwa zu Fuß? Es gab hier keine öffentlichen Verkehrsmittel, die nächste Bushaltestelle war mindestens fünf Kilometer entfernt. Wenn sie mit dem Auto gekommen war, dann fragte es sich, wo dieses Auto jetzt abgeblieben war. Oder hatte sie jemand in seinem Wagen hierher gebracht? Doch wer und wozu? Um sie hier zu ermorden? Allem Anschein nach war es genauso.

»Nastja«, rief Jura Korotkow erstaunt aus, »du wirst nicht glauben, wie klein die Welt ist. Ich habe in der Handtasche der Ermordeten ein Buch von Tatjana Tomilina, Stassows Frau, gefunden. Was es nicht alles gibt.«

»Es gibt noch mehr als das, Jura«, seufzte Nastja. »Trotzdem ist es kurios. Wir müssen unbedingt Stassow anrufen und ihm von dieser Geschichte erzählen.«

»Stell dir so etwas einmal vor«, sagte Korotkow, der sich nicht beruhigen konnte, »welch ein Sujet! In der Handtasche einer Ermordeten findet man ein Buch, dessen Autorin eine Untersuchungsführerin ist, und genau diese leitet auch die Ermittlungen in dem Mordfall.«

»Du phantasierst, Jura. Tatjana kann schon deshalb die Untersuchungen nicht leiten, weil sie in Petersburg arbeitet und nicht in Moskau. Außerdem ist sie, soviel ich weiß, zurzeit im Urlaub. Sie war mit Stassow verreist, die beiden sind erst vor kurzem nach Moskau zurückgekommen.«

»Siehst du«, sagte Korotkow triumphierend, »sie ist also doch in Moskau. Und nicht einmal so weit entfernt vom Fundort der Leiche. Aber du bist langweilig, Nastja, sobald man ein bisschen ins Schwärmen kommt, stutzt du einem sofort die Flügel. Du bist eine schreckliche Pragmatikerin, du hast keinen Tropfen Romantik in dir. Aber ich werde Stassow auf jeden Fall von der Geschichte erzählen. Ich muss ihn sowieso heute anrufen, er hat versprochen, mir bei der Reparatur meiner Rostlaube zu helfen.«

Er blätterte ein wenig in dem Buch und pfiff durch die Zähne.

»Die Dame hat sich offenbar vor kurzem in der Sonne der bourgeoisen Welt geaalt und im kapitalistischen Meer gebadet. Sie hat als Lesezeichen die Bordkarte irgendeines ausländischen Flughafens verwendet. Und man sieht, dass ihre Bräune noch ganz frisch ist.«

Nastja griff nach dem dünnen Stück Pappe, das mit Datum, Flugnummer und Sitzplatznummer versehen war. Sie rief aus dem Polizeiauto einen Bekannten an, der auf dem Flughafen Scheremetjewo arbeitete, und bat ihn herauszufinden, um welchen Flug es sich gehandelt hatte und welche Passagiere neben Ljudmila Schirokowa gesessen hatten. Dann ging sie zu Korotkow zurück.

»Ich wüsste gern, was sie in dieser Aufmachung, mit ihren hochhackigen Schuhen, auf dieser Müllhalde gemacht hat«, sagte sie nachdenklich und wandte sich Subow zu. »Oleg, was hast du an den Schuhen der Frau gefunden?«

»Was schon«, brummte der immer missgelaunte, unzufriedene Subow, »Müll natürlich.«

»Also hat man sie hier ermordet. Hätte sie keinen Schmutz an den Absätzen, könnte man davon ausgehen, dass sie an einem anderen Ort umgebracht und dann hier aus dem Auto geworfen wurde. Schade. Ich habe gehofft, dass die Sache etwas spannender ist.«

»Du hast vielleicht Wünsche«, sagte Korotkow vorwurfsvoll. »Die fortschrittliche Gesellschaft hofft auf eine lichte Zukunft und den Sieg der Demokratie, und du hoffst darauf, dass man das Opfer nicht hier auf der Müllhalde ermordet hat, sondern an einer anderen Stelle. Ist es dir nicht egal, wo sie ermordet wurde?«

»Nein. Die Ermordung einer schönen jungen Frau auf einer Müllhalde riecht nach Nötigung und billiger Erpressung. So etwas mag ich nicht.«

»Lieber Gott, Nastja, du hast wirklich nicht alle Tassen

im Schrank. Was heißt hier mögen oder nicht mögen. Eine Leiche ist eine Leiche. Ein Mensch hat einen anderen ermordet, das ist abscheulich, daran kann man doch nichts mögen.«

»Dass Menschen einander ermorden, ist eine objektive Tatsache, an der wir nichts ändern können, Jura. So war es, so ist es, und so wird es immer bleiben. Damit müssen wir uns abfinden. Und da nun einmal gemordet wird, muss ich meine Arbeit machen, und deshalb habe ich durchaus das Recht, etwas an dieser Arbeit zu mögen oder nicht. Willst du mir etwa widersprechen?«

»Wer dir widersprechen wollte, würde das Ende des Tages nicht erleben«, lachte Korotkow sarkastisch. »Wie sieht es aus, Oleg?«

Der groß gewachsene Subow saß mit eingezogenen Schultern auf einer Plastiktüte auf der Erde, er hielt die Schuhe der Ermordeten in der Hand und betrachtete sie mit düsterem Gesichtsausdruck.

»Irgendein Bockmist, wie immer«, presste er zwischen den Zähnen hervor. »Ich begreife nicht, wie sie es auf diesem Boden geschafft hat, sich die Absätze bis oben hin schmutzig zu machen.«

In der Nähe der Leiche lag eine leere Farbdose, die hellblaue Farbe aus ihrem Innern hatte sich auf den Boden ergossen.

»Der Boden ist hier ziemlich hart, und die Absätze sind elf Zentimeter hoch. Wie konnten sie sich bis zum Anschlag in den Boden bohren? Dazu müsste sie mindestens hundert Kilo wiegen, aber sie wiegt höchstens fünfundfünfzig oder siebenundfünfzig, das sieht man auf den ersten Blick. Ich werde euch nachher meine genauen Berechnungen vorlegen, aber auch so ist klar, dass hier nichts klar ist.«

»Vielleicht hat sie etwas Schweres getragen«, schlug Nastja als Erklärung vor.

»Vierzig Kilo oder noch mehr?«, erwiderte Oleg missbilligend. »Zügle deine Phantasie, Anastasija. Schau dir mal diesen Körper an, die Dame hat in ihrem Leben nie etwas Schwereres in der Hand gehabt als ein Sandwich. Ihre Muskulatur ist völlig unterentwickelt.«

»Hast du eine bessere Erklärung?«

»Ich bin nicht dazu da, um mir deinen Kopf zu zerbrechen. Erklärungen zu finden ist deine Sache, ich konstatiere nur Tatsachen. Überlege dir, was die Dame durch die Gegend geschleppt haben könnte, und dann werde ich dir sagen, ob deine Hypothese brauchbar ist oder nicht.«

»Kann es vielleicht sein, Oleg, dass sie hier einfach von irgendwo heruntergesprungen ist?«

»Sieh an, welch ein helles Köpfchen«, knurrte der Gutachter. »Theoretisch kann es sein, in diesem Fall hätten sich die Absätze ihrer Schuhe tatsächlich tief in den Boden gebohrt. Aber wie stellst du dir das praktisch vor? Von wo hätte sie hier herunterspringen sollen? Vielleicht von einem Küchenhocker? Siehst du einen?«

»Schon gut, hör auf zu maulen, ich werde darüber nachdenken. Und du, schau dir im Labor ihr Kostüm genau an, sieh nach, ob du irgendwelche Spuren findest. Wenn sie einen schweren Gegenstand getragen hat, dann muss sie ihn an ihren Körper gepresst haben.«

»Verwechselst du dich im Moment vielleicht mit einer Untersuchungsführerin, Anastasija?«, raunzte Subow, der es nicht ausstehen konnte, wenn man ihm Anweisungen gab, besonders dann, wenn es sich um völlig selbstverständliche Dinge handelte.

Natürlich hatten laut Gesetz nur prozessführende Personen, zum Beispiel Untersuchungsführer und Richter, das Recht, Gutachtern Anweisungen zu geben und ihnen Fragen zu stellen, während Ermittlungsbeamte höchstens schüchtern bitten und auf einen Freundschaftsdienst des Gutachters hoffen konnten. Aber wer hielt sich schon an diese Gesetze? Man hatte sie längst vergessen.

Es begann zu dämmern, und die Kripobeamten machten sich langsam wieder auf den Weg. Man hätte natürlich Scheinwerfer aufstellen können, aber das wäre nicht mehr dasselbe gewesen. Aus irgendeinem Grund arbeiteten die Beamten nicht gern bei künstlichem Licht, sie zogen Tageslicht vor.

»Anastasija Pawlowna!«, hörte Nastja einen der Fahrer rufen. »Telefon für Sie.«

Nastja lief zum Wagen. Georgij, der bei der Flughafenpolizei in Scheremetjewo arbeitete, teilte ihr mit, dass die genannte Ljudmila Schirokowa am dreizehnten Oktober von Barcelona nach Moskau geflogen war. Den Sitzplatz neben ihr hatte ein gewisser Wladimir Alexejewitsch Strelnikow eingenommen.

Nun denn, dachte Nastja, ein gewisser Strelnikow also. Mit dem fangen wir an.

* * *

Es gelang ziemlich schnell, die wesentlichen Informationen über die Ermordete zu bekommen. Sie hatte ein gesetzestreues Leben geführt und ihrem Umfeld praktisch nichts von sich verborgen. Am Abend des nächsten Tages war bereits bekannt, dass Ljudmila Schirokowa nach Abschluss der Hotelfachschule eine kurze Zeit im Hotel Rusitsch gearbeitet hatte, das eine türkische Firma in Moskau erbaut hatte. Im April war sie auf Einladung von Freunden in die Türkei geflogen, um dort praktische Arbeitserfahrung in Hotels mit internationalem Standard zu sammeln. Im Juni kam sie nach Moskau zurück und nahm ihre Arbeit im Hotel Rusitsch wieder auf. Von diesem Zeitpunkt an lebte sie mit Wladimir Strelnikow zusammen, der bis vor kurzem Präsident des Fonds zur Förderung humanistischer Bildung gewesen war und seit September vergangenen Jahres einen leitenden Posten im Staatskomitee bekleidete. Am dreizehnten Oktober war sie aus Spanien zurückgekommen, wo sie mit Strelnikow zwei Wochen in einem modischen Badeort verbracht hatte. Was sie am achtundzwanzigsten Oktober, dem Tag ihrer Ermordung, vorgehabt hatte, wusste niemand mit Bestimmtheit zu sagen. Milas Eltern hatten keinen Einblick in das Leben ihrer Tochter, da sie bereits seit langem nicht mehr bei ihnen lebte und sie nicht in ihre Angelegenheiten einweihte. Sie war am Morgen dieses Tages zur Arbeit gekommen, hatte ihre Schicht abgeleistet, sich verabschiedet und war wieder gegangen. Niemand hatte etwas Besonderes an ihrem Verhalten bemerkt, und sie hatte auch nichts darüber verlauten lassen, wie und wo sie den Abend zu verbringen gedachte.

Nach Aussagen ihrer Kollegen im Hotel Rusitsch hatte Mila eine große Vorliebe für Sex. Sie lief den Männern nicht hinterher, das hatte sie nicht nötig, da die Männer selbst großes Interesse an der blonden, blauäugigen Schönheit zeigten, sodass sie nur zu wählen brauchte. Sie hatte nichts von dem Snobismus mancher schöner Frauen an sich, die fanden, dass nur gut aussehende, reiche, bekannte oder zumindest kluge Männer ihrer würdig waren, Mila nahm jeden, der ihr gefiel. Heute besuchte sie einen afrikanischen Geschäftsmann, der in Sachen Diamantenhandel nach Russland gekommen war, in seiner Luxussuite im Hotel, morgen verschwand sie mit einem Lkw-Fahrer, der das Restaurant belieferte, in einem leer stehenden Zimmer des Hotels, in dem sie arbeitete. Trotz ihres ungewöhnlichen Lebenswandels wurde Mila von ihren Kollegen gemocht, denn man konnte ihr einfach nicht böse sein. Wenn sie nach einer ihrer sexuellen Eskapaden an ihren Arbeitsplatz zurückkehrte, steckte sie sich eine Zigarette an und lachte.

»Mensch, Kinder«, sagte sie, »ich konnte mich schon wieder nicht beherrschen. Was bin ich bloß für ein Flittchen! Wahrscheinlich habe ich meinen Verstand zwischen den Beinen. Irgendwann wird mich das in Teufels Küche bringen. Aber ihr könnt euch gar nicht vorstellen, Kinder, wie er mir gefällt. So ein toller Typ ...«

Dies sagte Mila ganz ruhig und wie erstaunt über sich selbst, womit sie das vorwegnahm, was die anderen dachten und ihr unter anderen Umständen ins Gesicht gesagt hätten. Aber niemand konnte ihr böse sein. Weshalb sollte man ihr auch zürnen?

Mila war zusammen mit einer Ljuba Sergijenko in die Türkei geflogen, aber allein wieder zurückgekommen. Da Ljuba bis zu ihrer Abreise ebenfalls im Hotel Rusitsch gearbeitet hatte, war es ganz selbstverständlich, dass man Mila nach ihrer in der Türkei gebliebenen Freundin gefragt hatte.

»Ljuba hat sich dort nicht schlecht eingerichtet«, hatte Mila lächelnd gesagt, »sie wird euch alles selbst erzählen, wenn sie zurückkommt.«

Als die Mitarbeiter des Hotels nach Wladimir Strelnikow gefragt wurden, reagierten sie mit Erstaunen.

»Da müssen Sie etwas verwechselt haben«, sagte die Empfangschefin zu Korotkow. »Strelnikow war nicht mit Mila zusammen, sondern mit Ljuba.«

»Wissen Sie das genau?«, fragte Korotkow.

»Aber ja, sicher. Er hat sie oft genug morgens zur Arbeit gebracht und abends wieder abgeholt, und sie hat auch gar nicht verheimlicht, dass sie bereits seit langem mit ihm zusammenlebte. Sie erzählte uns, dass er sich scheiden lassen wollte, um sie zu heiraten. Nein, nein, Sie irren sich, Strelnikows Freundin war nicht Mila, sondern Ljuba.«

»Ist die Sergijenko bis jetzt nicht aus der Türkei zurückgekommen?«

»Nein. Andernfalls wäre sie bei uns aufgetaucht, da bin ich mir ganz sicher.«

Nach einem weiteren halben Tag stellte sich heraus, dass die Empfangschefin des Hotels Rusitsch nicht besonders gut informiert war. Ihr war nicht nur entgangen, dass Ljudmila Schirokowa ein Verhältnis mit dem Liebhaber ihrer Freundin Ljuba Sergijenko hatte, sondern auch die Tatsache, dass Ljuba bereits Anfang Oktober ebenfalls nach Moskau zurückgekehrt war. Zu Hause bei ihren Eltern war sie erst vor fünf Tagen erschienen, obwohl die Recherche auf dem Flughafen Scheremetjewo ergeben hatte, dass sie schon seit fast drei Wochen wieder in Moskau war.

»Wo sie wohl in dieser Zeit gewesen ist?«, fragte Nastja Kamenskaja, nachdem sie Korotkows Bericht angehört hatte. »Vielleicht bei einem neuen Liebhaber?«

»Warum nicht, das könnte durchaus sein. Vielleicht hat sie in der Türkei jemanden kennen gelernt, ist mit ihm zusammen nach Moskau zurückgekommen und hat die Liebe mit ihm genossen. Aber das alles werden wir schnell herausfinden. Morgen früh werde ich mir die Sergijenko vorknöpfen.«

»Du bist unverbesserlich, Jura. Du hast nur die Liebe im Sinn. Könntest du dir nicht vorstellen, dass die Sergijenko, nachdem sie zurückgekommen war und erfahren hatte, dass ihre beste Freundin ihr den Liebhaber weggeschnappt hat, irgendwo untergetaucht ist, um einen blutigen Racheplan zu schmieden? Du solltest morgen nicht zu ihr gehen, sondern lieber noch ein paar Tage recherchieren. In Anbetracht dessen, was wir inzwischen wissen, ist Ljuba Sergijenko unsere Verdächtige Nummer eins.«

»Der Liebe verdächtig!«, bemerkte Korotkow pathetisch. »Ein toller Titel für einen Bestseller. Versuch bitte nicht, mir die Stimmung zu verderben, Nastja, ich bin heute nämlich sehr gut aufgelegt. Das kommt selten genug vor.«

»Hör auf zu blödeln, du Spinner, lass uns lieber an die Arbeit gehen. Apropos Bestseller, hast du Stassow von dem Buch erzählt, das wir bei der Ermordeten gefunden haben?«

»Na klar doch. Er hat lange herumgewitzelt und sich

überlegt, wie die Neuigkeit seiner Tatjana so pikant wie möglich zu servieren wäre. Sag mal, Nastja, bist du krank?«

»Wie kommst du darauf? Sehe ich schlecht aus?«

»Du siehst bestens aus, aber du trinkst keinen Kaffee. Ich sitze schon seit einer geschlagenen Stunde bei dir, und in dieser Zeit hast du keine einzige Tasse getrunken. Was ist los?«

»Denkbar einfach, Herr Ermittler. Der Kaffee ist alle. Und neuen kann ich nicht kaufen, zusammen mit dem aromatischen braunen Pulver ist mir auch das Geld ausgegangen. Nun muss ich leiden.«

»Warum sagst du denn nichts? Stell den Wasserkocher an, ich bringe gleich Kaffee.«

»Und woher willst du den nehmen?«

»Ich werde welchen schnorren. Das soll nicht deine Sorge sein, meine Aufgabe als Ermittler ist es schließlich, zu suchen und zu finden. Im Notfall klaue ich jemandem welchen aus dem Schreibtisch.«

Nastja stellte den Wasserkocher an, holte aus dem Schreibtisch Tassen und Zucker, da läutete das Telefon.

»Anastasija Pawlowna, liebst du mich noch?«, fragte der unermüdliche Stassow mit fröhlicher Stimme.

»Leidenschaftlich«, entgegnete Nastja. »Ich grüße dich, Slawa.«

»Ich grüße dich. Korotkow hat mir eine tolle Geschichte erzählt. Könnte Stoff für einen Krimi sein. Oder lügt er?«

»Nein, es ist so, wie er sagt. Ehrenwort.«

»Welches Buch habt ihr denn gefunden?«

»›Dreh dich um und geh.‹«

»Ein schwarzer Hardcover-Band?«

»Nein, ein graublaues Taschenbuch. Interessierst du dich für Einzelheiten?«

»Ich nicht, aber Tatjana. Sie würde gern mit dir sprechen. Bist du sehr beschäftigt?«

»Stassow, für dich und deine Frau habe ich immer Zeit.

Dich liebe ich ganz einfach, und Tatjana bin ich zudem verpflichtet. Sie hat mir schließlich geholfen, den Henker zu fassen. Gib sie mir bitte.«

»Guten Tag«, sagte Tatjana mit ihrer dunklen weichen Stimme.

»Guten Tag, Tanja. Wie gefällt dir dein Urlaub?«

»Besser als die Arbeit«, lachte Tatjana. »Sag mal, ist es wahr, dass die Ermordete ein hellgrünes Seidenkostüm und hochhackige Schuhe getragen hat?«

»Das ist in der Tat wahr. So wahr ich hier stehe.«

»Eine schöne, braun gebrannte Blondine?«

»Genau«, sagte Nastja erstaunt. »Wie kommst du darauf?«

»Korotkow hat es gesagt. Nastja, ich glaube, ich habe diese Frau gesehen.«

»Wo? Wann?«

»Am Montag, in der Metro. Sie hat neben mir gesessen und mein Buch gelesen, deshalb erinnere ich mich an sie. Aber zur Sicherheit müsste ich einen Blick auf ein Foto von ihr werfen. Oder auf die Leiche und ihre Kleidung, das wäre noch besser.«

»Bist du tatsächlich bereit, zum Leichenschauhaus zu fahren?«, fragte Nastja ungläubig. »Du hast immerhin Urlaub.«

»Warum denn nicht? Das Leichenschauhaus ist kein schlechterer Ort als andere. Aber vielleicht würde ich schon auf einem Foto sehen, dass es doch nicht sie war.«

Korotkow kam zurück, er hatte ein aus einem Blatt Papier gefaltetes Tütchen in der Hand, in das ihm gutherzige Kollegen je ein, zwei Löffel Kaffee abgezweigt hatten.

»Hier«, sagte er stolz und reichte Nastja das Tütchen, »ich habe an drei Stellen Erfolg gehabt. Und du zweifelst immer an meinen Fähigkeiten, undankbar wie du bist.«

»Ich habe noch nie an deinen Fähigkeiten gezweifelt. Wir trinken jetzt eine Tasse Kaffee und fahren los.«

»Wohin denn?«, fragte Korotkow mit finsterem Blick. »Ich war heute den ganzen Tag unterwegs, lass mich doch etwas Luft holen. Außerdem ist es bereits nach acht.«

»Wir fahren zu unserem Freund Stassow und seiner geliebten Frau Tatjana. Es ist nämlich gut möglich, dass Tatjana die Schirokowa ein paar Stunden vor ihrem Tod gesehen hat.«

»Das lasse ich mir gefallen! Ich brauche nur aus der Tür zu gehen, und schon passiert etwas Neues.«

***

Larissa Tomtschak und Anna Leontjewa kannten sich schon seit vielen Jahren, aber sie waren nie enge Freundinnen geworden. Es lag nicht etwa daran, dass etwas zwischen ihnen stand oder sie sich nicht mochten, es bestand einfach kein Grund für eine intimere Freundschaft. Sie telefonierten regelmäßig miteinander, es gab zahlreiche Anlässe dafür, da ihre Männer seit mehreren Jahren zusammenarbeiteten.

Strelnikows Frau Alla war ihre gemeinsame Freundin, allerdings nur bis zu der Zeit, als Strelnikow noch mit ihr zusammenlebte. Nachdem er sie verlassen hatte und überall mit Ljuba aufzutauchen begann, mussten Larissa und Anna sich umstellen. Alla mochten sie beide, sie war eine kluge, reife Frau in ihrem Alter, während Ljuba, die fast zwanzig Jahre Jüngere, ihnen vorkam wie ein dummes Gör, mit dem man kein einziges vernünftiges Wort reden konnte.

Für Larissa war die Situation besonders schwierig, weil Tomtschak und Strelnikow seinerzeit zwei benachbarte Datschengrundstücke gekauft hatten. Fast immer, wenn Larissa auf der Datscha war, traf sie Alla Strelnikowa und wartete bangen Herzens auf Fragen nach Wladimirs neuer Geliebter. Aber mehr noch fürchtete sie das, was hinter diesen Fragen stand. Wir beide waren so gute Freundinnen, schien Alla ihr jedes Mal sagen zu müssen, und jetzt hast du einfach die Seite gewechselt, jetzt empfängst du in deinem Haus meinen Mann mit seiner neuen Flamme. Schämst du dich wirklich nicht, mir in die Augen zu sehen?

Larissa schämte sich sehr und war Alla grenzenlos dankbar dafür, dass sie nie Fragen stellte und auch keinerlei Anspielungen machte. Die beiden Frauen unterhielten sich über allgemeine Dinge, über das Leben schlechthin, über die politische Lage, über Fernsehsendungen, über die Liebesgeschichten von Bekannten und über das Einsalzen von Gurken und Kraut für den Winter. Alla Strelnikowa war zweifellos eine starke und ungewöhnliche Frau, die ihre wahren Gefühle für sich behalten konnte, um ihr Gegenüber nicht in peinliche Situationen zu bringen. Wladimir hatte sich vor zwei Jahren von ihr getrennt, und in all dieser Zeit hatten Larissa Tomtschak und Anna Leontjewa nicht aufhören können, sich darüber zu wundern, wie dieser Mann eine Frau wie Alla wegen Ljuba verlassen konnte. Ein Unterschied wie Tag und Nacht. Alla war eine ungewöhnliche Schönheit, eine von den Frauen, die mit den Jahren immer anziehender wurden, da die gelebten Jahre ihre Züge verfeinerten, ihnen ein trauriges Geheimnis und ein ironisches Lächeln ins Gesicht zeichneten. Alla war nicht nur schön und klug, sie hatte auch ausgezeichnete Manieren, man konnte sich in jeder Gesellschaft mit ihr sehen lassen, und sie kleidete sich sehr erlesen, mit Geschmack und Stil.

Ljuba hingegen war, gelinde gesagt, sehr einfach. Hübsch und nett, ohne Zweifel, aber mit Alla konnte sie es keinesfalls aufnehmen. Sie war bei weitem nicht so schön wie sie und wusste sich nicht zu benehmen. Man konnte ihr jede Emotion, jeden Gedanken vom Gesicht ablesen, ob man es wollte oder nicht. Wenn die Freunde sich in früheren Zeiten zusammen mit ihren Frauen trafen, waren die Frauen stets gleichberechtigte Gesprächspartnerinnen. Sie wussten bestens über den Universitätsbetrieb Bescheid, während Ljuba nicht einmal den Unterschied zwischen einer Dissertation und einer Magisterarbeit kannte. Wenn sie versuchte, sich an den Gesprächen zu beteiligen, wirkte das nicht nur lächerlich, sondern manchmal ausgesprochen dumm. Zudem konnte es ihr einfallen, in einem legeren, schulterfreien Sommerkleid am Institut zu erscheinen. Wer bist du denn?, wollte man sie fragen. Wenn du dich für die Frau des Rektors hältst, dann sei bitte so freundlich und kleide dich entsprechend, schließlich sehen die Studenten dich an und nehmen sich ein Beispiel an dir. Und wenn du niemand bist, dann hast du hier auch nichts verloren.

Die Damen lächelten insgeheim über Ljuba und verachteten sie, aber sie ließen sich natürlich nichts anmerken. Erstens waren sie gut erzogen, und zweitens hatten ihre Männer ein für alle Mal klargestellt, dass Strelnikow ihr Freund war und dass die Frauen sich zurückzuhalten hatten, zumal es nicht von Anstand und Feingefühl zeugte, sich in das Privatleben anderer einzumischen und sich Urteile darüber anzumaßen.

Als die Frauen erfuhren, dass Ljubas Freundin Mila Schirokowa über Nacht den Platz an Strelnikows Seite eingenommen hatte, regte sich in ihnen zum ersten Mal ein leises Mitgefühl mit Ljuba. Ein Mitgefühl, das allerdings noch auf sehr dünnen, wackeligen Beinen stand, da mit Ljuba alles in bester Ordnung zu sein schien. Nicht umsonst war Mila allein nach Moskau zurückgekehrt. Offenbar hielt Ljuba etwas im Ausland fest, etwas, das stärker war als ihre Liebe zu Strelnikow. Ein Verhältnis mit einem reichen türkischen Geschäftsmann schien mehr als nahe liegend zu sein, zumal Mila diese Vermutung zwar nicht ausdrücklich bestätigte, aber auch nicht dementierte. Erst nach Ljubas Rückkehr klärte sich alles auf. Anna und Larissa machten die ungeliebte Ljuba sofort zum Objekt ihres ganzen Mitgefühls und ihrer Fürsorge. Für das, was dem Mädchen in der Türkei zugestoßen war, war in ihren Augen nicht nur die hinterhältige Mila verantwortlich, sondern auch Strelnikow.

Manchmal trafen Larissa und Anna sich zu einer gemeinsamen »Entspannungskur«, wie sie es selbst nannten. Die Entspannung bestand darin, dass sie einander Gesichtsmassagen machten, sich gegenseitig die Haare und Wimpern färbten, die Augenbrauen zupften und Schönheitsmasken auflegten. Auch heute widmeten sie sich wieder ihrer Schönheitspflege und Verjüngung. Sie hatten den Schlamm aus dem Toten Meer bereits von ihren Gesichtern abgewaschen, eine dicke Schicht Nährcreme aufgetragen und sich hingelegt, um die Creme einziehen zu lassen. Sie wussten inzwischen, dass Mila Schirokowa ermordet worden war, aber sie sprachen höchst vorsichtig über dieses Thema, wie jemand, der vor jedem Schritt den Boden unter seinen Füßen abtastet.

»Was meinst du, Anna, ist es sehr schlimm, dass sie mir überhaupt nicht Leid tut?«, fragte Larissa.

»Aber nein«, erwiderte Anna gleichgültig, »warum sollte sie dir Leid tun? Ein schönes Raubtier, das alles verschlingt, was ihm vor die Zähne kommt. Sie hat es nicht anders verdient, sie war ein Flittchen.«

»Glaubst du, dass einer ihrer zufälligen Liebhaber sie umgebracht hat?«

»Bestimmt. Ich bin mir nur nicht sicher, ob es ein zufälliger Liebhaber war.«

»Willst du damit sagen, dass ...?«

Larissa richtete sich vor Erstaunen auf dem Sofa auf und starrte ihre Freundin an, die nach wie vor mit geschlossenen Augen dalag, mit einem Ausdruck sorglosen Friedens im cremeglänzenden Gesicht.

»Mir ist klar, was du jetzt denkst, Lara, aber wer weiß, wie viele ständige Liebhaber dieses Weibsstück neben Strelnikow hatte. Vielleicht war es irgendein Türke, den sie ausgenommen hat. Erinnere dich daran, was Ljuba erzählt hat. Oder es war einer, mit dem sie vor Strelnikow zusammen war. Aber ich neige zu der Annahme, dass es genau der war, an den du eben gedacht hast.«

»Nun ja, Gott allein kennt die Wahrheit«, erwiderte Larissa und streckte sich wieder bequem auf dem Sofa aus. »Jedenfalls ist es ein folgerichtiges Ende.«

»Unsere Männer werden das nicht überleben«, sagte Anna, nach wie vor völlig gleichmütig. »Er ist für sie das Licht am Ende des Tunnels. In ihren Augen ist er immer im Recht, was er auch tut. Wenn man anfängt, sie zur Miliz vorzuladen, werden sie ihn mit Zähnen und Klauen verteidigen.«

Eine Weile lagen die Frauen schweigend da und dachten über das nach, worüber sie eben in Anspielungen und Andeutungen gesprochen hatten. Dann meldete sich Anna wieder zu Wort.

»Lara, wann ist Ljuba zu ihren Eltern zurückgekehrt?«

»Letzte Woche. Warum?«

»Heißt das, dass sie am Montag nicht mehr bei dir war?«

Larissa richtete sich abrupt auf und warf einen durchdringenden Blick auf Anna, die immer noch mit geschlossenen Augen dalag.

»Was willst du damit sagen?«

»Vorläufig nichts. Warum regst du dich so auf?«

»Wie kannst du nur so etwas denken!«, sagte Larissa scharf. »Das ist völlig ausgeschlossen. Ljuba ist zu so etwas nicht fähig.«

»Ja, wahrscheinlich«, erwiderte Anna in unverändert gleichmütigem Tonfall. »Sie ist kein rachsüchtiger Charakter, nicht wahr?«

»So ist es. Du hast völlig Recht, Anna, sie ist kein rachsüchtiger Charakter. Sie duldet, weint und schweigt. Ich habe mich in diesen Wochen hinreichend von ihrer Wehleidigkeit überzeugen können, das kannst du mir glauben.«

»Sicher, Lara, sicher, ich zweifle nicht daran. Aber für die Miliz wird sie ein gefundenes Fressen sein, das musst du zugeben. Mila ist schließlich mit dem ganzen gemeinsam verdienten Geld verschwunden und hat nicht einmal für ihre Unterkunft bezahlt. Und dann hat sie Ljuba den zukünftigen Ehemann ausgespannt. Du musst zugeben, dass das schwer wiegende Motive sind.«

»Ich kann daran nichts Besonderes erkennen. Die beiden sind zusammen in die Türkei geflogen, um dort zu arbeiten, und wurden betrogen. Dann haben sie versucht, das Geld für die Rückkehr nach Moskau zu verdienen. Ihre Wege haben sich getrennt, jede hat auf ihre Art gearbeitet und verdient. Und die Liebe ... nun ja, die Liebe ist ein zerbrechliches Ding. Heute ist sie noch da und morgen schon nicht mehr. Auch Ljuba hat ja Strelnikow einst seiner Frau weggenommen. Sie hat mit einer anderen genau dasselbe gemacht wie Mila mit ihr. Insofern sehe ich keinen Grund zu Abrechnungen zwischen den Mädchen, sie schulden einander nichts. Habe ich nicht Recht?«

»Nein, sie schulden einander nichts. Wenn wir beide so denken, Lara, dann ist es auch so. Richtig?«

»Völlig richtig«, sagte Larissa Tomtschak bestimmt und griff nach einem Papiertuch, um die Reste der Creme aus ihrem Gesicht zu entfernen.

Alles war zwischen den Frauen gesagt. Sie hatten einander ohne viele Worte verstanden und waren beide zu demselben Schluss gekommen.

***

Nachdem Larissa an diesem Abend nach Hause gekommen war, rief sie Ljuba an.

»Ich wollte dir sagen ...«, begann sie unsicher, dann wurde ihre Stimme wieder fest. »Ich habe dich gesehen.«

»Tatsächlich?«, erwiderte Ljuba ungerührt. »Und was jetzt?«

»Du brauchst dir keine Sorgen zu machen. Ich werde nichts sagen. Natürlich hättest du das nicht tun dürfen ... Aber das hat nun keine Bedeutung mehr. Sie ist nicht mehr da, das ist die Hauptsache.«

»Ja, sie ist nicht mehr da«, gab Ljuba wie ein Echo zurück. »Alles andere hat keine Bedeutung.«

***

Jura Korotkow befolgte Anastasijas Rat, Ljuba Sergijenko vorläufig nicht aufzusuchen, und beschloss, sich bei Strelnikows Freunden genauer nach ihr zu erkundigen. Es stellte sich heraus, dass Ljuba nach ihrer Rückkehr aus der Türkei fast drei Wochen bei den Tomtschaks verbracht hatte und nicht bei irgendeinem mysteriösen neuen Liebhaber. Tomtschak selbst war in dieser Zeit zwar fast ständig auf seiner Datscha gewesen, aber zwei- oder dreimal war er nach Moskau gefahren, er hatte Ljuba in seiner Wohnung angetroffen und wusste von seiner Frau, was dem Mädchen in der Türkei widerfahren war.

»Sie wirkte sehr niedergeschlagen«, sagte er zu Korotkow. »Ich glaube, sie hat die Realität um sich herum gar nicht richtig wahrgenommen. Ich würde sagen, dass sie sich in einem schockähnlichen Zustand befand. Kein Wunder, wenn jemand in der Fremde so leidet, sich so danach sehnt, wieder nach Hause zu kommen, und dann so etwas erfährt ... Nicht nur, dass Wolodja nicht auf sie gewartet hat, er hat sich auch noch mit ihrer besten Freundin eingelassen, die sie in der Türkei so hinterhältig betrogen hat.«

»Sagen Sie bitte, haben Sie die Schirokowa gut gekannt?«

»Nein, ich habe sie überhaupt nicht gekannt. Als Wolodja sich von seiner Frau getrennt und mit Ljuba zusammengetan hat, haben wir Ljuba als seine zukünftige Frau angesehen und sind oft mit ihr zusammen gewesen. Als Mila auftauchte, wussten wir zuerst gar nicht, dass sie Ljubas Freundin war. Wir dachten, es würde sich um ein kleines, durchaus verzeihliches Abenteuer handeln, das Strelnikow sich während Ljubas Abwesenheit erlaubte. Aber dann stellte sich heraus, dass alles nicht so einfach war. Mila hatte Strelnikow fest im Griff, und für Ljuba blieb kein Platz mehr an seiner Seite. All das hat sich im Sommer abgespielt, aber da ich seit dem ersten September nicht mehr mit Strelnikow zusammenarbeite, habe ich nur eine sehr vage Vorstellung von Mila. Ljuba kenne ich viel besser.«

»Halten Sie es für denkbar, das Ljuba Sergijenko sich an Mila gerächt haben könnte?«

»Warum nicht? Das wäre doch durchaus möglich. Sie hat schließlich ein schwer wiegendes Motiv. Außerdem ist Ljuba ein sehr nachtragender Mensch. An Verletzungen, die man ihr zugefügt hat, erinnert sie sich noch nach Jahren und verzeiht nie etwas. Verdächtigen Sie sie ernsthaft?«

»Aber nein«, beruhigte Korotkow seinen Gesprächspartner, »ich hole nur Erkundigungen ein. Vielleicht kommt es noch dazu, dass wir sie verdächtigen müssen, aber im Moment besteht dazu kein Grund. Was meinen Sie, kann Ljuba mir über ihre ermordete Freundin etwas erzählen, das für die Ermittlungen von Bedeutung sein könnte?«

Die Frage war völlig idiotisch, und Korotkow hatte sie nicht gestellt, um eine ehrliche Antwort darauf zu bekommen. Nach allem, was man bis jetzt über Ljudmila Schirokowa in Erfahrung gebracht hatte, konnte den Mord nicht nur Ljuba Sergijenko begangen haben, sondern auch Strelnikow selbst, da er womöglich von den wüsten Bettgeschichten seiner Freundin erfahren hatte. Und wenn der Verdacht gegen Strelnikow nicht unbegründet war, dann würden seine treuen Freunde Tomtschak und Leontjew versuchen, die Aufmerksamkeit der aufsässigen Ermittlungsbeamten von Strelnikows näherem Umfeld abzulenken. In diesem Fall würde Tomtschak jetzt Korotkow versichern, dass es keinen Sinn hatte, Ljuba zu verhören, da sie den Beamten nichts Neues oder gar Schlechtes über ihre Freundin sagen würde.

»Selbstverständlich«, erwiderte Tomtschak, »allerdings nur sehr begrenzt. Soviel ich weiß, haben die beiden Frauen sich seit einem halben Jahr nicht mehr gesehen, auch nicht nach ihrer Rückkehr aus der Türkei. Insofern wird Ljuba Ihnen nicht viel über die letzten Lebensmonate ihrer Freundin erzählen können.«

Es war, wie Korotkow angenommen hatte. Tomtschak versuchte ihm einzureden, dass Ljuba nichts wusste. Ihm war klar, dass sie Strelnikow gut kannte und vielleicht etwas über seinen Charakter und seine Gewohnheiten erzählen würde, das den Verdacht gegen ihn nicht nur erhärten, sondern womöglich vollends bestätigen würde.

»Andererseits«, fuhr Tomtschak fort, »kennt sie Milas Charakter sehr gut, und in diesem Sinne könnte sie Ihnen sicher nützlich sein. Außerdem könnte Mila während ihres Aufenthaltes in der Türkei in irgendwelche Konflikte geraten sein, und auch darüber weiß Ljuba sicher Bescheid.«

Nein, dachte Korotkow, ich habe mich getäuscht. Tomtschak versucht nicht, seinen Freund zu schützen, er bemüht sich nur um Logik und Folgerichtigkeit.

»Eine letzte Frage, Wjatscheslaw Petrowitsch. Wie steht Alla Sergejewna Strelnikowa zu Milas Beziehung mit ihrem Mann?«

»Sie steht überhaupt nicht dazu«, erwiderte Tomtschak schnell. »Das interessiert sie schon seit langem nicht mehr.«

Die Antwort kam etwas hastig, dachte Korotkow. Hatte er auf die Frage gewartet und sich bereits eine Antwort zurechtgelegt?

Es gab verschiedene Versionen über den Mordfall Ljudmila Schirokowa. Die erste Version zielte auf das Dreiecksverhältnis Strelnikow-Schirokowa-Sergijenko ab. Ljuba, die sich an ihrer Freundin gerächt haben konnte, war genauso verdächtig wie Strelnikow, wenn zu beweisen gelang, dass er vom lasterhaften Lebenswandel seiner Freundin erfahren hatte. Bei der zweiten Version ging man von Milas Bedenkenlosigkeit bei der Auswahl ihrer Sexualpartner aus. Die dritte Version schließlich basierte auf Milas Aufenthalt in der Türkei. Alle diese Versionen mussten überprüft werden. Und natürlich fehlte es dafür, wie immer, hinten und vorn an Leuten.

***

Der Herbst in der Umgebung von Moskau war immer schön, aber in diesem Jahr ganz besonders. Gewöhnlich sagte man in solchen Fällen, dass die Natur nicht mit Farben geizte, aber in diesem Jahr traf das nicht ganz zu. Die Natur hatte sich auf goldgelbe und purpurne Töne beschränkt, ein Teil des Laubes war noch grün, als wäre nicht schon Oktober, sondern immer noch August. Tomtschak verbrachte die Tage damit, entweder im Wald spazieren zu gehen oder im Schaukelstuhl auf der Veranda zu sitzen und ohne Sinn und Ziel den Himmel und die Bäume zu betrachten. Ihm war traurig zumute, alles erschien ihm aussichtslos. Er hätte in seiner Lage unbedingt einen Schuldigen gebraucht, um die Wut auf ihn richten zu können, das hätte ihn erleichtert. Aber es gab keinen Schuldigen, genauer, er konnte ihn nicht finden. Wer war schuld daran, dass alles so gekommen war? Wolodja Strelnikow? Nein, natürlich nicht. Man konnte von ihm nicht verlangen, dass er einer für ihn nicht mehr interessanten Arbeit nachging, nur weil seine Freunde seine Stellvertreter waren. Das wäre dumm und ungerecht. Ein Mann musste seinen Weg, seine Karriere frei wählen dürfen, ohne Rücksicht auf sentimentale Gefühle. Vielleicht war er ja selbst schuld? Aber worin bestand seine Schuld? Darin, dass er seinem Freund zur Seite gestanden hatte, als dieser ihn um Unterstützung bat?

Er hätte nur zu gern einen Grund gefunden, seiner Frau Larissa die Schuld in die Schuhe zu schieben, aber auch das war unmöglich. Gerade Larissa hatte ihn ständig gewarnt und ihm prophezeit, dass alles genauso kommen würde, wie es nun tatsächlich gekommen war. Als Wissenschaftler hatte er sich selbst ins Abseits manövriert, zum Geschäftsmann hatte er es nicht gebracht, und die administrative Arbeit ging ihm so gegen den Strich, dass er gar nicht daran denken mochte. Tomtschak wusste genau, dass die Depression und das fruchtlose Verharren in Tatenlosigkeit vergehen würden, aber er wusste auch, dass ihm nichts anderes übrig bleiben würde, als wieder irgendeine administrative Arbeit anzunehmen, obwohl sich ihm bei diesem Gedanken innerlich alles sträubte. Und im Übrigen musste er so eine Arbeit überhaupt erst finden. Es war ja keinesfalls so, dass ständig das Telefon läutete und sich alle ausgerechnet um ihn, Tomtschak, rissen. Nein, er würde ganz im Gegenteil Klinken putzen und bitten gehen müssen, an alte Beziehungen anknüpfen und schüchtern fragen, ob jemand Arbeit für ihn hätte, wenigstens irgendeine. Tomtschak wollte sich mit solchen Aussichten nicht abfinden.

Von der Straße erklang das Geräusch eines heranfahrenden Wagens, doch Tomtschak drehte sich nicht einmal um. Wahrscheinlich kam jemand von den Nachbarn zum Ende der Saison noch einmal auf seine Datscha, aber Tomtschak wollte mit niemandem sprechen. Das Auto hielt jedoch direkt vor seinem eigenen Gartentor, und Tomtschak vernahm ein ungeduldiges Hupen. Er erhob sich schwerfällig von seinem Schaukelstuhl und ging langsam zum Tor. Draußen stand Strelnikows Auto. Slawa öffnete eilig das Tor.

Während er mit seinem Freund zum Haus ging, betrachtete er ihn bewundernd von der Seite. Strelnikow war etwas schmaler geworden, ein paar graue Haare waren hinzugekommen, aber er war immer noch unglaublich schön, sein Schritt nach wie vor leicht und zielstrebig.

»Was erlaubst du dir eigentlich, Slawa?«, fragte Strelnikow ohne jede Vorrede. »Warum versteckst du dich auf der Datscha und bläst Trübsal? So geht das nicht. Setz mal Teewasser auf, ich habe etwas mitgebracht.«

Er warf seine teure Jacke achtlos auf das Verandageländer und lief wieder zum Auto. Tomtschak ging ins Haus, um in der Küche Teewasser aufzusetzen, und als er wieder auf die Veranda heraustrat, sah er, wie Strelnikow eine riesige Tasche mit Lebensmitteln auspackte. Fleisch, Obst, Pralinen, teuren Cognac, Gin und guten Wein.

»Was machst du denn da, Wolodja?«, fragte Tomtschak erstaunt. »Ich sterbe hier nicht vor Hunger, ich habe alles, was ich brauche.«

Er fühlte sich unangenehm berührt, denn der überraschende Besuch des Freundes samt dieser großen Tasche voller Lebensmittel wirkte wie eine Geste des Mitleids. Als wäre Strelnikow der großzügige Wohltäter und er selbst ein unglücklicher, armseliger Hungerleider.

»Aber ich sterbe vor Hunger«, erwiderte Strelnikow fröhlich. »Ich ernähre mich schon seit einer Woche nur noch von belegten Broten, das Leben ist so hektisch geworden, dass ich nicht mehr dazukomme, etwas Anständiges zu essen. Ich habe beschlossen, das alles drei Tage lang zu vergessen. Was meinst du, reicht uns das für drei Tage, oder soll ich noch einmal losfahren und noch mehr besorgen?«

Tomtschaks Herz setzte aus und begann freudig zu klopfen.

»Hast du vor, drei Tage zu bleiben?«, fragte er ungläubig.

»Wenn du nichts dagegen hast. Wir müssen unbedingt miteinander reden, Slawa, das ist schon lange fällig, aber zuerst braten wir dieses Fleisch hier, trinken ein Glas, und dann sage ich dir alles, was ich dir schon lange sagen will. Wo ist dein berühmter Grill?«

Nachdem sie die Schaschliks gebraten hatten, ging die Sonne bereits unter. Der Tisch auf der Veranda war voll gestellt mit allen möglichen Vorspeisen und Beilagen.

»Den Herbst auf der Datscha liebe ich vor allem deshalb, weil man abends bei Licht auf der Veranda sitzen kann, ohne von Mücken aufgefressen zu werden. Was möchtest du, Slawa? Cognac oder Gin Tonic?«

»Gin. Aber ich nehme mir selbst, du brauchst mich nicht zu bedienen. Schließlich bin ich der Gastgeber und nicht der Gast.«

»Nein, nein«, sagte Strelnikow entschieden. »Heute bist du mein Gast, mein Ehrengast, es ist einfach nur so gekommen, dass ich dich in deinem Haus empfange und nicht in meinem eigenen.«

Er goss sich ein Glas Cognac ein und erhob sich. Tomtschak sah seinen Freund konsterniert an.

»Was ist los?«

»Trinksprüche bringt man stehend aus.«

»Hör schon auf, Wolodja. Setz dich wieder hin, wir sind schließlich alte Freunde.«

»Eben deshalb. Widersprich mir nicht, Slawa, bleib ruhig sitzen und hör mir zu. Bei keinem anderen würde ich mich in dieser Situation erheben, aber du bist ein besonderer Mensch für mich. Du bedeutest mir sehr viel, Slawa, und wenn ich diesen Trinkspruch stehend ausbringe, dann deshalb, weil ich dir zeigen möchte, wie ich dich achte, schätze und liebe. Weißt du, die wahren Freunde sind nicht die, die man jeden Tag trifft, sondern diejenigen, die man aufsucht, wenn man eine Zuflucht braucht, weil man weiß, dass man nicht weggeschickt und im Stich gelassen, sondern aufgenommen und gewärmt wird. Ich habe dich immer als ebensolchen Freund gesehen, zumal wir uns seit mehr als einem Vierteljahrhundert kennen. Das muss man sich nur einmal vorstellen, Slawa, ein Vierteljahrhundert! Und ich war überzeugt davon, dass auch du mich als Freund siehst. Ich habe immer geglaubt, dass ich der Erste sein würde, zu dem du kommst, wenn es dir eines Tages schlecht gehen sollte. Aber leider habe ich mich getäuscht. Du bist nicht zu mir gekommen, sondern hast dich auf der Datscha versteckt und grämst dich hier in stolzer Einsamkeit. Es wird ein langer Trinkspruch werden, Slawa, aber hab bitte Geduld, denn es ist sehr wichtig für mich, dir alles zu sagen.«

Strelnikow schwieg einen Moment und sah nachdenklich auf das Glas in seiner Hand.

»Ich muss mich bei dir entschuldigen. Ich bin immer davon ausgegangen, dass ein enger Freund wie du ähnlich ist wie ich selbst, dass er ähnlich denkt und fühlt wie ich. Und da ich selbst in einem schweren Augenblick Zuflucht bei dir gesucht hätte, habe ich geglaubt, dass du genauso handeln würdest. Aber du bist nicht gekommen, und ich habe gedacht, dass bei dir alles in Ordnung ist, dass du nichts brauchst. Doch ganz offensichtlich habe ich mich getäuscht. Du bist anders als ich, und darüber hätte ich mir im Klaren sein müssen. Ich habe immer gedacht, dass Freunde einander nichts nachtragen und nichts verheimlichen, dass sie einander immer gleich die Wahrheit sagen und Missverständnisse ausräumen, bevor es zu anhaltenden Konflikten kommt. Mein Fehler besteht darin, dass ich immer von mir auf dich geschlossen habe. Aber du bist anders als ich, und ich habe das leider erst sehr spät begriffen. Ich bitte dich um Verzeihung, Slawa. Ich fühle mich sehr schuldig vor dir. Verzeih mir bitte.«

»Was redest du da«, murmelte Tomtschak verwirrt. »Du hast keinen Grund, dich schuldig zu fühlen …«

»Doch, ich bin schuldig. Und wenn du mir verzeihst, dann stoße einfach mit mir an und trink dein Glas aus.«

Die Freunde leerten schweigend ihre Gläser, und Strelnikow goss erneut ein. Er stand nach wie vor und erlaubte Tomtschak nicht, sich ebenfalls zu erheben.

»Jetzt, Slawa, möchte ich dir noch etwas sagen. Ich weiß, du nimmst mir übel, dass ich Gena und dich verlassen habe, dass ich aus dem Fonds ausgeschieden bin und euch dort euch selbst überlassen habe. Aber das ist nicht so. Wenn du wüsstest, wie alles in Wirklichkeit war, würdest du mir nicht zürnen. Ich hätte schon viel früher mit dir sprechen müssen, aber ich kann nur wiederholen, was ich schon gesagt habe. Ich ging davon aus, dass du es mir ganz offen sagen würdest, wenn dich etwas kränkt oder dir gegen den Strich geht. Aber du hast geschwiegen, und ich habe geglaubt, dass mit dir alles in Ordnung ist. Ich habe den Fonds nur verlassen, Slawa, weil man mir eine sehr interessante, verantwortungsvolle und viel versprechende Stellung bei der Regierung angeboten hat. Und zum Komitee bin ich nur deshalb gegangen, weil es keinen guten Eindruck macht, wenn ein Mann aus der freien Wirtschaft in die Politik wechselt, das muss man von einer staatlichen Einrichtung aus tun. Nur deshalb habe ich den Fonds verlassen. Nur deshalb, das kannst du mir glauben. Und natürlich habe ich von Anfang an vorgehabt, dich und Gena zu mir zu holen, wenn es so weit ist. Ohne euch würde ich es schwer haben, und ich wollte euch bitten, mich in meinem neuen Amt nicht allein zu lassen. Vor zwei Monaten wäre es einfach nur zu früh und etwas unheimlich gewesen, schon darüber zu sprechen, zumal man mich gebeten hat, die Sache vorläufig für mich zu behalten. Aber jetzt steht meine Amtsübernahme unmittelbar bevor, es ist nur noch eine Frage von Wochen oder Tagen. Und ich bitte dich um dein festes Versprechen, Slawa, dass du mir helfen wirst. Ich brauche dich.«

»Ich weiß nicht, Wolodja, das kommt so überraschend ...«

»Hast du ein besseres Angebot?«

»Nein, bis jetzt habe ich überhaupt kein Angebot.«

»Na, siehst du. Denke darüber nach, Slawa. Ich bleibe drei Tage hier, bis zum Montag, und ich hoffe, dass du mir bis dahin deine Zusage geben wirst.«

»Und Gena? Hast du schon mit ihm gesprochen?«

»Nein, du bist der Erste«, erwiderte Strelnikow mit einem strahlenden Lächeln und zeigte seine blendend weißen, gerade gewachsenen Zähne. »Weißt du, ich wusste in letzter Zeit nicht, wo mir der Kopf steht, ich kam einfach nicht dazu, mit euch zu reden, und dann das Unglück mit Mila …«

Er kippte sein Glas hinunter und setzte sich. Schweigen breitete sich aus. Tomtschak wusste nicht, wie er sich verhalten sollte. Ihm war klar, dass Strelnikow versuchte, ihn erneut in ein Abenteuer hineinzuziehen, aber er fand keine Kraft in sich, um sich ihm zu widersetzen. Wolodja liebte und brauchte ihn. Er verhielt sich immer so lange unverschämt und rücksichtslos, bis man ihm eine Grenze setzte. Dann besann er sich plötzlich und sagte so eindringliche und gefühlvolle Dinge wie eben, sodass alles sofort wieder in Ordnung zu kommen schien. Er beschuldigte sich selbst und bat um Verzeihung. Und dabei gelang es ihm irgendwie, sich so zu verhalten, dass Tomtschak sich schuldig fühlte. In der Tat, warum spielte er den Beleidigten, warum hatte er sich so in seinem Seelenschmerz vergraben? So verhielt man sich Freunden gegenüber nicht. Er hätte sofort zu Wolodja gehen und mit ihm sprechen müssen, dann hätte sich alles aufgeklärt. Er hätte den Fonds vielleicht gar nicht verlassen, sondern zusammen mit Gena den Karren noch so lange gezogen, bis Strelnikow sein neues Amt angetreten hätte. Aber er hatte sich verhalten wie ein Dummkopf, wie ein kleines Kind, dem man das Spielzeug weggenommen hat.

Die Anspannung, in der Tomtschak sich seit dem Auftauchen seines Freundes befand, war von ihm abgefallen, aber nun verharrte er in peinlichem Schweigen. Die Leichtigkeit und die Freude, mit der die Freunde sich sonst begegneten, wollten sich einfach nicht einstellen. Slawa kaute freudlos an den Resten des weichen, saftigen Schaschliks auf seinem Teller und dachte daran, dass er an allem schuld war. Er hatte sich nicht gerade männlich verhalten, hatte den Gekränkten gespielt. Wolodja hatte Recht, ja, er hatte Recht in allem.

Nach dem Essen räumten sie den Tisch ab und spülten das Geschirr.

»Lass uns ein Lagerfeuer machen«, schlug Strelnikow plötzlich vor, »wie früher, in unserer Jugend.«

Die beiden hatten in den frühen siebziger Jahren studiert, zu dieser Zeit waren alle berauscht von den modernen Barden und Liedermachern, man versammelte sich am Lagerfeuer und spielte ihre Songs auf der Gitarre nach. Damals war das alles wunderbar und sehr romantisch, aber jetzt erschien es Tomtschak etwas lächerlich und unangebracht. Aber Wolodja war sein Gast, er wollte ihm seinen Wunsch nicht abschlagen, deshalb ging er bereitwillig zu der Stelle des Grundstücks, wo der Feuerplatz lag.

Die Nacht war kalt, dunkel und sehr still. Man hörte nur das Geräusch des Windes und das Knacken der Äste im Feuer. Die Freunde saßen schweigend auf Holzkisten, die Tomtschak aus dem Schuppen geholt hatte.

»Am Montag ist Milas Beerdigung«, sagte Strelnikow endlich. »Ich brauche deinen Rat, Slawa.«

»Inwiefern?«

»Was meinst du, wird Ljuba zur Beerdigung kommen?«

»Ich weiß es nicht. Wahrscheinlich. Mila war immerhin ihre Freundin.«

»Ich möchte ihr nicht begegnen. Ich denke, du verstehst mich.«

»Was soll ich dir raten, Wolodja? Ihr habt euch trauen

lassen, Mila und du, sie war nicht nur eine zufällige Geliebte für dich. Du kannst ihrem Begräbnis nicht einfach fernbleiben. Was gibt es da zu besprechen?«

»Weißt du wirklich nicht, ob Ljuba kommen wird?«

»Nein. Möchtest du es in Erfahrung bringen?«

»Ja. Wenn du es für mich herausfinden könntest, wäre ich dir sehr dankbar.«

»Ich kann es nicht herausfinden, hier gibt es kein Telefon.«

»Ich habe ein Handy, hast du das vergessen? Wie sieht es aus, Slawa, rufst du an?«

»Versteh doch, Wolodja, das ist sinnlos. Was ändert es für dich, wenn sich herausstellt, dass Ljuba erscheinen wird? Du musst sowieso an der Beerdigung teilnehmen. Und es wird sich kaum jemand finden, der versuchen wird, Ljuba zu überreden, dass sie wegbleibt, um dir einen Gefallen zu tun. Die Tatsache, dass dir eine Begegnung mit ihr peinlich wäre, kann für sie kein Argument sein. Sie wird sowieso tun, was sie für richtig hält. Wenn sie sich von Mila verabschieden will, kann ihr das niemand verbieten.«

»Aber es würde mich erleichtern, wenn ich wüsste, dass sie nicht kommen wird. Ich bitte dich, Slawa.«

Tomtschak nahm das Handy, das Strelnikow ihm hinhielt, und rief Larissa in Moskau an. Es stellte sich heraus, dass Ljuba einstweilen nicht vorhatte, zur Beerdigung ihrer Freundin zu gehen, obwohl sie es sich bis zum Montag auch noch anders überlegen konnte.

»Eins wüsste ich gern«, sagte Tomtschak verärgert, als er Strelnikow das Handy zurückgab, »was hast du dir eigentlich dabei gedacht, diese ganze Geschichte anzuzetteln? Hast du darauf gehofft, dass Ljuba nicht mehr aus der Türkei zurückkommen wird? Dir musste doch klar sein, dass sie früher oder später wieder auftauchen und erfahren würde, dass du ihre Freundin zum Traualtar geführt hast. Du hast gewusst, dass du ihr eines Tages wieder in die

Augen sehen musst. Du hast Recht, Wolodja, wir hätten schon lange miteinander reden müssen. Irgendwie ist es so gekommen, dass wir in letzter Zeit nie mehr über deine persönlichen Dinge gesprochen haben. Seit wir zusammenarbeiten, das heißt, seit du mein und Genas Chef bist, scheuen wir uns davor, dich auf dein Privatleben anzusprechen. Du kannst tun, was du willst, du bist ein erwachsener Mensch und hast uns nie um Rat gefragt. Du hast nur Anweisungen gegeben und von uns erwartet, dass wir sie widerspruchslos ausführen. Doch die Geschichte mit Mila hat uns sehr erstaunt. Deine Trennung von Alla hat uns zwar auch überrascht, aber immerhin hielt sich das noch im normalen Rahmen. Ein verheirateter Mann verlässt seine Frau nach zwanzig Jahren Ehe, weil er sich in eine Jüngere verliebt hat, so etwas kommt bekanntlich nicht selten vor. Aber die Geschichte mit Mila ... Da hast du zu viel des Guten getan. Warum hast du nicht gewartet, bis Ljuba zurückkam, um die Beziehung mit ihr auf anständige Weise zu beenden? Du hast das Telefon nicht abgenommen, wenn sie anrief, du hast ihre Stimme auf dem Anrufbeantworter gehört und nicht reagiert. Vielleicht interessiert dich das gar nicht, aber sie hat Larissa erzählt, dass sie in der Türkei gehungert hat. Sie hat auf Mahlzeiten verzichtet, um sich eine Telefonkarte kaufen zu können und dich anzurufen. Aber du hast einfach nicht abgenommen. Was hast du dir dabei gedacht? Du musstest doch wissen, dass sie früher oder später zurückkommen und eine Erklärung von dir verlangen würde.«

»Sie hat gehungert?«, fragte Strelnikow leise. »Das habe ich nicht gewusst. Mila hat gesagt, dass bei ihr alles in Ordnung ist, dass es ihr sehr gut geht, dass sie eine interessante, gut bezahlte Arbeit hat. Heißt das, dass Mila mich angelogen hat?«

»Es geht nicht darum, dass sie dich angelogen hat, sondern darum, dass du ihr geglaubt hast. Du hast ihr geglaubt, weil du ihr glauben wolltest. Du hast kein einziges Mal das Telefon abgenommen, um dich davon zu überzeugen, ob Mila die Wahrheit sagt oder nicht, ob es der Frau, mit der du zwei Jahre zusammen warst und der du die Ehe versprochen hast, wirklich gut geht. Ich will nichts Schlechtes über eine Tote sagen, aber es kann dir unmöglich entgangen sein, dass Mila eine durch und durch verlogene Person war. Gib zu, dass du es gewusst hast.«

»Slawa, ich bitte dich ... Lass uns nicht über Mila sprechen. Wie immer sie gewesen sein mag, sie ist nicht mehr. Lassen wir sie in Frieden ruhen. Sag mir lieber, was ich mit Ljuba machen soll. Wie soll ich mich verhalten, wenn sie auf der Beerdigung erscheint?«

»Ich weiß es nicht«, erwiderte Tomtschak ungehalten. Er hätte Strelnikow gern etwas Grobes gesagt. Du musst selbst auslöffeln, was du dir eingebrockt hast ... Als du mit Mila ins Bett gegangen bist, hast du mich auch nicht um Rat gefragt ... Aber er sagte nichts dergleichen, weil er wusste, dass er sich einem Freund gegenüber nicht so verhalten durfte. Wolodja bat ihn um Rat und Hilfe, und er musste für ihn da sein, anstatt ihm Moral zu predigen.

»Wenn du willst, kümmern Larissa und ich uns um Ljuba. Schließlich ist sie ein normaler, vernünftiger Mensch und wird dir in einem solchen Moment keine Szene machen.«

»Bist du dir sicher?«

»Natürlich. Wäre sie der Meinung, dass du ihr eine Erklärung schuldig bist, wäre sie längst zu dir gekommen. Sie hätte nicht gewartet, bis ihre Rivalin ...«

Tomtschak verstummte. Was hatte er gesagt? Hatte es nicht so geklungen, als hätte er Ljuba in Verdacht? Was für ein Unsinn! Ljuba konnte so etwas nicht getan haben. Obwohl, warum eigentlich nicht? Kannte er sie denn gut genug, um sich dessen sicher zu sein?

Strelnikow schwieg und sah ins Feuer. In seinem Widerschein wirkte sein Gesicht wie aus Stein gemeißelt, irgendwie tot und unerwartet hart.

»Ich habe noch eine Bitte an dich, Slawa«, sagte er leise. »Ich wurde bereits von der Miliz verhört. Dem Beamten scheint der Gedanke zu gefallen, dass es sich um Mord aus Eifersucht handelt. Ljuba und ich sind die Hauptverdächtigen.«

»Du?«, fragte Tomtschak erstaunt. »Ljuba – das ist verständlich. Aber warum du?«

»Weil Mila sehr viele Liebhaber hinter meinem Rücken hatte. Aber ich habe das nicht gewusst, Slawa, ich schwöre dir, dass ich es nicht gewusst habe. Ich habe es erst von der Miliz erfahren. Ich hatte keinen Grund zur Eifersucht. Glaubst du mir?«

»Ja, ich glaube dir. Bist du der Meinung, dass Ljuba den Mord begangen hat?«

»Es spielt keine Rolle, welcher Meinung ich bin. Ich habe Mila jedenfalls nicht umgebracht. Und es darf auf keinen Fall geschehen, dass Ljuba sich als die Mörderin erweist. Verstehst du mich?«

Ja, Tomtschak verstand sehr gut. Sollte Mila von einem x-beliebigen Fremden ermordet worden sein, hatte Strelnikow nichts zu befürchten. Aber wenn er als derjenige dastand, der selbst eine Situation provoziert hatte, die zu einem Mord führte, konnte von einem neuen Amtsantritt natürlich keine Rede mehr sein. Und wenn Strelnikow sein neues Amt nicht antreten konnte, würde es auch keine Stellen für Slawa Tomtschak und Gena Leontjew geben. Deshalb musste man alles tun, um Ljuba als Verdächtige auszuschließen. Denn niemand außer ihr konnte den Mord an Mila Schirokowa begangen haben.

»Ich verstehe dich, Wolodja«, sagte Tomtschak langsam. »Ich hoffe, dass auch Gena verstehen wird. Und unsere Frauen ebenfalls. Du kannst dich auf uns verlassen. Wir werden dich nicht im Stich lassen.«

So musste es zwischen Freunden sein. Keine Gekränktheiten und Missverständnisse, kein Weiberkram, keine falschen Sentimentalitäten. Ein Freund war in Not und brauchte Hilfe. Und er würde diese Hilfe bekommen.

Viertes Kapitel

Es gelang ihr einfach nicht, den Anschluss an die Realität wieder zu finden. Die Menschen wollten alle etwas, sie sprachen, waren irgendwohin unterwegs, aber Ljuba konnte den Sinn dahinter nicht begreifen. Jeden Tag versuchte sie, zu sich zu kommen, aber es war unmöglich. Mila war gestorben. Und sie, Ljuba, hatte sie umgebracht. Das kann nicht sein, sagte sie sich immer wieder, ich kann das nicht getan haben. So etwas gibt es nicht. Es ist unmöglich, einfach unmöglich. Und trotzdem habe ich es getan.

Vor den Eltern musste sie ihr Gesicht wahren, und sie gab sich allergrößte Mühe. Am meisten bedrängte sie natürlich ihre Mutter.

»Du bist immer noch da?«, hatte sie mit ehrlichem Erstaunen gefragt, als sie zwei Tage nach Ljubas Rückkehr abends von der Arbeit nach Hause kam. »Ich habe gedacht, du wirst wieder bei Wolodja wohnen. Warum bist du nicht bei ihm? Habt ihr euch zerstritten?«

»Nein, wir haben uns nicht zerstritten«, erwiderte Ljuba matt. »Kann ich denn nicht eine Weile zu Hause wohnen? Was ist daran so außergewöhnlich? Oder störe ich euch?«

Die Mutter sah sie besorgt an.

»Was ist passiert, Ljuba? Hast du dich von ihm getrennt? Hat er dich schlecht behandelt? Sag mir die Wahrheit.«

»Es ist überhaupt nichts passiert. Lass mich bitte in Ruhe. Ich möchte ihn eine Weile nicht sehen.«

»Ich verstehe«, sagte die Mutter, »du hast einen neuen Freund. Hast du ihn in der Türkei kennen gelernt? Warum erzählst du mir nichts?«

»Ich habe keinen neuen Freund, Mama, lass doch endlich diesen Unsinn. Ich will Wolodja im Moment einfach nicht sehen. Kannst du das denn nicht verstehen?«

Die Mutter seufzte gekränkt und ging in die Küche, das Abendessen zubereiten. Der Vater, ein Berufsoffizier, fragte Ljuba nicht nach Strelnikow, ihm hatte es von Anfang an nicht gefallen, dass seine Tochter bei einem verheirateten Mann wohnte, es beunruhigte ihn nur, dass Ljuba seit ihrer Rückkehr aus dem Ausland keiner Arbeit mehr nachging. Er war noch vom alten Schlag und hielt es für unzulässig, dass jemand tatenlos zu Hause herumsaß.

»Wann fängst du wieder zu arbeiten an?«, hatte er gleich am ersten Tag nach Ljubas Rückkehr gefragt.

»Arbeiten ...?«

Die Frage des Vaters hatte sie verwirrt. In der Tat, sie musste sich wieder eine Arbeit suchen. Wahrscheinlich musste sie wieder im Hotel Rusitsch anfangen. Der Direktor hatte ihr versprochen, sie nach ihrer Rückkehr wieder einzustellen und sogar das Gehalt zu erhöhen, wenn sie tatsächlich ein Praktikum in einem guten Touristenhotel absolviert haben würde. Aber daraus war ja nichts geworden. Und außerdem wussten dort alle über die Sache mit Strelnikow Bescheid. Die einen würden Mitleid mit ihr empfinden, die anderen Schadenfreude ...

»Papa, ich habe ein halbes Jahr lang ohne einen einzigen freien Tag gearbeitet, ich muss mich erst einmal ausschlafen.«

»Aber du unterbrichst damit deine Dienstzeit.«

Der Vater lebte immer noch in alten Vorstellungen, Begriffe wie Dienstzeit, Gewerkschaft, Arbeitsbuch hatten für ihn noch ungebrochene Gültigkeit.

»Nichts wird unterbrochen. Hast du noch nie von versetzter Arbeitszeit gehört? Man arbeitet ein halbes Jahr ohne freie Tage, und das nächste halbe Jahr hat man gesetzlichen Urlaub.«

»Du kannst mir viel erzählen«, brummte der Vater. »Später wirst du es bereuen und dir die Haare raufen, aber dann sage nicht, ich hätte dich nicht gewarnt.«

Ljuba fühlte sich in die Enge getrieben. Schon ihr ganzes Leben lang hatte sie Angst vor ihren Eltern. Sie hatten sie nie geschlagen, aber bei jeder Gelegenheit machten sie ihr Vorhaltungen. Wir haben dich ja gewarnt … Wir haben von Anfang an gewusst, dass es so enden wird … Das geschieht dir recht, wir haben es dir gleich gesagt … Es war unerträglich. Noch nie hatte Ljuba von ihnen einen brauchbaren Rat bekommen, weil sie immer erst von den Schwierigkeiten erzählen musste, in die sie geraten war, und dann ging es sofort los: Wir haben dich gewarnt, wir haben es dir gesagt, das geschieht dir recht, wir haben es gleich gewusst … Hätte sie die Kraft in sich gefunden, diese Standpauken über sich ergehen zu lassen, sich bis zum Ende anzuhören, wie dumm und ungehorsam sie war, wäre vielleicht irgendwann der Rat gekommen, den sie brauchte. Vielleicht. Aber so lange hielt Ljuba es nie aus. Mit fünfzehn Jahren hatte sie beschlossen, sich mit ihren Problemen nicht mehr an ihre Eltern zu wenden. Sollten sie denken, dass bei ihr alles in Ordnung war. Sie erzählte ihnen nichts mehr, um sich nicht jedes Mal wieder anhören zu müssen, dass sie dumm und schlecht war und an allem selbst schuld. Natürlich war sie selbst schuld, das bestritt sie ja nicht. Aber man erzählte anderen schließlich nicht von seinen Problemen, um gesagt zu bekommen, dass man selbst schuld war, sondern weil man Mitgefühl und Hilfe brauchte. Nur deshalb. Warum verstanden ihre Eltern etwas so Einfaches nicht?

Die Mutter beklagte sich zuweilen über die Verschlossenheit ihrer Tochter.

»Warum erzählst du mir nichts?«, fragte sie beleidigt, wenn sie wieder einmal bemerkte, dass im Leben ihrer Tochter etwas geschah, wovon sie nichts wusste.

Weil du nicht zuhören kannst, wollte Ljuba jedes Mal antworten. Weil du sofort anfängst, mich zu belehren, zu warnen und mir Moral zu predigen, anstatt einfach zur Kenntnis zu nehmen, was ich dir erzähle.

Nach ihrem halbjährigen Aufenthalt in der Türkei hatte Ljuba ihren Eltern kurz und knapp von ihrer Arbeit in einem Viersternehotel erzählt, sie hatte ihnen die angeblich getätigten Einkäufe vorgeführt und damit das Thema Türkei abgeschlossen. Alles war bestens, einfach großartig, mehr gab es nicht zu sagen.

Der Tag teilte sich für Ljuba in zwei Hälften, von denen jede auf ihre Weise qualvoll war. Tagsüber gingen ihre Eltern arbeiten, und sie war sich selbst überlassen, in der Zeit vom Abend bis zum nächsten Morgen waren ihre Eltern zu Hause und bedrängten sie mit Fragen. Jedes Wort, das sie sagten, brachte sie fast zum Schreien. Sie wollte sich die Ohren zuhalten, sofort in ihr Zimmer stürzen, die Tür abschließen und nicht mehr öffnen. Nie mehr. Sie wollte einschlafen und nach dem Aufwachen begreifen, dass das alles nur ein Albtraum war.

Sie war eine Mörderin. Der Hass hatte die Oberhand über ihre Vernunft gewonnen, sie hatte ihrer unbändigen Rachsucht nachgegeben. Sie hatte den Tod ihrer Freundin gewollt. Sie hatte diesen Tod ersehnt, erträumt, sie hatte in der Dunkelheit dagelegen und beim Gedanken an ihren Tod gelächelt, wie einst in dem stickigen Verschlag in der Türkei, wenn sie an Strelnikow und ihr Wiedersehen mit ihm dachte. Ljuba hatte nur noch für dieses Wiedersehen gelebt, und als sich herausstellte, dass Strelnikow nicht auf sie gewartet hatte, war es, als wäre sie innerlich zerbrochen, da der Hauptpfeiler ihres inneren Gebäudes eingestürzt war. Aber dann war plötzlich ein neuer Pfeiler da gewesen, der Pfeiler des Hasses. Des Hasses gegen Strelnikow und gegen Mila Schirokowa. Die zerbrochene Seele hatte sich wieder zusammengesetzt, sie hatte wieder festen Halt gefunden. Es hatte wieder etwas gegeben, worauf sie warten, wonach sie streben und wovon sie träumen konnte.

Und nun war Mila nicht mehr da. Wieder war der Pfeiler ihrer Seele eingestürzt, wieder zerfiel, zersplitterte alles. Ihr war, als würde sie auf den Knien herumkriechen und ständig versuchen, die Bruchstücke ihrer Seele einzusammeln, aber sie bekam sie nicht zu fassen, je verzweifelter sie danach griff, desto weiter entfernten sie sich von ihr. Dieses Bild verfolgte sie Tag und Nacht. Es wäre besser gewesen, wenn du am Leben geblieben wärst, dachte sie, dann hätte ich wenigstens gewusst, wofür ich lebe und was ich will. Aber jetzt will ich überhaupt nichts mehr. Ich verstehe nichts mehr und habe keinen Grund zum Weiterleben.

Am Montag, dem Tag von Milas Begräbnis, ging Ljuba morgens zur Kirche, die sich in der Nähe ihres Hauses befand. Seit sie wieder bei ihren Eltern wohnte, war sie fast jeden Tag in der Kirche gewesen. Sie war nicht gläubig, aber auch keine überzeugte Atheistin, die Frage nach Gott hatte sie nie sonderlich beschäftigt. Doch in ihrem haltlosen, lodernden Hass war sie bereit gewesen, alles zu tun, um Mila aus der Welt zu schaffen. Ihre Freundin. Ihre Rivalin. Diese Diebin, dieses verkommene, schmutzige Flittchen. Irgendwo hatte sie einmal gehört, dass man die Gefahr, die von einem Feind ausging, von sich abwenden konnte, wenn man dreimal in die Kirche ging, eine Kerze für den Feind anzündete und ihm Gesundheit und Gottes Segen wünschte. Andere Ratschläge, wie ein Feind unschädlich zu machen war, stammten aus dem Reich der schwarzen oder weißen Magie und zielten auf Bannsprüche, Verwünschungen und andere Zaubereien ab. Ljuba griff in ihrem Hass nach allem, was sich bot. Schon während sie bei den Tomtschaks gewohnt hatte, hatte sie Wahrsager, Hellseher und Magier aufgesucht. Dann, als sie zu ihren Eltern zurückgekehrt war, ging sie jeden Tag in die Kirche. Sie stellte eine Kerze für Mila auf, starrte in die Flamme und flüsterte verzückt:

»Ich will, dass du stirbst. Du sollst unter schrecklichen

Qualen sterben. Du sollst wenigstens fünf Minuten lang so leiden, wie ich gelitten habe. Ich will nicht, dass du lebst.«

Doch heute, am Tag des Begräbnisses ihrer verhassten Rivalin, hoffte Ljuba darauf, dass sie wenigstens eine Ahnung von innerer Ruhe überkommen würde. Alles hatte sich erfüllt. Alles war so gekommen, wie Ljuba es gewollt hatte. Sie brauchte keinen Hass und kein Gift mehr, ihre Seele konnte nun Frieden finden.

Sie betrat die Kirche, kaufte drei Kerzen und stellte sie, wie immer, vor der Ikone von Nikolaj, dem Gerechten, auf. Von dieser Stelle aus hatte sie Mila verflucht, ihr den Tod gewünscht, hier wollte sie die Tote auch um Vergebung bitten.

»Verzeih mir, Mila«, flüsterte sie, »ich habe nicht gewusst, was ich tat. Ich habe den Verstand verloren, ich war blind vor Hass. Jetzt weiß ich, dass es besser gewesen wäre, wenn du am Leben geblieben wärst. Aber es ist zu spät. Ich wollte deinen Tod, ich habe dich umgebracht. Warte auf mich, Mila, ich werde auch nicht mehr lange bleiben. Wir werden uns bald wiedersehen.«

Früher, während Ljuba vor dieser Ikone gestanden und ihre Verwünschungen gesprochen hatte, war sie ruhiger geworden und hatte die Kirche fast versöhnt verlassen. Für einige Stunden war sie sogar bereit gewesen, auf Rache zu verzichten. Der Hass in ihrem Innern hörte auf zu toben, und für kurze Zeit wurde sie beinahe wieder die, die sie einst gewesen war. Sie hoffte inständig darauf, dass auch ihr heutiger Kirchgang sie erleichtern würde. Doch die Erleichterung blieb aus. Sie fühlte überhaupt nichts mehr. Keine Scham, keine Reue, kein Mitleid, keine Schuld. Und Ljuba begriff voller Entsetzen, dass es erneut der Hass war, den sie brauchte, um sich innerlich wieder zusammenzusetzen, sie brauchte den Hass als Magnet. Mila gab es nicht mehr. Aber es gab noch Strelnikow.

***

Über die Hintergründe des Mordes an Ljudmila Schirokowa gab es inzwischen umfangreiche Informationen, doch die wichtigste Frage blieb ungeklärt: Wo und mit wem hatte die Frau den Abend verbracht, an dem sie ermordet wurde? Stassows Frau Tatjana war sich ganz sicher, dass es Ljudmila Schirokowa war, die an jenem Tag neben ihr in der Metro gesessen hatte. Sie war zwischen sieben und halb acht Uhr abends an der Haltestelle Kitajgorod eingestiegen und an der Akademicheskaja wieder ausgestiegen.

»Von der Akademicheskaja aus ist sie wahrscheinlich nicht mehr weitergefahren, jedenfalls nicht allein«, sagte Tatjana.

»Wie kommst du darauf?«, fragte Nastja erstaunt.

Tatjana drehte das graublaue Taschenbuch nachdenklich in ihren Händen, dann öffnete sie es an der Stelle, wo sich das Lesezeichen befand, die bunte Bordkarte vom Flughafen Barcelona.

»Das Lesezeichen befindet sich immer noch fast an derselben Stelle, wo die Schirokowa es eingelegt hat, bevor sie aus der Metro ausstieg. Ich erinnere mich genau, an welcher Stelle sie zu lesen aufgehört hat. Und jetzt steckt das Lesezeichen hier, sechs Seiten weiter. Habt ihr es mal herausgenommen?«

»Ja, natürlich. Aber dann haben wir es wieder genau an die alte Stelle zurückgelegt. Hast du darauf geachtet, ob sie langsam oder schnell gelesen hat?«

»Durchschnittlich, würde ich sagen. Lass uns nachrechnen. Sie hat an dieser Stelle hier zu lesen angefangen ...« Tatjana blätterte die Seiten um, nahm eine Karteikarte von Nastjas Schreibtisch und schob sie in das Buch. »Hier hat sie angefangen und hier aufgehört. Wie lange fährt man von Kitajgorod bis zur Akademicheskaja?«

»Etwa zwölf Minuten.«

»In zwölf Minuten hat sie also neun Seiten gelesen, demnach hat sie pro Seite eine Minute und zwanzig Sekunden gebraucht. Für die weiteren sechs Seiten müssen wir also etwa acht Minuten veranschlagen.«

»Ja«, sagte Nastja, »du hast wahrscheinlich Recht. An der Akademicheskaja kann man nicht umsteigen, da gibt es nur einen Ausgang zur Stadt. Vielleicht ist sie acht bis zehn Minuten mit dem Bus gefahren und hat in dieser Zeit nochmal gelesen. Vielleicht ist sie auch nirgends mehr hingefahren, sondern hat auf einer Bank gesessen und auf jemanden gewartet. Es ist ganz normal, in so einer Situation zu lesen, besonders dann, wenn man die Lektüre an einer spannenden Stelle unterbrechen musste.«

Nastja lehnte sich auf ihrem Stuhl zurück und schlug mit der Faust zweimal gegen die Wand. Nach einigen Sekunden öffnete sich die Tür, und auf der Schwelle erschien Kolja Selujanow, tadellos rasiert, frischer Haarschnitt, nagelneuer Anzug. Für etwa fünf Sekunden verschlug es Nastja die Sprache.

»Gütiger Gott, was ist denn passiert, Kolja?«, fragte sie, nachdem sie sich wieder gefasst hatte.

»Da haben wir es«, sagte Selujanow feierlich, während er sich mit Mühe das Lachen verkniff. »Ich habe ja gewusst, dass du mich vor der Meisterin des russischen Krimis blamieren wirst. Gestern hat Stassow mir gesagt, dass Tatjana Grigorjewna heute bei uns vorbeikommt, darum habe ich mir alle Mühe gegeben, um einen guten Eindruck auf sie zu machen, aber nun hast du alles verdorben.«

Er wandte sich umständlich an Tatjana.

»Darf ich mich vorstellen? Major Selujanow, im Privatleben einfach Kolja. Ich bin ein glühender Verehrer Ihres Talents als Schriftstellerin und als Untersuchungsführerin.«

»Sehr angenehm, Obraszowa«, erwiderte Tatjana mit ihrer melodischen Stimme und streckte Selujanow ihre Hand hin, die er sofort an seine Lippen führte, als spielte sich die Szene in einem Salon des neunzehnten Jahrhunderts ab.

Nastja beobachtete verblüfft diesen Auftritt und verstand überhaupt nichts mehr. Nie zuvor hatte Kolja Damen die Hand geküsst, und außerdem hätte sie schwören können, dass ihr Kollege noch nie im Leben ein Buch von Tatjana Tomilina in der Hand gehabt hatte.

»Kolja, ich habe eine Bitte an dich«, sagte sie, bemüht, sich von Selujanows höchst seltsamem Verhalten nicht beeindrucken zu lassen.

»Kannst du mir sagen, wohin man in acht bis zehn Minuten von der Metrostation Akademicheskaja mit einem öffentlichen Verkehrsmittel fahren kann?«

»Nur mit einem öffentlichen Verkehrsmittel oder auch mit dem Auto?«, fragte Selujanow nach.

»Nein, das Auto interessiert uns nicht. Beim Autofahren lesen die Leute gewöhnlich keine Bücher.«

»Was hat das mit Bücherlesen zu tun?«

»Wir versuchen herauszufinden, wohin die Schirokowa von der Akademicheskaja gefahren sein könnte, falls sie nicht auf einer Bank gesessen und gelesen hat.«

»Da müssen wir zwischen stark befahrenen und wenig befahrenen Strecken unterscheiden. In einem überfüllten Bus oder einer überfüllten Straßenbahn musste sie vielleicht zunächst stehen und konnte das Buch erst aufschlagen, nachdem ein Sitzplatz frei geworden war.«

»Ein sehr richtiger Gedanke«, bemerkte Nastja und sah, wie Selujanow Tatjana einen bewundernden Blick zuwarf. »Aber mach es bitte so kurz wie möglich.«

»Wann war deine Schirokowa unterwegs?«

»Gegen halb sieben abends.«

»Mitten in der Stoßzeit. Da sind praktisch alle öffentlichen Verkehrsmittel überfüllt. Aber ich werde genau nachsehen, vielleicht gibt es auch um diese Uhrzeit wenig befahrene Strecken. Reicht es, wenn ich dir die Antwort in etwa anderthalb Stunden gebe?«

»Durchaus.«

»Dann verschwinde ich jetzt wieder. Ich hoffe, dass Sie noch hier sein werden, Tatjana Grigorjewna, wenn ich mit der Beute zwischen den Zähnen zurückkomme.«

»Das hoffe ich auch«, erwiderte Tatjana in ihrem melodischen Singsang.

Nachdem Kolja die Tür hinter sich geschlossen hatte, wandte Nastja sich verwundert an Tatjana.

»Was geht zwischen euch vor? Ich werde sofort Stassow herkommen lassen, wenn du nicht aufhörst, unserem Kolja schöne Augen zu machen.«

Tatjana brach in Gelächter aus. Sie lachte selbstvergessen, japste nach Luft und trocknete sich die Tränen.

»Verzeih, Nastja, wir haben gewettet ... und ich habe die Wette verloren.«

Nastja atmete erleichtert auf. Sie verstand zwar nach wie vor nichts, aber das Wichtigste war jetzt geklärt: Selujanow versuchte nicht, mit der Frau seines Freundes anzubandeln, und Stassows Frau machte dem Freund ihres Mannes keine schönen Augen. Alles andere hatte keine grundsätzliche Bedeutung, obwohl es schon spannend war.

»War dein Einsatz sehr hoch?«, fragte Nastja mitfühlend.

»Ja. Ein Festessen für zehn Personen.«

»Und wenn du gewonnen hättest?«

»Dann hätte Korotkow kochen müssen. Aber nun bin ich dran.«

»Und wer gehört zu den zehn Glücklichen?«

»Du und dein Mann, Korotkow und Ljusja, Selujanow und Valentina, Mischa Dozenko, Stassow, ich und Lilja.«

»Nicht schlecht!« Nastja pfiff durch die Zähne und holte eine Zigarette aus der Packung. »Ein schönes Vergnügen, für so eine Horde zu kochen. Was war denn der Gegenstand der Wette?«

»Du warst der Gegenstand«, lachte Tatjana. »Gestern war Kolja zusammen mit Korotkow bei uns zu Besuch, sodass ich Selujanow schon gestern kennen gelernt habe. Die Sprache kam auf das Thema Seitensprünge, auf dies und das und schließlich auch auf dich. Wir bissen uns an der Frage nach Männer- und Frauensolidarität fest. Wenn ich in deiner Anwesenheit mit einem Mann flirten würde, habe ich behauptet, würdest du mich verstehen und sogar meine Partei ergreifen, obwohl du Stassow sehr viel länger und besser kennst als mich. Stassow ist dein Freund, und ich bin nur die Frau eines Freundes. Wir haben uns zwar immer gut verstanden, Nastja, aber wir waren nie enge Freundinnen, nicht wahr?«

»Und welche Position haben deine Gegner eingenommen?«

»Jura und Kolja haben mich ausgelacht, da dir nach ihrer Meinung Frauensolidarität völlig fremd ist und du mir sofort die Augen auskratzen würdest, wenn du bemerken solltest, dass ich nach einem anderen schiele. Kolja meinte, dir würde das sofort auffallen, allerdings würdest du dir nichts anmerken lassen, sondern versuchen, meinen Verehrer so zu beeinflussen, dass er sich von einer Seite zeigt, die ihn mir sofort madig macht. Jura hingegen war sich sicher, dass das nicht deine Art ist. Deine Waffe ist die schonungslose Offenheit, sagte er, gegen sie sei man machtlos wie gegen ein Brecheisen. Du würdest mich sofort zur Rede stellen und mir die ganze Dummheit und Unbesonnenheit meines Verhaltens vor Augen führen. Genauso ist es auch gekommen. Und zur Strafe muss ich nun für zehn Personen kochen. Aber dafür habe ich dir einen Gefallen getan.«

»Welchen?«

»Du weißt jetzt, wer von deinen Kollegen dich am besten kennt. Nastja ...«

»Ja?«

»Ich muss mit dir reden. Aber bitte geniere dich nicht und sag mir ganz offen, wenn du dich auf das Gespräch nicht einlassen willst. Ich weiß, dass meine Frage blödsinnig klingen wird, und wenn du mir nicht antworten willst, werde ich das sofort verstehen.«

»Was ist denn los?«

»Verstehst du, Stassow besteht darauf, dass ich nach Moskau umziehe. Er hat mich im Grunde schon überredet. Ich bin bereit, Petersburg zu verlassen. Aber ich muss mir darüber klar werden, was ich machen soll. Soll ich mich nach Moskau versetzen lassen oder kündigen und ganz aus dem Dienst ausscheiden?«

»Kündigen?«, fragte Nastja ungläubig. »Ist dir das nicht unheimlich? Du würdest deine Rente verlieren.«

»Darum geht es ja. Stassow ist der Meinung, dass ich zu Hause bleiben und Bücher schreiben soll. Das wäre natürlich ideal, aber ich habe nach jedem Buch Angst, dass es mein letztes war, dass ich für ein nächstes keine Kraft mehr haben und nie mehr etwas schreiben werde. Und wovon soll ich dann leben? Soll ich Stassow auf der Tasche liegen? Das möchte ich auf keinen Fall. Ich habe mein Leben lang auf eigenen Füßen gestanden, inzwischen bin ich fünfunddreißig Jahre alt und kann meine Gewohnheiten nicht mehr ändern. Stassow meint, ich könnte bei Sirius mit ihm zusammenarbeiten, im Sicherheitsdienst, oder eine Lizenz als Privatdetektivin erwerben und ihm bei der Abwicklung von Privataufträgen helfen. Aber dazu müsste ich erst wissen, ob ich überhaupt in der Lage bin, so eine Arbeit zu machen.«

»Aber Tanja, du bist doch Untersuchungsführerin mit enormer Berufserfahrung«, sagte Nastja erstaunt. »Welche Beweise brauchst du noch? Du hast schon die kniffligsten Fälle gelöst.«

»Aber das ist nicht dasselbe. Als Untersuchungsführerin, als prozessführende Person, als offizielle Vertreterin der Staatsjustiz habe ich das Recht, Fragen zu stellen und Antworten zu verlangen. Aber ein Detektiv, ein Ermittler ist in einer ganz anderen Lage. Ihr Beamte im operativen Dienst seid im Grunde rechtlose Geschöpfe. Verzeih mir, Nastja, wenn ich dich kränke, aber du weißt, dass es tatsächlich so ist. Ihr könnt nur bitten und eure Überredungskünste anwenden. Ihr seid angewiesen auf guten Willen, auf Freiwilligkeit, und wenn das nicht funktioniert, dann müsst ihr mit Tricks arbeiten, es mit List und Tücke versuchen. Und notfalls auch mit Gewalt. Aber die Kriminellen erzählen euch viel mehr als einem Untersuchungsführer. Denn niemand weiß besser als sie, dass das, was sie einem Untersuchungsführer zu Protokoll geben, rechtskräftig ist, während das, was sie einem operativen Mitarbeiter erzählen, nichts zu bedeuten hat. Diese Geständnisse sind keinen Pfifferling wert. Ihr könnt bis an euer Lebensende behaupten, dass der Angeklagte dies und das gesagt, dass er den Mord gestanden hat, aber er wird sich ins Fäustchen lachen und sagen, dass er nichts dergleichen getan hat, dass ihr lügt oder dass er nur Spaß gemacht hat, weil das eben seine Art von Humor ist. Mit all dem möchte ich sagen, dass Untersuchungsführer und operative Beamte unter ganz verschiedenen psychologischen Voraussetzungen arbeiten und vor ganz unterschiedlichen professionellen Anforderungen stehen. Vielleicht bin ich keine schlechte Untersuchungsführerin, aber zur Detektivin tauge ich nicht. Oder vielleicht doch. Das ist es, was ich gern herausfinden würde.«

»Möchtest du ein wenig an der Aufklärung des Mordfalles Schirokowa mitarbeiten?«

»Nicht offiziell. Ich möchte niemandem von euch ins Handwerk pfuschen. Ich würde nichts aus eigener Initiative tun, sondern nur euren Anweisungen folgen. Aber mir ist klar, dass dein Chef das nicht erlauben wird.«

»Bestehst du darauf, dass ich ihn davon in Kenntnis setze?«

»Das musst du entscheiden. Aber es wäre sinnlos, es zu verheimlichen, es kommt sowieso heraus. Und dann gibt es nur Unannehmlichkeiten.«

»Du hast Recht«, sagte Nastja mit einem Seufzer. »Ich glaube auch, dass Gordejew es nicht erlauben wird. Obwohl wir ja nichts Schlechtes tun würden. Du könntest Arbeiten übernehmen, bei denen du als Beteiligte gar nicht in Erscheinung trittst. Zum Beispiel könntest du dich unter einem beliebigen Vorwand mit den Bewohnern irgendeines Hauses unterhalten und herausfinden, ob jemand von ihnen etwas weiß oder gesehen hat, das uns interessiert, und das eigentliche Gespräch mit diesen Personen würde dann jemand von uns führen, entweder Kolja oder Jura Korotkow oder ich selbst. Und wenn die Sache wider Erwarten bei Gordejew landen sollte, wird der Zeuge ganz ehrlich sagen können, wer von uns ihn befragt hat. An dich wird er sich gar nicht mehr erinnern.«

»Willst du tricksen?«

»Ja. Gordejew ist ein sehr guter Chef und ein sehr guter Mensch, aber er wird mir nicht erlauben, deine Hilfe in Anspruch zu nehmen. Er kennt die Dienstvorschriften und hält sich nach Möglichkeit daran. Jedenfalls verstößt er nicht dagegen, wenn es nicht unbedingt nötig ist, und im Mordfall Schirokowa ist es nicht nötig. Sollte sich herausstellen, dass die Frau umgebracht wurde, weil Strelnikow im Zusammenhang mit irgendwelchen Geldgeschäften unter Druck gesetzt werden sollte, würde die Sache sofort ganz anders aussehen. Das würde nach organisiertem Verbrechen riechen, nach Amtsmissbrauch, nach Bestechung und Betrug. Die Kontrolle über die Ermittlungen würde der Leiter der Hauptverwaltung für Inneres übernehmen oder, was Gott verhindern möge, der Minister selbst, und dann würden wir hier jede Hand brauchen, jeden, der uns seine Hilfe anbietet. Gordejew würde beide Augen zudrücken und alles erlauben. Aber bis jetzt handelt es sich nur um die Leiche eines schönen Flittchens, die auf einer Müllhalde gefunden wurde. Tanja, hältst du dich für eine schöne Frau?«

Die Frage kam so überraschend, dass Tatjana in Verwirrung geriet und nicht wusste, was sie antworten sollte.

»Ich ... ich weiß es nicht ... Wohl kaum.«

»Das ist schlecht. Aber du bist jedenfalls schon zum dritten Mal verheiratet, insofern kannst du dich eigentlich nicht für hässlich halten.«

»Das tue ich auch nicht. Ich weiß, dass ich viele überflüssige Kilos mit mir herumschleppe, aber das hat mich noch kein einziges Mal daran gehindert, den Mann zu erobern, den ich erobern wollte. Die schlanke Taille und die langen Beine – das ist alles Unsinn, glaub mir. Dieses Idealbild haben sich die Männer selbst ausgedacht, sie glauben naiv daran und wundern sich dann, warum sie bei einer dicken, unattraktiven Frau bleiben. Sie lassen die Schlanken und Langbeinigen stehen und kehren immer wieder zu ihr zurück, weil sie nur mit ihr wirklich glücklich sind. Hast du irgendwann mal Stassows erste Frau gesehen?«

»Nur im Fernsehen.«

»Und wie findest du sie?«

»Wie sollte ich sie finden?«, fragte Nastja erstaunt. »Ich bin doch kein Mann. Aber sie ist natürlich schön, sehr schön.«

»Sie ist viel schöner als ich, Nastja. Sie wiegt nur die Hälfte und hat doppelt so lange Beine wie ich, aber Stassow ist trotzdem mit mir verheiratet. Deshalb habe ich keinerlei Komplexe, schließlich kenne ich das Geheimnis.«

»Welches Geheimnis?«

»Das Geheimnis der Liebe. Ich weiß, was einen Mann an einer Frau festhalten lässt. Und ich bin mir sicher, dass du das auch weißt. Trotz all meiner überflüssigen Kilos und meines mehr als ernsthaften Berufs bekomme ich jeden Mann, den ich bekommen will.«

Tatjana hob ihre Augen und sah Nastja fragend an.

»Willst du mir Strelnikow überlassen?«

»Ja. Ich würde gern herausfinden, ob er von dem lasterhaften Lebenswandel seiner Angetrauten gewusst hat. Bei der Vernehmung durch den Untersuchungsführer reagierte er erstaunt und tat so, als würde er zum ersten Mal davon hören. Aber wir beide, Tanja, wissen, dass das wenig zu bedeuten hat. Ich glaube Strelnikow nicht.«

»Warum? Hast du einen konkreten Grund dafür, oder ist es nur ein allgemeines Misstrauen?«

»Da ist nichts Konkretes. Er ist ein verdammt gut aussehender Mann, und das ist Grund genug, ihm nicht zu glauben.«

»Aber Nastja«, wunderte sich Tatjana, »bist das wirklich du? Was ist mit deiner berühmten, legendären Objektivität? Seit wann beurteilst du Menschen nach ihrem Äußeren?«

»Seit das Äußere den Charakter der Menschen zu prägen begonnen hat. Wir sind alle dumm und primitiv, sogar die Gescheitesten und Ungewöhnlichsten von uns. Wir lieben alle das, was das Auge erfreut. Schöne Kinder gewöhnen sich von klein auf daran, dass man ihnen nie etwas abschlägt. Sie glauben, dass sie alles erreichen können, was sie wollen. Sie wollen ein neues Spielzeug und bekommen es. Sie wollen im Mittelpunkt stehen, von den Erwachsenen gelobt und bewundert werden, und ihr Wunsch wird ihnen prompt erfüllt. Sie sind zu klein, um zu begreifen, dass das, was sie erreichen, nicht ihr eigener Verdienst ist. Sie werden selbstgewisse, leichtlebige, energische, rücksichtslose Menschen, die immer ein Lächeln auf den Lippen haben und sich vor nichts fürchten. Und wovor sollten sie sich auch fürchten, da ihnen immer alles gelingt? Und wenn aus einem schönen Kind ein schöner Erwachsener wird, dann ist sowieso alles zu spät. Diese Menschen stoßen nirgends an Hindernisse, sie bekommen und erreichen alles, was sie wollen, alle lieben sie. Und nun stell dir einmal vor, was für einen Charakter so ein Mensch hat. Siehst du es vor dir? Kann er ehrlich, wahrhaftig, aufrichtig und gradlinig sein? Nie im Leben. Diese Leute gehen über Leichen, sie setzen sich über jedes fremde Unglück hinweg, denn sie kennen nur sich selbst. Alles, was sich ihnen in den Weg stellt, wird auf dem Altar ihrer eigenen Ziele, Wünsche und Prioritäten geopfert. Dass andere Menschen auch Wünsche, Ziele und Prioritäten haben, hat für sie nicht die geringste Bedeutung. Wladimir Alexejewitsch Strelnikow ist ein ungewöhnlich attraktiver Mann. Und deshalb glaube ich ihm kein einziges Wort. Jedenfalls glaube ich nichts von dem, was er Olschanskij, dem Untersuchungsführer, gesagt hat. Und ich wüsste gern, was er dir sagen würde.«

»Und warum nicht dir selbst? Glaubst du, dass ich mich so grundsätzlich von dir und Olschanskij unterscheide?«

»Ja. Du bringst die Menschen dazu, eine schöne Frau, eine anziehende Frau in dir zu sehen. Und auf solche wie Strelnikow wirkt das immer entwaffnend. Solche wie er glauben, dass die Welt nur aus schönen Menschen besteht, und die anderen, die weniger schönen, sind ein Missverständnis der Natur, ein Irrtum des lieben Gottes. Solche wie mich oder Olschanskij lügen sie bedenkenlos an, weil wir, die weniger Schönen, es überhaupt nicht wert sind, die Wahrheit aus ihrem Mund zu erfahren. Aber mit solchen wie dir haben sie es schwerer. Ich möchte, dass du Strelnikow einwickelst. Nimm Kontakt zu ihm auf, erfinde etwas, bring ihn zum Reden, dazu, dass er Dinge sagt oder noch besser tut, die es ihm anschließend schwer machen werden, den Untersuchungsführer anzulügen. Binde ihm die Hände.«

»Heißt das, du bist dir sicher, dass er die Wahrheit über die Schirokowa weiß?«

»Ich bin mir überhaupt nicht sicher. Aber ich will wissen, wie es wirklich ist. Ich will wissen und mich nicht auf das verlassen, was Strelnikow gesagt hat.«

»Weil du ihm nicht glaubst«, fügte Tatjana hinzu.

»So ist es. Ich kann ihm nicht glauben, weil er zu schön ist und außerdem zu selbstgewiss, um mir sympathisch zu sein. Weißt du, Tanja, es gab in meinem Leben einmal eine herzzerreißende Geschichte, und seitdem existieren für mich keine schönen Männer mehr. Ich sehe, ich bemerke sie nicht. Und vor allem glaube ich ihnen nicht.«

»Nun mach aber halblang«, sagte Tatjana mit einer wegwerfenden Handbewegung. »Stassow hat mir gesagt, was für einen Mann du hast. Du wirst doch nicht behaupten wollen, dass er hässlich ist.«

»Nein, das behaupte ich nicht«, erwiderte Nastja, während sie den Wasserkocher anstellte, Tassen, Würfelzucker und die gerade erst erstandene Dose mit Pulverkaffee der Marke »Kapitän Columbus« aus ihrem Schreibtisch holte. »Tschistjakow ist nicht hässlich, sondern ein in jeder Hinsicht anziehender Mann. Aber ich kenne ihn bereits, seit ich fünfzehn bin, das heißt seit einundzwanzig Jahren. Als wir uns kennen lernten, war er ein baumlanges, rothaariges, ungelenkes Geschöpf, das an einen Grashüpfer erinnerte. Aber er war absolut genial. Und aus diesem genialen Grashüpfer hätte Gott weiß was werden können, eine furchtbar hässliche, sommersprossige Vogelscheuche, ein zwei Meter langer hirnloser, muskulöser Apoll oder ein spindeldürres, zänkisches verhindertes Genie. Für mich zählte nur sein Intellekt, das Äußere spielte überhaupt keine Rolle. Ich habe einfach Glück gehabt, weil er nichts von seiner Genialität eingebüßt hat und heute wesentlich schöner ist als vor zwanzig Jahren. Möchtest du Tee oder Kaffee?«

»Tee bitte. Vielleicht sollte ich ein wenig spazieren gehen? Ich störe dich wahrscheinlich.«

»Du störst mich überhaupt nicht, schließlich arbeiten wir. Und außerdem warten wir auf die Neuigkeiten, die Selujanow uns überbringen wird.«

Die anderthalb Stunden bis zu seiner versprochenen Rückkehr waren allerdings noch lange nicht verstrichen.

Nastja nippte an dem starken heißen Kaffee und versuchte, Ordnung in den Wirrwarr ihrer Gedanken zu bringen. Es war immer schwierig, wenn sich in einem Mordfall keine einzige Version herauskristallisierte, die ein Motiv für das Verbrechen lieferte. Und genauso schwierig war es, wenn es zu viele mögliche Versionen gab. Je mehr Versionen, desto mehr musste man sich auf seine Intuition verlassen, Prioritäten setzen und immer wieder neu entscheiden, was sofort zu tun war und was man auf später verschieben konnte. Und umso höher war natürlich die Fehlerquote. Denn wenn es nicht genügend Leute gab, musste man immer zwischen dem Erst- und dem Zweitrangigen wählen. Und Leute gab es natürlich nie genug.

Wladimir Alexejewitsch Strelnikow also. Er hat für die Tatzeit ein Alibi, wenn auch nur ein dünnes. Korotkow ist gerade dabei, dieses Alibi zu überprüfen, aber ganz beiläufig muss man natürlich auch ein Motiv finden. Strelnikow kann nur ein Motiv haben. Ljudmilas wahllose sexuelle Aktivitäten. Aber wusste er davon? Das muss Tatjana herausfinden.

Ljuba Sergijenko. Das Motiv liegt auf der Hand. Ein Alibi hat sie nicht. Sie wird ständig beobachtet, und sie verhält sich nicht gerade so, wie man es von einer betrogenen, verlassenen Frau erwartet, die ein reines Gewissen hat. Ganz offensichtlich leidet sie unter einer schweren Depression, wobei ihr Verhalten sich nach Ljudmilas Tod stark verändert hat. Die Sergijenko ist natürlich die Verdächtige Nummer eins.

Nastja erinnerte sich an das Vernehmungsprotokoll, das Olschanskij ihr zu lesen gegeben hatte.

FRAGE: Seit wann hatten Sie ein feindseliges Verhältnis zur Schirokowa?

ANTWORT: Es ist nie zu Feindseligkeiten zwischen uns gekommen. Ich habe mich mit Mila immer sehr gut vertragen und kann ihr nichts vorwerfen. Als ich aus der Türkei zurückkam, habe ich erfahren, dass sie eine Liebesbeziehung zu Wladimir Strelnikow aufgenommen hat, aber das hat mich nicht besonders aufgeregt. Nach meiner Rückkehr aus dem Ausland habe ich Mila kein einziges Mal mehr gesehen.

FRAGE: Und Sie haben auch nicht mit ihr telefoniert?

ANTWORT: Nein.

FRAGE: Hat es Sie nicht erstaunt und gekränkt, dass zwei Menschen, die Ihnen nahe standen, Sie betrogen und verraten haben?

ANTWORT: Ich war auf so etwas vorbereitet. Strelnikow gefiel Mila schon lange, und sie hat mir das nicht verheimlicht. Und die Gefühle zwischen mir und Wladimir Alexejewitsch hatten sich in letzter Zeit abgekühlt, mir wurde klar, dass wir keine Zukunft hatten, da er offenbar nicht daran dachte, sich scheiden zu lassen. Das hat mich im Grunde auch dazu veranlasst, für einige Monate ins Ausland zu gehen, um dort zu arbeiten. Ich wollte mir über meine Gefühle klar werden und Strelnikow ebenfalls die Gelegenheit dazu geben. Eine sanfte Trennung sozusagen. Ich habe in der Türkei keinen Augenblick daran gezweifelt, dass ich nicht zu ihm zurückkehren, sondern wieder zu meinen Eltern gehen würde. Mila hat mich vor ihrer Rückkehr nach Moskau besucht, das war im Juni, und ich habe ihr gesagt, dass ich mich entschlossen habe, die Beziehung zu Strelnikow zu beenden. Sie fragte mich scherzhaft, ob sie nun davon ausgehen könne, dass sie ihn haben könnte. Und ich habe ihr gesagt, sie könne ihn sich nehmen. Für mich war er nicht mehr interessant.

FRAGE: Aber wenn es so war, wie Sie sagen, warum haben Sie dann nach Ihrer Rückkehr aus der Türkei keinen Kontakt zur Schirokowa aufgenommen? Sie war schließlich Ihre Freundin, und Sie hegten nach Ihrer eigenen Aussage keinerlei Groll gegen sie.

ANTWORT: Das war nicht ganz so. Man kann nicht sagen, dass Strelnikow und Mila mich betrogen und verraten haben, aber das, was geschehen war, hat mich natürlich trotzdem berührt. Wissen Sie, wenn man sich von einem Menschen trennt, mit dem man nicht mehr zusammen sein kann, ist das zu verschmerzen. Aber wenn man erfährt, wie schnell dieser Mensch sich mit einer anderen getröstet hat, sehen die Dinge irgendwie anders aus. Natürlich war das keine Tragödie für mich, aber es hat mich trotzdem verletzt. Allerdings vergeht so etwas schnell, das weiß ich aus Erfahrung.

FRAGE: Warum sind Sie nach Ihrer Rückkehr aus der Türkei nicht gleich nach Hause zu Ihren Eltern gegangen, sondern haben erst bei den Tomtschaks gewohnt?

ANTWORT: Ich habe es Ihnen doch bereits gesagt. Mich hat das alles verletzt, und ich wollte nicht in schlechter Stimmung bei meinen Eltern auftauchen. Außerdem war ich nicht ganz gesund ... Wenn meine Eltern erfahren hätten, dass ich krank aus dem Ausland zurückgekommen bin, hätte das Gesprächsstoff für ein ganzes Jahr abgegeben. Für mich war es einfacher, mich bei Larissa Tomtschak zu Hause auszukurieren und gesund und fröhlich bei meinen Eltern zu erscheinen. Sie waren sowieso von Anfang an gegen meine Reise in die Türkei.

FRAGE: Was hat Ihnen gefehlt?

ANTWORT: Darüber möchte ich nicht sprechen.

FRAGE: Was haben Sie am Montag, dem achtundzwanzigsten Oktober gemacht?

ANTWORT: Ich war zu Hause. Zweimal bin ich spazieren gegangen.

FRAGE: Zu welcher Uhrzeit?

ANTWORT: Tagsüber zwischen zwölf und zwei Uhr und abends von acht Uhr bis Mitternacht.

FRAGE: Und wo sind Sie von acht Uhr abends bis Mitternacht gewesen?

ANTWORT: Ich bin spazieren gegangen. Zuerst bis zur Zagorodnaja-Chaussee, eine Weile bin ich dort durch den Park gegangen, dann über den Serpuchowskij-Wall und die Ordshonikidze-Straße bis zum Lenin-Prospekt. Von dort ging ich nach Hause zurück, in die Schwernik-Straße.

FRAGE: Gingen Sie allein spazieren?

ANTWORT: Ja, allein.

FRAGE: Wer kann bestätigen, dass Sie sich um diese Zeit an den von Ihnen genannten Orten aufgehalten haben?

ANTWORT: Niemand. Nur meine Eltern können bestätigen, dass ich gegen acht Uhr das Haus verlassen habe und gegen Mitternacht zurückgekommen bin.

Die Sergijenko wohnte in der Schwernik-Straße. Das war ganz in der Nähe der Akademicheskaja. War sie vielleicht mit Mila Schirokowa spazieren gegangen? So könnte es durchaus gewesen sein. Sie konnte sich mit Mila getroffen haben und dann mit ihr an irgendeinen anderen Ort gefahren sein. Und nachdem sie sie umgebracht hatte, kehrte sie nach Hause zurück.

Doch wenn die beiden Mädchen sich getroffen hatten, mussten sie sich vorher verabredet haben. Wann und wie hatten sie das getan? Im Laufe des Montags per Telefon? Ljuba Sergijenko war zu Hause, Mila hatte gearbeitet. Aber dann musste jemand im Hotel Rusitsch etwas von diesem Telefonat mitbekommen haben. Vielleicht war es nicht klar, mit wem Mila telefonierte, vielleicht hatte niemand das ganze Gespräch mit angehört, aber jemand musste etwas aufgeschnappt haben, wenigstens einen einzigen Satz, einen Wortfetzen …

Damit sollte Mischa Dozenko sich beschäftigen, das war sein Job.

***

Nastja wollte bereits nach Hause gehen, als der Untersuchungsführer Olschanskij anrief. Er klang unzufrieden und irgendwie verwirrt.

»Hör zu, Kamenskaja, der Mordfall Schirokowa gefällt mir nicht mehr. Ich glaube, wir sind da in eine Büchse mit Spinnen geraten. Oder in ein Schlangennest. Wie es dir besser gefällt.«

»Mir gefallen weder Spinnen noch Schlangen, ich fürchte die einen wie die anderen. Was ist passiert, Konstantin Michajlowitsch?«

»Die Leute aus Strelnikows Umfeld machen plötzlich ganz neue Aussagen. Letzte Woche haben sie noch das eine gesagt, und diese Woche sagen sie etwas ganz anderes. Bleibst du noch im Büro?«

»Eigentlich wollte ich nach Hause gehen, aber wenn es nötig ist ...«

»Nein, es ist nicht nötig, im Gegenteil. Geh hinunter auf die Petrowka und dann bis zur Ecke, wo früher das Geschäft ›Alles für die Dame‹ war. Weißt du noch, wo das ist?«

»Ja.«

»Dann ist es ja gut. Ich lese dich dort auf und bringe dich bis zur Metrostation Semjonowskaja. Ich muss bei meiner Schwiegermutter vorbeifahren. Wir unterhalten uns unterwegs.«

Anfang November war es um acht Uhr abends schon völlig dunkel, und Nastja zitterte innerlich, während sie in Richtung Kusnezkij Most ging. Sie war ein schrecklicher Hasenfuß und fürchtete sich panisch vor dunklen Straßen, weil sie wusste, dass sie sich gegen einen möglichen Angreifer weder wehren noch ihm entkommen konnte. Sie hatte kein Training, keine Erfahrung, und die Luft würde ihr nur für drei Meter reichen.

Sie fror, denn der Sommer war endgültig vorbei, und nun würde ihr bis zum Mai nächsten Jahres nicht mehr warm werden. An Nastja fuhren luxuriöse ausländische Wagen vorbei, mit schönen jungen Männern hinter dem Steuer und schönen jungen Frauen auf dem Beifahrersitz. Nastja empfand, wie immer, Mitleid mit ihnen, denn sie waren schön und jung, aber in der Regel dumm. In den letzten zwei, drei Jahren hatte sie oft genug erlebt, wie aus diesen glitzernden Luxusschlitten die von Kugeln durchlöcherten Körper ihrer schönen jungen Besitzer geborgen wurden. Manchmal befanden sich in diesen Autos auch ihre Freundinnen, die ebenfalls tot waren, weil eine Kugel sie getroffen oder der Wagen außer Kontrolle geraten war und sich überschlagen hatte. Diese Menschen waren nicht zu beneiden, sondern zu bemitleiden. Weil alles, was sie besaßen, für »schnelles Geld« gekauft war, und wo das »schnelle Geld« war, da war auch die Kriminalität. Wer jung und reich war, der war schnell zu Geld gekommen, aber dieses Geld zog den Tod an, weil zu viele sich darum rissen. Die Jungen und Reichen in diesem Land gehörten zu einer Risikogruppe. Sie lebten gewöhnlich nicht sehr lange.

Endlich hatte Nastja den Kusnezkij Most erreicht und erblickte sofort Olschanskijs blauen Shiguli. Sie schlüpfte in das warme Innere des Wagens, schlug schnell die Tür zu, um die warme Luft nicht entweichen zu lassen, überkreuzte sofort ihre Arme auf der Brust und versteckte die Hände unter den Achselhöhlen.

»Ist dir etwa kalt?«, fragte der Untersuchungsführer erstaunt. »Die Temperaturen liegen doch noch im Plusbereich. Es ist noch zu früh zum Frieren.«

»Für mich ist es nicht zu früh«, murmelte sie zähneklappernd. »Kümmern Sie sich nicht darum, mir wird gleich warm.«

»Möchtest du vielleicht einen Schluck trinken?«

»Ja, aber nur einen winzig kleinen.«

Olschanskij entnahm dem Handschuhfach ein kleines dunkelgrünes Fläschchen Rémy Martin und reichte es Nastja.

»Ich habe leider kein Glas. Du musst aus der Flasche trinken.«

Nastja konnte Cognac nicht ausstehen, nicht einmal den allerbesten, aber sie wusste, dass es ein sehr wärmendes Getränk mit gefäßerweiternder Wirkung war. Deshalb kniff sie die Augen zusammen und nahm einen ordentlichen Schluck. Es war ziemlich lange her, seit sie zum letzten Mal etwas gegessen hatte, und die Wirkung des Alkohols ließ nicht lange auf sich warten. Ihre Hände wurden warm, ihre Rückenmuskulatur entspannte sich, sie hörte auf zu zittern.

»Na, ist dir jetzt wohler?«

»Ja, danke, Konstantin Michajlowitsch. Also, was ist los mit Strelnikow?«

»Seine Bekannten versuchen plötzlich alle, die Sergijenko zu entlasten. Ich meine seine einstigen Stellvertreter, Tomtschak und Leontjew. Letzte Woche haben die Ehefrauen Ljuba in schönster Eintracht in Schutz genommen, und die Männer haben ihr währenddessen seelenruhig den Strick gedreht. Aber heute sind sie plötzlich auf die Linie ihrer Frauen umgeschwenkt. Allerdings zieht jeder von ihnen den Karren in eine andere Richtung. Ich sage dir ehrlich, dass ich nicht mehr durchblicke. Ich glaube, das ist auch ihre Absicht, sie wollen mich an der Nase herumführen und endgültig verwirren. Und das besagt nur, dass sie den Mörder kennen und versuchen, die Ermittlungen zu behindern. Wahrscheinlich stammt der Mörder aus ihrem Umfeld.«

Auf der ganzen Fahrt bis zur Metro berichtete der Untersuchungsführer Nastja von den widersprüchlichen Aussagen der Zeugen. Das ergab in der Tat ein recht verschwommenes Bild.

Vergangene Woche hatte Tomtschak zuerst Korotkow und dann auch dem Untersuchungsführer gesagt, dass Ljuba Sergijenko sehr schwer wiegende Gründe hatte, ihre Freundin Mila Schirokowa zu hassen. In der Türkei hatte Mila sich ihr gegenüber sehr unfair verhalten, sie war mit dem gesamten Monatsverdienst der beiden verschwunden und hatte nicht einmal für ihre Unterkunft bezahlt. Gar nicht zu reden davon, dass sie Strelnikows dumme, aber typisch männliche Schwäche ausgenutzt und ihn Ljuba in deren Abwesenheit ausgespannt hatte. Heute, bei der zweiten Vernehmung, hatte Tomtschak alles zurückgenommen und sich auf irrationale Gefühlswallungen berufen, die Milas Tod in ihm ausgelöst hatten. Er behauptete, er hätte in den Gesprächen mit Korotkow und Olschanskij vieles hinzugedacht und manches auch ganz einfach erfunden. In Wirklichkeit hätte Ljuba Sergijenko nie etwas Schlechtes über ihre Freundin gesagt. Ihre Beziehung zu Strelnikow war angeblich bereits zum Zeitpunkt ihrer Abreise in die Türkei so gut wie beendet. Die Tatsache, dass Ljuba sich für einen Auslandsaufenthalt entschieden hatte, wurde von allen so bewertet, dass sie auf diese Weise eine endgültige Trennung herbeiführen wollte. Sie hatte dafür diese elegante, harmlose Form gewählt. Ich soll Ljuba als nachtragend bezeichnet haben?, hatte Tomtschak gesagt. Nicht zu glauben. Das ist mir im Eifer des Gefechts entschlüpft, das war nur der Stress. Ljuba ist ein sehr friedliches Geschöpf, sie erträgt keine Konflikte und ist immer versöhnlich gestimmt.

»Und so ging es weiter«, sagte Olschanskij. »Er stellt alles vom Kopf auf die Füße, oder von den Füßen auf den Kopf. Der Teufel allein weiß, was hier Wahrheit und was Lüge ist.«

Genadij Leontjew verhielt sich genauso wie Tomtschak, nur mit dem Unterschied, dass er so gut wie nichts über Ljubas Aufenthalt in der Türkei wusste, sodass er sich in dieser Hinsicht nicht widersprechen konnte.

Tomtschaks Frau Larissa und Leontjews Frau Anna verloren kein einziges Wort über den Konflikt zwischen Ljuba Sergijenko und Mila Schirokowa, dafür ließen sie sich ausgiebig über Milas liederlichen Lebenswandel aus, den Strelnikow nach ihrer Meinung gewiss nicht geduldet hätte. Auch sie behaupteten, dass Strelnikows kirchliche Trauung mit Mila keinen niederschmetternden Eindruck auf Ljuba gemacht hatte. Sie war natürlich etwas gekränkt und verstimmt, aber nicht mehr als eine Frau, die sich einen neuen Rock gekauft hat und zu Hause feststellt, dass er an den Hüften zu eng ist. In solchen Situationen wisse man gar nicht, was schlimmer sei, die Tatsache, dass man am nächsten Tag nicht in dem neuen Rock zur Arbeit gehen konnte, oder die Feststellung, dass man zugenommen hatte. So etwas sei natürlich unangenehm, aber weiß Gott nicht tragisch.

Die beiden Männer und die beiden Frauen äußerten sich unterschiedlich in Bezug darauf, wer Mila Schirokowa umgebracht haben könnte. Während die Männer keinerlei Vermutung hatten, hielten die Frauen es für mehr als wahrscheinlich, dass Strelnikow der Mörder war.

Aber alle vier schlossen sie kategorisch die Möglichkeit aus, dass Ljuba Sergijenko die Täterin war, und machten entsprechende Aussagen.

»Konstantin Michajlowitsch, hat keiner von den Vernommenen Strelnikows offizielle Ehefrau erwähnt?«

»Du meinst Alla Sergejewna? Nein, bisher nicht. Ich warte schon die ganze Zeit darauf, aber sie schweigen alle, als hätten sie sich abgesprochen. Habt ihr sie schon unter die Lupe genommen?«

»Natürlich. Eine interessante Dame. Sie ist Direktorin im Haus der Mode. Vor einigen Jahren wurde ein Model, das dort gearbeitet hat, umgebracht, man hat die Frau ebenfalls erwürgt. Wir haben damals einen Täter gefasst, aber wir hatten Grund zu der Annahme, dass er die Tat nicht allein begangen hat. Natürlich hat er nichts zugegeben und seinen Komplizen nicht verraten, er ging in stolzer Einsamkeit ins Kittchen, aber unser Verdacht blieb bestehen.«

»Und der Verdacht richtete sich gegen die Strelnikowa?«

»Ja. Der Tod des Models ermöglichte es ihr, eine ziemlich große Summe einzustreichen, weil der Vertrag entsprechend abgefasst war. Sie hat die Vertragsbedingungen selbst festgelegt, und das Mädchen hat unterschrieben, weil es dumm und unerfahren war. Und nachdem Strelnikow Mila kennen gelernt hatte, begann ihr das Geld davonzuschwimmen, das sie allmonatlich von ihm bekam. Sie wissen das vielleicht nicht, aber Wladimir Alexejewitsch hat seine Frau mehr als großzügig unterstützt. Ich vermute, dass Ljuba Sergijenko das nicht wusste. Aber Mila Schirokowa hat es erfahren. Und ich nehme an, sie hat von Strelnikow verlangt, diese doppelte Haushaltsführung endlich aufzugeben, sich so schnell wie möglich scheiden zu lassen und die Ehe mit ihr einzugehen. Und das könnte Alla Sergejewna sehr missfallen haben. Eine getrennt lebende Ehefrau, die monatlich gutes Geld bekommt und dabei keinerlei Hausfrauenpflichten zu erfüllen hat, sondern ihr Leben nach eigenen Wünschen gestalten kann, ist natürlich in einer ganz anderen Situation als eine geschiedene Ehefrau, die kein Geld von ihrem Exmann bekommt. Das erzeugt eine ganz andere Gefühlslage.«

»Ist gut, Nastja, lass uns abwarten. Wenn ihr Alla beobachtet, kann sie uns sowieso nicht durch die Lappen gehen. Vernehmen kann ich sie immer noch. Vorläufig habe ich nichts gegen sie in der Hand, und mit einer offiziellen Vernehmung würde ich nur Staub aufwirbeln. Wo war sie am Abend der Tat?«

»Nirgends.«

»Was heißt das?«

»Niemand weiß es. In einer privaten Unterhaltung mit dem charmanten Korotkow hat Alla Sergejewna behauptet, dass sie an diesem Tag im Büro war und anschließend zu Hause. Den Abend hat sie angeblich mit ihrem Freund verbracht, seinen Namen wollte sie allerdings nicht preisgeben. Es war aber natürlich nicht schwer, die Identität ihres festen Freundes festzustellen. Dieser allerdings war an jenem Abend nicht bei Alla. Jetzt stellt sich die Frage, ob sie nicht noch einen zweiten Herzensfreund hat oder sogar mehrere, als Reserve.«

»Nastja, bist du nicht der Meinung, dass Alla Sergejewna überhaupt kein Alibi braucht?«

»Es sieht so aus. Wollen Sie damit sagen, dass das Alibi ihr Liebhaber braucht und sie nach Kräften versucht, es ihm zu liefern?«

»Nun ja, etwas in der Art wollte ich tatsächlich sagen. Selbst wenn sie beschlossen hat, die durchtriebene Schirokowa zu beseitigen, ist es schwer vorstellbar, dass sie sie mit eigenen Händen erwürgt hat, nicht wahr? Aber natürlich kann sie ihren Liebhaber dazu angestiftet haben. Im Übrigen könnte der Liebhaber an dem Mord noch mehr interessiert gewesen sein als sie selbst.«

»Nun hören Sie aber auf«, widersprach Nastja. »In diesem Fall müsste Allas Liebhaber ein Junkie sein, dem sie die Drogen finanziert, oder irgendein Verrückter mit einem ausgefallenen, teuren Hobby. So einer wäre natürlich an Strelnikows Geld interessiert. Aber Allas wirklicher Liebhaber hat selbst Geld wie Heu. Dem ist Strelnikows Geld so schnuppe wie dem Fuchs die Weintrauben. Allerdings ist es natürlich auch möglich, dass er Alla Sergejewna nicht besonders gefällt. Vielleicht bevorzugt sie jüngere, knackige Männer, und so ein Vergnügen kostet eine Frau ihres Alters gewöhnlich viel Geld, sehr viel sogar, Konstantin Michajlowitsch.«

Sie hatten die Metrostation Semjonowskaja erreicht, und Olschanskij hielt den Wagen an.

»Ist dir nichts zu der blauen Farbe an den Schuhen der Schirokowa eingefallen?«

»Nein. Ich habe keine Idee, was sie so Schweres getragen

haben könnte. Das Gutachten ist noch nicht fertig, aber Oleg Subow ist sich ganz sicher, dass es ein Gewicht von mindestens einhundertdrei Kilo sein musste.«

»Das hat der Teufel gesehen«, brummte der Untersuchungsführer. »Man könnte meschugge werden mit euren Leichen.«

Er fuhr scharf an und verschwand hinter der nächsten Kurve.

***

Strelnikow hatte einen sehr tiefen Schlaf, normalerweise hörte er nur das Telefon oder den Wecker. Auf andere Geräusche reagierte er in der Regel nicht. Doch in dieser Nacht, der Nacht nach Milas Begräbnis, erwachte er ganz plötzlich und wusste sogar, was ihn geweckt hatte. Er hatte ein Geräusch gehört ... Doch nach so einem Tag war es nicht verwunderlich, wenn einem die Nerven einen Streich spielten.

Er drehte sich im Bett um und streckte seine Hand nach der Uhr mit den Leuchtziffern aus. Es war Viertel nach drei. Wladimir Alexejewitsch wollte wieder unter die Decke kriechen und sich auf die andere Seite drehen, aber plötzlich war das Geräusch wieder da, und er begriff, dass es Schritte waren.

Mila!, hätte er fast aufgeschrien. In diesem Moment war Strelnikow zu glauben bereit, dass die Seelen der Verstorbenen an ihre irdischen Wohnstätten zurückkehrten, zu den geliebten Menschen. Der Schrei blieb ihm im Hals stecken und geriet zu einem undeutlichen Röcheln. Wieder ertönten die Schritte, sie näherten sich der Tür, hinter der Strelnikow schlief. Ihm wurde unheimlich. Wer war das? Ein Einbrecher? Unsinn, Einbrecher kamen in Abwesenheit der Wohnungsbesitzer. Obwohl dieser vielleicht gut informiert war und es gerade deshalb heute riskierte. Nach einem Begräbnis fand ein Leichenschmaus statt, die Betroffenen tranken bei dieser Gelegenheit gewöhnlich viel und schliefen danach tief und fest.

Strelnikow bedauerte, dass er nicht die Angewohnheit hatte, nachts mit dem Revolver unter dem Kissen zu schlafen. Er besaß eine Waffe und einen Waffenschein, aber der Revolver lag in der Schreibtischschublade. Hätte nachts jemand an der Wohnungstür geläutet, wäre Strelnikow natürlich bewaffnet zur Tür gegangen. Aber aus irgendeinem Grund hatte er nie daran gedacht, dass jemand gewaltsam in seine Wohnung eindringen könnte.

Strelnikow richtete sich auf und wollte bereits seine Füße auf den Boden setzen, um auf Zehenspitzen zu seinem Schreibtisch zu schleichen und den Revolver an sich zu nehmen, doch da ging die Tür auf, und auf der Schwelle erschien eine undeutliche Gestalt. So sehr Strelnikow seine Augen auch anstrengte, er konnte das Gesicht nicht erkennen, die Angst verschleierte ihm den Blick.

»Du schläfst also nicht«, sagte das Gespenst mit raunender Stimme. »Das ist gut. Also plagt dich dein Gewissen. Die Seelen der Unschuldigen, die du vernichtet hast, schweben über dir und lassen dir keine Ruhe.«

»Wer bist du?«, presste Strelnikow mühsam hervor.

Er streckte seine Hand nach dem Lichtschalter aus, um den Wandleuchter über seinem Kopf anzuknipsen, aber er hörte nur das leere Klicken des Schalters. Das Licht ging nicht an.

»Gib dir keine Mühe, du Sünder«, raunte die Stimme erneut, »da, wo ich bin, ist kein Licht. Du möchtest mein Gesicht sehen? Willst du auch die Gesichter derer sehen, die du zerstört und vernichtet hast? Eine schreckliche Sünde liegt auf dir, Wladimir, du wirst niemals Vergebung finden. Bis an dein Lebensende wirst du das Kreuz deiner Schuld an der Ermordung der unschuldigen Gottesdienerin Ljudmila tragen.«

Strelnikow gelang es endlich, sich aus seiner Erstarrung

zu lösen. Er sprang vom Bett auf und stürzte sich mit einem Satz auf die dunkle, gesichtslose Gestalt. Er wollte seinem nächtlichen Besucher an die Kehle gehen, doch ein mächtiger Schlag stieß ihn zurück. Der Gast war kein Gespenst, ganz im Gegenteil. Er war ein ganzer Berg aus eisernen, sehr wirklichen und spürbaren Muskeln.

Die Tür fiel ins Schloss. In der Wohnung war es wieder still.

Fünftes Kapitel

Tatjana stand vor dem Spiegel. Vor dem Auftragen des Make-ups betrachtete sie mit kritischem Blick ihr Spiegelbild. Nun ja, überflüssige Kilos ließen sich nicht wegretuschieren, wenn sie so zahlreich vorhanden waren. Sie war von Kindheit an ein Pummelchen gewesen, deshalb kannte sie das Entsetzen nicht, die Trostlosigkeit und Verzweiflung, die manchmal Frauen überkam, die sich noch gut an ihre einst schlanke, grazile Figur erinnerten. Tatjana war nie schlank und grazil gewesen, und fast ihr ganzes Leben lang hatte sie sich darum bemüht, ihre übermäßige Fülle so zu kaschieren, dass sie nicht zu sehr ins Auge fiel und nicht hässlich erschien. In dieser Kunst hatte Tatjana Obraszowa eine wahre Meisterschaft erlangt, wovon auch ganz eindeutig die Tatsache zeugte, dass es ihr nie an Verehrern fehlte. Das erste und wichtigste Gebot lautete: Zeige das Beste von dir, um die Aufmerksamkeit von Bauch und Hüften abzulenken. Das Beste an Tatjana waren ihr Haar, ihre Haut, ihre Stimme und ihre unwiderstehliche Weiblichkeit, die auf Männer geradezu hypnotisch wirkte. Trotz ihrer höchst anstrengenden Arbeit als Untersuchungsführerin und ihrer nebenberuflichen Tätigkeit als Krimiautorin gelang es Tatjana, sich regelmäßig die Zeit für einen Besuch beim Friseur und im Kosmetiksalon zu nehmen.

Aber die höchste Kunst bestand natürlich in der richtigen Wahl der Garderobe. Nichts Helles, keine Rüschen, keine Blümchen, keine horizontalen Streifen und ähnlich unvorteilhaftes Design. Im Büro trug Tatjana strenge Kostüme mit hüftlangen Jacken und gerade geschnittenen Röcken, die das Knie bedeckten. In der Freizeit enge Hosen und lange, weite Pullover. Trotz ihrer Fülle hatte Tatjana schmale Fesseln, und wenn die fülligen Hüften und Schenkel unter dem langen Pullover verschwanden, erzeugte das die Illusion durchaus schlanker Beine.

Um Wjatscheslaw Tomtschak zu treffen, musste Tatjana aufs Land fahren. Sie hatte herausgefunden, dass Tomtschak sich zurzeit auf seiner Datscha aufhielt, und beschlossen, sich den Weg zu Strelnikow über dessen engste Freunde zu bahnen. Auch eine entsprechende Legende hatte sie parat: Sie, die Schriftstellerin, hätte erfahren, dass man bei der Ermordeten eines ihrer Bücher in der Handtasche gefunden hatte, das hätte sie als Autorin sehr berührt ... und so weiter. Sie hätte sich nicht entschließen können, sich direkt an Herrn Strelnikow, den Lebensgefährten der Ermordeten, zu wenden, da dieser nach dem schweren Schlag, den er erlitten hatte, sicher nicht zu einem Gespräch aufgelegt sei. Woher sie von dem Buch wusste? Aus der Zeitung natürlich, woher denn sonst. Für alle Fälle hatte Tatjana die Zeitung mit der entsprechenden Meldung aufgehoben. Man hatte rechtzeitig dafür gesorgt, dass diese Meldung erschienen war.

Sie musste sich so zurechtmachen, dass Tomtschak ihr glaubte und keinen Verdacht schöpfte. Jeans, Pullover, offenes Haar, um möglichst leger zu wirken und den Anschein von Boheme zu erzeugen, wie es sich für eine Schriftstellerin gehörte. Die Augen nicht zu stark schminken, kein Lidstrich, nur die Wimpern kräftig tuschen, um die dunkelgrauen Augen hervorzuheben. Was noch? Der Schmuck natürlich. Davon in diesem Fall lieber etwas mehr und ein bisschen geschmacklos. Ein pummeliges Dummchen, das kitschige Frauenromane schrieb. Und eines ihrer Bücher musste sie einstecken, um es Tomtschak mit ihrer Widmung zu schenken. Das verlangte die Höflichkeit, und gleichzeitig wurde so der Beweis erbracht, dass sie wirklich Schriftstellerin war und nicht irgendeine Möchtegernautorin. Welches Buch sollte sie auswählen?

Tatjana nahm einige ihrer Bücher aus dem Regal und betrachtete prüfend die Einbände. Dieses hier ging nicht, hier befand sich neben dem Foto eine Notiz über die Autorin, aus der hervorging, dass Tatjana Tomilina in ihrem Hauptberuf Untersuchungsführerin war und den Stoff für ihre Romane aus ihrer täglichen Arbeit bezog. Das entfiel. Aber dieses hier passte, hier wurde ihr Beruf als Untersuchungsführerin nicht erwähnt. Auch das hier wäre geeignet gewesen, in diesem Buch gab es überhaupt keine Angaben zur Person, aber es fehlte ein Foto. Und da Tatjana Tomilina laut Pass Obraszowa hieß, hätte sie ohne Foto nicht beweisen können, dass sie tatsächlich die war, als die sie sich ausgab.

So, nun war sie fertig. Angezogen, frisiert, geschminkt, das passende Buch ausgewählt. Sollte sie vielleicht noch das Diktaphon mitnehmen? Nein, lieber nicht, das konnte Tomtschak einschüchtern. Ein Diktaphon – das roch bereits nach Journalismus, nach Zeitung und Rundfunk. Es würde ihn daran hindern, die Wahrheit zu sagen. Lieber auf die alte Art, mit Notizblock und Stift. Eine nicht mehr ganz junge, nicht besonders erfolgreiche Schriftstellerin der alten Schule ... Ja, so war es richtig.

Tatjana hatte ihre Rolle entworfen, sie zog sich eine Jacke über, schlüpfte in bequeme, flache Gehschuhe und machte sich auf den Weg zum Bahnhof.

***

Schon auf der Schwelle des gediegenen Holzhauses überkam Tatjana das Gefühl, dass in diesem Haus die Tristesse regierte. Sie hätte nicht sagen können, warum sie das so empfand, aber das Gefühl war sehr deutlich, beinahe körperlich spürbar. Die Tür öffnete ihr ein Mann, der früher wahrscheinlich einmal blond gewesen war, aber inzwischen war er fast gänzlich ergraut. Er schien sich seit mindestens zwei Tagen nicht rasiert zu haben, er wirkte düster und verschlossen.

»Sie wünschen?«

»Sind Sie Wjatscheslaw Petrowitsch Tomtschak?«

»Ja. Und wer sind Sie?«

»Mein Name ist Tatjana, ich ...« Sie machte eine einstudierte Verlegenheitspause. »Wissen Sie, ich schreibe Bücher ... Kurz, ich habe aus der Zeitung erfahren, dass man eines meiner Bücher bei einem ermordeten Mädchen gefunden hat ...«

»Und nun sind Sie neugierig?«, unterbrach Tomtschak sie scharf.

An seinem Tonfall konnte man hören, dass er so eine Art Neugier keinesfalls billigte.

»Nein, man kann das nicht Neugier nennen. Es geht um etwas anderes. Dürfte ich vielleicht eintreten?«

Tomtschak trat wortlos zur Seite und ließ Tatjana ins Haus. Sie ging durch zur Veranda und warf ihre Handtasche auf einen Stuhl.

»Wjatscheslaw Petrowitsch, wenn es sich einfach nur um unverschämte Sensationslust handeln würde, hätte ich nicht Sie aufgesucht, sondern Strelnikow. Aber ich respektiere seinen Schmerz und möchte ihn in einem so schweren Moment nicht belästigen. Verstehen Sie mich bitte, als Autorin des Buches ist mir die Geschichte des Mädchens nicht gleichgültig. Vielleicht hat sie noch wenige Minuten bis vor ihrem tragischen Tod in meinem Buch gelesen. Aber mein Interesse kommt Ihnen wahrscheinlich abwegig vor ...«

»Nehmen Sie Platz«, sagte der Hausherr, und Tatjana schien, dass er ein wenig zugänglicher geworden war. »Ich verstehe, was Sie sagen wollen, aber ich verstehe nicht, warum Sie zu mir gekommen sind. Sie sollten lieber mit Milas Freundinnen sprechen. Ich habe die Ermordete nicht gut gekannt, eigentlich fast gar nicht.«

»Das ist nicht so einfach, wie es Ihnen scheint«, bemerkte Tatjana mit einem Lächeln. »Ich bin ja keine Kriminalbeamtin, für mich ist es sehr schwer, an Informationen heranzukommen.«

Tatjana holte die Zeitung aus ihrer Handtasche und schlug sie an entsprechender Stelle auf.

»In dieser Meldung hier heißt es, dass die ermordete Ljudmila Schirokowa die Braut von Herrn Strelnikow war, der noch bis vor kurzer Zeit als Präsident des Fonds zur Förderung humanistischer Bildung fungierte. Bei diesem Fonds hat man mich an Sie und Genadij Fjodorowitsch Leontjew als die engsten Freunde und Mitarbeiter von Herrn Strelnikow verwiesen. In der Zeitungsmeldung steht leider nicht, wo das Mädchen gearbeitet hat. Deshalb bin ich zu Ihnen gekommen.«

»Und warum sind Sie nicht zu Leontjew gegangen?«

»Ich weiß es nicht.« Tatjana lächelte entwaffnend. »Vielleicht deshalb, weil Sie zurzeit auf Ihrer Datscha wohnen und vielleicht etwas mehr Zeit haben, sich mit mir zu unterhalten. Und wäre ich zu Leontjew gegangen, hätte er mich gefragt, warum ich nicht Sie aufgesucht habe. Es lief also beides auf das Gleiche hinaus.«

In Wahrheit war ihre Wahl ganz bewusst auf Tomtschak gefallen. Sie hoffte, dass er, der Gekränkte und Enttäuschte, über Strelnikow mehr erzählen würde als Leontjew, der nach seinem Ausscheiden aus dem Fonds an vier oder fünf Privathochschulen gleichzeitig lehrte. Er hatte alle Hände voll zu tun, war ständig unterwegs von einem Ende der Stadt zum andern und hätte wahrscheinlich wenig Lust gehabt, mit einer ihm unbekannten Schriftstellerin sinnlose Unterhaltungen zu führen.

»Nun gut. Was wollten Sie mich fragen?«

»Erzählen Sie mir etwas über die Ermordete. Was für ein Mensch war sie? Mich interessieren ihre Gewohnheiten, ihr Charakter. Aber wenn Sie sie fast gar nicht gekannt haben ...«

»Auf diese Fragen kann ich Ihnen tatsächlich nicht antworten. Wahrscheinlich haben Sie den weiten Weg hierher umsonst gemacht.«

»Wissen Sie vielleicht, wo sie gearbeitet hat?«

»Nein, das weiß ich leider auch nicht.«

Natürlich weiß er es, dachte Tatjana. Sie alle wissen genau, dass Mila und Ljuba Freundinnen waren und zusammengearbeitet haben. Warum lügt der Mann?

»Wissen Sie, wo sie gewohnt hat?«

»Nein, auch das weiß ich nicht.«

»Wie ist das möglich, Wjatscheslaw Petrowitsch?«, fragte Tatjana erstaunt. »Man hat mir gesagt, dass Sie und Leontjew Strelnikows engste Freunde sind. Und als solche wissen Sie überhaupt nichts von seiner Braut?«

»Ja, stellen Sie sich das vor. Nur Frauen erzählen sich immer alles bis in kleinste Details.«

»Und unter Männern ist das nicht üblich?«, fragte Tatjana lachend. »Gut, Wjatscheslaw Petrowitsch, ich werde Sie nicht länger belästigen. Erlauben Sie mir, Ihnen eines meiner Bücher zu schenken. Ein kleines Geschenk als Wiedergutmachung für die Zeit, die ich Ihnen gestohlen habe.«

Sie holte das mitgebrachte Taschenbuch mit dem grellen Einband aus ihrer Handtasche. Auf dem Titelblatt stand bereits die Widmung für Tomtschak. Er nahm das Buch und drehte es zerstreut in den Händen. Immerhin warf er einen Blick auf das Foto und las die biographische Notiz über die Autorin.

»Sie sind also Autorin vieler Bestseller?«, fragte er ungläubig. »Oder ist das einer der üblichen Werbetricks?«

»Nun, wie soll ich sagen«, lächelte Tatjana, »das ist Ansichtssache. Für den einen sind drei Bücher viel, für den anderen sind dreißig wenig.«

»Und wie viele Bücher haben Sie geschrieben?«

»Vierzehn.«

»Und wovon handeln sie?«

»Es sind Kriminalromane. Lesen Sie so etwas gern?«

»Nein.« Tomtschak verzog das Gesicht. »Ich kann Krimis nicht ausstehen. Aber jemand, der so viele Bücher geschrieben hat wie Sie, verdient jedenfalls Respekt, und sei es für seinen Fleiß.«

»Nun gut, dann danke ich Ihnen«, lächelte Tatjana.

Tomtschak schien sich für die Taktlosigkeit zu genieren, die er sich erlaubt hatte, denn plötzlich besann er sich und bot seinem Gast Tee an.

»Sehr gern«, stimmte Tatjana sofort zu.

Nach ein paar Minuten erschien Tomtschak mit einer Schachtel teurer Pralinen und Importkeksen in hübschen bunten Verpackungen auf der Veranda.

»Ich hätte nie gedacht, dass jemand, der sich auf seiner Datscha eingeschlossen hat und tagelang nicht rasiert, mit so einer Menge Süßigkeiten eingedeckt ist«, scherzte Tatjana. »Das eine passt irgendwie nicht zum andern.«

»Sie meinen, ich müsste, wenn ich schon auf der Datscha sitze und mich nicht rasiere, saufen wie ein Loch und mich von Konserven ernähren?« fragte Tomtschak frostig.

»Nein, aber ich habe gedacht, dass Sie vielleicht mit irgendeiner wissenschaftlichen Arbeit beschäftigt sind und das Einkaufen darüber ganz vergessen. So geht es mir nämlich immer, wenn ich schreibe.«

»Entschuldigen Sie bitte, ich wollte Sie nicht kränken. Aber Sie haben Recht, das alles habe ich nicht selbst gekauft. Ein Freund hat es mir mitgebracht. Es war übrigens Strelnikow. Er hat mich kurz vor Milas Beerdigung besucht, um ein wenig zu sich zu kommen. Hier ist es ruhig, menschenleer, niemand geht einem auf die Nerven.«

»Natürlich«, sagte Tatjana leise. »Ich verstehe. Er ist wahrscheinlich völlig gebrochen vor Schmerz.«

»Das ist zu drastisch ausgedrückt. Wolodja ist nicht zu

brechen. Er ist ein sehr starker Mensch, sehr tapfer und standhaft. Aber zweifellos hat er einen sehr schweren Verlust erlitten. Wollen Sie den Tee etwas stärker?«

»Mittelstark bitte. Aber wenn ich nun schon geblieben bin und mit Ihnen Tee trinke, dann erzählen Sie mir doch wenigstens irgendetwas von Mila. Ich weiß nicht einmal, wie alt sie war.«

»Wie alt? Ich glaube, siebenundzwanzig oder achtundzwanzig. Vielleicht etwas mehr oder etwas weniger. Ich weiß es nicht genau.«

»Was hat sie gemacht? Gearbeitet oder studiert?«

»Gearbeitet. Ich glaube es jedenfalls«, fügte Tomtschak schnell hinzu. »Ich weiß es nicht genau.«

»War sie schon einmal verheiratet?«

»Ich habe keine Ahnung.«

»Wie haben Strelnikow und sie sich kennen gelernt?«

»Ich habe Ihnen schon gesagt, dass mir solche Details nicht bekannt sind. Ich weiß nur, dass Wolodja sie liebte und heiraten wollte. Das ist alles.«

Sie unterhielten sich noch etwa eine Viertelstunde, nicht länger als es die Höflichkeit gebot, wenn man eine Tasse Tee miteinander trank. Tatjana stellte Fragen, auf manche bekam sie eine Antwort, den meisten wich Wjatscheslaw Tomtschak aus. Eines war ganz offensichtlich: Er wollte auf keinen Fall, dass die Sprache auf Ljuba Sergijenko kam. Aus demselben Grund hatte er auch nicht sagen wollen, wo Mila Schirokowa gearbeitet hatte.

Nachdem der Tee ausgetrunken war, verabschiedete Tatjana sich höflich und ging zur S-Bahn.

***

»Da haben wir es«, sagte Nastja triumphierend. »Ich habe doch gewusst, dass diesem Strelnikow nicht zu trauen ist. Tanja, du hast eine unschätzbare Information mitgebracht.«

»Du sprichst von Strelnikows Besuch bei Tomtschak auf der Datscha?«

Sie saßen bei Stassow zu Hause in der Küche. Tatjana trank Tee, Nastja stopfte sich hemmungslos mit unwahrscheinlich köstlichen Krautwickeln voll.

»Tanja, du bist mein Traum«, sagte sie mit vollem Mund. »Du bist nicht nur eine ausgezeichnete Untersuchungsführerin und eine begabte Schriftstellerin, sondern auch noch eine gute Köchin. Und außerdem eine schöne Frau. Dir werde ich nie das Wasser reichen können. Ich kann nur deine Krautwickel essen und vor Neid sterben.«

»Übertreib nicht«, lachte Tatjana, »davon, dass ich gut kochen kann, hat niemand etwas. In Petersburg kocht meine Schwägerin, und hier spiele ich nur die vorbildliche Hausfrau für Stassow. Aber er weiß genau, dass es nur Schein ist. Ich habe für das Kochen weder Zeit noch Kraft. Und was die Schönheit betrifft, so ist auch die eine optische Täuschung. Ich will einfach schön sein, für mich ist das wichtig, und deshalb gebe ich mir Mühe. Und du willst nicht schön sein und gibst dir darum auch keine Mühe. Hör auf, mir die Ohren voll zu blasen, lass uns lieber über Strelnikow reden. Soll ich dir noch nachlegen?«, fragte Tatjana mit einem Blick auf Nastjas im Nu geleerten Teller.

»Nein danke, ich platze gleich. Und ich wüsste nur allzu gern, warum Strelnikow Tomtschak auf seiner Datscha besucht hat.«

»Vielleicht hat er in dieser schweren Situation die Nähe seines Freundes gesucht«, schlug Tatjana als Erklärung vor.

»Tanja, erinnere dich daran, was er diesem Freund angetan hat, als er Knall auf Fall den Fonds verließ. Ich habe dir doch das Band mit dem Gespräch zwischen Korotkow und Larissa Tomtschak vorgespielt.«

»Offenbar ist Strelnikow von der absoluten Ergebenheit seines Freundes überzeugt. So schlecht es mir auch ginge, ich könnte mich nie dazu entschließen, mit meinem

Schmerz zu einem Menschen zu gehen, dem ich so übel mitgespielt habe. Auch wenn ich keine Skrupel hätte, würde ich mir sagen, dass so ein Mensch, anstatt mir beizustehen, anfangen würde, mir Vorwürfe zu machen und mit mir zu streiten. Du hast Recht, er ist nicht deshalb zu Tomtschak gegangen. Und es will sicher auch etwas heißen, dass Tomtschak im Gespräch mit Korotkow von Ljuba Sergijenko erzählt hat, während er sich in der Unterhaltung mit mir eindeutig vor diesem Thema gedrückt hat. Wahrscheinlich hat Strelnikow ihn in der Zwischenzeit entsprechend bearbeitet. Und jetzt werden die Freunde einmütig schweigen, wenn es um die Liebesangelegenheiten ihres Chefs geht, um seinem Ruf nicht zu schaden.«

»Das werden sie tun«, seufzte Nastja, »aber ich fürchte, es geht hier um noch mehr.«

Tatjana hob ihren Blick von der dampfenden Tasse Tee und sah Nastja aufmerksam an. Sie war eine erfahrene Untersuchungsführerin und verstand ohne Worte, was Nastja sagen wollte.

»Wird der Untersuchungsführer dich verstehen?«, fragte sie.

»Ich hoffe. Kostja Olschanskij ist ein guter Mensch.«

»Aber es ist nicht sein Beruf, ein guter Mensch zu sein.«

»Sicher, aber er vertraut mir und ist zugänglich für logische Argumente. Wir Ermittler folgen gewöhnlich unserer Intuition, während ein Untersuchungsführer sich nur auf Fakten verlassen darf. Aber gewöhnlich ist er trotzdem offen für vernünftige Überlegungen.«

Nastja zog das Telefon zu sich heran und wählte schnell Olschanskijs Nummer.

»Ich bin es, Konstantin Michajlowitsch. Soeben hat sich herausgestellt, dass Strelnikow am Freitag bei Tomtschak auf der Datscha war ... Ich weiß es nicht ... Genau das meine ich auch ... Ja? Gut, ich werde darüber nachdenken.«

Sie legte den Hörer auf und goss sich schweigend eine Tasse Kaffee ein. Tatjana beobachtete sie belustigt, während sie die Krautwickel aus dem Topf nahm und in eine tiefe Pfanne schichtete.

»Wetten, dass ich weiß, was der Untersuchungsführer dir gesagt hat? Er hat dich aufgefordert, dir irgendeine Mär für den Staatsanwalt auszudenken, damit er euch erlaubt, eine Hausdurchsuchung auf Tomtschaks Datscha durchzuführen. Habe ich Recht?«

»Ja. Du bist schrecklich scharfsinnig.«

»Ach was, Untersuchungsführer sind doch einfach alle gleich«, lachte Tatjana. »Ich hätte an seiner Stelle genau dasselbe gesagt. Denn wenn jemandem auf der Welt das Wort Intuition fremd ist, dann einem Staatsanwalt. So sehr ich den Ermittlern, die mit mir arbeiten, auch vertraue, mich auf ihre Professionalität, ihre Erfahrung und Intuition verlasse, das alles nutzt mir nichts, wenn ich irgendeine Genehmigung vom Staatsanwalt brauche. Wenn ich zu ihm gehe, lasse ich das Häufchen meines Vertrauens auf dem Schreibtisch liegen und nehme stattdessen irgendeine hübsch zurechtgelegte, unüberprüfbare Lügengeschichte mit, die für ihn überzeugend klingen wird.«

Nastja malte mit dem Griff ihrer Gabel irgendwelche Schemata auf die glatte Kunststoffoberfläche des Tisches, irgendwelche nur ihr verständlichen Kringel und Rhomben. Tatjana störte sie nicht, sie spülte das Geschirr, murmelte etwas vor sich hin, rührte einen flüssigen Teig an, aus dem sie später Plinsen für ihren Mann braten würde, und legte geschnittene Zwiebeln in gesüßtem Essig ein. Endlich hob Nastja den Kopf, zwinkerte Tatjana zu, rief den Untersuchungsführer an und machte sich auf den Heimweg.

***

Auf der Datscha ging Tomtschak spät zu Bett und stand spät auf. Wenn er morgens aufwachte, blieb er noch lange unter der Decke liegen. Früher waren ihm solche Angewohnheiten fremd gewesen. Erst jetzt, nachdem er zum ersten Mal im Leben ohne Arbeit war, schob er morgens den Moment hinaus, in dem er einen neuen Tag beginnen musste, einen Tag voll trauriger Tatenlosigkeit und tatenloser Trauer. Slawa Tomtschak wusste, dass es nicht gut für ihn war, sich so hängen zu lassen, er musste sich aufraffen und auf Arbeitssuche gehen, sich anbieten, Freunde und einstige Arbeitskollegen anrufen. Aber er tat nichts. Er kam einfach nicht gegen die Depression an, fühlte sich völlig schlaff und kraftlos. Eine Woche nach seinem freiwilligen Ausscheiden aus dem Fonds hatte er mit Erstaunen festgestellt, dass sein Privattelefon aus irgendeinem Grund nicht heiß lief, dass niemand anrief und ihm eine neue Stelle anbot. Wahrscheinlich hat sich die Neuigkeit noch nicht herumgesprochen, beschwichtigte sich Tomtschak. Doch nach zwei Wochen begriff er, dass niemand an ihm interessiert war. In Erfüllung seiner männlichen Freundschaftspflicht hatte er sein Gesicht und seine Qualifikation als Wissenschaftler verloren, an der er so viele Jahre mit Inbrunst gearbeitet hatte, und in der Verwaltungstätigkeit hatte er sich noch keinen Namen gemacht. Alles war ganz einfach und primitiv und bestätigte exakt die Voraussagen seiner Frau Larissa.

Sicher, vor ein paar Tagen war Wolodja Strelnikow bei ihm erschienen und hatte sowohl ihm als auch Leontjew neue Posten in Aussicht gestellt. Aber Tomtschak glaubte nicht daran. Leere Worte, billiger Trost für die Bemitleidenswerten. Wolodja wollte neue Gipfel erstürmen, und seine treuen Freunde sollten wieder die Drecksarbeit für ihn machen, sie sollten ihm den Weg frei schaufeln. Du lieber Gott, es konnte doch nicht ewig so weitergehen! Wäre das Unglück mit Mila nicht passiert, wäre Strelnikow wahrscheinlich gar nicht zu ihm gekommen, er hätte sich gar nicht an ihn erinnert. Bestenfalls hätte er ihn in dem

Moment angesprochen, in dem er seinen neuen Posten angetreten und wieder seine Lakaien gebraucht hätte, seine Sklaven. Wie gelang es ihm nur immer wieder, Worte zu finden, die es unmöglich machten, ihm etwas abzuschlagen? Selbst wenn es klappen sollte mit der neuen Arbeit, würde alles wieder auf dasselbe hinauslaufen: völlige Abhängigkeit von Strelnikows unberechenbaren Launen und Entscheidungen, wieder Streit mit Larissa, und von der Wissenschaft konnte er sich dann endgültig verabschieden. Obwohl es endgültiger als jetzt sowieso nicht mehr ging.

Er drehte sich auf die andere Seite und schloss die Augen wieder. Er wollte den neuen Tag nicht beginnen. Vielleicht würde es ihm gelingen, noch ein wenig zu schlafen. Von draußen drang das Geräusch eines Autos zu ihm, aber er achtete nicht darauf. Niemand konnte frühmorgens an einem Werktag etwas von ihm wollen. Doch er irrte sich. Der Wagen hielt direkt vor seinem Haus, er vernahm Stimmen und kurz darauf lautes, entschiedenes Klopfen an seiner Tür.

»Wjatscheslaw Petrowitsch! Sind Sie zu Hause? Öffnen Sie bitte.«

»Einen Moment«, rief Tomtschak, schlug unwillig die Decke zurück und kroch aus dem Bett in den kalten Herbsttag, der für ihn weder Arbeit noch Freude bereithielt, sondern nur graue Eintönigkeit. Und zusätzlich vielleicht irgendwelchen Ärger, der jetzt an die Tür klopfte.

Er schlüpfte in einen Trainingsanzug, schob seine Füße in Badeschuhe und schlurfte zur Tür. Draußen stand ein bebrillter, etwas gebückter Mann in einem zerknitterten Anzug, er wirkte verlegen, verwirrt und völlig linkisch. Hinter ihm bauten sich noch vier weitere Gestalten auf. Eine davon erkannte Tomtschak, es war der Kripobeamte, der sich nach Milas Tod mit ihm unterhalten hatte.

»Ich bin Konstantin Michajlowitsch Olschanskij, leitender Untersuchungsführer bei der Moskauer Staatsanwaltschaft«, stellte sich der Mann in dem verknitterten Anzug vor. »Dürfte ich eintreten?«

»Ja«, murmelte Tomtschak verwirrt, »bitte sehr.«

Der Untersuchungsführer trat ein und schloss zu Tomtschaks Erstaunen sofort die Tür hinter sich. Die restlichen vier Personen waren draußen geblieben, sie hatten gar nicht versucht, das Haus zu betreten. So, als sei das ganz selbstverständlich.

»Jetzt, verehrter Wjatscheslaw Petrowitsch, werde ich Sie als Zeuge im Mordfall Ljudmila Schirokowa vernehmen, der Braut Ihres Freundes Wladimir Alexejewitsch Strelnikow. Anschließend werde ich entscheiden, ob wir eine Hausdurchsuchung auf Ihrer Datscha vornehmen müssen.«

Olschanskij setzte sich an den Tisch auf der Veranda, holte eine Akte aus seiner Tasche und begann ein Formular auszufüllen.

»Bitte zeigen Sie mir Ihren Pass«, murmelte er.

»Wozu?«

»Das ist Vorschrift.«

»Und wenn ich keinen habe? Ich bin schließlich auf meiner Datscha, wozu brauche ich hier einen Pass?«

»Es ist Vorschrift«, wiederholte der Untersuchungsführer geduldig. »Ich habe nicht das Recht, einen Zeugen zu vernehmen, solange ich seine Identität nicht überprüft habe.«

»Wenn ich meinen Pass also nicht hier habe, können Sie mich nicht vernehmen?«

»Doch, auch dann kann ich Sie vernehmen«, erwiderte Olschanskij mit einem schmalen Lächeln. »Major Korotkow, der Sie bereits vor einigen Tagen in meinem Auftrag vernommen hat, kann Ihre Identität bestätigen. Die Daten, die ich benötige, kann ich auch dem bereits angefertigten Vernehmungsprotokoll entnehmen.«

»Aber Sie haben doch gesagt, Sie haben kein Recht ...«

»Wir brauchen nicht weiter zu debattieren, Wjatscheslaw Petrowitsch. Wenn wir alle Personen, die keine Papiere bei sich haben, nicht vernehmen könnten, würden wir einen ziemlich lächerlichen und kläglichen Eindruck auf die Täter und auf die gesamte Bevölkerung machen. Also, Wjatscheslaw Petrowitsch, wann haben Sie Wladimir Alexejewitsch Strelnikow zum letzten Mal gesehen?«

»Vor kurzem.«

»Etwas genauer bitte.«

»Nun ... Er ist am vergangenen Freitagnachmittag zu mir auf die Datscha gekommen und am Sonntag wieder gefahren.«

»Wann genau ist er wieder gefahren? Vormittags, nachmittags?«

»Gegen Abend.«

»Warum hat Strelnikow Sie besucht?«

»Warum besuchen Freunde einander?«, gab Tomtschak ungehalten zurück.

»Dafür gibt es verschiedene Gründe«, erwiderte Olschanskij mit einem Schulterzucken. »Der eine möchte seinem Freund etwas erzählen, der andere, im Gegenteil, etwas erzählt bekommen, dritte erfüllen ihre Freundespflicht und besuchen Kranke und Leidende. Ganz allgemein könnte man sagen, dass der eine seinen Freund aufsucht, um ihm zu helfen, und der andere, um Hilfe von ihm zu bekommen. Zu welcher dieser beiden Kategorien gehörte Strelnikows letzter Besuch bei Ihnen?«

»Er wollte sich vor Milas Begräbnis hier ein wenig sammeln. Ist das so schwer zu verstehen?«

»Nein, ganz und gar nicht. Hat Strelnikow Ihnen gegenüber irgendwelche Bitten geäußert?«

»Nein. Er wollte sich nur ein wenig hier aufhalten, an einem ruhigen Ort, wo er nicht gestört wird.«

»Sagen Sie, Wjatscheslaw Petrowitsch, befinden sich auf

Ihrer Datscha oder irgendwo auf dem Grundstück irgendwelche Gegenstände, die Strelnikow gehören?«

»Nein. Wenn Sie damit meinen, dass er etwas mitgebracht hat …«

»Was hat er denn mitgebracht?«

»Lebensmittel und Getränke.«

»Sonst nichts?«

»Nein, sonst nichts.«

»Befindet sich Strelnikows eigene Datscha irgendwo in der Nähe?«

»Ja, dort, man kann sie aus dem Fenster sehen.«

»Warum hat er diese drei Tage dann bei Ihnen verbracht und nicht auf seiner eigenen Datscha?«

»Er … Er hat sich von seiner Frau getrennt, schon vor langer Zeit … Und die Datscha hat er ihr überlassen. Er sucht diesen Ort nur auf, wenn Alla selbst ihn darum bittet. Wenn irgendeine Reparatur zu machen ist oder wenn sie Hilfe auf dem Grundstück braucht.«

»Dieses Mal ist er nicht auf seiner Datscha gewesen?«

»Nein.«

»Sind Sie sich ganz sicher?«

»Ja, natürlich. Wir waren die ganze Zeit zusammen.«

»Und nachts? Hätte er das Haus verlassen können, ohne dass Sie es bemerken?«

»Kaum. Wir haben in einem Zimmer geschlafen. Ich hätte es gehört. Ich habe einen sehr leichten Schlaf. Wozu fragen Sie mich das alles eigentlich?«

Olschanskij ignorierte Tomtschaks Frage.

»Hat Strelnikow etwas in Ihrem Haus zurückgelassen?«

»Wie meinen Sie das?«

»Hat er Sie vielleicht gebeten, etwas für ihn aufzubewahren? Könnte das sein?«

»Nein, es könnte nicht sein. Er hat nichts hier gelassen.«

»Nun, Wjatscheslaw Petrowitsch, Sie haben die Möglichkeit zur freiwilligen Herausgabe aller Gegenstände, die nicht Ihnen gehören, sondern anderen Personen, unter anderem Wladimir Alexejewitsch Strelnikow.«

»Aber ich habe Ihnen doch gesagt, dass ich …«

»Ich habe Sie verstanden, Wjatscheslaw Petrowitsch, ich habe Sie bestens verstanden. Ich biete Ihnen noch einmal an, mir das auszuhändigen, was Strelnikow hier zurückgelassen hat. Andernfalls müssen wir eine Hausdurchsuchung machen.«

»Wie kommen Sie dazu?«, rief Tomtschak empört aus. »Das ist Willkür.«

»Mitnichten. Das ist eine gesetzmäßige Handlung. Gegen Sie liegt ein Hausdurchsuchungsbefehl des Staatsanwaltes vor.«

»Ich verstehe nicht …« Tomtschak hatte seine Stimme wieder gesenkt, aber es war deutlich zu spüren, dass er äußerst erregt war. »Was hätte Wolodja bei mir zu verstecken? Verdächtigen Sie ihn etwa des Mordes an Mila? Das ist völlig absurd.«

»Wjatscheslaw Petrowitsch, ich bin nicht verpflichtet, Ihnen Rechenschaft über meine Verdachtsmomente abzugeben und schon gar nicht über meine Vorgehensweise. Ich frage Sie zum letzten Mal: Wollen Sie freiwillig herausgeben, worum ich Sie bitte, oder sollen wir die Hausdurchsuchung machen?«

»Machen Sie, was Sie wollen«, sagte Tomtschak mit einer wegwerfenden Handbewegung. »Sie werden sowieso nichts finden, sondern nur Ihre Zeit verschwenden.«

»Gut«, seufzte Olschanskij und holte ein Blatt Papier aus der Akte. »Hier ist der Hausdurchsuchungsbefehl, lesen Sie ihn durch, anschließend beginnen wir.«

Er ging zur Tür und rief die anderen, die draußen warteten, ins Haus. Die Durchsuchung begann. Tomtschak wollte sich demonstrativ entfernen und das Ende der ihn kränkenden Prozedur mit beleidigter Miene in der Küche abwarten, aber der Untersuchungsführer bat ihn ausdrücklich, in der Nähe der Beamten zu bleiben. Es war noch keine Stunde vergangen, als Korotkow sich an die Anwesenden wandte.

»Ich bitte die Zeugen, näher zu treten. Ich habe es, Konstantin Michajlowitsch.«

»Was haben Sie gefunden?«, fragte Tomtschak konsterniert.

Korotkow stand vor einer alten Eichenkommode, deren Schubfächer geöffnet waren.

»Gehört das Ihnen, Wjatscheslaw Petrowitsch?«

Tomtschak trat näher und erblickte zwischen alten Wintersachen ein in Plastik eingeschlagenes Päckchen. Er sah es zum ersten Mal.

»Nein ... Das heißt, ich weiß es nicht .... Vielleicht gehört es Larissa«, sagte er unsicher.

»Öffnen«, befahl Olschanskij.

Der baumlange, ewig missmutige Gutachter Oleg Subow trat zur Kommode heran. Er zog sich Handschuhe über, nahm das Päckchen vorsichtig heraus und öffnete es. Es enthielt Kuverts mit Briefen.

»Die Briefe sind an Ljudmila Schirokowa adressiert«, konstatierte der Untersuchungsführer befriedigt. »Wie sind diese Briefe in Ihren Besitz gelangt, verehrter Wjatscheslaw Petrowitsch? Kommen Sie näher und werfen Sie einen Blick darauf. Haben Sie diese Briefe schon einmal gesehen?«

Tomtschak trat hastig an den Tisch heran, auf dem die Kuverts lagen. Nein, diese Briefe waren ihm völlig unbekannt. Wie, um Himmels willen, waren sie in seine Kommode gekommen? Sollte Wolodja? ... Aber warum? Wozu?

Subow hatte inzwischen mit Hilfe einer Pinzette einen der Briefe aus dem Kuvert gezogen.

»Kennen Sie diese Handschrift?«, fragte Olschanskij.

»Nein«, erwiderte Tomtschak entschieden.

»Ist das nicht zufällig Strelnikows Handschrift? Überlegen Sie, sehen Sie genau hin.«

»Ich habe schon gesagt, dass ich diese Schrift nicht kenne. Ich sehe diese Briefe zum ersten Mal. Und aus welchem Grund hätte Wolodja sie schreiben sollen? Soviel ich weiß, haben Mila und er sich kein einziges Mal getrennt, seit sie sich kannten. Warum hätte er ihr schreiben sollen?«

»In der Tat«, grinste Korotkow. »Aber wir können ja nachsehen, wer die Briefe unterschrieben hat. Dieser hier stammt von einem gewissen Sergej Baklanow. Wer ist Baklanow?«

Tomtschak zuckte mit den Schultern.

»Ich habe keine Ahnung.«

»Und diesen Brief hat ein Nikolaj Lwowitsch Lopatin geschrieben. Kennen Sie den auch nicht?«

»Nein, den kenne ich auch nicht.«

»Und dieser hier stammt von einem Herrn Derbyschew. Diesen Namen haben Sie auch noch nie gehört?«

»Nein.«

»Nun, Wjatscheslaw Petrowitsch, dann fassen wir jetzt zusammen. Ihr Freund Strelnikow hat auf Ihrer Datscha die Korrespondenz seiner Braut versteckt, die diese mit uns unbekannten männlichen Personen geführt hat. Wie können Sie sich das erklären?«

»Ich verstehe überhaupt nichts ... Wie ist das möglich?«

Tomtschak trat verwirrt von einem Fuß auf den andern, sein gehetzter Blick ging zwischen Korotkow und dem Untersuchungsführer hin und her.

»Leider kann ich Ihnen nicht weiterhelfen«, sagte Olschanskij trocken. »Auch ich verstehe bisher nicht viel, außer einem: Strelnikow hat gewusst, dass seine Braut mit diesen Männern korrespondiert hat, und aus irgendeinem Grund wollte er nicht, dass die Kripo von dieser Tatsache erfährt. Und das ist Grund genug, ihn zu verdächtigen.«

Wieder allein, ließ Wjatscheslaw Tomtschak sich kraftlos aufs Sofa fallen und bedeckte sein Gesicht mit den Händen. Deshalb also war Wolodja zu ihm auf die Datscha gekommen. Um diese Briefe zu verstecken. Mila war, bevor sie Strelnikow kennen lernte, ein Flittchen, und daran hatte sich nichts geändert, sie war auch als Strelnikows Braut ein Flittchen geblieben. Ljuba hatte die Wahrheit gesagt, sie hatte nicht übertrieben. Wolodja hatte diese Briefe gefunden und wollte sie nicht dem Untersuchungsführer aushändigen, um Milas Namen nach ihrem Tod nicht in den Schmutz zu ziehen. Aber vielleicht hatte er die Briefe nicht erst nach ihrem Tod gefunden, sondern schon vorher, und dann hatte er gewusst ... Ein Mord aus Eifersucht .... Doch nein, das war Unsinn. Strelnikow hatte Mila nicht umgebracht. Das war unmöglich.

Er war gekommen, hatte eine Menge über Freundschaft und Vertrauen geredet, er hatte sich entschuldigt und den Freunden neue Arbeit versprochen, aber in Wirklichkeit wollte er nur diese Briefe verstecken ... Was für eine Niedertracht! Und er, Tomtschak, war weich geworden, hatte ihm geglaubt und seine Unterstützung versprochen. Er musste ein kompletter Idiot sein. Sollte Larissa wirklich Recht haben? Starrten er und Gena Leontjew mit blinder Bewunderung auf Strelnikow, während dieser sie nur manipulierte und benutzte wie Gebrauchsgegenstände? Wenn man diese Gegenstände benötigte, holte man sie aus der Schublade, und wenn man sie gerade nicht brauchte, erinnerte man sich nicht einmal an ihre Existenz.

Aber ein Mörder konnte Strelnikow trotzdem nicht sein. Oder etwa doch?

***

Das Läuten an der Wohnungstür erschien Ljuba ohrenbetäubend laut. Sie war allein zu Hause, ihre Eltern waren zur Arbeit, und sie erwartete niemanden. Sie löste sich mit Mühe aus der Erstarrung, in der sie sich seit Milas Tod fast ununterbrochen befand, und ging zur Tür. Sie sah durch den Spion und erblickte ein sympathisches Frauengesicht.

»Wer ist da?«, fragte sie.

»Öffnen Sie bitte«, hörte sie die Frau sagen. »Ich komme von der Evangelistengemeinde.«

Ljuba öffnete eilig die Tür. Alles, was mit der Kirche zusammenhing, flößte ihr Vertrauen ein und übte eine fast magische Anziehung auf sie aus. Vor ihr stand eine junge Frau mit gütigen Augen und dem Ausdruck unendlicher Geduld in dem glatten, runden Gesicht.

»Verzeihen Sie bitte die Störung«, sagte sie mit einem schüchternen Lächeln, »dürfte ich Ihnen ein paar Fragen stellen?«

»Ja, bitte«, erwiderte Ljuba bereitwillig.

»Glauben Sie daran, dass es nur einen Gott für alle gibt?«

»Ja«, sagte Ljuba sofort.

»Aber wie ist es dann zu erklären, dass unterschiedliche Religionen existieren? Glauben Sie, dass unser christlicher Gott und zum Beispiel Allah ein und derselbe Gott sind?«

»Ja, das glaube ich.«

»Aber es sind doch ganz unterschiedliche Lehren, teilweise widersprechen sie einander sogar. Bedeutet das, dass nur eine der Religionen richtig ist und alle anderen falsch?«

»Nein«, sagte Ljuba entschieden, »alle Religionen sind richtig. Sie sind nur unter unterschiedlichen historischen Bedingungen entstanden, ich meine die Zivilisation, die Kultur und sogar das Klima. Jede Religion ist richtig für diejenigen, die sie praktizieren.«

»Sind Sie selbst gläubig?«

»Ja.«

»Dann erlauben Sie mir, Ihnen unsere Bücher zu schenken. Es wird Sie vielleicht interessieren, was die Theologen zu diesem Thema sagen. Wir verlangen kein Geld für unsere Bücher, wir wollen die Menschen zum Nachdenken bringen, weil sie sich dann vielleicht an Christus wenden und in Seiner Lehre Antworten auf die Fragen finden werden, die sie quälen.«

Die junge Frau reichte Ljuba zwei Bändchen, ein ganz schmales und ein etwas dickeres in einem grellroten Einband.

»Danke«, lächelte Ljuba, insgeheim froh darüber, dass das Gespräch so leicht und schnell zu Ende gegangen war.

»Darf ich in ein paar Tagen wiederkommen, um zu erfahren, ob unsere Bücher Ihnen gefallen haben? Vielleicht werden Sie Fragen haben, die wir dann zusammen besprechen könnten. Wenn der Inhalt unserer Bücher Ihr Interesse weckt, lade ich Sie gern zu einer unserer Versammlungen ein.«

»Sie werden mich wohl kaum antreffen«, sagte Ljuba hastig. »Ich arbeite tagsüber und komme erst sehr spät nach Hause. Heute haben Sie mich ganz zufällig angetroffen, weil ich einen freien Tag habe.«

»Sehr schade«, sagte die Frau enttäuscht. »Entschuldigen Sie nochmals die Störung, und danke für das Gespräch.«

Ljuba schloss erleichtert die Tür und ging zurück ins Zimmer. Sie setzte sich aufs Sofa und betrachtete die Bücher. Das rote erwies sich als Neues Testament, das andere, das dünne, hieß »Das größte Geschenk ist das Leben« und trug den Untertitel »Das Johannesevangelium«. Ljuba fühlte, wie alles in ihr erstarb. Das Leben war das größte Geschenk. Das Leben war das Beste, das Kostbarste, das Wunderbarste, was Gott den Menschen geschenkt hatte. Und sie, Ljuba, hatte gewagt, einem anderen Menschen den Tod zu wünschen. Gott hatte auch Mila Schirokowa das Leben geschenkt. Er hatte gesehen, was aus diesem Leben geworden war, wie viel Leid Mila ihren Freunden zufügte, und doch hatte Er ihr dieses Leben nicht genommen, weil das Sein Wille war, Sein höchster Ratschluss. Und Ljuba hatte sich angemaßt, sich über diesen Willen hinwegzusetzen, ihren eigenen Willen darüber zu setzen. Sie würde niemals Vergebung erlangen …

Sie las an zufällig aufgeschlagenen Stellen in dem Buch, und es fiel ihr wie Schuppen von den Augen. Das Leiden fügten uns nicht andere Menschen aus böser Absicht zu, nein, es war Gott, der uns diese Prüfungen auferlegte, damit wir an innerer Kraft und Festigkeit zunahmen, damit wir in uns hineinblickten und sahen, was wichtig und kostbar war und was hinfällig und vergänglich. Das Leiden reinigte die Menschen, deshalb schickte uns Gott Prüfungen, um uns zu verändern, besser, stärker, gütiger zu machen. Gott sah alles, und wenn wir leiden mussten, dann war das Sein Wille. Er wusste besser als wir, was richtig war und was falsch. Ljuba hatte die Prüfung nicht bestanden, sie hatte versagt und jenen falschen Weg eingeschlagen, vor dem Gott immer warnte: den Weg der Rache. Man durfte einem anderen Menschen nicht den Tod wünschen, denn nur der Allerhöchste entschied darüber, wem das Leben gegeben und wem es genommen wurde.

Sie würde niemals Vergebung erlangen … Niemals.

Sechstes Kapitel

Larissa Tomtschak saß mit untergeschlagenen Beinen auf dem Fußboden in der Wohnung ihres Schwiegervaters und blätterte in einem der üblichen Familienalben. Um sie herum lagen Fotos verstreut, und sie konnte sich einfach nicht entscheiden, welches das beste war. Vor kurzem war Tomtschaks Mutter gestorben, es war an der Zeit, den Grabstein zu bestellen, und Slawa hatte seine Frau gebeten, die Familienfotos durchzusehen, unter anderem auch die alten, und das beste für den Grabstein auszusuchen. Larissa hatte immer ein sehr gutes Verhältnis zu ihrer Schwiegermutter gehabt, ihr Tod hatte sie aufrichtig betrübt, und sie wollte, dass das Foto auf dem Grabstein sie so zeigte, wie sie gewesen war: gütig, freundlich, immer zu einem Lächeln bereit.

In den letzten zehn Jahren war die Schwiegermutter oft krank gewesen, deshalb sah sie auf den Fotos aus dieser Zeit trotz ihres fröhlichen Gesichtsausdrucks nicht sehr gut aus. Larissa beschloss, nach einem älteren Foto zu suchen, auf dem ihre Schwiegermutter noch eine gesunde, blühende Frau war, die sich modisch kleidete und viel lachte. Allmählich arbeitete sie sich bis zu den Alben vor, in denen die Fotos schon zwanzig Jahre alt waren. Slawa, ihr Mann, hatte zu dieser Zeit noch studiert, und ihre Schwiegermutter war etwas über fünfundvierzig, mitten in der Blüte reifer Weiblichkeit. In diesem Album lagen viele Fotos zwischen den Seiten, und Larissa betrachtete sie aufmerksam. Wie jung sie damals waren, Slawa, Gena Leontjew und Strelnikow! Alle drei studierten in einer Gruppe und waren eng befreundet. Sogar auf den Fotos waren sie meistens gemeinsam zu sehen: auf der Datscha, bei der Kartoffelernte, auf Studentenabenden, bei Wehrübungen, beim Volleyballspielen … Fröhlich, lachend, sorglos. Inzwischen war Slawa ganz ergraut, von Genas einstiger Mähne war nichts mehr übrig, er hatte jetzt eine Glatze, nur Strelnikow war immer noch schön, die Jahre konnten ihm nichts anhaben.

Larissa schloss die Augen und gab sich ihren Erinnerungen hin. Es hatte eine Zeit gegeben, als Strelnikow ihr ganz und gar nicht gleichgültig war. Um ehrlich zu sein, sie war Hals über Kopf in ihn verliebt. Ständig versuchte sie, einen Blick von ihm zu erhaschen, und zuckte zusammen, wenn sie seine Stimme hörte. Sie traf sich damals bereits mit Tomtschak, aber von Heirat war noch nicht die Rede. Wie sehr sie sich damals wünschte, Strelnikow möge sie Tomtschak »wegnehmen« … Eines Tages hielt sie es nicht mehr aus und ging so weit, Strelnikow anzudeuten, was sie sich von ihm erhoffte. Und er? Lara, sagte er, du bist ein wunderbares Mädchen, unter anderen Umständen wäre ich glücklich, aber Slawa ist mein Freund. Sollte Slawa aufhören, dich zu lieben und dich verlassen, können wir noch einmal über die Sache reden. Ein Gentleman. Ein Freund. Tomtschak verließ sie natürlich nicht und hörte nicht auf, sie zu lieben. Aber nach jenem Gespräch waren Larissas Gefühle für Strelnikow abgekühlt. Sie hatte sich ihr Leben lang nur für Männer interessiert, die sich auch für sie interessierten. Die Rolle der aufsässigen Eroberin lag ihr ganz und gar nicht. In ihr war kein Funken Groll gegen Strelnikow zurückgeblieben. Romantische Jugendfreundschaft erschien ihr in jenen Jahren ganz natürlich, und seit dem bewussten Vorfall war Strelnikow sogar noch in ihrer Achtung gestiegen. Und mit ihm auch Tomtschak. Strelnikow war die Freundschaft mit Slawa wichtig, er schätzte ihn und wollte ihn nicht wegen eines Mädchens verlieren, also war auch Tomtschak kein Niemand auf dieser Welt. Kurzum, die Situation löste sich zu aller Zufriedenheit in Wohlgefallen auf.

Larissa begann wieder, in den Fotos zu kramen. Plötzlich zog eines der Gesichter ihre Aufmerksamkeit an. Ein schönes, groß gewachsenes Mädchen mit langen dunklen Haaren war in eine Unterhaltung mit einem anderen Mädchen vertieft, ohne zu bemerken, dass hinter ihr drei Freunde wüste Grimassen schnitten und ein Plakat hochhielten, auf dem »Die Früchte der Emanzipation« stand. Larissa hatte dieses Mädchen irgendwann einmal schon gesehen, sie hatte sich mit ihr sogar über etwas sehr Ernsthaftes unterhalten. Ja, sie erinnerte sich genau, das war sie, sogar der Pullover auf dem Foto war derselbe, schneeweiß und lang, mit einer großen aufgestickten Blume auf der rechten Brust …

***

Sie war damals zwanzig Jahre alt, sie hatte eine Medizinfachschule absolviert und arbeitete als Krankenschwester in der Gynäkologie. Die Frauenärztin Albina Leonidowna, Larissas Chefin, war eine grobe, rücksichtslose Person. Werdenden Müttern gegenüber verhielt sie sich fürsorglich und liebevoll, aber diejenigen, die wegen eines Schwangerschaftsabbruchs zu ihr kamen, behandelte sie wie Abschaum, wie Vieh, das kein einziges menschliches Wort verdiente.

Das Mädchen in dem weißen Pullover mit der großen aufgestickten Blume kam im März in die Sprechstunde. Larissa erinnerte sich, dass es ein kalter, windiger Regentag war. Das Mädchen hatte nasses Haar, man sah, dass sie ohne Regenschirm unterwegs gewesen war; als sie nach der langen Wartezeit ins Behandlungszimmer kam, war das Haar immer noch nicht trocken geworden. Albina erkannte sofort, dass die Patientin nicht zur Kategorie der werdenden Mütter gehörte.

»Was fehlt Ihnen?«, fragte sie barsch, während sie den Namen auf die Patientenkarte schrieb.

»Ich habe ganz offensichtlich eine Zyklusstörung«, sagte das Mädchen ruhig. »Ich bekomme meine Tage nicht mehr.«

»Wann war die letzte Menstruation?«

»Mitte Dezember.«

»Haben Sie Geschlechtsverkehr?«

»Nein.«

»Wie alt sind Sie?«

»Neunzehn.«

»Schmerzen, andere Beschwerden?«

»Ich leide an Kopfschmerzen und Übelkeit. Ansonsten fehlt mir nichts.«

»Ziehen Sie den Pullover aus.«

Die Ärztin erhob sich und tastete die Brust der Patientin ab.

»Ziehen Sie sich aus, und dann auf den Stuhl«, befahl Albina schroff.

Das Mädchen ging hinter den Wandschirm und begann sich auszukleiden. Albina machte noch einige Einträge in die Patientenkarte, dann warf sie den Stift auf den Tisch und ging zum Untersuchungsstuhl. Larissa hörte das Klappern der Untersuchungsinstrumente hinter dem Wandschirm und kurz darauf die empörte Stimme der Ärztin.

»Warum versuchst du, mich an der Nase herumzuführen?«

»Das tue ich doch gar nicht«, sagte das Mädchen verwirrt. »Ich habe tatsächlich irgendeine Störung.«

»Eine Störung!«, raunzte Albina. »Das ist keine Störung, das ist eine Schwangerschaft. Und du spielst mir die Jungfrau vor. Denkst du tatsächlich, dass du mir ein X für ein U vormachen kannst?«

»Aber nein, Sie irren sich. Ich kann nicht schwanger sein. Ich habe nie ... Das ist wahrscheinlich eine Geschwulst ...«

»Zieh dich an«, sagte die Ärztin scharf. »Und hör auf, mich zu belehren. Zur Not kann ich eine Schwangerschaft gerade noch von einer Geschwulst unterscheiden. Du bist bereits in der zehnten oder elften Woche.«

Sie stürzte wie eine Furie hinter dem Wandschirm hervor, setzte sich an den Schreibtisch und nahm erneut die Patientenkarte zur Hand.

»Unverschämtes Pack«, brummte sie laut, während sie ihre Einträge machte, »sie halten die Ärzte für Vollidioten. Natürlich hat sie nie ... Ein heiliger Wind hat ihr den Bauch aufgeblasen. Sie treiben es wahrscheinlich schon seit dem Kindergarten, und dann wundern sie sich ... Was für eine Generation wächst da heran, nein, das verstehe ich nicht, was wächst da bloß heran.«

Das Mädchen kam angekleidet hinter dem Wandschirm hervor, und Larissa bemerkte erstaunt die Veränderung, die mit ihr vor sich gegangen war. Ihr Gesicht glich einer Maske, es war völlig versteinert und schrecklich anzusehen.

»Ist das wahr?«, fragte sie mit tonloser Stimme. »Bin ich wirklich schwanger?«

»Nein, ich mache nur Spaß«, erwiderte Albina Leonidowna bissig. »Ich habe dir doch gesagt: zehnte bis elfte Woche. Verstehst du kein Russisch? Setz dich, ich muss Überweisungen für dich ausstellen.«

»Überweisungen?«, fragte das Mädchen verständnislos.

»Du musst die üblichen Schwangerschaftsuntersuchungen machen. Du willst doch sicher abtreiben lassen, oder?«

»Abtreiben?«, wiederholte das Mädchen, als hätte es nicht verstanden.

»Oder willst du das Kind zur Welt bringen?«

»Ich weiß es nicht.«

Das Mädchen erhob sich und ging zur Tür. Das geschah so unerwartet und abrupt, dass weder Albina noch Larissa dazu kamen, noch ein Wort zu sagen. Als Erste fasste sich die Ärztin.

»Hier«, sagte sie und reichte Larissa die Überweisungsscheine, »hol sie ein und gib ihr das. Die Untersuchungen muss sie auf jeden Fall machen.«

Larissa stürzte hinaus auf den Korridor. Das Mädchen war nirgends zu sehen. Sie lief vor die Tür und sah das Mädchen ohne Mantel im Regen stehen, erstarrt, mit hängenden Schultern. Larissa berührte sie vorsichtig am Arm.

»Sag mal, hast du es wirklich nicht gewusst?«

Sie schüttelte wortlos den Kopf.

»Wie konnte das passieren?«

»Ich weiß es«, sagte das Mädchen leise. »Es kann nur an Silvester gewesen sein. Ich darf nichts trinken. Ich bekomme zwar keinen Schwips, aber ich kippe sofort um und schlafe ein. Und hinterher weiß ich von nichts. Nur so kann es passiert sein.«

»Diese Schweine!«, rief Larissa empört aus. »Weißt du wenigstens, wer es war?«

Das Mädchen schüttelte erneut den Kopf.

»Vielleicht dein Freund? Hast du mit ihm Silvester gefeiert?«

»Nein, wir waren eine ganze Clique. Ich habe keinen Freund.«

»O mein Gott, du Ärmste. Aber man kann herausfinden, wer es war. Du kennst sie doch alle, oder?«

»Natürlich. Es waren meine Kommilitonen. Aber ich will nichts herausfinden.«

»Warum? Du musst ihn finden und sagen ...«

»Nein.«

Das Mädchen sagte das so scharf und bestimmt, dass Larissa unwillkürlich verstummte.

»Ich werde ihn nicht suchen. Ich mache überhaupt nichts.«

»Du willst das einfach so hinnehmen? Man hat dich doch vergewaltigt, ist dir das klar? Man hat deinen hilflosen Zustand ausgenutzt und dir deine Jungfernschaft genommen. Das ist doch strafbar. Du musst heute noch zur Miliz gehen und Anzeige erstatten, hörst du?«

»Nein. Ich gehe nicht zur Miliz. Danke für Ihre Anteilnahme. Auf Wiedersehen.«

Das Mädchen drehte sich um und ging.

»Warte!«, rief Larissa ihr hinterher. »Du hast deinen Mantel vergessen.«

Das Mädchen ging wortlos ins Gebäude zurück und kam nach einigen Sekunden im Mantel wieder heraus. Ebenso wortlos ging sie an Larissa vorüber und verschwand hinter der nächsten Ecke.

Das war alles. Wie hatte das Mädchen geheißen? Nein, Larissa konnte sich nicht erinnern. Und es wäre auch sinnlos gewesen, sich an die Schwangerenberatung zu wenden, nach so vielen Jahren hatte man die Patientenkarte mit Sicherheit vernichtet. Wahrscheinlich existierte diese Beratungsstelle gar nicht mehr, in siebenundzwanzig Jahren hatte sich alles verändert …

Doch die drei jungen, fröhlichen Studenten, deren einer Larissas Mann geworden war, wussten sicher, wer dieses Mädchen war und wo man es suchen musste.

***

Nachdem Larissa eine Weile nachgedacht hatte, kam sie zu dem Schluss, dass alles nicht so einfach war, wie sie zuerst gedacht hatte. Sie war eine sehr rationale Person und versuchte nie, sich selbst zu betrügen. Sie machte sich sehr schnell klar, dass jeder x-Beliebige den hilflosen Zustand des alkoholisierten, tief schlafenden Mädchens ausgenutzt haben konnte, unter anderem auch einer der drei Freunde. Der Gedanke daran, dass es auch ihr eigener Mann gewesen sein konnte, war nicht sehr angenehm, aber Larissa konnte es nicht ausschließen. Im Idealfall würde sich allerdings herausstellen, dass Strelnikow der Vergewaltiger war. Diese Enthüllung würde ihm endlich das Genick brechen und Larissa Gelegenheit geben, ihm alles heimzuzahlen, was sie in all den Jahren seinetwegen erdulden musste. Es hatte wenig Sinn, ihren Mann nach dem Namen des Mädchens in dem weißen Pullover zu fragen, denn wenn tatsächlich einer der drei Freunde der Vergewaltiger war, würde ihr Mann ihr nichts sagen. Er würde ihr den Namen des Mädchens nur dann nennen, wenn die drei nichts mit der Sache zu tun hatten und nichts davon wussten.

Larissa war sich sicher, dass sie sich an den Namen erinnern würde, wenn sie ihn nur hörte. Wie alt war das Mädchen damals gewesen? Neunzehn, hatte sie der Ärztin gesagt. Also war sie damals im zweiten oder dritten Semester. Man konnte es vielleicht an der Uni versuchen. Dort entwickelten sich Freundschaften meistens innerhalb einer Studiengruppe, also hatte das Mädchen wahrscheinlich in einer Gruppe mit Slawa, Gena und Wolodja studiert. So kam Larissa der Sache schon näher. Doch würde man ihr an der Uni Auskunft erteilen? Warum sollte jemand ihretwegen in alten, verstaubten Archiven herumwühlen?

Sie kaufte eine riesige Schachtel Pralinen und eine teure Flasche Cognac und fuhr zum Dekanat des Instituts, an dem Tomtschak, Leontjew und Strelnikow im Jahre 1972 ihr Studium abgeschlossen hatten. Alles war viel einfacher, als Larissa es sich vorgestellt hatte, die Pralinen und der Cognac bewirkten sehr viel mehr als alle inständigen, tränenreichen Bitten. Bereits nach zwei Stunden war Larissa im Besitz einer Liste, auf der die Namen der Studenten standen, die 1969 mit ihrem Mann in einem Semester waren. Sie hatte sich auf den Besuch im Dekanat sehr gut vorbereitet und auch daran gedacht, dass das Mädchen sein Studium vielleicht gar nicht mit den anderen abgeschlossen, sondern es wegen der Geburt des Kindes unterbrochen oder gar ganz aufgegeben hatte. Deshalb hatte sie nicht nach den Listen mit den Namen der Absolventen gefragt, sondern nach den Studenten des ersten und zweiten Semesters. Außerdem wusste Larissa aus ihrem eigenen Studium, dass die Studiengruppen sich im letzten Jahr oft auflösten, da die Studenten sich in verschiedenen Fachbereichen zu spezialisieren begannen und neue Studiengruppen entstanden.

Larissa suchte die Listen nach ihr bekannten Namen ab und stellte fest, dass die drei Freunde, Tomtschak, Leontjew und Strelnikow, gemeinsam in der Studiengruppe Nummer vier gewesen waren. Nun begann sie, sich auf die Frauennamen zu konzentrieren. Als sie auf den Namen Zukanowa stieß, war ihr sofort klar, dass das Mädchen in dem weißen Pullover so geheißen hatte. Ja, natürlich, Zukanowa. Nadeschda Romanowna Zukanowa. Schon damals, vor siebenundzwanzig Jahren, war ihr aufgefallen, dass die Patientin denselben Vor- und Vatersnamen trug wie die Direktorin des Instituts, an dem Larissa studiert hatte. Auch sie hatte Nadeschda Romanowna geheißen.

Nadeschda Zukanowa also. Ein nicht sehr häufiger Familienname, außerdem hatte sie das Geburtsjahr. Damit konnte man es versuchen. Natürlich wollte Larissa nicht, dass Tomtschak sich als derjenige erwies, der an dieser unschönen Geschichte schuld war. Vielleicht sollte sie die ganze Sache lieber vergessen? Sie war seit vierundzwanzig Jahren mit Tomtschak verheiratet, sie waren immer gut miteinander ausgekommen, und obwohl sie keine Kinder hatten, führten sie eine gute Ehe, stabil und voll menschlicher Wärme. Lohnte es sich, das alles wegen einer vagen Hoffnung aufs Spiel zu setzen, der Hoffnung darauf, Wolodja Strelnikow zu vernichten?

Doch, es lohnte sich, entschied Larissa. Es war immer besser, die Wahrheit zu wissen.

***

Die Briefe, die auf Tomtschaks Datscha gefunden wurden, verblüfften Untersuchungsführer Olschanskij. Es handelte sich nicht etwa um Liebesbriefe, sondern um Kontaktaufnahmeversuche.

Liebe Ljudmila!
Ich habe Ihre Adresse von der Kontaktagentur Amor bekommen. Ein paar Worte über mich: Ich bin zweiundvierzig Jahre alt, einst war ich verheiratet, aber nicht glücklich, ich habe keine Kinder. Mein Leben lang habe ich nach einer Frau gesucht, die meinem Ideal entspricht. Sie soll zärtlich, ruhig und zurückhaltend, aber in der Liebe hemmungslos sein. Leider habe ich bisher kein Glück gehabt, aber ich hoffe, dass die Begegnung mit Ihnen zu dem Fest werden wird, auf das ich schon so lange warte. In der Agentur hat man mir gesagt, dass Sie einen Mann kennen lernen möchten, der nicht jünger als fünfunddreißig Jahre alt und zu sexuellen Experimenten bereit ist. Ich glaube, dass ich Ihre Wünsche voll und ganz erfüllen könnte. Anbei schicke ich Ihnen ein Foto von mir. Nun liegt es an Ihnen.

Nikolaj Lopatin

Die zwei weiteren Briefe unterschieden sich vom ersten nur in einigen Details und im Absender.

»Nicht schlecht«, sagte Nastja und pfiff durch die Zähne, als Olschanskij ihr die Briefe zeigte, genauer, die Fotokopien, da die Originale sich beim Gutachter befanden. »Mademoiselle Schirokowa hat also die Dienste einer Heiratsagentur in Anspruch genommen. Wozu sie das wohl gemacht hat? Nach allem, was ihre Bekannten über sie erzählt haben, hat es ihr nicht an Aufmerksamkeit seitens der Männer gefehlt. Bekanntlich war sie nicht gerade prüde und hat immer sehr bereitwillig auf Angebote reagiert. Vielleicht hätte sie gern geheiratet, aber niemand hat sie genommen, weil jeder nur mit ihr ins Bett wollte?«

»Vielleicht«, sagte Olschanskij. »Es gibt allerdings ein Aber. Schau dir mal das Datum des Briefes an, den ein gewisser Derbyschew geschrieben hat.«

Nastja nahm den Brief zur Hand und hob ihre Augenbrauen. Der Brief stammte vom September. Zu dieser Zeit lebte Mila Schirokowa bereits mit Strelnikow zusammen, und die beiden hatten sich kirchlich trauen lassen.

»Jetzt verstehe ich überhaupt nichts mehr. Sollte sie sich ihrer Beziehung zu Strelnikow so wenig sicher gewesen sein, dass sie anderweitig vorsorgen wollte?«

»Genau das frage ich mich auch. Überleg einmal: Strelnikow tut wegen der Schirokowa nach zwei, drei Monaten das, was er wegen Ljuba auch nach zwei Jahren noch nicht getan hat: Er reicht die Scheidung von seiner Frau Alla Sergejewna ein und lässt sich mit Mila in der Kirche trauen. Es handelt sich zwar nur um eine symbolische Hochzeit, die im juristischen Sinn keine Gültigkeit hat, aber auf der Gefühlsebene außerordentlich bedeutsam ist. Zeugt das nicht von der Ernsthaftigkeit seiner Absichten? Ernsthafter könnte es doch gar nicht sein. Aber der Schirokowa ist es immer noch nicht genug. Wie erklärst du dir das?«

Nastja drehte den Brief nachdenklich hin und her und legte ihn vorsichtig zurück auf den Schreibtisch. Sie hätte sich gern eine Zigarette angesteckt, aber sie wusste, dass Olschanskij von Zigarettenrauch Kopfschmerzen bekam, und hielt sich zurück, obwohl Konstantin Michajlowitsch immer nachsichtig mit ihr war und ihr das Rauchen trotzdem erlaubte. Er riss nur das Fenster sperrangelweit auf, selbst bei einer Außentemperatur von minus zwanzig Grad. Es ist einfacher, anschließend wieder warm zu werden, als die Kopfschmerzen loszuwerden, pflegte er in solchen Fällen zu sagen.

»Ich habe zwei Hypothesen«, sagte Nastja vorsichtig, während sie begehrlich nach dem Aschenbecher schielte, der auf dem Fensterbrett stand. »Die erste: Die Schirokowa wusste, dass es etwas gab, das ihre Beziehung zu Strelnikow bedrohte, etwas ziemlich Gewichtiges, sie wusste, dass diese Beziehung jeden Moment zu Ende gehen konnte. Deshalb hat sie vorgesorgt und einen Ersatzmann über eine Heiratsagentur gesucht. Diese Idee gefällt mir allein schon deshalb, weil die uns unbekannte Gefahr, die die Beziehung bedrohte, durchaus der Grund für den Mord an der Schirokowa sein könnte.«

»Und die zweite Hypothese?«

»Die ist so blödsinnig, dass es mir peinlich ist, darüber zu sprechen. Ich möchte diese Hypothese erst überprüfen.«

»Anastasija«, sagte Olschanskij ärgerlich, »ich erinnere mich, dir bereits ganz zu Anfang unserer Zusammenarbeit erklärt zu haben, dass es nicht erlaubt ist, dem Untersuchungsführer Informationen vorzuenthalten. Weißt du das noch?«

»Ja, das weiß ich noch«, bejahte Nastja verdrossen.

»Habe ich dir auch gesagt, dass ich niemals mit einem Ermittler arbeite, der versucht, mich auf einem lahmen Gaul zu überholen?«

»Ja, auch das haben Sie mir gesagt.«

»Also, dann mach keinen Unfug.«

»Ich mache keinen Unfug, ich feilsche mit Ihnen. Haben Sie das nicht bemerkt?«

Olschanskij lachte laut auf, nahm die Brille ab und drückte mit Daumen und Zeigefinger seine Nasenwurzel zusammen. In diesem Moment fragte Nastja sich wie so oft, wie es diesem gut aussehenden Mann mit den großen Augen und den geraden weißen Zähnen gelang, immer wie ein jämmerlicher Tollpatsch in einem ewig zerknitterten Anzug auszusehen. Es war nicht zu begreifen.

»Was möchtest du denn, du große Feilscherin?«, fragte er.

»Eine rauchen.«

»Dann rauche in Gottes Namen. Und sag endlich, was deine zweite Hypothese ist.«

»Ich glaube, dass die Schirokowa unersättlich war und ständig Männer brauchte. Zuerst hat sie es mit jedem x-Beliebigen getrieben, und dann ist etwas passiert. Etwas, das sie gebremst hat. Vielleicht hat sie sich irgendeine ansteckende Krankheit geholt oder ist an irgendeinen Halunken geraten. Und daraufhin hat sie angefangen, Männer über eine Agentur zu suchen. Das ist immerhin etwas ungefährlicher, man kann die Person vorher unter die Lupe nehmen, und die Adresse ist der Agentur bekannt, falls etwas passiert. Verstehen Sie, was ich meine? Sie hat keinen Ehemann gesucht, sondern Bettgefährten, wobei die Tatsache ihrer Trauung mit Strelnikow überhaupt nichts zu bedeuten hatte. Sogar dann, wenn sie ganz offiziell mit ihm verheiratet gewesen wäre, hätte sie dasselbe gemacht. Aber den Rest verstehe ich nicht, Konstantin Michajlowitsch.«

»Was verstehst du nicht?«

»Warum hat Strelnikow diese Briefe aufbewahrt und sogar bei Tomtschak auf der Datscha versteckt? Warum hat er sie nicht vernichtet? Das wäre doch viel einfacher und ungefährlicher gewesen.«

»Ganz offensichtlich hat er diese Briefe gebraucht.«

»Wozu«?

»Es kann viele Gründe geben ... vielleicht wollte er einen der Männer erpressen.«

»Du lieber Himmel, was könnte hier der Gegenstand einer Erpressung sein? Was ist anstößig daran, eine Frau über eine Heiratsagentur zu suchen?«

»Ich weiß nicht, Anastasija, ich weiß nicht. Ich äußere nur Vermutungen. Aber deine Aufgabe ist es, diese Männer zu finden und sie dir näher anzuschauen. Hast du den Auftrag verstanden? Also dann, ab durch die Mitte, und zwar im Laufschritt.«

Nastja erhob sich mit einem Seufzer, schloss das Fenster, schlüpfte in ihre Jacke und machte sich auf den Weg. Allerdings nicht im Laufschritt. Anastasija Kamenskaja konnte nicht laufen und weigerte sich kategorisch, es zu lernen.

***

Nikolaj Lwowitsch Lopatin, ein agiler, energischer Mann, der völlig anders aussah als auf seinem Foto, empfing Jura Korotkow sehr offenherzig und erinnerte sich mit Freuden an die bezaubernde, sexhungrige Mila, mit der er sich im vergangenen Juli zweimal getroffen hatte. Jura war peinlich berührt von so viel Offenheit. Wenn einer keine Frau finden konnte und die Dienste einer Heiratsagentur in Anspruch nahm, nun gut, das war seine persönliche Angelegenheit. Aber so viel Offenherzigkeit gegenüber einem Fremden, selbst wenn dieser ein Kripobeamter von der Petrowka war …

»Nachdem ich ihre Adresse von Amor bekommen hatte, schrieb ich ihr einen Brief. Nach etwa einer Woche bekam ich eine Antwort. Mila war bereit zu einem Treffen und teilte mir ihre Telefonnummer mit. Ich rief sie an, und wir trafen uns … Das war alles.«

»Hat sie Ihnen gefallen?«

»Ja, sie hat mir sehr gefallen. Aber nur beim ersten Mal.«

»Und beim zweiten Mal nicht mehr?«, erkundigte sich Korotkow.

»Beim zweiten Mal nicht mehr. Deshalb haben wir uns danach auch nicht mehr getroffen.«

»Was hat Ihnen denn nicht gefallen, Nikolaj Lwowitsch?«

»Sie war zu … wie soll ich sagen … sie war zu anspruchsvoll im Bett. Ich habe in meinem Brief zwar geschrieben, dass ich an sexuellen Experimenten interessiert bin, aber ich habe von Experimenten gesprochen und nicht von Ausschweifungen. Davon nicht. Verstehen Sie den Unterschied zwischen Experimenten und Ausschweifungen?«

»Wollen Sie damit sagen, dass die Schirokowa mehr von Ihnen verlangt hat, als Sie ihr geben konnten?«, fragte Korotkow.

»Genau das. Kennen Sie die Definition einer idealen Frau? Im Wohnzimmer eine Lady, in der Küche eine Köchin, im Bett eine Hure. Beim ersten Mal hatte ich den Eindruck, dass Mila genau so eine Frau war, aber beim zweiten Mal wurde mir klar, dass sie außer Sex nichts im Sinn hatte. Natürlich hätte ich mich ein wenig anstrengen und ihr all ihre Wünsche erfüllen können. Aber wie hätte das weitergehen sollen? Sie war keine Lady und auch keine Köchin. Ich suche keine Geliebte, sondern eine Ehefrau. Verstehen Sie?«

»Ich glaube schon. Und wie war es von Milas Seite, haben Sie ihr gefallen?«

»Natürlich nicht!«, sagte Lopatin unwirsch. »Das heißt, nach dem ersten Mal haben wir uns in bestem Einvernehmen getrennt. Aber beim zweiten Mal habe ich ihr zu verstehen gegeben, dass ich mit ihr nicht nur ins Bett möchte. Ich wollte sie ins Theater einladen. Sie hätten sehen sollen, mit welchem Widerwillen sie reagiert hat. Als hätte ich ihr vorgeschlagen, eine Nacht auf dem Friedhof zu verbringen oder die schmutzige Wäsche eines ganzen Jahres zu waschen. Im Bett war sie natürlich großartig, keine Frage, aber wissen Sie, ich bin nicht mehr in dem Alter, in dem Sex das Wichtigste ist.«

»Ich verstehe nicht ganz, Nikolaj Lwowitsch, Sie haben doch selbst geschrieben, dass Sie Ihr Leben lang eine Frau gesucht haben, die in der Liebe hemmungslos ist.«

»Unter Hemmungslosigkeit in der Liebe verstehe ich Qualität und nicht Quantität. Ich liebe guten, phantasievollen, ausdauernden Sex, aber mir reicht das einmal pro Woche. An so etwas war Mila nicht interessiert. Ihr ging es um schnellen, primitiven Sex ohne alle Umschweife, und das so oft wie möglich. Sie wollte es alle zwei, drei Stunden. Verstehen Sie den Unterschied?«

»Hat es Sie nicht erstaunt, Nikolaj Lwowitsch, dass eine so attraktive junge Frau keinen Mann findet und professionelle Vermittlungsdienste in Anspruch nehmen muss?«

»Nein, das hat mich nicht erstaunt, nicht im Geringsten. Wissen Sie, ich bin schon seit drei Jahren Mitglied bei Amor und kann Ihnen sagen, dass die meisten anhanglosen Frauen jung und attraktiv sind. Ich weiß nicht, warum das so ist, aber es ist eine Tatsache. Wenn Sie wüssten, welch bildschöne Frauen ich über Amor kennen gelernt habe. Filmstars, Fotomodelle. Aber aus irgendeinem Grund finden gerade sie keinen Mann.«

»Noch eine Frage«, sagte Jura, dem inzwischen klar war, dass Nikolaj Lwowitsch Lopatin nichts auf der Welt lieber tat, als über sich selbst zu sprechen. »Konnten Sie den Gesprächen mit der Schirokowa entnehmen, dass sie einen Ehemann suchte? Oder ging es ihr um Partner für unkomplizierte, unverbindliche Beziehungen?«

»Das kann ich Ihnen nicht sagen. Wir haben praktisch überhaupt nicht miteinander gesprochen. Zwischen uns gab es nur Sex.«

»Heißt das, dass sie Ihnen überhaupt nichts von sich erzählt hat?«

»Nein, überhaupt nichts.«

»Haben Sie ihr keine Fragen gestellt?«

»Doch, aber nicht sehr nachdrücklich. Wie gesagt, nur zwei Treffen und viel Sex ...«

Die Tatsache, dass Lopatin immer wieder auf sein Vermögen zu derart ausgiebiger sexueller Betätigung hinwies, ließ Korotkow innerlich schmunzeln. Wahrscheinlich war es gar nicht so weit her mit seiner Manneskraft, da war wohl eher der Wunsch der Vater des Gedankens. Allerdings sah es tatsächlich nicht so aus, als hätte Ljudmila Schirokowa einen Ehemann gesucht. Sonst hätte sie die Einladung ins Theater auf jeden Fall angenommen.

***

Sergej Baklanow, der Absender des zweiten Briefes, war das völlige Gegenteil des gesprächigen Lopatin. Ein großer, schmaler, düster wirkender Mann, der nur sehr unwillig Auskunft gab und dem man jedes Wort aus der Nase ziehen musste. Auch er hatte Milas Postfachnummer von Amor bekommen und hinterließ ihr seine Telefonnummer. Die beiden hatten sich nur ein einziges Mal getroffen, bei ihm zu Hause, seitdem hatte er Mila nicht wieder gesehen. Sie hatte versprochen, ihn wieder anzurufen, aber der Anruf war nie gekommen. Sergej hatte ihr annähernd ein Dutzend Briefe geschrieben und sie um ein Wiedersehen gebeten, die schöne, hemmungslose junge Frau hatte ihm sehr gut gefallen, aber sie hatte ihm nie geantwortet. Korotkow begriff, dass dieser Partner Mila enttäuscht hatte, sie hatte ihm ihre Telefonnummer nicht gegeben, weil sie nicht von ihm angerufen werden wollte. Und die Briefe, die sie von ihm in ihrem Postfach bei Amor fand, hatte sie einfach weggeworfen.

Doch am überraschendsten war das Resultat des Gesprächs mit Viktor Derbyschew, dem Absender des dritten Briefes.

»Ich habe mich nie mit diesem Mädchen getroffen«, sagte er entschieden. »Ich habe sie nie gesehen.«

»Aber Sie nehmen doch die Dienste der Heiratsagentur Amor in Anspruch, oder?«, erkundigte sich Korotkow noch einmal für alle Fälle. Er wollte ausschließen, dass er aus Versehen an einen falschen Viktor Derbyschew geraten war, der zufällig genauso aussah wie dieser.

»Ja, ich nehme die Dienste dieser Agentur in Anspruch.«

»Hat man Ihnen dort die Postfachnummer von Ljudmila Schirokowa gegeben?«

»Nein. Ich habe diesen Namen nie gehört.«

»Denken Sie bitte gut nach, Viktor Alexandrowitsch. Ljudmila Schirokowa ist eine schöne Blondine. Und Sie müssen Ihr ganz vor kurzem geschrieben haben, im September.«

»Ich habe ihr nicht geschrieben, wie oft soll ich das noch sagen? Verstehen Sie kein Russisch?«

Korotkow holte wortlos den Brief und das Foto hervor, auf dem Herr Derbyschew ganz zweifellos höchstpersönlich abgebildet war.

»Haben Sie diesen Brief geschrieben?«

Derbyschew nahm ungeduldig das Blatt samt Foto in die Hand und sah Korotkow fassungslos an.

»Ich habe das nie geschrieben.«

»Ist es Ihre Handschrift?«

»Meine Handschrift? Ja ... ich glaube. Sieht ganz danach aus. Bitte, Sie können es nachprüfen ...«

Er nahm ein leeres Blatt Papier und bekritzelte es schnell mit seinen Schriftzeichen. Ja, die Handschrift schien in der Tat identisch zu sein. Aber das musste erst noch der Gutachter überprüfen. Es gab Leute, die Handschriften mit einer Meisterschaft fälschten, dass einem Hören und Sehen verging. Vielleicht stammte der Brief tatsächlich nicht von Derbyschew, vielleicht hatte jemand wirklich seine Handschrift gefälscht. Vielleicht stammte er aber doch von ihm, und jetzt versuchte er, seine Handschrift in unmerklichen Details zu verändern. Alles war möglich.

»Und das Foto?«, fragte Korotkow. »Erkennen Sie sich darauf?«

»Ja«, erwiderte Derbyschew verwirrt. »Das bin ich.«

»Und was hat das alles zu bedeuten, Viktor Alexandrowitsch?«

»Ich weiß es nicht ... Ich verstehe überhaupt nichts.«

»Sie werden mitkommen müssen«, seufzte Korotkow.

»Warum?«

»Sie sehen doch selbst, dass alles völlig unklar ist. Das Mädchen wird ermordet, wir finden einen Brief an sie, der mit Ihrem Namen unterschrieben ist, und sogar ein Foto von Ihnen, und Sie behaupten, diesen Brief nicht geschrieben zu haben. Wir müssen das klären.«

»Aber ich kann jetzt nicht mit Ihnen kommen!«, empörte sich Derbyschew. »Ich habe zu tun, ich befinde mich im Dienst, ich habe unaufschiebbare Termine ... Ich kann nicht mitkommen.«

»Ich bin auch im Dienst«, erwiderte Korotkow müde. Er wusste gar nicht mehr, wann er zuletzt etwas gegessen hatte. Er hatte Magenschmerzen vor Müdigkeit und Hunger, eigentlich hätte er eine Tablette nehmen sollen, aber noch besser wäre es natürlich gewesen, etwas zu essen. Doch wie sollte man überhaupt noch zu etwas kommen, wenn man die ganze Stadt nach diesen undurchschaubaren Freiern absuchen musste.

»Auch ich habe wichtige Termine und unaufschiebbare Treffen mit Zeugen, die vielleicht wenigstens etwas Licht in den Mordfall bringen könnten. Glauben Sie mir, Viktor Alexandrowitsch, ich würde jetzt nur allzu gern nach Hause fahren, etwas essen und dann schlafen. Kann es Ihnen wirklich gleichgültig sein, dass jemand Ihren Namen und Ihr Foto mit unklaren, wahrscheinlich kriminellen Absichten benutzt hat? Wenn Ihnen der Tod dieser jungen Frau egal ist, dann denken Sie wenigstens an sich selbst. Irgendwo in Ihrer Nähe muss jemand sein, der jeden Moment zu einem Schlag gegen Sie ausholen kann. Haben Sie keine Angst?«

»Gut«, sagte Derbyschew unwirsch, erhob sich vom Tisch und zog seinen Mantel an. »Lassen Sie uns gehen.«

***

Die Heiratsagentur Amor befand sich am Ende des Prospekts Mira, auf dem Gelände eines riesigen Autokombinats, das Pleite gemacht hatte und seine Räume an verschiedene Firmen und Händler vermietete. Es war gar nicht so einfach, in das Innere des Gebäudes zu gelangen. Am Eingang saßen zwei uniformierte Wachmänner, auf die Nastjas Dienstausweis nicht den geringsten Eindruck machte. Sie bestanden darauf, dass jemand von der Firma, der Nastjas Besuch galt, sie abholte. Sie machten keine Ausnahme, denn sie waren überzeugt, dass die Frau mit dem Dienstausweis der Miliz nicht etwa in dienstlichen Angelegenheiten hier war, sondern zu Amor wollte, weil sie einen Mann suchte. Nastja irrte ziellos in der riesigen Halle umher, bis endlich jemand kam, um sie abzuholen.

Das Agenturbüro bestand lediglich aus zwei Räumen. In einem befanden sich ein Computer und eine Vielzahl eiserner Karteikästen, im anderen stand eine billige, aber hübsch anzusehende Couchgarnitur, die ganz offensichtlich für vertrauliche Gespräche mit den Kunden bestimmt war. Die Frau, die Nastja abgeholt und in das Büro gebracht hatte, erwies sich als Inhaberin und einzige Angestellte der Agentur. Sie hieß Tamara Nikolajewna und machte nicht den Eindruck einer sehr erfolgreichen Geschäftsfrau, obwohl der Schein natürlich trügen konnte.

»Womit kann ich der Kripo behilflich sein? Es wird doch hoffentlich keine Probleme mit einem meiner Kunden geben?«

»Bis jetzt noch nicht, Tamara Nikolajewna. Eine Frau, die bei Ihnen Kundin war, wurde ermordet. Deshalb muss ich so viel wie möglich über sie erfahren.«

»Ich habe verstanden«, sagte die Frau ruhig. »Um wen handelt es sich?«

»Um Ljudmila Schirokowa. Sie haben die Namen Ihrer Kunden sicher nicht alle im Kopf …«

»Richtig, aber an Mila erinnere ich mich sehr gut. Es ist unmöglich, sich nicht an sie zu erinnern.«

»Tatsächlich? Was war denn so Besonderes an ihr?«

»Meine Agentur hat sich vor allem über sie finanziert«, sagte Tamara Nikolajewna mit einem sparsamen Lächeln, »falls Sie wissen, was ich meine.«

»Nein, das weiß ich nicht.«

»Mila war meine beste Kundin. Sie werden sich vielleicht wundern, dass ich nicht mit Entsetzen reagiere, aber ich habe immer gewusst, dass früher oder später so etwas passieren würde.«

»Was passieren würde?«

»Das, was nun passiert ist. Ich habe von Milas Ermordung in der Zeitung gelesen. Und ich habe Sie eigentlich bereits erwartet. Diese Frau war unersättlich, es verging keine Woche, ohne dass sie sich eine neue Adresse von mir geben ließ. Das war natürlich lukrativ für mich, denn ich bekomme ja für jede Vermittlung Geld, aber ich habe Mila häufig davor gewarnt, die Männer so oft zu wechseln. Das führt gewöhnlich zu nichts Gutem.«

»Das heißt, Sie sind überzeugt davon, dass es Schirokowas Wahllosigkeit in Bezug auf Männer war, die schließlich zu ihrer Ermordung geführt hat?«

»Natürlich.« Tamara Nikolajewna sah Nastja erstaunt an. »Was denn sonst?«

»Das weiß ich nicht. Können Sie mir die Liste der Kunden geben, die Sie der Schirokowa empfohlen haben, und die Liste derer, denen Sie die Schirokowa empfohlen haben?«

»Natürlich, das ist alles im Computer. Interessiert Sie noch etwas?«

»Mich interessiert alles. Alles, was Sie mir über Mila erzählen können. Alles von Anfang an. Wie haben Sie sie kennen gelernt?«

»Ganz einfach. Sie ist zu mir in die Agentur gekommen.«

»Einfach so? Oder wurden Sie ihr von jemandem empfohlen?«

»Das weiß ich nicht. Sie hat nichts von Empfehlungen erwähnt. Ich inseriere ständig in Zeitungen, und die Leute kommen zu mir, das ist der ganz gewöhnliche Weg. Dafür gibt es ja die Werbung, dass man auf sich aufmerksam machen kann.«

»Alles klar. Hat Ljudmila Ihnen von sich erzählt, von ihren Problemen? Wollte sie einen Ehemann finden, der ihren Vorstellungen entsprach?«

»Ja und nein. Sie hat das zwar gesagt, aber mir war klar, dass sie mich täuschte.«

»Tatsächlich?«

»Wissen Sie, ich bin von Beruf Psychologin. Ich beschäftige mich zwar damit, Kontakte zwischen Männern und Frauen herzustellen, aber das heißt nicht, dass ich im Leben sonst nichts kann. Ich will damit sagen, dass ich meine Sache sehr professionell mache. Wenn Sie sich anschauen, wie viele Bekanntschaften, die über Agenturen geschlossen wurden, schließlich zur Ehe geführt haben, werden Sie feststellen, dass meine Agentur mit Abstand führend ist. Obwohl mein bescheidenes Büro nicht danach aussieht, nicht wahr?«

»Mag sein«, erwiderte Nastja vorsichtig. »Ihr Büro wirkt in der Tat nicht sehr repräsentativ.«

»Die Sache ist ganz einfach. Das Gebäude wird demnächst von einer großen Bank aufgekauft, deshalb bleiben mir höchstens noch zwei, drei Monate in diesen Räumen. Diese Geschichte mit dem Verkauf des Gebäudes und dem mir bevorstehenden Umzug zieht sich schon seit fast einem Jahr, ich sitze praktisch auf gepackten Koffern, darum renoviere ich hier nichts und kaufe auch keine neuen Möbel.«

Tamara Nikolajewna stellte den Computer an und begann die Daten zu suchen, die Nastja brauchte. Sie war sehr flink dabei, man sah, dass diese etwas schwerfällige und nicht besonders gepflegte Frau sehr geschickt und routiniert mit dem Computer umging.

»Dürfte ich mal telefonieren?«

»Bitte«, sagte die Frau, ohne die Augen vom Bildschirm zu wenden.

Gordejews Telefon war besetzt, Nastja machte vier oder fünf Versuche, ihren Chef zu erreichen, aber sie hatte kein Glück. Tamara Nikolajewna hatte die nötigen Daten endlich zusammengefasst, der Computer begann, eine lange Liste auszudrucken.

»Ich wüsste trotzdem gern, Tamara Nikolajewna, warum Ljudmila Ihre Hilfe in Anspruch genommen hat. Ich verstche das nicht. Sie hatte genug andere Möglichkeiten, warum hat sie außerdem noch Partner gebraucht, die Sie für sie ausgesucht haben?«

Tamara Nikolajewna sah zur Seite, aber nur für einen Augenblick.

»Ja, Sie haben Recht, bei ihr war alles etwas anders. Mich hat diese Frage auch beschäftigt. Es geht hier nicht darum, dass Mila jung und sehr schön war, Kundinnen wie sie habe ich mehr als genug. Aber alle diese Frauen haben irgendein Problem, verstehen Sie? Die eine ist sehr schüchtern, die andere verschlossen und unfähig, selbst Kontakte zu knüpfen. Andere können aufgrund ihrer Lebenssituation keinen Mann finden, weil sie beispielsweise in einem reinen Frauenbetrieb arbeiten, einen sehr langen Anfahrtsweg zur Arbeitsstelle haben und nichts anderes kennen als das Büro, in dem sie arbeiten, die öffentlichen Verkehrsmittel und ihre eigene Wohnung. Sie haben keinc Gelegenheit, einen Mann kennen zu lernen. Bei jeder ist es anders. Mila hatte allerdings einen besonderen Grund. Aber davon habe ich nicht gleich zu Anfang erfahren.«

»Und was für ein Grund war das?«

»Man hat sie überfallen und ausgeraubt. Bis dahin hat

sie völlig bedenkenlos Kontakt zu Männern aufgenommen, auf der Straße, in der Metro, an jedem beliebigen Ort. Hauptsache, der Mann gefiel ihr. Eines Tages hat sie einen Mann mit nach Hause genommen, der sie gefesselt, verprügelt, geknebelt und dann alles mitgenommen hat, was an Geld und Wertgegenständen in der Wohnung war. Das hat Mila sehr erschreckt, von da an wurde sie sehr vorsichtig. Mit den Männern, die ich ihr empfahl, war es viel ungefährlicher für sie, weil ich die Adressen dieser Männer kenne und im Besitz ihrer Daten bin. Aber jenen Banditen, der sie überfallen hatte, konnte man natürlich nicht mehr finden, sie kannte nicht einmal seinen richtigen Namen.«

»Tamara Nikolajewna, suchen alle Ihre Kunden wirklich einen Ehepartner?«

»Warum fragen Sie das?«

»Ich habe den Eindruck gewonnen, dass die meisten etwas anderes wollen. Eher einen Liebhaber oder eine Liebhaberin. Habe ich Recht?«

Eine Weile war es still im Raum, man hörte nur das Geräusch das Druckers. Dann lächelte Tamara Nikolajewna.

»Sie haben Recht. Aber das betrifft nicht nur meine Agentur, das ist die übliche Praxis. Seltsamerweise gibt es ziemlich viele Männer, die in ihrem Umfeld keine passende Frau finden können. Man könnte lange nach den Gründen für dieses Phänomen suchen, aber glauben Sie mir, es ist einfach so. Die Männer wünschen sich eine romantische Beziehung, sie möchten der Frau den Hof machen, Sex mit ihr haben. Das ist menschlich nur allzu gut verständlich. Bei weitem nicht jeder sehnt sich nach der Ehe, aber jeder Mann will eine Frau. Das ist normal, ein Naturgesetz. Und die Kontaktaufnahme über einen Vermittler, in diesem Fall über mich, schafft ideale Voraussetzungen. Man trifft sich, beschnuppert sich ein wenig, und wenn es nicht passt, trennt man sich wieder. Alles ganz einfach. Keine Probleme, keine Enttäuschungen, keine Ansprüche. So einfach geht es nicht mit einer Frau, die man aus eigener Initiative kennen lernt, erst recht dann, wenn sie aus dem privaten Umfeld stammt. Man hat gemeinsame Bekannte oder trifft sich täglich am Arbeitsplatz, so schnell kommt man aus so einer Sache nicht wieder heraus. Nicht umsonst geben wir unseren Kunden nie die Telefonnummer des Partners, den wir ihm empfehlen. Das ist bei uns ein eisernes Gesetz. Wir nennen ihm nur die Nummer des Postfachs. Wenn der Kunde möchte, kann er einen Brief schreiben und ein Foto beilegen. Und wenn er dem Partner gefällt, wird dieser ihm antworten, ebenfalls über das Postfach. Manchmal dauert so ein Briefwechsel Monate, bis ein Treffen stattfindet. Und manchmal bleibt es bei einem einzigen Brief. Aber meine Kunden müssen nicht befürchten, dass jemand, der ihnen nicht gefällt, sie mit Anrufen bombardieren wird. Wenn man jemanden auf dem üblichen Weg kennen lernt, ist so etwas nicht möglich. Solche Bekanntschaften beginnen in der Regel mit dem Austausch der Telefonnummern oder Adressen, und dann muss man sehen, wie man den andern notfalls wieder loswird.«

»Sehr vernünftig«, stimmte Nastja zu. »Gehe ich recht in der Annahme, dass die Männer, die Sie der Schirokowa empfohlen haben, ebenfalls nicht nach dem Ehejoch strebten?«

»Natürlich. Wozu sollte ich sinnlose Kontakte herstellen? Milas Postfachnummer habe ich nur denen gegeben, die eine Geliebte suchten und keine Ehefrau. Hier, bitte sehr.«

Sie riss das lange Papierband ab, das der Drucker ausgeworfen hatte und das sich sofort zu einer Rolle zusammenwickelte.

Nastja überflog die Liste. Die Namen waren alphabetisch aufgeführt, und sie stellte sofort fest, dass die Postfachnummer von Viktor Derbyschew sich in der Liste derer befand, die Ljudmila Schirokowa für ein romantisches Kennenlernen empfohlen wurden. Als Datum war der August 1996 angegeben. Sagte Derbyschew tatsächlich die Unwahrheit? Wozu tat er das? Er musste doch wissen, dass man das alles über die Agentur nachprüfen konnte und seine Lüge sowieso ans Licht kommen würde. Nastja sah unter den Namen derer nach, denen man Milas Postfachnummer gegeben hatte. Hier war Derbyschew nicht zu finden.

»Tamara Nikolajewna, informieren Sie Ihre Kunden immer wechselseitig, oder erfährt die betreffende Person, zum Beispiel Ljudmila Schirokowa, gar nichts davon, dass ihre Postfachnummer weitergegeben wurde?«

»Das ist unterschiedlich. Es hängt von der Situation des Kunden ab. Zum Beispiel habe ich eine Frau in der Kartei, die einen Mann kennen lernen möchte, der eine Datscha hat oder ganz auf dem Land lebt. Sobald ich einen passenden Kunden für sie habe, gebe ich ihm ihre Postfachnummer, aber die Frau benachrichtige ich nicht, um keine falschen Hoffnungen bei ihr zu wecken. Der Mann hat die Nummer bekommen und bezahlt, aber vielleicht meldet er sich gar nicht bei ihr. Sie soll nicht umsonst warten.«

»Und wie war es bei der Schirokowa?«

»Auch unterschiedlich. Ihre Postfachnummer habe ich sehr oft weitergegeben, weil die meisten Männer eine junge, attraktive Frau wollen. Die Nachfrage nach ihr war sehr groß. Aber in der Regel habe ich sie nicht benachrichtigt. Wozu auch? Sie bekam die Briefe und wusste Bescheid. Aber da Mila eine sehr gute Kundin war, habe ich manchmal Ausnahmen für sie gemacht.«

»Inwiefern?«

»Wenn zum Beispiel ein besonders interessanter Mann zu mir kam, habe ich seine Postfachnummer zuerst Mila gegeben. Verstehen Sie?«

»Nicht ganz. Ich kenne mich in der Materie nicht besonders gut aus.«

»Was ist denn so schwierig daran? Die üblichen Gesetze der Konkurrenz. Wer zuerst kommt, mahlt zuerst. Und den letzten beißen die Hunde. Wenn ich dem Kunden gleich drei Postfachnummern gebe, dann ist es unklar, welche der Kandidatinnen er als Erste treffen wird. Und wenn eine Frau eine Sonderstellung bei mir einnimmt, gebe ich dem Mann zuerst nur ihre Postfachnummer, und erst dann, wenn die beiden nicht zusammenkommen, die Postfachnummern der andern. Und in manchen Fällen, wie zum Beispiel in dem von Mila, gebe ich ihm überhaupt keine Nummer, weil man ja nie weiß, ob es sich nicht um eine Augenblickslaune handelt. Stattdessen gebe ich seine Nummer an Mila weiter. So kann ich sicher sein, dass sie ihm schreiben wird. Und alles Weitere ergibt sich dann. Verstehen Sie jetzt?«

»Mehr oder weniger. Hier steht, dass Sie der Schirokowa die Postfachnummer eines gewissen Viktor Derbyschew gegeben haben. Aber ihm selbst haben Sie Mila nicht empfohlen. Ist das genau der Fall, von dem Sie eben sprachen?«

»Natürlich. Lassen Sie uns die Kundenkarte anschauen, dann sehen wir mehr.«

Tamara Nikolajewna öffnete einen der Karteikästen, suchte eine Weile und zog eine Karteikarte heraus, auf die ein Foto aufgeklebt war.

»Hier, sehen Sie. Ein höchst attraktiver Mann: Manager, Immobilienmakler, ledig. Sehr gut situiert. Er verlangt nur eins: Die Frau soll jung und gut aussehend sein. Können Sie sich vorstellen, wie viele Damen ihn gern kennen lernen würden? Es wäre eine irrsinnige Konkurrenz entstanden. Deshalb habe ich seine Postfachnummer nur an Mila weitergegeben. Und er selbst hätte von mir kein einziges Angebot bekommen, solange meine besonderen Kundinnen nicht ihr Glück bei ihm versucht haben.«

»Welche Frau wird denn besondere Kundin bei Ihnen? Was muss diese Frau haben?«

»Sie muss mir gefallen. Klingt das zynisch für Sie? Sie

können es betrachten, wie Sie wollen. Ich bin Ihnen gegenüber absolut ehrlich. Es gibt Frauen, denen ich ganz aufrichtig helfen möchte, und deshalb nehmen sie bei mir eine Sonderstellung ein. Aber es gibt auch Frauen, die mir gleichgültig sind. Es kommen sehr unglückliche, vom Pech verfolgte Frauen zu mir, aber auch sehr gewiefte und berechnende. Wissen Sie, ich mache meine Arbeit nicht mechanisch, sondern versuche, mich in meine Kunden hineinzuversetzen.«

»Ist Derbyschew schon seit langem Ihr Kunde?«

»Nein. Sehen Sie, auf der Karte steht, dass er im August dieses Jahres zum ersten Mal zu mir gekommen ist. Vorher hat er, soviel ich weiß, die Dienste anderer Agenturen in Anspruch genommen.«

»Und die Schirokowa war die Erste, die seine Postfachnummer bekommen hat?« fragte Nastja noch einmal nach.

»Ja, völlig richtig.«

»Und was war dann? Haben die beiden sich getroffen?«

»Das weiß ich nicht. Aber ich habe die Nummer erst einmal zurückgehalten, wie ich es Mila versprochen hatte. Ich habe zwei Wochen gewartet, um Mila Gelegenheit zu geben, ihm zu schreiben und eine Antwort zu bekommen. Danach habe ich ihn natürlich anderen Kundinnen empfohlen.«

»Nun denn, Tamara Nikolajewna, ich danke Ihnen für die Auskünfte. Darf ich noch einmal telefonieren?«

»Aber natürlich.«

Nastja wählte erneut Gordejews Nummer. Diesmal nahm er lange nicht ab. Endlich vernahm sie die müde, entnervte Stimme ihres Chefs.

»Viktor Alexejewitsch, ich bin es.«

»Wo steckst du denn?«

»Ich bin bei Amor, in Sachen Schirokowa. Soll ich noch einmal ins Büro kommen, oder darf ich nach Hause fahren?«

»Fahr sofort in die Schwernik-Straße, zur Sergijenko. Olschanskij und Igor Lesnikow sind schon dort.«

»Was ist passiert?«

»Selbstmord.«

Siebentes Kapitel

Schon aus dem Taxi erblickte Nastja vor dem Haus der Sergijenkos die Polizeiautos, den Rettungswagen und den alten blauen Shiguli des Untersuchungsführers Olschanskij. Im Treppenhaus, vor der Wohnung der Sergijenkos, herrschte heilloses Durcheinander, die neugierigen Nachbarn drängten sich vor der Wohnungstür, in der Hoffnung, etwas aus dem Inneren der Wohnung zu erhaschen, wenigstens einen flüchtigen Hauch des fremden Unglücks, um anschließend erleichtert aufzuatmen: Es ist nicht mir passiert, Gott hat mich verschont.

Nastja schob sich rücksichtslos durch das Gedränge, betrat die Wohnung und stieß sofort auf den dicken, gesprächigen alten Gerichtsmediziner Ajrumjan.

»Da kommt es ja angeschwommen, mein zartes Schleierschwänzchen«, flötete Ajrumjan wie immer und stieß Nastja freundschaftlich den Ellenbogen in die Seite, da seine Hände in Gummihandschuhen steckten.

Nastja begriff, dass er seine Arbeit beendet hatte und sich die Hände waschen ging. Sie sah sich verstohlen um, und nachdem sie sich davon überzeugt hatte, dass niemand von den Kollegen sie sah, schlüpfte sie ihm hinterher ins Badezimmer.

»Gurgen Artaschesowitsch«, flüsterte sie, »wie sieht es aus?«

»Ich sehe schon, du stirbst vor Neugier, mein Paradiesvögelchen. Dreh mir doch mal das Wasser auf, ich möchte den Hahn nicht mit den Handschuhen anfassen. Was soll ich dir sagen, mein kleiner Kolibri, unsere Ljuba Sergijenko hat sich aufgehängt. Auf den ersten Blick hat sie das völlig eigenständig getan, Spuren von Gewalt habe ich bei oberflächlicher Betrachtung nirgends entdeckt. Aber wir müssen natürlich noch die entsprechenden Untersuchungen durchführen, womöglich hat man ihr irgendein starkes Mittel gegeben, das die Anwendung von Gewalt überflüssig machte. Wir werden sehen. Bis jetzt sieht alles ganz nach Selbstmord aus. Einen Abschiedsbrief hat sie auch hinterlassen, alles, wie es sich gehört.«

»Und was steht in dem Brief?«

»Nichts Besonderes. Es tut mir Leid, vergebt mir, aber ich kann nicht mehr und so weiter. Der übliche Text. Dein Freund Subow beschäftigt sich gerade mit der Sache, geh mal und sieh dir seine saure Miene an. Wenn du, mein flauschiges Kätzchen, eines Tages meine kalte Leiche findest und alles auf einen gewaltsamen Tod hindeutet, dann wisse eines: Das kann nur Oleg Subow getan haben. Nach anderen Verdächtigen brauchst du gar nicht zu suchen.«

Nastja lachte leise. Man konnte sich in der Tat keine zwei unterschiedlicheren Menschen vorstellen. Gurgen Artaschesowitsch war äußerst redselig, immer zu Scherzen und Späßen aufgelegt, sogar während einer Leichenbeschau. Noch nie hatte ihn jemand schlecht gelaunt, bedrückt oder schweigsam erlebt. Was auch in seinem Leben geschah, er blieb immer obenauf, lachte und scherzte in seiner überaus blumigen, mit Koseworten gespickten Sprache. Oleg Subow war das diametrale Gegenteil des dicken alten Armeniers, immer griesgrämig und schlecht aufgelegt. Aber während Ajrumjan fröhlich auf Olegs verdrossene Miene reagierte und sie zum Anlass für neue Scherze nahm, brachten Subow die Späße des Gerichtsmediziners auf die Palme. Er wurde sofort wütend, was Gurgen Artaschesowitsch nur zu noch größerer Fröhlichkeit veranlasste. Zum Glück trafen die beiden Sachverständigen wenigstens nicht jeden Tag zusammen.

Nastja verließ das Bad und ging rasch auf Olschanskij

zu. Dieser saß auf dem Rand eines Sofas und blätterte langsam in einem Buch mit grellrotem Einband.

»Guten Abend, Konstantin Michajlowitsch.«

»Ach, du bist es«, sagte der Untersuchungsführer zerstreut. »Hat man dich auch hergeschickt?«

»Ich bin selbst schuld. Ich war bei Amor und habe mit der Inhaberin gesprochen. Dann habe ich Gordejew angerufen, um Bericht zu erstatten. Und er hat mir die Neuigkeit mitgeteilt. Wie ist das passiert?«

»Die Mutter ist von der Arbeit nach Hause gekommen und hat ihre Tochter gefunden. Nach etwa einer halben Stunde erschien der Vater. Seine Frau liegt bewusstlos auf dem Fußboden, und die Tochter hängt in der Schlinge. Muss ein lustiger Anblick für ihn gewesen sein. Ljubas Mutter hat man bereits ins Krankenhaus gebracht, es sieht offenbar nicht sehr gut aus. Der Vater ist einigermaßen gefasst. Euer Lesnikow unterhält sich gerade in der Küche mit ihm. Die Leiche befindet sich im anderen Zimmer, dort ist Subow am Werk. Ich habe ihm entsprechende Anweisungen gegeben und beschlossen, ihm nicht hineinzureden.«

»Sie werden doch Ihren Prinzipien nicht untreu werden?«, scherzte Nastja.

»Niemals. Ich bin heute nur müde, die Beine tun mir weh, ich kann nicht mehr stehen.«

»Aha«, bemerkte Nastja mitfühlend.

Jeder wusste, dass Untersuchungsführer Olschanskij in der Kriminalistik nicht schlechter Bescheid wusste als jeder Kripobeamte. Das hätte ihm Achtung einbringen können, aber leider hatte Konstantin Michajlowitsch eine sehr unangenehme Angewohnheit. Er bezweifelte die Professionalität seiner Kollegen, gab ihnen stets detaillierte Anweisungen, bevormundete und kontrollierte sie. Das machte die Beamten wütend und brachte sie gegen ihn auf. Keiner von ihnen hätte sagen können, dass Olschanskij sich in der

Materie nicht auskannte, dass er Unsinn redete, nein, alles, was er sagte, war nicht nur richtig, sondern entsprach dem neuesten Stand kriminalistischer Theorie und Praxis. Aber alles das wussten die Kripobeamten selbst. Es gab unter ihnen natürlich auch Pfuscher und Taugenichtse ohne entsprechende Ausbildung, das bestritt niemand, aber schließlich waren nicht alle so. Doch nachdem Olschanskij einst zufällig entdeckt hatte, dass hinter einigen unaufgeklärt gebliebenen Fällen purer Dilettantismus steckte, beschloss er, diesen Teil der Ermittlungen nicht mehr aus den Händen zu geben, und kontrollierte seitdem die Arbeit sämtlicher Kripobeamten, ohne Rücksicht auf die Person. Er kommandierte erfahrene, qualifizierte Beamte, die ihr erstes Gutachten bereits zu einer Zeit erstellt hatten, als Olschanskij noch die Schulbank drückte und Kontrollarbeiten in Mathe schrieb, herum wie kleine Jungs, die zum ersten Mal einen Spurensicherungskoffer in der Hand hatten. Deshalb hatte Nastja Kamenskaja allen Grund, sich darüber zu wundern, dass der Untersuchungsführer den Gutachter im Nebenzimmer allein gelassen hatte, friedlich auf dem Sofa saß und in einem Buch blätterte.

»Übrigens, die Verstorbene hat religiöse Bücher gelesen«, bemerkte Olschanskij und zeigte Nastja das rote Bändchen mit dem darauf abgebildeten Kreuz und der Aufschrift »Neues Testament«. »Das ist jetzt in Mode bei der Jugend. Seltsam, dass sie sich aufgehängt hat. Das hätte sie nicht tun dürfen, wenn sie religiös war. Das Christentum lehnt Selbstmord ab.«

»Sie hat sich vielleicht nicht wirklich damit beschäftigt, sondern nur da und dort etwas aufgeschnappt. Und überhaupt, Konstantin Michajlowitsch, dieses Bändchen besagt noch gar nichts. Ich habe genau das gleiche. Diese Bücher werden auf der Straße verteilt oder den Leuten ins Haus gebracht. Ich zum Beispiel habe es an meiner Wohnungstür bekommen und Ljoscha in der Metro, nur in Blau. Ich bin übrigens der Meinung, dass es gar nicht schlecht ist, so ein Buch zu besitzen. Unser Wissensstand in Bezug auf die Weltreligionen ist ja gleich null, und dabei baut doch die ganze Kunst und Kultur auf den Religionen auf. Man muss ja nicht gläubig sein, aber für die Allgemeinbildung ist es unbedingt notwendig, sowohl das Neue als auch das Alte Testament zu kennen. Wenn Ljuba Sergijenko das gelesen hat, will das noch nicht besagen, dass sie eine Frömmlerin war.«

»Vielleicht«, sagte der Untersuchungsführer nachdenklich, »vielleicht. Hier, blättere mal ein bisschen, ich gehe inzwischen hinüber zu Subow. Und beachte die angestrichenen Stellen. Sehr interessant, sage ich dir, sehr interessant.«

Sie öffnete das Neue Testament an der Stelle, wo Olschanskij zu lesen aufgehört hatte: der zweite Brief des Petrus. Nastjas Blick fiel auf die mit einem gelben Markierstift angestrichenen Stellen.

So wendet allen euren Fleiß daran und beweist in eurem Glauben Tugend und in der Tugend Erkenntnis und in der Erkenntnis Mäßigkeit und in der Mäßigkeit Geduld und in der Geduld Gottesfurcht und in der Gottesfurcht brüderliche Liebe und in der brüderlichen Liebe die Liebe zu allen Menschen. Denn wenn solches reichlich bei euch ist, werdet ihr nicht faul noch unfruchtbar sein in der Erkenntnis unseres Herrn Jesus Christus. Wer aber solches nicht hat, der ist blind und tappt im Dunkeln und hat vergessen, dass er rein geworden ist von seinen vorigen Sünden.

Am Rand dieser markierten Zeilen stand mit Kugelschreiber: Ich bin blind geworden vor Hass und vergaß, dass ich selbst gesündigt habe. Welches Recht hatte ich, über sie zu richten?

Nastja blätterte um und stieß erneut auf angestrichene Stellen.

Denn Gott hat selbst die Engel, die gesündigt haben, nicht verschont, sondern hat sie in finstere Höhlen hinabgestoßen und übergeben, dass sie zum Gericht behalten werden; und hat nicht verschont die vorige Welt, sondern bewahrte allein Noah, den Prediger der Gerechtigkeit, mit sieben andern und brachte die Sintflut über die Welt der Gottlosen; und hat die Städte Sodom und Gomorra zu Asche gemacht, umgekehrt und verdammt und damit ein Beispiel gesetzt den Gottlosen, die hernach kommen würden. Der Herr weiß die Frommen aus der Versuchung zu erretten, die Ungerechten aber zu behalten auf den Tag des Gerichts, sie zu strafen.

Auch hier eine handschriftliche Notiz am Rand: Er weiß selbst, wen er bestrafen muss und warum. Ich bin dumm und sündig und habe kein Recht, mich einzumischen.

Auf der nächsten Seite befand sich eine erneute Markierung, an einer noch eindrucksvolleren Stelle:

Es ist ihm widerfahren das wahre Sprichwort: Der Hund frisst wieder, was er gespien hat; und: Die Sau wälzt sich nach der Schwemme wieder im Kot.

Und daneben wieder handschriftlich: Nach dem, was ich getan habe, kann mich das Wort Gottes nicht mehr retten. Ich bin in schreckliche Sünde gefallen, indem ich einem Nächsten den Tod gewünscht habe. Und auch die Erkenntnis dessen, was ich angerichtet habe, kann mich nicht mehr reinwaschen. Ich kann nur noch in das zurückkehren, was ich gespien habe, in meinen eigenen Schmutz, ich kann nur noch mir selbst den Tod wünschen. Obwohl ich weiß, dass diese Sünde genauso schwer wiegt wie die andere.

Nastja vernahm Olschanskijs dünne Tenorstimme neben sich.

»Na, ist es nicht beeindruckend?«

Sie hob den Kopf und sah den Untersuchungsführer verwirrt an.

»Durchaus. Es sieht nach einem Geständnis aus.«

»So ist es. Wir müssen nur noch überprüfen, ob die Randnotizen wirklich von Ljubas Hand stammen. Aber alles scheint darauf hinzudeuten, dass die Schirokowa von ihrer Freundin ermordet wurde. Wir hatten sie ja ohnehin in Verdacht, wie du weißt, zumal sie für die Tatzeit kein Alibi nachweisen konnte. Und deine Bekannte hat gesehen, wie die Schirokowa etwa zwei Stunden vor ihrer Ermordung an der Metrostation Akademicheskaja ausstieg, genau da, wo die Sergijenko wohnt. Also passt eines zum andern.«

Nastja gab dem Untersuchungsführer das Buch zurück und wollte sich vom Sofa erheben. Ein scharfer Schmerz durchzuckte sie, und sie plumpste zurück auf das Polster.

»Was soll das denn sein?«, fragte Olschanskij missvergnügt.

»Das ist ein Hexenschuss«, murmelte Nastja und versuchte, sich so langsam und vorsichtig wie möglich wieder zu erheben. »Wissen Sie, wo Ajrumjan ist? Ist er schon wieder weg?«

»Nein, er ist draußen im Treppenhaus und unterhält sich mit den Nachbarn. Du kennst ihn, den alten Schwätzer, sein Mundwerk steht ja nie still, aber nach einer Leichenbeschau ist er wie vom Teufel besessen und schäumt über vor Redseligkeit.«

»Machen Sie ihn nicht schlecht, Herr Untersuchungsführer«, sagte Nastja, während sie ächzend in die vertikale Haltung ging. »Nach solchen Unterhaltungen mit den Nachbarn bekommen Sie immer eine Menge nützlicher Informationen von Ajrumjan. Die Klatschmäuler lieben unseren Opa Gurgen, aus welchem Grund auch immer, aber Tatsache ist, dass sie ihm sehr viel mehr erzählen als zum Beispiel Ihnen. Ich gehe auch mal ins Treppenhaus, vielleicht gibt mir jemand etwas aus seiner Hausapotheke, sonst komme ich nicht bis nach Hause. Ich kann mich weder setzen noch aufstehen, das geht doch mit dem Teufel zu.«

»Ist schon gut, hör auf zu jammern, ich bringe dich nach Hause«, brummte Olschanskij. »Geh hinüber in die Küche und löse Lesnikow ab, ich brauche ihn jetzt hier. Es wird Zeit, die Mücke zu machen, wir trödeln hier schon seit über drei Stunden herum.«

Nastja verließ gehorsam das Zimmer. In der Küche saß der groß gewachsene, attraktive Ermittlungsbeamte Igor Lesnikow, der den Ruf des ernsthaftesten Mannes bei der ganzen Kripo hatte, und unterhielt sich mit dem Vater der verstorbenen Ljuba Sergijenko, genauer, er versuchte, sich zu unterhalten, da der etwa fünfzigjährige, kräftig gebaute Mann mit den harten, etwas groben Gesichtszügen ganz offensichtlich nicht immer den Sinn der ihm gestellten Fragen verstand und entsprechend verworren antwortete. Aber das war verständlich. Man konnte keine nüchternen Gedanken von einem Menschen erwarten, dessen Tochter sich erhängt hatte und dessen Frau im Sterben lag. So etwas gab es vielleicht im Film, aber nicht im wirklichen Leben.

Lesnikow erblickte Nastja und nickte ihr kurz zu, ohne das Gespräch zu unterbrechen.

»Ihre Tochter hat also nicht versucht, eine neue Arbeit zu finden, und sie hat sich Ihnen zunehmend entfremdet. Hat Sie das nicht beunruhigt?«

»Wir haben gedacht, dass sie Liebeskummer hat … Wissen Sie, als sie aus der Türkei zurückkam, war sie irgendwie … irgendwie verändert … Und sie wollte Strelnikow nicht sehen. Bevor sie in die Türkei ging, hat sie zwei Jahre bei ihm gewohnt und ist nur noch zu Besuch zu uns gekommen … Aber nach ihrer Rückkehr hat sie nur noch zu Hause gesessen … Meine Frau und ich haben gedacht, dass sie dort, im Ausland, einen Mann kennen gelernt hat und ihrem Strelnikow untreu geworden ist. Wir dachten, dass sie deswegen leidet und nicht zu ihm zurück will .... Ich wollte sie dazu bringen, dass sie sich eine Arbeit sucht.«

Lesnikow warf Nastja erneut einen Blick zu und erhob sich vom Küchentisch.

»Viktor Iwanowitsch, das ist Anastasija Pawlowna, eine Kollegin. Bitte unterhalten Sie sich ein wenig mit ihr, ich muss kurz weg.«

Sergijenko nickte ungerührt, es schien ihm völlig gleichgültig zu sein, wer von den Kripobeamten mit ihm sprach. Nastja wollte sich auf Lesnikows Platz setzen, besann sich aber rechtzeitig. Das wäre erneut mit Ächzen und Stöhnen verbunden gewesen, das konnte sie einem Untersuchungsführer zumuten, der sie seit vielen Jahren kannte, aber nicht einem Menschen, dem soeben ein schreckliches Unglück widerfahren war. Deshalb lehnte sie sich gegen die Wand und versuchte, eine bequeme, sichere Haltung im Stehen zu finden, sofern das überhaupt möglich war.

»Sie wollten Ihre Tochter also dazu bringen, dass sie sich eine Arbeit sucht«, sagte Nastja. »Wie hat sie darauf reagiert?«

»Sie war der Meinung, dass es keine Eile hat ... Sie sagte, sie hätte in der Türkei ein halbes Jahr ohne freie Tage durchgearbeitet und hätte jetzt Anspruch auf Urlaub ... Und außerdem hatte man ja ihre Freundin umgebracht, diejenige, mit der Ljuba in der Türkei war. Ljuba hat schrecklich gelitten, sie weinte ständig, konnte nicht mehr essen, nicht mehr schlafen, sie war völlig verstört ... wie hätte sie da arbeiten gehen sollen! Aber du lieber Gott, welche Bedeutung hat das alles? Sie glauben doch nicht etwa, sie hat sich umgebracht, weil sie keine Arbeit hatte. Was macht es für einen Unterschied, ob sie gearbeitet hat oder nicht!«

»Überhaupt keinen«, stimmte Nastja zu. »Ich möchte nur verstehen, was Ljuba den ganzen Tag gemacht hat, was in ihr vorging, wo sie hingegangen ist, mit wem sie gesprochen hat. Sie hat sich das Leben ja nicht einfach so genommen. Sie hat nicht im Affekt gehandelt, sondern lange nachgedacht und diesen Schritt geplant. Und für mich ist es wichtig zu erfahren, warum das alles so war.«

»Woher wissen Sie das?«

In Sergijenkos Augen blitzte ein Funken Interesse auf, so, als hätte er in dem ganzen Gespräch zum ersten Mal etwas gehört, das ihn etwas angehen könnte.

»Wir haben bei ihr das Neue Testament mit handschriftlichen Randnotizen gefunden. Wenn es Ljuba war, die diese Notizen gemacht hat, dann muss sie lange über Sünde, Schuld und Strafe nachgedacht haben. Um welche Sünde könnte es sich handeln, Viktor Iwanowitsch?«

»Ich weiß nicht«, sagte er.

Aber Nastja sah, dass er log. Sergijenko wusste etwas. Oder er ahnte zumindest etwas. Wie sich alles auf der Welt gleicht, dachte sie. Strelnikow hat die an seine Braut gerichteten Liebesbriefe versteckt, um zu verhindern, dass ein Schatten auf ihr Andenken fällt. Viktor Iwanowitsch Sergijenko weiß etwas Ungutes über seine Tochter, aber auch er schweigt, um ihrem Ruf nicht zu schaden. Dabei konnte man jetzt niemandem mehr schaden, weder Mila Schirokowa noch Ljuba, ihnen war das alles völlig gleichgültig.

»Kannten Sie Mila Schirokowa, die Freundin Ihrer Tochter?«

»Nein.«

Sergijenko sagte das so schnell, dass auch jetzt klar war, dass er log. Natürlich kannte er Mila.

»Aber Sie wussten, dass Ihre Tochter mit Mila befreundet war, oder?«

»Ja, natürlich. Ljuba hat erzählt, dass sie mit einer Freundin in die Türkei fährt, mit der sie auf dem College war und später zusammengearbeitet hat.«

»Und wussten Sie auch, dass es diese Freundin war, die ermordet wurde?«

»Ja, die Miliz war hier und hat Ljuba nach Mila gefragt. Von meiner Frau und mir wollte man wissen, ob Mila nach ihrer Rückkehr aus der Türkei bei uns war, um uns Post oder etwas anderes von Ljuba zu überbringen.«

Nastja bemerkte, dass Viktor Iwanowitschs Antworten klarer und präziser wurden, er hatte sich offenbar ein wenig gefasst. Wahrscheinlich hatte ihn etwas erschreckt oder in Spannung versetzt, und jetzt nahm er sich zusammen, um keinen Fehler zu machen und nichts von dem preiszugeben, was er verschweigen wollte.

»Wie hat Ihre Tochter auf den Tod ihrer Freundin reagiert?«

»Nun ja ...«

Sergijenko kam wieder ins Schwimmen. Nastja hatte ihm, sich innerlich selbst verfluchend, eine ganz einfache Falle gestellt, und er war sofort hineingetappt. Es war natürlich eine Schande, psychologische Experimente mit einem Menschen zu machen, der sich in einem solchen Zustand befand, aber was sollte man tun angesichts von zwei Leichen und der Tatsache, dass es nicht den geringsten Anhaltspunkt dafür gab, wer der Mörder war. Hatte Ljuba Sergijenko vielleicht tatsächlich ihre Freundin Mila Schirokowa umgebracht? Das wäre die einfachste Lösung gewesen. Dann hätte man schnell die nötigen Beweise aufnehmen, die entsprechenden Gutachten anfertigen und den Fall abschließen können, da die für den Mord verantwortliche Person nicht mehr am Leben war.

»Ich verstehe eines nicht, Viktor Iwanowitsch«, sagte Nastja so sanft wie möglich, »Mila war eine enge Freundin von Ljuba, und sie ist nach ihrer Rückkehr aus der Türkei kein einziges Mal bei Ihnen vorbeigekommen, selbst dann nicht, als Ljuba wieder hier war. Versetzen Sie sich doch bitte einmal in Ihre Tochter, und Sie werden sofort verstehen, warum ich mich so wundere. Sie befinden sich irgendwo im Ausland, arbeiten dort, verdienen Geld, und plötzlich sagt Ihnen ein Freund: Ich fahre nach Moskau. Soll ich etwas für deine Eltern mitnehmen? Sie werden noch für längere Zeit im Ausland bleiben, noch mehrere Monate, Sie denken oft an zu Hause und haben Heimweh. Werden Sie denn in einem solchen Fall die Gelegenheit ungenutzt lassen, einen Brief zu schreiben und Ihren Eltern etwas mitzugeben, wenigstens irgendein billiges Souvenir, um ihnen auf diese Weise zu sagen, dass bei Ihnen alles in Ordnung ist, dass Sie an sie denken und sie lieben? Ljuba war doch eine gute Tochter, die ihre Eltern geliebt hat, nicht wahr?«

»Ja, sie war ein gutes Mädchen.«

»Warum hat sie dann die Gelegenheit nicht genutzt, um Mila etwas für Sie mitzugeben? Ich erwarte keine Antwort von Ihnen, weil Sie die Antwort nicht kennen. Aber Sie haben gesagt, dass Ljuba nach ihrer Rückkehr sehr deprimiert war, dass sie das Interesse an allem verloren hatte und sich keine Arbeit suchen wollte. Hat es Sie nicht erstaunt, dass ihre beste Freundin in dieser Zeit kein einziges Mal aufgetaucht ist?«

»Ich weiß nicht ... Meine Frau und ich haben darüber nicht nachgedacht ... Es war alles viel einfacher ... Strelnikow hat mir nicht gefallen, er ist viel älter als Ljuba, ein sehr geschäftstüchtiger Mensch, dem es vor allem um Geld geht ... Meine Tochter hat nicht zu ihm gepasst. Und ich war froh, dass sie nach ihrer Rückkehr aus der Türkei nicht mehr zu ihm zurückgegangen ist. Ich habe gehofft, dass die Beziehung zu Ende ist, und ich habe mich gefreut, dass Ljuba wieder bei uns war. Das ist alles.«

»War Mila vielleicht gar nicht die beste Freundin Ihrer Tochter?«

»Vielleicht.«

»Aber Sie haben gesagt, dass Ljuba schrecklich unter

Milas Tod gelitten hat, dass sie nicht mehr essen und nicht mehr schlafen konnte, dass sie ständig weinte und völlig verstört war. Wie passt das zusammen?«

»Ich weiß nicht. Ich weiß nicht!« Sergijenko hob seine Stimme.

Nastja wusste genau, was in den nächsten Minuten passieren würde. Solche Abläufe hatte sie schon zahllose Male erlebt. Sobald das Gespräch einen kritischen Punkt erreichte und der Befragte sich plötzlich bedroht fühlte, stieg er aus dem Gespräch aus und wurde hysterisch. Nur das Motiv wechselte von Fall zu Fall. Der Verdächtige begann zu schreien, verwies darauf, dass er Besseres zu tun hätte, dass seine Arbeitszeit zu kostbar sei, um sie auf dumme Gespräche mit dummen Mitarbeitern der dummen Miliz zu verschwenden. Ein Geschädigter, der sich mitschuldig fühlte, warf den Beamten Grausamkeit und Unmenschlichkeit vor, weil sie ihn in einem so tragischen Moment mit ihren Fragen belästigten.

»Lassen Sie mich in Ruhe. Bitte lassen Sie mich in Ruhe! Ich muss allein sein. Verstehen Sie das nicht? Sie sind eine Frau, von Ihnen kann ich Mitgefühl erwarten ... Hören Sie auf, mich zu quälen ...«

»Verzeihen Sie.«

Nastja löste sich vorsichtig von der Wand und ging hinaus in den Flur. Die Wohnungstür stand einen Spalt offen, man hörte die fröhliche, unverdrossene Stimme von Gurgen Artaschesowitsch Ajrumjan, der den neugierigen Nachbarn draußen im Treppenhaus von irgendwelchen spektakulären Fällen aus seiner Praxis als Gerichtsmediziner berichtete.

»Nastja«, hörte sie den Untersuchungsführer aus einem der Zimmer mit gedämpfter Stimme sagen, »mach dich fertig, wir hören auf für heute. Nimm Opa Gurgen und geh mit ihm zum Auto, wir bringen erst ihn nach Hause, dann dich.«

Sie ging hinaus, nahm Ajrumjan unter den Arm und zog ihn nach unten, zum Ausgang.

»Warum nehmen wir nicht den Lift?«, fragte der Alte keuchend, während er auf seinen kurzen dicken Beinchen schwerfällig die Stufen hinabstieg.

»So geht es schneller«, erklärte Nastja. »Wir befinden uns doch nur im zweiten Stock, und auf den Lift müssen wir hier mindestens zehn Minuten warten, das Haus hat fünfzehn Etagen.«

»Warum hast du es denn so eilig, mein Zauberfischlein?«

»Ich muss dringend eine rauchen, ich halte es nicht mehr aus. Erzählen Sie mir lieber, was Sie Interessantes von den Nachbarn erfahren haben.«

Der Gerichtsmediziner wurde lebendig.

»Oh, die Nachbarn hier sind großartig. Die Kunde davon, dass Sergijenkos Tochter ins Ausland gegangen ist, um den schnellen Rubel zu machen, hat sich im ganzen Haus verbreitet wie ein Lauffeuer. Du verstehst natürlich selbst, mein Zuckertäubchen, dass sie nach ihrer Rückkehr große Aufmerksamkeit auf sich zog. Wie ist sie gekleidet, was hat sie mitgebracht, wie geht sie, wie spricht sie und so weiter. Und es hat alle sehr erstaunt, dass Ljuba in genau denselben Röcken und Pullis herumlief wie vorher auch, sie fuhr keinen ausländischen Wagen und hatte auch sonst keinerlei Anzeichen neuen Reichtums an sich. Natürlich hat man sie nun erst recht beobachtet. Am liebsten hätte man ihr in den Mund geschaut, ob sie da nicht Platinzähne oder Brillantplomben versteckt hat. Es musste doch irgendwelche Spuren hinterlassen, wenn jemand ein halbes Jahr lang im Ausland Geld verdiente. Sie hatte schließlich nicht umsonst geschuftet in der Fremde. Kurz, Ljuba Sergijenko führt ein ganz unauffälliges, normales Leben, während sie rund um die Uhr von achtundzwanzig Augenpaaren beobachtet wird. Wenn du also wohlwollende Zeugen brauchst, meine herzliebste Ermittlerin, dann wende dich an diese Leute, sie wissen genau, wo Ljuba hingegangen ist, was sie gemacht hat und welchen Schlüpfer sie dabei trug. Mir ist eine Frau aufgefallen, die besonders gut informiert ist, sprich mal mit ihr.«

»Welche Frau?«

Sie hatten das Haus bereits verlassen und die Straße betreten, Nastja steckte sich genussvoll eine Zigarette an und lehnte sich gegen die Motorhaube von Olschanskijs blauem Shiguli.

»Sie wohnt ein Stockwerk tiefer, genau in der Wohnung unter den Sergijenkos. Sie hat nichts zu tun, hängt den ganzen Tag am Fenster, deshalb kann sie dir genau erzählen, wann und wie Ljuba das Haus verlassen hat. Und weißt du, mein Zuckerpüppchen, ich glaube, diese Frau weiß wirklich etwas über Ljuba. Sie hatte einen so schlauen und bedeutungsvollen Gesichtsausdruck. Ich rate dir, sie aufzusuchen, mein altes Herz fühlt, dass du hier fündig wirst. Hast du einen Regenschirm?«

»Einen Regenschirm? Nein. Wozu?«

»Was heißt wozu?«, empörte sich Ajrumjan. »Es regnet.«

»Tatsächlich? Das habe ich gar nicht bemerkt.«

»Du hast es nicht bemerkt, meine gepanzerte Schildkröte, weil du den Regen nicht fürchtest, denn du bist noch jung und dumm. Aber wenn ich nass werde, erkälte ich mich sofort, und das darf in meinem ehrenwerten Alter und bei meiner Kurzatmigkeit nicht mehr passieren. Bleib du also im Regen stehen, wenn dir das gefällt, aber ich gehe zurück ins Haus.«

Nastja hatte gerade zu Ende geraucht, als Olschanskij, Igor Lesnikow und Oleg Subow auf der Straße erschienen. Nach ihnen folgten die Sanitäter, die Ljubas Leiche auf einer Bahre trugen. Als Letzter trat Viktor Iwanowitsch aus dem Haus. Er war schrecklich anzusehen. Die Bahre wurde ins Auto geschoben, die Tür schlug zu, der Motor heulte auf. Lesnikow und Subow fuhren im Polizeiwagen davon, ihnen folgte Olschanskijs blauer Shiguli. Aber Viktor Iwanowitsch Sergijenko stand immer noch auf dem Trottoir, die Hände in den Hosentaschen, und sah in die Richtung, in der das Auto mit der Leiche seiner einzigen Tochter verschwunden war.

***

Als Nastja ihre Wohnung betrat, hörte sie sofort Stimmen aus dem Zimmer. Eine der Stimmen gehörte ihrem Mann, die andere war ihr unbekannt. Sie verzog gequält das Gesicht. Nach einem so schweren Tag, durchgeweicht vom Regen, wollte sie nur noch eine heiße Dusche nehmen und sich dann hinlegen, Ljoscha sollte ihr den Rücken mit einer Heilsalbe einreiben und sie anschließend in ein warmes Wolltuch einpacken. Aber nun würde sie warten müssen, bis der unbekannte Gast gegangen war. Sie schlich auf Zehenspitzen in die Küche und schloss die Tür zum Flur. Auf dem Herd standen eine Pfanne mit Fleisch und ein Topf mit gedünstetem Gemüse. Offenbar war Ljoscha schon seit längerer Zeit zu Hause und hatte bereits vor dem Eintreffen des Gastes das Abendessen zubereitet.

Nastja nahm den Deckel von der Pfanne und wollte gewohnheitsmäßig nach einem Kotelett greifen, um es ohne Beilagen, nur mit einem Stück Brot, zu verspeisen, aber plötzlich verspürte sie Ekel vor dem Essen. Noch vor einer Minute war sie völlig ausgehungert gewesen, aber jetzt hätte sie keinen einzigen Bissen hinuntergebracht. Wahrscheinlich war es die Müdigkeit. Sie stellte den Wasserkocher an, gab Pulverkaffee und zwei Stück Würfelzucker in eine Tasse, dann setzte sie sich an den Tisch, bemüht, nicht aufzustöhnen vor Schmerzen.

Die Stimmen wurden lauter, Nastja begriff, dass ihr Mann mit seinem Gast auf den Flur hinausgegangen war. Nach ein paar Minuten fiel die Wohnungstür ins Schloss, und Ljoscha betrat die Küche.

»Hallo.« Er bückte sich und küsste Nastja auf die Wange. »Warum isst du nichts? Wartest du wieder, bis man dir serviert?«

»Ich kann nicht, Ljoscha«, sagte sie mit einem schuldbewussten Lächeln und holte eine Zigarette aus der Packung. »Ich bekomme nichts hinunter.«

Ljoscha Tschistjakow ging um den Tisch herum, setzte sich seiner Frau gegenüber und sah sie aufmerksam an.

»Ist etwas passiert?«

»Nein, nichts. Es war einfach ein schwerer Tag ...«

»Schwindle nicht.«

»Ich schwindle nicht.«

»Doch, du schwindelst. Ich sehe es dir doch an. Es kann nicht sein, dass du keinen Hunger hast. Wann hast du zum letzten Mal gegessen?«

»Gestern. Heute habe ich nur ein paar Tassen Kaffee getrunken.«

»Da haben wir es. Wenn du nicht essen kannst, muss etwas passiert sein. Komm schon und erzähl, verschwende deine Kraft nicht darauf, mir etwas vorzumachen.«

»Ljoscha, ich hasse meine Arbeit«, platzte Nastja heraus, unerwartet für sich selbst.

»Das klingt schon ernsthafter«, stellte Ljoscha befriedigt fest. »Und was hat dich heute so aus der Fassung gebracht?«

»Ich hasse meine Arbeit, ich hasse mich selbst, ich hasse die, die mich zwingen, das zu tun, was ich tue ... O mein Gott, ich weiß selbst nicht, was ich rede. Hör nicht auf mich.«

»Warum denn nicht? Das ist doch sehr interessant«, lächelte Ljoscha. »Jedenfalls sagst du das in den vierzehn Jahren deiner Dienstzeit bei der Miliz zum ersten Mal. Also, Nastja, was ist passiert?«

»Eine junge Frau hat sich das Leben genommen. Ihre Mutter ist nach Hause gekommen, hat sie in der Schlinge hängend gefunden und ist ohnmächtig geworden. Dann kam der Vater nach Hause und hat die Miliz und die Erste Hilfe angerufen ... Kannst du dir vorstellen, in welchem Zustand er war? Und ich musste ihn ausfragen und versuchen, ihn der Lüge zu überführen. Seine Tochter ist wahrscheinlich eine Kriminelle, eine Mörderin, er weiß das, und ich wollte ihn zwingen, mir zu sagen, dass sie ihre Freundin umgebracht und dann, wahrscheinlich aus Entsetzen über ihre eigene Tat, Hand an sich selbst gelegt hat. Wer bin ich nach alledem? Wie nennt man das, was ich getan habe? Bin ich ein Monster? Bin ich grausam und unmoralisch? Warum muss ich das tun, obwohl ich weiß, dass es falsch ist?«

»Ruhig, Nastja, ruhig.« Ljoscha hob beschwichtigend die Hand. »Eins nach dem andern. Warum hast du es getan, wenn du gewusst hast, dass es falsch war? Hast du auf jemandes Anweisung gehandelt oder es selbst für notwendig gehalten?«

»Ich habe es selbst für notwendig gehalten«, seufzte Nastja. »Aber der Untersuchungsführer war damit einverstanden. Zuerst hat Igor Lesnikow mit dem Vater der Verstorbenen gesprochen, aber als der Untersuchungsführer Indizien dafür entdeckt hatte, dass das Mädchen wahrscheinlich die Mörderin ihrer Freundin war, hat er mich auf den Vater angesetzt. Ich sollte ihm den Rest geben.«

»Willst du damit sagen, dass der Untersuchungsführer genau wusste, in welchem Zustand der Vater war, und dass er diesen Zustand ausnutzen wollte?«

»Ja, genau das will ich damit sagen. Aber behandle mich bitte nicht wie ein kleines Kind und beschönige die Fakten nicht. Ich wollte das ebenfalls. Ich wollte es nicht nur, ich habe es auch getan. Das ist schrecklich, verstehst du? Das ist brutal. Ich habe das alles gewusst, und ich habe es trotzdem getan. Weil es meine Aufgabe ist, Verbrechen aufzuklären und Mörder zu fassen. Meine Berufspflicht. Eine

Arbeit, für die ich vom Staat bezahlt werde. Ich bin völlig verwirrt und verstehe überhaupt nichts mehr. Bin ich eine Idiotin?«

»Ja. Aber keine unheilbare, da du danach fragst. Ein wirklicher, ein klassischer Idiot ist überzeugt von seiner Genialität. Aber da du an dir zweifelst, bist du noch nicht verloren für die Gesellschaft. Warum hast du dich denn so beeilt? War es wirklich notwendig, die Aussage des Vaters schon heute zu bekommen? Hättest du nicht bis morgen warten können? Wenn ich es recht verstanden habe, war das Mädchen, das seine Freundin umgebracht hat, ebenfalls nicht mehr am Leben. Also konnte es euch ja nicht mehr entkommen. Warum musstest du dich auf diesen armen Mann stürzen?«

»Das ist es ja. Wahrscheinlich war es einfach Instinkt. Eine berufsbedingte psychische Deformation. Man fällt wildwütig über jede Information her, die man bekommen kann. Wenn ein Mensch erschüttert ist und sich nicht in der Hand hat, kann man ihn leichter zu einer Aussage bringen, das ist bekannt und wird immer ausgenutzt. Man überlegt sich sogar Taktiken, um einen Menschen aus dem Gleichgewicht zu bringen und ihn dann zu zwingen, das zu sagen, was er unbedingt verschweigen wollte. Du hast Recht, es war keine Eile nötig. Das Mädchen war bereits tot, es bestand weder Fluchtgefahr, noch hätte es irgendwelche Indizien vernichten können. Und ich habe mich trotzdem auf seinen Vater gestürzt. Genau das ist so widerlich.«

»Nun, dann lerne aus deinen Fehlern. Das nächste Mal wirst du es dir überlegen, bevor du versuchst, einen Menschen so unter Druck zu setzen. Das ist die ganze Geschichte. Es ist keine Katastrophe passiert. In Zukunft wirst du vorsichtiger sein. Schluss, Nastja, hiermit ist der Trauergottesdienst für deine in Unmoral entschlafene Seele beendet. Was geschehen ist, ist geschehen. Einigen wir uns darauf, dass es vom Standpunkt der Moral falsch war, aber bis zu einem gewissen Grad berechtigt, da es im Interesse der Aufklärung eines schweren Verbrechens stand. Drück deine Zigarette aus und lass uns essen.«

»Ljoscha, ich kann nicht, Ehrenwort«, flehte Nastja. »Bitte zwinge mich nicht. Schade um das schöne Essen.«

»Du musst, meine Liebe, du musst. Du weißt genau, dass es nicht anders geht. Wenn du jetzt nichts isst, wird dir morgen schwindelig sein, das hat die Erfahrung schon hundert Mal gezeigt. Geh dir die Hände waschen.«

Nastja erhob sich langsam und unsicher vom Stuhl, mit einer Hand stützte sie sich auf die Tischplatte, mit der anderen hielt sie sich an der Stuhllehne fest.

»Was ist los?« Ljoscha sprang sofort auf, um ihr zu helfen. »Hast du wieder zu schwer getragen?«

»Nein, habe ich nicht, Ehrenwort. Wahrscheinlich habe ich Zug gekriegt.«

»Lieber Gott, Nastja, wann wirst du endlich ein Mensch?«, stöhnte Tschistjakow. »Wann lernst du es endlich, das Richtige zu tun und das Falsche zu lassen? Was stehst du noch hier herum? Beweg dich in Richtung Bad, du wolltest dir die Hände waschen.«

»Wenn du mit mir schimpfst, vergesse ich, was ich tun wollte. Ich habe Angst vor dir.«

Nastja hatte sich endlich aufgerichtet und ging ins Bad. Während sie ihre Hände einseifte, betrachtete sie sich im Spiegel über dem Becken. Ljoscha hatte Recht, er hatte immer Recht, er war viel klüger und vernünftiger als sie. Man konnte sein Leben wahrscheinlich wirklich so einrichten, dass die Probleme sich in Grenzen hielten. Zum Beispiel nichts heben, das schwerer war als drei Kilo, denn nach einem Unfall hatte Nastja bereits seit acht Jahren Rückenschmerzen. Sich warm halten und Zugluft meiden. Nicht zulassen, dass die Ermittlerleidenschaft Oberhand über normale menschliche Gefühle gewann. Man konnte sich zusammennehmen und seine ganze Aufmerksamkeit darauf richten, dass man nicht zweimal über denselben Fallstrick stolperte. Zwar waren die Fallstricke an allen Ecken und Enden ausgelegt, aber es gab schließlich Leute, die es schafften, alle diese Hindernisse im Auge zu behalten. Konnte nur sie, Nastja Kamenskaja, das nicht? Aber sicher konnte sie das. Nur, wenn man den Kampf mit all den Fallstricken aufnahm, blieb für nichts anderes mehr Kraft übrig. Nicht für die Arbeit, nicht für die Freundschaft, nicht für die Liebe, nicht für Hobbys. Für gar nichts mehr. Tödliche Langeweile. Man musste sogar auf das Vergnügen verzichten, ab und zu auf die Nase zu fallen.

***

Alla Strelnikowa hatte sich bereits hingelegt, aber sie konnte nicht einschlafen. Heute Nacht schlief sie allein, wie auch schon gestern und vorgestern. Ihr Freund war bereits seit fast einer Woche auf Geschäftsreise, und Alla nutzte die Gelegenheit, um sich von ihm zu erholen und auszuschlafen. Für sie war jede Stunde Schlaf wichtig, da sie bereits in einem Alter war, in dem Schlafmangel sich am nächsten Morgen in welker Haut äußerte, in vermehrter Faltenbildung und Mattigkeit.

Immer, wenn Alla nachts allein war, dachte sie an Wolodja, ihren Mann, mit dem sie seit zwei Jahrzehnten verheiratet war und einen Sohn großgezogen hatte. Warum war alles so gekommen? Er hatte sie immer betrogen, fast vom ersten Tag ihrer Ehe an, sie hatte das genau gewusst, aber sie hatte es nie für notwendig gehalten, ihn zu »erwischen« und zu überführen. Wozu auch! Er war ein guter Ehemann und Vater, brachte genug Geld nach Hause und erfüllte regelmäßig seine ehelichen Pflichten, außerdem war er sehr gut aussehend, charmant und erfolgreich, Alla wurde von allen ihren Freundinnen beneidet. Warum war es ihr im einundzwanzigsten Jahr ihrer Ehe plötzlich in den Sinn gekommen, ihn der Untreue zu überführen? Welcher

Teufel hatte sie geritten? Warum hatte sie das getan? Von einem Tag auf den andern war die Eigenliebe in ihr erwacht und hatte ihr diesen Unsinn eingeflüstert. Es reicht, hatte sie sich gesagt, er macht eine Idiotin aus dir, du bist bereits zweiundvierzig, gib ihm endlich zu verstehen, dass du kein Kind mehr bist, das man endlos an der Nase herumführen kann. Sag ihm, dass du seit jeher von seinen Seitensprüngen gewusst, aber geschwiegen hast, weil du eine kluge Frau bist, die sich und ihre Gefühle in der Hand hat. Er soll endlich anfangen, dich zu respektieren und zu schätzen. Nach zwanzig Ehejahren wird er dir nicht verloren gehen.

Alla folgte ihrer tückischen inneren Stimme und beging damit einen verhängnisvollen Fehler. Strelnikow machte zwar einen schwachen Versuch, sich herauszureden, aber Alla drückte ihn mit unwiderlegbaren Beweisen gegen die Wand, sodass ihm schließlich nichts anderes übrig blieb, als sein Verhältnis mit Ljuba zu gestehen. Aber der Triumph blieb aus. Nach dem Geständnis packte Strelnikow sofort seine Koffer und ging. Er ging für immer. Die ganzen zwanzig Jahre hatte er in dem heiligen Glauben gelebt, dass seine Frau nichts von seinen Affären wusste. Und er konnte nicht der Mann einer Frau bleiben, die, wie sich nun herausgestellt hatte, praktisch alles über sein geheimes Liebesleben wusste. Hätte Alla auch diesmal geschwiegen, wäre es Ljuba niemals gelungen, sie auseinander zu bringen. Diesen Charakterzug ihres Mannes hatte Alla nicht bedacht, wahrscheinlich deshalb, weil sie ihn bislang nie an ihm bemerkt hatte. Die Gelegenheit dazu hatte einfach gefehlt.

Nachdem Wladimir gegangen war, wütete es drei, vier Monate lang in Alla, aber dann kam sie zu dem Schluss, dass ihr im Grunde nichts Besseres hätte passieren können. Ihr waren eine großzügige Wohnung und eine gut eingerichtete, gepflegte Datscha geblieben, sie war eine schöne Frau im besten Alter, die sich ihrer Verehrer kaum erwehren konnte, und hatte eine interessante Arbeit. Allerdings brachte ihr diese Arbeit nur Ruhm ein, aber praktisch kein Geld. Nach der Trennung von Strelnikow geriet Alla in gewisse Finanzprobleme, doch auch die waren sehr bald wieder beseitigt. Strelnikow war im besten Sinne das, was man einen echten Mann nannte. Nachdem Alla ihm nur ein einziges Mal schüchtern angedeutet hatte, dass sie in finanziellen Schwierigkeiten war, begann er sie großzügig zu unterstützen, ohne auch nur ein Wort darüber zu verlieren oder gar irgendwelche Gegenleistungen zu verlangen. Was für eine Dummheit hatte sie doch begangen, indem sie diese Trennung provoziert hatte! Wolodja war immer ein Fels in der Brandung für sie gewesen.

Aber das machte nun nichts mehr. Alla suchte und fand Liebhaber, die auch nicht schlechter waren als Strelnikow. Bis jetzt jedenfalls gelang ihr das noch ganz problemlos. Unklar war allerdings, wie es mit dem Geld weitergehen würde, wenn Wolodja wieder heiraten sollte …

Das Läuten des Telefons ließ sie zusammenzucken. Alla richtete sich im Bett auf, ertastete den Knopf der Nachttischlampe, knipste das Licht an und nahm den Hörer ab.

»Na, bist du zufrieden?«, raunte ihr eine fremde, weit entfernte Stimme ins Ohr.

»Wer ist da?«, fragte sie mit verschlafener, heiserer Stimme und räusperte sich schnell.

»Wer ist denn am Apparat?«, erkundigte sie sich noch einmal, jetzt mit Nachdruck.

»Mila gibt es nicht mehr. Und Ljuba gibt es nun auch nicht mehr. Die zwei Flittchen, die dir Wolodja weggenommen haben, sind nicht mehr am Leben. Das ist gut, nicht wahr? Das war doch dein Wunsch, Alla, du hast es so gewollt. Genau das hast du in deinen schönsten Träumen gesehen. Davon hast du in deinen einsamen Nächten phantasiert, wenn dein Liebhaber nicht neben dir lag. Du hast nie aufgehört, Wolodja zu lieben, und du hast dir immer gewünscht, dass er zu dir zurückkehrt. Und diese zwei jungen Schnepfen waren dir im Weg, sie haben Wolodja festgehalten mit ihren zähen kleinen Händen, ihren gierigen Lippen, ihren schlanken langen Beinen. Sie waren dir im Weg, und nun sind sie nicht mehr da. Sie sind tot. Beide. Das ist gut, nicht wahr? Bist du froh, Alla? Sag schon, meine Liebe, bist du froh?«

»Hören Sie auf!«, schrie Alla in den Hörer. »Wer sind Sie?«

»Ich bin es, Alla, ich, meine Liebe.«

»Wer ist ich?«

»Dein lebender Schatten, dein zweites Ich. Wir sind unzertrennlich für immer, wir sind eins. Ich spiegle mich in dir wie in einem zerbrochenen Spiegel, mich siehst du auf dem Grund deiner hässlichen Falten, du meine ewige Jugend ...«

Alla hörte das Klicken in der Leitung, der Anrufer hatte aufgelegt. Sie legte den Hörer zurück auf die Gabel, so vorsichtig, als könnte er jeden Moment in tausend Stücke zerspringen. Das Herz klopfte ihr im Hals, über die Haut unter ihrem Nylonnachthemd liefen dicke Schweißperlen. Sie hatte die Stimme nicht erkannt, sie hätte nicht einmal sagen können, ob es sich um einen Mann oder eine Frau gehandelt hatte. Ankämpfend gegen ihr panisches Entsetzen, stieg sie aus dem Bett, ging zur Bar und goss sich einen doppelten Gin ein. Eine Weile stand sie unschlüssig da, dann stellte sie die Flasche mit dem Tonic wieder zurück an ihren Platz und kippte das unverdünnte Getränk hinunter. Sie zog den Telefonstecker heraus, kroch schnell in ihr Bett zurück und zog sich die Decke über den Kopf.

Achtes Kapitel

Nastja erwachte am Morgen mit starken Kopfschmerzen. Das hat gerade noch gefehlt, dachte sie deprimiert. Gestern der Rücken, und heute fängt auch der Kopf an. Wie soll das weitergehen? Werden nun auch die weiteren Körperteile folgen und eine ganze Sinfonie anstimmen?

Sie versuchte, sich vorsichtig im Bett zu bewegen, und verzog das Gesicht vor Schmerzen. Auch der Rücken tat unverändert weh. Was für ein Pech! Ljoscha öffnete natürlich sofort die Augen.

»Komm, ich helfe dir«, sagte er mit verschlafener Stimme, »allein schaffst du es ja doch nicht, du sündige Invalidin.«

Tschistjakow hatte große Erfahrung im Umgang mit Nastjas krankem Rücken, er konnte seine Frau sehr schnell und geschickt auf die Beine stellen. In wenigen Sekunden war Nastja ohne einen einzigen Schmerzenslaut in der Vertikale.

»Wohin jetzt?«, fragte Ljoscha.

»Jetzt ins Bad. Du musst mich unter die Dusche stellen, aber bitte so, dass auf meinen Rücken heißes Wasser fließt und auf meinen Kopf kaltes. Kriegst du das hin?«

»Nein. Das ist zu viel verlangt. Ich kann nur eines für dich tun. Dir ein heißes Bad einlassen, dich in die Wanne setzen und dir eine kalte Kompresse auf den Kopf legen. Mehr ist leider nicht drin. Hast du starke Kopfschmerzen?«

»Ja. Ljoscha, warum bin ich nur so verdreht? Ewig tut mir etwas weh ... Und überhaupt geht alles schief bei mir.«

»Nun fängt das schon wieder an!«, seufzte Tschistjakow. »Schon am frühen Morgen das Wehklagen über dein verpfuschtes Leben. Gestern hast du dich über deine moralische Verworfenheit beschwert, und worum geht es heute?«

»Heute beschwere ich mich über meine Dummheit.«

Nastja schleppte sich zum Badezimmer, stellte sich mit Ljoschas Hilfe in die Wanne und hielt ihren schmerzenden Rücken unter den heißen Wasserstrahl. Nach einigen Minuten war sie endgültig wach und schaffte es sogar, allein aus der Wanne zu steigen. In der Küche kippte sie ein Glas eisgekühlten Orangensaft hinunter und griff dann sofort nach einer heißen Tasse Kaffee. Das war für Nastja eine seit langem bewährte Methode, um sich morgens aufzumöbeln und in einen schon fast arbeitsfähigen Zustand zu bringen.

Sie stand immer sehr rechtzeitig auf, weil sie wusste, dass sie morgens kraftlos und langsam war. Nastja Kamenskaja hasste es, sich beeilen zu müssen, weil ihr in der Hektik immer etwas schief ging. Sie hatte noch reichlich Zeit, bevor sie losmusste zum Dienst, und während sie sich die erste Zigarette ansteckte, schweiften ihre Gedanken zu dem seltsamen Mord an Ljudmila Schirokowa. Hier passte immer etwas nicht zusammen. Zum Beispiel Strelnikow. Warum hatte er Ljudmilas Korrespondenz versteckt? Wenn Ljuba Sergijenko die Mörderin war, tat Strelnikows Eifersucht nichts zur Sache. Aber wozu brauchte er diese Briefe? Sollte er der Täter sein, war es erst recht unverständlich, warum er Indizien aufbewahrte. Das ergab keinerlei Sinn.

Und die Sergijenko? Alles deutete natürlich darauf hin, dass sie die Tat begangen hatte. Sie hatte ein Motiv, und ihr psychischer Zustand passte durchaus zu so einer Tat. Aber der Tathergang blieb völlig unklar. Was für einen schweren Gegenstand hatte die Schirokowa auf der Müllhalde mit sich herumgeschleppt? Warum waren die Absätze ihrer hohen Schuhe so tief in der Erde versunken? Der Gutachter Oleg Subow hatte auf ihrer Kleidung nur einige Gewebefasern entdeckt. Das bedeutete, dass der Gegenstand, den sie getragen hatte, weder aus Metall noch aus Holz war. War es vielleicht ein Stein? Aber dann hätte man Spuren von Erde, Staub oder anderem Schmutz an ihrer Kleidung finden müssen. Woher hätte sie einen völlig sauberen Stein nehmen sollen? Und überhaupt, warum hätte sie einen Stein mit sich herumtragen sollen? Selbst dann, wenn es aus unerfindlichen Gründen so war, wo war dieser Stein dann abgeblieben? Am Fundort der Leiche hatte man weit und breit keinen großen schweren Gegenstand entdeckt, auch keinen Stein. Hatte Ljuba ihn vielleicht mitgenommen oder weggeschafft? Aber dazu hätte man beinahe die Kräfte eines Schwerathleten gebraucht. Nein, das war völliger Schwachsinn. Und wäre Ljuba am Tatort gewesen, hätte man auch ihre Fußspuren dort entdecken müssen. Die Fußspuren der Schirokowa waren da, aber wo waren die des Mörders? Ljuba konnte schließlich nicht durch die Luft gegangen sein ...

Die Gewebefasern also. Sie konnten von einem Schal stammen oder von einem Mantel, wenn die Schirokowa das grüne Seidenkostüm nicht nur bei schönem Wetter trug, sondern auch unter dem Mantel. Aber das Kostüm konnte auch im Schrank gehangen oder in einem Koffer gelegen und Gewebefasern anderer Kleidungsstücke angenommen haben. Ebenso konnten diese Fasern vom Kleidungsstück eines Fahrgastes in einem überfüllten öffentlichen Verkehrsmittel stammen. Oder von einem Stoff, in den der unbekannte schwere Gegenstand eingewickelt war, falls die Schirokowa einen solchen auf ihren Armen getragen hatte. Subow schwor Stein und Bein, dass das Gewicht dieses Gegenstandes nicht weniger als achtundvierzig bis fünfzig Kilo betragen haben musste, er hatte es ein Dutzend Mal nachgerechnet.

»Nastja«, hörte sie ihren Mann rufen, der inzwischen nicht nur gefrühstückt hatte, sondern bereits fertig angezogen zur Tür hereinsah. »Was ist mit dir, bist du eingeschlafen?«

Sie fuhr zusammen und schüttelte den Kopf.

»Ist es schon so weit?«

»Ich jedenfalls muss los. Wenn du dich schnell fertig machst, nehme ich dich mit bis zum Zentrum. Ich darf heute nicht zu spät kommen, ich habe um zehn eine Besprechung.«

»Gleich, mein Schatz.«

Sie drückte die Zigarette aus und schlüpfte in Jeans und Pullover. Das Zuschnüren der Turnschuhe wurde zu einer schier unlösbaren Aufgabe, das Bücken bereitete ihr selbst in sitzender Haltung Schmerzen, aber Ljoscha war an so etwas längst gewöhnt, deshalb kniete er sich ohne große Worte hin und half ihr.

Im Auto saßen sie schweigend nebeneinander. Zuerst dachte Nastja, Ljoscha sei ihr aus irgendeinem Grund böse, aber dann wurde ihr klar, dass er an seine Besprechung dachte. Auch sie kehrte in Gedanken zurück zu dem seltsamen Mord an Ljudmila Schirokowa und der unverständlichen Rolle, die der liebeshungrige Viktor Derbyschew in diesem Fall spielte. Mila musste ihm einen Brief geschrieben haben und hatte sogar eine Antwort bekommen, aber er schwor, dass er nie einen Brief von ihr erhalten hatte, dass der Antwortbrief nicht von ihm stammte und dass er die schöne Blondine nie gesehen hatte. Die Gutachter versprachen kein baldiges Ergebnis der Schriftprobe, aber das dem Brief beigelegte Foto zeigte ja nicht etwa Derbyschews Zwilling, sondern eindeutig ihn selbst. Auf der Petrowka hatte Viktor zu Protokoll gegeben, dass er sich auf dem Foto erkannte, ebenso seine Kleidung, die er anschließend dem Untersuchungsführer und den Kripobeamten zeigte, die ihn zu seiner Wohnung begleiteten. Nichts als Rätsel.

Nastja wusste in etwa, wie sie diese Spur weiterverfolgen musste, aber die Frage bestand darin, ob es nötig war. Wenn die Sergijenko die Täterin war, dann hatte die Geschichte mit den Briefen keinerlei Bedeutung für den Fall. Oder etwa doch?

»Ljoscha«, sagte sie schüchtern. Sie wusste, dass sie ihren Mann aus seinen Gedanken an die bevorstehende Besprechung riss. »Bewahrst du Briefe auf, oder wirfst du sie weg?«

»Welche Briefe?«, fragte Tschistjakow erstaunt.

»Welche auch immer. Diejenigen, die du bekommst.«

»Im Zeitalter des Telefon ist das Briefeschreiben eine Seltenheit geworden, kaum noch jemand nimmt sich dafür die Zeit. Meine gesamte Arbeitskorrespondenz läuft über das Institut, und diese Briefe bewahre ich natürlich auf. Alle Adressen, Daten und Namen. Aber persönliche Briefe bekomme ich schon lange nicht mehr. Warum fragst du?«

»Nur so«, seufzte Nastja. »Ich werde weiter darüber nachdenken.«

Auf dem Komsomolskij-Platz stieg Nastja aus, ging hinunter zur Metro und fuhr zur Arbeit.

***

Es erwies sich als ziemlich einfach, Nadeschda Zukanowas Adresse herauszufinden. Es hatte natürlich die Möglichkeit bestanden, dass die Zukanowa in siebenundzwanzig Jahren geheiratet hatte und inzwischen anders hieß, aber zum Glück war das ganz offensichtlich nicht der Fall. Jedenfalls gab man Larissa im Adressbüro sieben Anschriften, unter denen Frauen im passenden Alter lebten und Nadeschda Romanowna Zukanowa hießen.

Die ersten vier Versuche waren erfolglos. Larissa fuhr die genannten Adressen ab und gab vor, eine ehemalige Kommilitonin zu suchen. Es kam vor, dass niemand zu Hause war und Larissa noch einmal oder sogar öfter zu der genannten Adresse fahren musste. Es kam auch vor, dass die Tür geöffnet wurde, aber Nadeschda Romanowna gerade nicht zu Hause war, woraufhin Larissa bat, ihr ein Foto der Gesuchten zu zeigen. Natürlich reagierten die Angesprochenen mit Misstrauen, Larissa musste erklären, bitten und überreden, das alles kostete Zeit und Kraft, aber sie gab nicht auf. Sie wollte nur allzu gern wissen, wer in jener lang zurückliegenden Silvesternacht den hilflosen Zustand des betrunkenen, tief schlafenden Mädchens ausgenutzt hatte. Und vor allem wollte sie, dass Wladimir Strelnikow sich als der Täter erwies.

Bei der fünften Wohnung, die sie aufsuchte, öffnete ihr ein lang aufgeschossener, dünner junger Mann im Alter von achtzehn, neunzehn Jahren die Tür. Er sah dem Mädchen in dem weißen Pullover so ähnlich, dass Larissa keinen Augenblick daran zweifelte, dass sie hier richtig war.

»Guten Tag«, sagte der junge Mann freundlich und sah die fremde Frau durch seine dicken Brillengläser aufmerksam an. »Zu wem möchten Sie?«

»Zu Nadeschda Romanowna.«

»Wer sind Sie denn?«

»Wir haben einst am selben Institut studiert. Inzwischen sind fast zwanzig Jahre seit unserem Examen vergangen, und wir möchten ein Absolvententreffen veranstalten …«

Larissa verstummte unter dem durchdringenden Blick des jungen Mannes.

»Meine Mutter ist tot«, sagte er kurz.

Larissa stand peinlich berührt vor der Tür und wusste nicht, was sie jetzt tun sollte. Sie war dem Ziel schon so nah gewesen, und nun dies. Irgendwie musste sie auf die Eröffnung des jungen Mannes reagieren.

»Entschuldige. Das habe ich nicht gewusst. Wann ist das passiert?«

»Es liegt noch gar nicht so lange zurück. Noch nicht einmal ein Jahr.«

»War deine Mutter krank?«

»Nein.«

»Ein Unglücksfall?«

»Nein. Meine Mutter hat sich umgebracht. Sie wollte nicht mehr leben. Sie werden das Absolvententreffen ohne sie veranstalten müssen.«

»Das tut mir sehr Leid«, murmelte Larissa verwirrt und schickte sich zum Gehen an.

Die Tür schloss sich, aus dem Innern der Wohnung drang das Geräusch sich entfernender Schritte. Larissa wollte bereits in den Lift einsteigen, aber dann überlegte sie es sich anders, sie ging ein Stockwerk tiefer und lehnte sich gegen die schmale, schmutzige Fensterbank. Hinter dem Heizkörper klemmte eine Kaffeedose, die bis zur Hälfte mit Zigarettenkippen gefüllt war. Wahrscheinlich war das der Stammplatz für die Raucher unter den Hausbewohnern, denen das Rauchen in der Wohnung verboten war.

Larissa holte eine Zigarette aus der Packung und schnippte mit dem Feuerzeug. Wie dumm alles gelaufen war! Und so peinlich vor dem Jungen. Die Mutter tot, und Larissa war gekommen, um sie zu einem Absolvententreffen einzuladen! Es war ihm wahrscheinlich sehr unangenehm, Fremden solche Auskünfte geben zu müssen.

Allerdings konnte dieser Junge nicht die Frucht jener alten Geschichte sein, dazu war er zu jung. Wenn die Zukanowa sich damals entschlossen hatte, das Kind zur Welt zu bringen, dann musste es jetzt mindestens sechsundzwanzig Jahre alt sein, und dieser Junge mit den aufmerksamen Augen hinter den dicken Brillengläsern konnte nicht älter sein als zwanzig. Ob er wohl ein eheliches Kind war? Wenn ja, warum hatte die Zukanowa dann immer noch ihren Mädchennamen? Vielleicht hatte sie sich scheiden lassen und den alten Namen wieder angenommen. Aber schließlich hatte das alles keine Bedeutung. Musste Larissa sich nun tatsächlich von ihrem Vorhaben verabschieden? Sie hatte so viel Zeit in die Suche investiert. Sollte das nun alles umsonst gewesen sein?

Sie drückte entschieden ihre Zigarette aus und stieg wieder zur Wohnung der Zukanowa hinauf. Dieses Mal wurde die Tür lange nicht geöffnet, doch endlich hörte man das Geräusch des Schlosses.

»Wieder Sie?« Die Stimme des jungen Mannes klang diesmal nicht sehr freundlich.

»Entschuldige bitte, aber ich würde mich sehr gern einmal mit dir unterhalten. Darf ich eintreten?«

»Bitte«, erwiderte er unwillig. »Die Schuhe brauchen Sie nicht auszuziehen, bei uns ist morgen sowieso Großputz.«

Bei uns, hatte er gesagt. Mit wem er diese Wohnung wohl teilte? Mit dem Vater? Oder vielleicht mit jenem inzwischen erwachsenen Kind der Zukanowa? Oder war er womöglich schon verheiratet?

Larissa legte ihren Mantel ab und folgte dem Jungen in ein großes Zimmer, in dem überall Bücher und Hefte herumlagen. Es sah so aus, als würde der junge Mann noch studieren. Larissa wusste nicht so recht, wie sie das Gespräch beginnen sollte, um das zu erfahren, was sie wissen wollte. Aber irgendwie musste sie beginnen, da sie nun einmal zurückgekommen war.

»Weißt du, es hat mich ziemlich verwirrt, als ich von dir gehört habe, dass Nadeschda nicht mehr am Leben ist. Ich bin immer noch ganz durcheinander. Lebst du allein?«

»Nein, mit meiner Schwester.«

»Ist sie jünger als du?«

»Nein, älter, sie ist schon sechsundzwanzig. Sind Sie zurückgekommen, um mir Ihre Fürsorge anzubieten? Das ist nicht nötig, ich bin bereits volljährig. Und außerdem kommen wir sehr gut allein zurecht.«

»Ist Ihre Schwester tatsächlich schon sechsundzwanzig?«, fragte Larissa mit gespieltem Erstaunen. »Ich habe nicht gewusst, dass Nadeschda so früh geheiratet hat. Niemand von uns hat das gewusst. Nicht zu glauben.«

»Meine Mutter war nicht verheiratet.«

»Sie war nie verheiratet?«, erkundigte sich Larissa, jetzt mit ehrlichem Erstaunen. »Und dein Vater? Oder habt ihr, deine Schwester und du, einen gemeinsamen Vater?«

»Nein, wir haben verschiedene Väter, aber meine Mutter war mit keinem der beiden verheiratet. Worüber wollten Sie mit mir sprechen?«

»Das wird dir vielleicht seltsam erscheinen ... Aber ich wollte mit dir über den Vater deiner Schwester sprechen. Eigentlich habe ich gehofft, mich mit Nadeschda über ihn unterhalten zu können. Ich konnte ja nicht ahnen, was passiert ist.«

»Über ihn gibt es nicht viel zu reden. Wir haben ihn nie gesehen. Haben Sie wirklich mit meiner Mutter studiert?«

»Ja, wirklich«, log Larissa, ohne mit der Wimper zu zucken.

»Dann müssen Sie ihn kennen.«

»Ich müsste ihn kennen, wenn er in unserer Studiengruppe war. Wie heißt er denn?«

»Das weiß ich nicht. Meine Mutter hat es uns nie gesagt.«

»Wie ist das möglich? Warum hat sie es euch nicht gesagt?«

»Das weiß ich nicht. Sie hat es nicht gesagt und basta. Wir haben sie oft gefragt, aber sie wollte nicht antworten.«

»Aber deine Schwester hat schließlich einen Vatersnamen. Wie lautet er denn?«

»Sie heißt Natascha Alexandrowna.«

Alexandrowna. Also nicht Wladimirowna und zum Glück auch nicht Wjatscheslawowna. Aber das wollte noch nicht viel heißen. Wenn die Mutter nicht verheiratet war, konnte sie einen beliebigen Vatersnamen für das Kind eintragen lassen, ganz nach eigenem Ermessen.

»Kennen Sie irgendeinen Alexander, der meiner Mutter im zweiten Semester den Hof gemacht hat?«

»Weißt du«, sagte Larissa vorsichtig, »Alexander ist ein sehr verbreiteter Name. In unserem Semester gab es mindestens zwanzig Studenten, die so hießen. Ich weiß nicht, mit wem deine Mutter damals befreundet war, wir haben in verschiedenen Gruppen studiert. Aber ich würde sehr gern erfahren, wer er war.«

»Wozu?«

»Er muss wissen, dass Nadeschda nicht mehr lebt und dass er eine erwachsene Tochter hat. Mir scheint, er muss euch unterstützen, er ist schließlich der Vater deiner Schwester.«

»Er muss überhaupt nichts«, sagte der junge Mann unwirsch. »Es kann nicht sein, dass er von der Schwangerschaft meiner Mutter nichts wusste. Aber wenn er sie nicht geheiratet hat, dann hat er es nicht gewollt. Meine Mutter wollte nie über ihn sprechen. Wahrscheinlich war er irgendein Schuft.«

»Hör mal«, besann sich Larissa plötzlich. »Wir haben uns noch gar nicht bekannt gemacht. Ich heiße Larissa Michajlowna. Und du?«

»Viktor.«

»Also, Viktor, ich kann dir aus Erfahrung sagen, dass man nie über etwas urteilen sollte, worüber man nicht genau Bescheid weiß. Bescheid wussten nur deine Mutter und der Vater deiner Schwester Natascha. Aber es könnte ja durchaus auch sein, dass deine Mutter ihm ihre Schwangerschaft verheimlicht hat und dass er bis heute nichts von seiner Vaterschaft weiß. Ich bin der Meinung, dass er unbedingt erfahren muss, dass deine Mutter gestorben ist und dass er eine Tochter hat.«

»Warum sind Sie sich so sicher, dass er das nicht weiß?«, ereiferte sich Viktor. »Ich glaube, dass er es ganz genau weiß und meine Mutter damals sitzen ließ, obwohl sie ein

Kind von ihm erwartet hat. Darum wollte sie auch nichts von ihm hören. Er war ein Schuft, davon bin ich überzeugt.«

»Und wenn es doch anders war?«, sagte Larissa leise. »Hat deine Mutter wirklich nie etwas über ihn gesagt, nicht einmal beiläufig, nicht einmal einen halben Satz?«

Viktor wandte seinen Kopf zum Fenster und schwieg. Dann erhob er sich langsam, ging zu einem Bücherregal und entnahm ihm ein dickes Fotoalbum.

»Hier.« Er reichte Larissa ein Foto, genau dasselbe, das in ihrer eigenen Handtasche lag. Zwei Mädchen, die miteinander ins Gespräch vertieft sind, während drei junge Männer hinter ihnen Grimassen schneiden. »Einer von diesen dreien.«

»Woher weißt du das? Hat deine Mutter es dir gegenüber erwähnt?«

»Ja, ein einziges Mal ließ sie beiläufig ein paar Worte fallen. Wir haben mit meinem Vater alte Fotos angeschaut, weil meine Mutter ihm zeigen wollte, wie sie als Kind ausgesehen hat. Sie hat damals dieses Foto lange angeschaut und die Lippen zusammengepresst, bis sie blau wurden. Mein Vater hat es bemerkt und gefragt, was los ist. Aber meine Mutter antwortete nicht, sondern blätterte weiter in dem Album. Später, ich war in der Küche, hörte ich meinen Vater fragen: Nadeschda, wer war das auf dem Foto? Warum warst du plötzlich so seltsam? Und meine Mutter erwiderte: Einer von diesen dreien ist Nataschas Vater.«

»Und das war alles? Sonst hat sie nichts gesagt?«

»Ich habe nichts mehr gehört, ich habe nicht darauf geachtet. Mein Vater und meine Mutter haben noch lange miteinander geredet, ich habe gehört, wie mein Vater sogar laut wurde, aber ich habe nicht verstanden, worum es ging.«

Also hatte Nadeschda Romanowna wenigstens mit Viktors Vater über die Sache gesprochen. Das war schon einmal gut. Und natürlich war es verständlich, dass sie ihren Kindern nichts von dieser Geschichte erzählen wollte. Welche Mutter würde ihren Kindern so etwas gestehen! Der Vater dieses Jungen musste dringend gefunden werden.

»Wo ist dein Vater, Viktor? Lebt er nicht mit euch?«

Viktor zuckte irgendwie seltsam mit den Schultern, es war, als würde sich sein ganzer Körper verkrampfen.

»Sagen Sie, Larissa Michajlowna, finden Sie eigentlich nicht, dass Sie reichlich neugierig sind?«

»Entschuldige«, erwiderte Larissa schnell. »Ich wusste nicht, dass dir auch dieses Thema unangenehm ist. Bitte sei mir nicht böse, Viktor, ich kenne eure Familienverhältnisse nicht und kann nicht wissen, wann und wo ich wunde Stellen berühre. Ich habe einfach gedacht, deine Mutter könnte deinem Vater auch den Namen von Nataschas Vater genannt haben, da sie mit ihm über diese Geschichte gesprochen hat. Das wäre doch immerhin möglich, oder?«

»Es wäre möglich«, stimmte Viktor unwillig zu. »Und was weiter?«

»Ich würde deinen Vater gern treffen«, sagte Larissa entschieden. »Wo kann ich ihn finden?«

»Ich verstehe trotzdem nicht, warum Sie so hinter diesem Alexander her sind, der meine Mutter damals im Stich gelassen hat«, sagte Viktor trotzig. »Was mich betrifft, so habe ich nicht das geringste Bedürfnis, ihn kennen zu lernen. Und es liegt mir nichts daran, dass er etwas über meine Mutter und Natascha erfährt. Warum mischen Sie sich in unser Leben ein?«

»Viktor, ich habe dir schon erklärt, dass alles vielleicht nicht so einfach ist, wie du es dir vorstellst. Jeder Mensch trifft seine eigenen Entscheidungen, das geht niemanden etwas an, aber er kann die richtige Entscheidung nur dann treffen, wenn er ausreichend informiert ist. Und er hat das Recht darauf, die nötigen Informationen zu bekommen. Wenn Nataschas Vater nichts von deiner Mutter und seinem eigenen Kind wissen wollte, dann heißt das nicht automatisch, dass er ein Schuft war. Es könnte auch sein, dass er nicht ausreichend informiert war.«

»Sind Sie Philosophin?«, fragte Viktor mit einen spöttischen Lächeln.

Nein, ich bin Ärztin, hätte Larissa fast gesagt, aber sie biss sich rechtzeitig auf die Zunge. Wie konnte sie Ärztin sein, wenn sie angeblich an derselben Fakultät studiert hatte wie die Zukanowa.

»Nein, ich bin keine Philosophin. Aber mein Mann ist Arzt«, log sie. »Und deshalb weiß ich sehr gut, dass eine Diagnose, die auf der Grundlage einer unvollständigen Anamnese gestellt wird, sehr fatale Folgen für den Patienten haben kann. Verstehst du, was ich meine?«

»Durchaus. Ich bin schließlich kein Kind mehr. Und übrigens studiere ich Philosophie. Warum nehmen Sie sich diese Geschichte so zu Herzen?«

»Ich weiß es nicht. Vielleicht deshalb, weil ich deine Mutter sehr gemocht habe. Also, wo kann ich deinen Vater finden?«

»Ich habe keine Ahnung. Er hat uns verlassen, und seitdem habe ich keinen Kontakt mehr zu ihm.«

»Wann hat er euch verlassen? Nach dem Tod deiner Mutter? Hat er dich und deine Schwester einfach eurem Schicksal überlassen?«

»Bitte übertreiben Sie nicht. Natascha ist bereits erwachsen, und ich bin es auch. Aber er ist schon gegangen, bevor meine Mutter …«

Viktor verstummte plötzlich und wurde blass. Larissa erahnte, was geschehen war.

»Deine Mutter ist mit dieser Trennung nicht fertig geworden, ja?«

Viktor nickte stumm.

»Aber er war doch auf der Beerdigung, oder?«

»Nein.«

»Wie ist das möglich? Wollte er sich denn nicht von Nadeschda verabschieden?«

»Wir haben ihm nicht Bescheid gesagt.«

»Warum?«

»Wozu hätte es gut sein sollen? Er hat unsere Mutter verlassen. Sie ist seinetwegen gestorben. Es gab keinen Grund, ihn zu informieren. Das haben Natascha und ich so entschieden.«

»Aber das ist sehr hart gegen deinen Vater«, sagte Larissa. »Millionen von Männern trennen sich von ihren Frauen, den Müttern ihrer Kinder. Sie trennen sich aus den verschiedensten Gründen. Und es geschieht äußerst selten, dass eine Frau sich deshalb das Leben nimmt. Das hat nicht der Mann zu verantworten, sondern ganz allein die Frau, die sich so entscheidet. Warum habt ihr, deine Schwester und du, deinen Vater der Möglichkeit beraubt, sich von Nadeschda zu verabschieden? Was gibt euch das Recht, Entscheidungen für andere zu treffen? Erinnere dich einmal an deine eigene Kindheit. Es hat dich immer geärgert, dass die Erwachsenen für dich entschieden haben, dass sie dir vorschrieben, was du essen, was du anziehen, wann du schlafen gehen musst. Du warst der Meinung, dass du das selbst am besten weißt. Und jetzt tust du dasselbe, indem du dich über den freien Willen anderer hinwegsetzt. Du willst nicht, dass ich Nataschas Vater treffe. Du hast deinen eigenen Vater von der Beerdigung deiner Mutter fern gehalten. Was gibt dir das Recht, über das Leben anderer zu verfügen?«

»Ich verfüge über niemanden«, erwiderte Viktor barsch. »Ich halte es einfach nicht für nötig, Dinge zu tun, die mir unangenehm sind. Ich wollte meinen Vater nicht auf der Beerdigung meiner Mutter sehen, das ist alles. Wobei es weniger um mich ging, denn immerhin handelt es sich um meinen eigenen Vater, aber für Natascha wäre das alles noch viel schwerer gewesen. Für sie ist er überhaupt niemand, und seinetwegen haben wir unsere Mutter verloren. Ich wollte nicht, dass Natascha noch mehr leiden muss. Ich kann ihn nicht sehen! Und ich will es auch nicht! Hätte er uns nicht verlassen, wäre meine Mutter noch am Leben.«

Larissa sah, dass der Junge drauf und dran war, die Fassung zu verlieren. Sie war Psychiaterin mit großer Berufserfahrung und konnte einen Menschen zum Sprechen bringen, ihn für sich einnehmen und erreichen, dass er ihr intime, schwer wiegende Dinge aus seinem Leben erzählte. Aber sie wusste auch, wann es an der Zeit war, solche Gespräche zu beenden, weil der Patient keine Kraft mehr hatte, in schweren, qualvollen Erinnerungen herumzuwühlen.

»Nun gut«, sagte sie und erhob sich von dem unbequemen niedrigen Sofa. »Wenn du nicht weißt, wie ich deinen Vater finden kann, dann sag mir wenigstens seinen Namen. Ich werde versuchen, ihn selbst zu finden.«

»Ich sage Ihnen überhaupt nichts. Ich will nicht, dass Sie ihn suchen.«

»Und warum nicht?«

»Weil Sie ihm mit Sicherheit Vorwürfe machen werden. Sie werden an sein Gewissen und an sein Mitleid appellieren. Und dann wird er womöglich hier auftauchen.«

»Und was wäre daran so schlimm?«

»Ich will es nicht. Und Natascha will es auch nicht. Wir wollen nicht, dass er die Schwelle unseres Hauses übertritt. Dazu hat er kein Recht. Ich hasse ihn. Mehr habe ich Ihnen nicht zu sagen, Larissa Michajlowna, bitte gehen Sie jetzt. Ich habe Ihnen ohnehin schon zu viel Zeit geopfert, ich muss wieder arbeiten ...«

Viktors Stimme wurde immer lauter und schriller, und Larissa begriff, dass sie jetzt tatsächlich gehen musste. Sie schlüpfte hastig in ihren Mantel und verließ die Wohnung, irgendwelche überflüssigen Entschuldigungen und beschwichtigende Worte murmelnd.

Auf der Straße angelangt, schlug Larissa langsam den Weg zur Straßenbahnhaltestelle ein und dachte über ihre weitere Vorgehensweise nach. Sie konnte natürlich versuchen, mit der Tochter der Verstorbenen zu sprechen, vielleicht war Natascha etwas zugänglicher als ihr Halbbruder, der nervöse Philosophiestudent. Aber das ergab wenig Sinn, denn Natascha kannte den Namen ihres Vaters mit Sicherheit auch nicht. Alexandrowna! Keiner der drei jungen Männer auf dem Foto hieß Alexander. Aber die Zukanowa behauptete, dass einer von ihnen Nataschas Vater war. Der Einzige, der die Wahrheit kennen konnte, war Viktors Vater. Natürlich wussten die beiden genau, wo er zu finden war. Aber würde Natascha es ihr sagen, nachdem Viktor es verschwiegen hatte? Larissa musste ihr Interesse an diesem Mann irgendwie begründen. Was sollte sie Natascha sagen? Ich möchte diesen Mann finden, weil ich wissen will, wer dein Vater ist? Natascha würde zu Recht sehr erstaunt sein und sie zum Teufel schicken. Aus welchem Grund interessierte sich eine völlig fremde Frau, die Natascha zum ersten Mal im Leben sah, so brennend für etwas, das nur sie allein etwas anging?

Nein, es hatte keinen Sinn, Natascha Zukanowa aufzusuchen. Larissa musste sich an eine Nachbarin wenden, an eines der Klatschweiber, die in jedem Haus wohnten. Solche Personen wussten alles, mehr als jeder andere.

***

Dem Rat des gesprächigen Gerichtsmediziners Ajrumjan folgend, nahmen Jura Korotkow und Igor Lesnikow sich die Rentnerinnen des Hauses vor, in dem Ljuba Sergijenko gewohnt hatte. Das, was sie in Erfahrung brachten, verblüffte sie sehr und stellte alles auf den Kopf, was bisher als erwiesen gegolten hatte.

Zuerst stellte sich heraus, dass Ljuba nach ihrer Rückkehr aus der Türkei jeden Tag die Kirche aufgesucht und sich in diesem Zusammenhang mit einer höchst unangenehmen Person namens Alewtina eingelassen hatte, die diese Kirche ebenfalls frequentierte. Die zwei Nachbarinnen, alte Mütterchen, die jeden Tag dasselbe Gotteshaus besuchten, waren überzeugt davon, dass Alewtina von einem bösen Geist besessen war und den Menschen Unglück brachte. Mehr wollten sie allerdings nicht erzählen, sie bekreuzigten sich und sahen sich ängstlich nach allen Seiten um.

Es war nicht schwer, die besagte Alewtina zu finden. Sie hielt sich tatsächlich oft in der genannten Kirche auf und verbrachte viel Zeit auf dem umliegenden Friedhof. Sie war eine düstere, magere Frau mit glühenden Augen und bösen schmalen Lippen. Auf die Kripobeamten reagierte sie höchst aggressiv und ließ sie in provokativem Tonfall wissen, dass sie mit den Vertretern des Staates nichts zu reden hätte, da Kirche und Staat in diesem Land streng voneinander getrennt seien und sie, Alewtina, keinerlei gemeinsame Interessen mit den Beamten hätte. Als sie von Ljubas Tod erfuhr, wurde sie allerdings kleinlaut und verstummte. Es schien, als würde sie angestrengt über etwas nachdenken. Jura und Igor bearbeiteten die Alte zwei Stunden lang, bis sie sich endlich dazu herabließ, den Mund wieder aufzumachen.

»Gut, ich sage es euch … Sie hat sich für schwarze Magie interessiert. Sie wollte jemanden verwünschen.«

»Wen?«

»Irgendeine Frau, eine Freundin oder eine Verwandte.«

»Und wie ist die Sache ausgegangen? Hat es geklappt mit der Verwünschung?«, erkundigte sich Lesnikow.

»Es scheint so …«, gab Alewtina unwillig zu. »Ich weiß zwar nicht, was passiert ist, aber plötzlich war sie sehr verändert. Am Anfang ging es noch, sie hat zwar ständig geweint und hat den Hass in sich gehabt, aber wenn der Mensch hasst, dann heißt das, dass er lebt. Seine Seele lebt, sie ist in Bewegung und schmerzt.«

»Am Anfang hat Ljuba also viel geweint und hat den Hass in sich gehabt«, hakte Korotkow schnell ein, um das Gespräch in die richtige Richtung zu lenken, bevor es im Allgemeinen versandete. »Und was passierte danach?«

»Danach ist ihre Seele gestorben«, konstatierte Alewtina und verstummte erneut.

»Woraus haben Sie das geschlossen?«

»Sie hat aufgehört zu weinen. Und da war auch kein Hass mehr. Sie kam zwar nach wie vor jeden Tag, den Gott schuf, in die Kirche, aber man sah, dass sie innerlich leer war.«

»Innerlich leer? Könnten Sie uns das bitte etwas näher erklären, wir verstehen nicht ganz«, bat Korotkow.

Alewtina seufzte und rutschte auf der harten Bank hin und her, um sich bequemer zurechtzusetzen. Die Bank zwischen den Gräbern unweit der Kirche war ihr Stammplatz, hier saß sie immer, schon seit langer Zeit, und jeder, der es wollte, konnte sie hier finden. Das war so sicher wie das Amen in der Kirche.

»Was gibt es da zu erklären ... Wenn die Seele stirbt, ist alles klar. Es brennt, es nagt, es schmerzt nichts mehr von innen her. Aber die Seele ist so eingerichtet, dass sie unbedingt schmerzen muss. Aus diesem oder jenem oder einem anderen Grund. Wenn die Seele schmerzt, dann spürt es der Mensch, und der Schmerz zwingt ihn zu handeln. Wenn die Seele zum Beispiel wegen Geld schmerzt, dann versucht der Mensch, entweder etwas zu verdienen oder zu stehlen. Wenn die Eifersucht an einer Frau nagt, dann versucht sie, entweder die Rivalin aus dem Feld zu schlagen, oder sie denkt sich etwas anderes aus. Vielleicht nimmt sie sich einen Liebhaber, um sich abzulenken, um den Schmerz in der Seele zu betäuben. Aber wenn die Seele nicht schmerzt, dann spürt der Mensch sie nicht und tut auch nichts. Und was ist der Mensch, wenn er nichts spürt und nichts tut? Er ist eine lebende Leiche. Haben Sie jetzt verstanden?«

»Jetzt haben wir verstanden«, sagte Korotkow. »Sie hatten also den Eindruck, dass Ljubas Seele in irgendeinem Moment zu schmerzen aufgehört hat?«

»Ja, genau.«

»Können Sie sich vielleicht erinnern, wann das war? Wenigstens ungefähr.«

»Ungefähr ... Vielleicht vor zwei Wochen.«

»Haben Sie Ljuba nicht darauf angesprochen?«

»Natürlich habe ich sie darauf angesprochen. Mir ist ja gleich aufgefallen, dass sie nicht mehr dieselbe war. Was ist mit dir, mein Herzblatt, habe ich gefragt. Hat dir jemand etwas Böses angetan?«

»Und was hat sie geantwortet?«

»Sie hat nur den Kopf geschüttelt. Ich habe mir selbst etwas Böses angetan, hat sie gesagt. Und da habe ich gleich geahnt, was los war, denn ich habe ja von dieser Geschichte mit der schwarzen Magie gewusst. Hat vielleicht der böse Zauber gewirkt?, habe ich sie gefragt. Und sie hat genickt. Ja, er hat gewirkt, ich danke dir, Alewtina.«

»Wofür hat sie sich bei Ihnen bedankt?«, fragte Korotkow erstaunt. »Haben Sie ihr bei der Anwendung des bösen Zaubers geholfen?«

»Gott bewahre!«

Alewtina wehrte erschrocken ab und bekreuzigte sich.

»Mit dieser gottlosen Sache hatte ich nie etwas zu tun.«

»Aber wofür hat Ljuba sich bei Ihnen bedankt?«

»Für meinen Rat. Von Anfang an wollte sie von mir wissen, ob ich jemanden kenne, der die schwarze Kunst beherrscht. Aber ich habe ihr gesagt, dass man keinen bösen Zauber gegen die Feindin anwenden darf. Wenn die Seele schmerzt, muss man die bösen Geister aus sich selbst austreiben. Und ich habe ihr gesagt, zu wem sie gehen soll, um ihre Seele zu heilen.«

»Und zu wem haben Sie sie geschickt?«

»Zu Pawel natürlich, zu wem denn sonst! Für die andern

lege ich meine Hand nicht ins Feuer, aber Pawel ist ein gottgefälliger Mensch.«

»Hat Pawel auch einen Familiennamen und eine Adresse?«

Alewtina presste erneut ihre dünnen Lippen zusammen, aber dann gab sie die Adresse doch preis.

»Lassen Sie uns noch einmal über Ljuba sprechen«, bat Lesnikow. »Sie haben gesagt, dass Sie Ljuba zu dem gottgefälligen Pawel geschickt haben, der ihr die bösen Geister austreiben sollte, damit sie aufhört, ihre Feindin zu hassen. Ist das richtig?«

»Ja, mein Lieber, genauso war es.«

»Und dann, vor etwa zwei Wochen, haben Sie bemerkt, dass Ljuba wesentlich ruhiger geworden war, und Sie haben angenommen, dass Pawel ihr geholfen hat. Ljuba hat das selbst bestätigt. Habe ich das richtig verstanden?«

»Genauso habe ich es dir gesagt.«

»Warum sind Sie dann zu dem Schluss gekommen, dass Ljubas Seele gestorben ist? Wenn der gottgefällige Pawel ihr geholfen und ihre Seele geheilt hat, dann musste es ihr doch besser gehen und nicht schlechter. Aber Sie haben gesagt, dass es plötzlich ganz schlecht mit ihr geworden war, dass sie sich fast in eine lebende Leiche verwandelt hatte. Wie ist das zu verstehen?«

»Wenn ich etwas nicht weiß, dann weiß ich es nicht.« Alewtina wurde wieder düster und verschloss sich. »Ich habe dir erzählt, wie es gewesen ist und was ich mit eigenen Augen gesehen habe. Für Pawel bin ich nicht verantwortlich. Wer weiß, was er ihr eingeredet hat ...«

Nachdem die Kripobeamten den Friedhof verlassen hatten, gingen sie eine Weile stumm nebeneinander her. Dann bogen sie in eine Gasse ein und betraten ein kleines, halbdunkles Café. Sie holten sich einen Hamburger und einen Becher mit dünnem, geschmacklosem Kaffee an der Theke und setzten sich in eine Ecke des halb leeren Lokals.

»Was hältst du von der Alten?«, fragte Korotkow, während er in den heißen, überpfefferten Hamburger biss.

»Natürlich lügt sie«, erwiderte Lesnikow schulterzuckend.

»Bist du dir sicher?«

»Das sieht man doch. Sie ist wahrscheinlich eine bezahlte Kupplerin, die unglückliche Frauen an diese Scharlatane vermittelt. Das alles ist so eingefädelt, dass praktisch nichts schief gehen kann. Woher sollten nach jahrzehntelanger atheistischer Erziehung plötzlich gläubige Menschen kommen? Zu siebzig, wenn nicht zu achtzig Prozent handelt es sich dabei um Frauen, die mit ihren persönlichen Problemen nicht fertig werden und nur deshalb in die Kirche gehen. Ich meine natürlich nicht die tief gläubigen alten Mütterchen, ich spreche von Frauen zwischen zwanzig und fünfzig Jahren, von denen, die im Atheismus aufwuchsen und ihr ganzes Leben der Überzeugung waren, dass es keinen Gott gibt. Du wirst in den Kirchen kaum jemanden finden, der nicht von Verzweiflung oder Hass getrieben ist. Es gibt natürlich auch solche, die von innen her Güte und Reinheit ausstrahlen, aber das sind nur einige wenige. Die meisten Frauen in gebärfähigem Alter gehen in die Kirche wie zu einem Psychotherapeuten. Sie brauchen Hilfe, und die alte Alewtina hilft ihnen. Böser Zauber, Bannsprüche, Verwünschungen und so weiter. Sie verschafft diesen Halunken ständig Kunden.«

»Sag mal, Igor, glaubst du überhaupt nicht an übersinnliche Kräfte? Bist du dir ganz sicher, dass es so etwas nicht gibt?«

»Geh mir nicht auf die Nerven, Jura«, lächelte Lesnikow. »Es spielt doch überhaupt keine Rolle, ob ich daran glaube oder nicht. Ich halte es für möglich, dass der eine oder andere dieser Zauberkünstler etwas bewirken kann, aber bestimmt nicht alle. Und natürlich kosten diese

Dienste Geld. Wann gehen wir den gottgefälligen Pawel besuchen? Heute?«

»Ja, natürlich heute«, seufzte Korotkow. »Iss auf, dann machen wir uns auf den Weg.«

***

Der gottgefällige Pawel war ein zwei Meter langer Hüne mit einem gepflegten kastanienbraunen Bart, schulterlangem dichten Haar und eindrucksvoller Bassstimme. Er war wahrscheinlich kein schlechter Psychologe, denn er begriff sofort, dass die zwei Männer, die an seiner Tür geläutet hatten, keine Kunden waren, die bei ihm Hilfe in der Not suchten. Deshalb hielt er sich zurück und verzichtete darauf, sich gleich an der Türschwelle als Magier und Zauberer aufzuspielen, wie er es gewöhnlich vor den gutgläubigen Frauen tat. Seine Aufmachung schien im Hinblick auf diese Frauen allerdings nicht sehr geglückt. Er trug einen knöchellangen weißen Kittel, eine Vielzahl von Armreifen an den mächtigen behaarten Armen und ein Metallband, das seinen Kopf von der Stirn bis zum Nacken bedeckte.

»Sind Sie Pawel Wassiljewitsch Lewakow?«, fragte Jura.

»In höchst eigener Person«, erwiderte der gottgefällige Mann mit einem breiten Lächeln. »Womit kann ich dienen?«

»Wir sind von der Kripo. Wir müssen Ihnen einige Fragen stellen ...«

Die Wohnung des gottgefälligen Hexenmeisters war klein, dunkel und schmutzig, auf Schritt und Tritt fielen Kultgegenstände ins Auge: Kerzen, präparierte Schlangen und Riesenspinnen, kleine Wachsfiguren, getrocknete Zweige verschiedener Bäume und bizarre bunte Glasgegenstände. Er hatte ein gut durchdachtes Konzept für Gespräche mit Rechtsvertretern, allem Anschein nach hatten solche Gespräche in der Vergangenheit bereits des Öfteren stattgefunden, weshalb er gar nicht erst versuchte, sich stur zu stellen und den Beamten die Antworten auf ihre Fragen zu verweigern, womit er ihnen dankenswerterweise Zeit ersparte. Der durchaus moderne und mehr als zynische junge Mann hatte nicht das Geringste zu befürchten.

»Die Menschen kommen zu mir wie zu einem Psychotherapeuten«, erklärte er, »obwohl ich sie immer darauf hinweise, dass ich kein Arzt bin und keine medizinische Ausbildung habe. Aber irgendwie gelingt es mir, ihnen zu helfen.«

Er lächelte bescheiden und breitete, wie über sich selbst verwundert, die Arme aus.

»Offenbar besitze ich ein angeborenes Talent, denn ich kann die Leiden der Menschen tatsächlich lindern.«

Kurpfuscherei konnte man Lewakow also bereits nicht mehr vorwerfen, das stellte er nicht dumm an. Ob er wohl selbst auf die Idee gekommen war, sich so aus der Affäre zu ziehen, oder hatte ihn jemand entsprechend beraten?

»Sie haben sicher schon von dem in der Medizin bekannten Placeboeffekt gehört. Man verabreicht den Patienten ein angeblich starkes Mittel gegen ihr Leiden, zum Beispiel gegen Alkoholsucht, aber in Wirklichkeit handelt es sich um Aspirin oder ein ähnlich harmloses Medikament. Der Patient ist davon überzeugt, dass das Mittel ihm helfen wird, und es hilft tatsächlich. Meine Vorgehensweise basiert genau auf diesem Prinzip. Wenn eine Frau zu mir kommt und mich bittet, ihre Nachbarin zu verwünschen, ist mir völlig klar, dass diese Frau nur die Gewissheit braucht, dass es ihrer Nachbarin schlecht geht. Sie müssen den Unterschied verstehen: Es ist nicht von Bedeutung, wie es der Nachbarin wirklich geht, wichtig ist nur, was meine Klientin glaubt. Wissen Sie, es ist sehr oft so, dass die verhasste Person, die verwünscht werden soll, dieser Verwünschung gar nicht bedarf, weil sie ohnehin im Elend lebt, aber meine Klientin ist überzeugt davon, dass diese Person ihr das Glück gestohlen hat. Es hat gar keinen Sinn, diese Klientin belehren oder vom Gegenteil überzeugen zu wollen. Ich nehme eine Reihe von Handlungen vor, die von meinen Klientinnen als magisch empfunden werden, und dabei spreche ich Verwünschungsformeln. Von nun an wird deine Nachbarin von Krankheit heimgesucht werden, du wirst sie oft blass und mit Augenrändern sehen, besonders abends. Das Glück wird sie verlassen, sie wird viele Tränen weinen, ihre Augen werden stets gerötet sein. Sie wird ihre Liebe verlieren, und obwohl sie so tun wird, als sei alles in Ordnung, wirst du wissen, dass das Schein ist. Selbst dann, wenn sie nicht verlassen wurde, lebt sie an der Seite eines Mannes, der sie nicht mehr liebt. Solche und ähnliche Dinge suggeriere ich meiner Klientin, je nach Grund ihres Hasses. Das ist alles.«

»Und es hilft wirklich?«, fragte Korotkow erstaunt.

»Und wie es hilft. Der Hass ist ebenso blind wie die Liebe. Alles hängt nur von der Person ab. Es gibt Menschen, die dazu neigen, für alles den Grund in sich selbst zu suchen. Solchen kann ich nicht helfen, die brauchen einen guten, qualifizierten Psychoanalytiker. Aber die meisten, besonders die Frauen, suchen die Ursachen für ihr Unglück nicht in sich selbst, sondern in ihrer Umgebung. Sie bilden sich ein, dass sie Feinde haben, die sie mit böser Absicht verfolgen. Es hat keinen Sinn, ihnen zu sagen, dass sie vor allem einen Blick in ihr eigenes Inneres werfen müssen. Sie brauchen Hilfe, und ich helfe ihnen. Sie wollen glauben, dass das Unglück von außen kommt, und brauchen einen Schuldigen. Was immer ich ihnen vorhalten würde, sie würden sich niemals ihre eigene Schuld eingestehen. Deshalb versetze ich sie in den Glauben, dass der vermeintliche Schuldige bestraft wird, dass er von nun an vom Unglück verfolgt sein wird. Und meine Klientinnen beruhigen sich. Sie brauchen den Hass nicht mehr, manchmal verwandelt er sich in Mitgefühl für die einst verhasste Person. Es kommt sogar vor, dass aus der einstigen Feindschaft Freundschaft wird.«

Ja, dieser dreißigjährige Koloss brauchte die Miliz wirklich nicht zu fürchten. Er tat absolut nichts Ungesetzliches. Und für die Tatsache, dass er an seinen Klienten verdiente, war die Steuerfahndung zuständig. Aber vielleicht hatte er sich auch in dieser Hinsicht gut abgesichert.

»Pawel Wassiljewitsch, war unter Ihren Klientinnen jemals eine Ljuba Sergijenko?«

»Sie brauchen mir keine Namen zu nennen, denn nach Namen frage ich meine Klientinnen nicht. Was hatte sie denn für Sorgen?«

»Die Freundin hat ihr den Geliebten weggenommen, während sie selbst im Ausland war und Geld verdiente.«

»Ach ja, ich erinnere mich. So ein hübsches hellhaariges Mädchen mit einem Muttermal neben der Oberlippe. Meinen Sie die?«

»Ja, die meinen wir. Haben Sie versucht, ihr zu helfen?«

»Selbstverständlich, sie ist ja gekommen, weil sie Hilfe brauchte.«

»Erzählen Sie uns doch bitte, wie das gewesen ist …«

***

Die Augen des hübschen hellhaarigen Mädchens waren geschwollen und gerötet. Pawel sah sofort, dass sie in der letzten Zeit viel und oft geweint hatte.

»Tritt ein, meine Liebe«, sagte er und begann schon an der Tür mit dem üblichen Spektakel. »Komm zu mir mit deinem Unglück, komm nur, fürchte dich nicht.«

Das Unglück, mit dem das Mädchen namens Ljuba zu ihm gekommen war, war das am weitesten verbreitete: Der Geliebte hatte sie verlassen. An zweiter Stelle standen trunksüchtige Ehemänner, an dritter Probleme mit Kindern. Ljubas einziger Unterschied zu den anderen Klientinnen bestand darin, dass sie den untreuen Geliebten nicht wiederhaben wollte.

»Ich kann dir sagen, was du tun musst, damit er sich dir wieder zuwendet«, begann Pawel.

Doch Ljuba unterbrach ihn.

»Ich will nicht, dass er zu mir zurückkehrt. Ich will ihn nicht mehr.«

»Warum bist du dann zu mir gekommen? Was möchtest du, meine Liebe?«

»Ich will, dass sie stirbt.«

Ljuba presste diese Worte leise zwischen den Zähnen hervor, den Blick auf den Boden geheftet. Pawel begann herumzudrucksen. Natürlich hörte er so etwas nicht zum ersten Mal, aber gewöhnlich gelang es ihm, derartige Wünsche in ein etwas anderes Fahrwasser zu lenken. Er brachte die Klientin dazu, auf ihren ursprünglichen Wunsch zu verzichten und sich mit Verwünschungen zu begnügen, die Unglück in der Familie oder im Beruf herbeiführen würden. Es war dann ein Leichtes, die Klientin davon zu überzeugen, dass dieses Unglück auch wirklich eintreten würde. Aber mit diesem Mädchen, das begriff Pawel gleich, war es nicht so einfach. Alles an ihr, die leise Stimme, die ausdruckslose Mimik, die verlangsamten Bewegungen, zeugte davon, dass sie über die Beziehung zu ihrer Rivalin lange nachgedacht hatte und ihr den Tod nicht aus einer Augenblickslaune heraus wünschte. Vielleicht hatte sie sogar mit sich gekämpft und versucht, ihr zu verzeihen.

»Was hast du davon, wenn sie stirbt? Was würde sich in deinem Leben verändern, wenn sie nicht mehr da wäre? Du hast doch selbst gesagt, dass du deinen Geliebten nicht wiederhaben willst.«

»Nein, ich will ihn nicht wiederhaben. Aber sie soll auch nicht leben. Ich habe ihretwegen zu viel durchgemacht. Demütigungen, Hunger, Elend. Und jetzt auch das noch … Sie soll sterben.«

Pawel begriff, dass es sich um einen schweren Fall handelte, aber dafür konnte er dem Mädchen reichlich Geld aus der Tasche ziehen. Er musste ihm nur weismachen, dass das gewünschte Resultat nicht von heute auf morgen zu erreichen war, dass dazu über einen längeren Zeitraum täglich magische Rituale vorgenommen werden mussten. Je länger die ganze Sache sich hinziehen würde, desto größer war die Chance, dass Ljuba sich besinnen und sich mit einer gnädigeren Strafe für ihre Rivalin zufrieden geben würde. Und jede Sitzung bedeutete neues Geld, zumal es ein sehr nützliches Prinzip gab, das Pawel einst von einem befreundeten Dermatologen übernommen hatte. Man musste den Patienten ständig darauf hinweisen, dass eine Heilung nur dann möglich war, wenn er die verschriebene Salbe streng nach Zeitplan anwendete, andernfalls könne der Erfolg der Behandlung nicht garantiert werden. Aber es gab keinen einzigen Menschen auf der Welt, der sich konsequent an solche Anweisungen hielt, der die wunde Stelle monatelang täglich nach der Uhr mit der ihm verordneten Salbe einrieb. Also konnte er den Arzt nicht für das Ausbleiben des Erfolgs verantwortlich machen. Pawel hatte diesen Grundsatz übernommen und bläute seinen Klientinnen ein, dass der gewünschte Erfolg nur dann eintreten konnte, wenn die magischen Rituale genau nach Vorschrift durchgeführt wurden, zum Beispiel eine Woche lang alle vierundfünfzig Minuten. Es war klar, dass nur verrückte Fanatiker sich an eine solche Vorschrift halten konnten, und von solchen gab es nicht allzu viele.

Er versicherte Ljuba, dass es möglich war, den Tod ihrer verhassten Rivalin herbeizuführen, allerdings würde es sich um eine sehr langwierige Prozedur handeln, die sehr viel Geduld und Akribie verlangte. Ljuba war mit allem einverstanden und versprach, alle Anweisungen genau zu befolgen. Pawel überlegte sich für sie ein sehr aufwendiges, kompliziertes Verfahren, das jeden Abend auf dem Friedhof durchgeführt werden musste, am Grab eines verstorbenen Verwandten der Rivalin.

Er bereitete eine Mixtur aus geheimnisvollen Flüssigkeiten und notierte auf einem Blatt Papier die Anweisungen für Ljuba.

»Am ersten Tag gibst du sieben Tropfen dieser Mixtur auf einen Kiefernzweig und zündest ihn an. Während er brennt, sprichst du die Verwünschung, hier ist der Text. Allerdings darfst du ihn nicht ablesen, du musst ihn auswendig lernen und mit ganzer Inbrunst sprechen, sonst hört dich der Tote nicht. Am ersten Tag musst du das zweimal machen, das erste Mal bei Tageslicht, das zweite Mal kurz vor Mitternacht, aber du musst aufpassen, dass du fertig bist, bevor es zwölf geschlagen hat. Nach Mitternacht beginnt der nächste Tag, und dann wirkt die Verwünschung nicht mehr. Hast du dir alles gemerkt?«

»Ja, ich habe es mir gemerkt«, sagte Ljuba, die Pawel aufmerksam und angespannt zugehört hatte.

»Am zweiten Tag gehst du mittags genau zwanzig vor zwölf zu demselben Grab und nimmst drei Tropfen der Mixtur. Zwanzig Minuten vor Mitternacht gehst du wieder hin und nimmst sechs Tropfen. Diesmal verwendest du Lindenzweige.«

Pawel überlegte sich immer neue Details, die die Erfüllung der gestellten Aufgabe praktisch unmöglich machten. Er erklärte Ljuba, dass die ihr erteilten Anweisungen nur für die nächsten fünf Tage galten, anschließend würde er ihr neue Instruktionen für die weiteren fünf Tage geben. Natürlich gegen erneutes Honorar.

Das Mädchen legte fünf Hunderttausendrubelscheine in die Schatulle, die neben der Tür stand, und ging. Nach drei Tagen kam sie wieder und reichte Pawel erneut fünf Scheine, diesmal waren es fünfhundert Dollar.

»Was ist das?«, fragte er erstaunt. »Du hast mich doch schon beim letzten Mal bezahlt.«

»Beim letzten Mal habe ich für den Rat bezahlt. Diesmal bezahle ich für das Resultat.«

Pawel wurde eiskalt. Er hatte immer nur an Autosuggestion geglaubt, aber niemals daran, dass seine magischen Rituale tatsächlich etwas bewirken konnten.

»Du hast aufgehört, sie zu hassen?«, fragte er vorsichtig. »Ist deine Seele nun ruhig und frei von Hass? Ich freue mich für dich, meine Liebe. Nimm das Geld wieder, du hast mir bereits genug gegeben. Dein Glück und dein Seelenfrieden sind der schönste Lohn für mich.«

»Es gibt niemanden mehr, den ich hassen könnte«, erwiderte Ljuba mit tonloser Stimme. »Sie ist tot. Sie ist auf der Müllhalde gestorben, wie der Hund, der wieder frisst, was er gespien hat, wie die Sau, die sich nach der Schwemme wieder im Kot wälzt. Ihre Großmutter hat sie zu sich gerufen.«

Bevor Pawel begriff, was geschehen war, war Ljuba wieder verschwunden. Er hörte nur noch, wie die Haustür unten ins Schloss fiel. Erst jetzt sah er die fünf Hundertdollarscheine, die Ljuba ihm vor die Füße geworfen hatte.

Neuntes Kapitel

Nach dem Besuch bei Pawel Lewakow stellte es keine große Schwierigkeit mehr dar, Ljubas Aufenthaltsort während der Tatzeit zu ermitteln. Man brauchte dafür zwar Zeit und Geduld, aber intellektuelle Anstrengung war nicht mehr nötig. Pawel hatte sich daran erinnert, dass Ljuba die Anweisung bekommen hatte, an diesem Tag zweimal zum Friedhof zu gehen. Vor ihrem zweiten Gang dorthin, der gegen Mitternacht stattfinden musste, sollte sie mindestens drei Stunden lang durch den Wald oder durch einen Park gehen, in dem es keine Autos gab und möglichst wenig andere Anzeichen des technischen Fortschritts, und Gebete sprechen, um sich reinzuwaschen. Dann musste sie einen ruhigen Platz finden und mindestens eine Stunde lang unbeweglich sitzen, ohne ein einziges Wort zu sprechen. Sie sollte ihren Blick nach innen richten und versuchen, mit den kosmischen Tiefen in Kontakt zu kommen. Nur so konnte sie erreichen, dass der verstorbene Verwandte ihrer Rivalin die Bitte würde hören können, die sie an seinem Grab sprach. Mit denen, die ihre Seele vorher nicht reinwuschen, sprachen die Toten nicht. Nach dieser Übung sollte Ljuba sich auf den Weg zum Friedhof machen, aber sie musste unbedingt zu Fuß gehen. Pawel wies Ljuba darauf hin, dass Magie nicht vereinbar war mit technischem Fortschritt, weshalb sie alles vermeiden sollte, was mit Technik zusammenhing. Sie sollte keine Aufzüge benutzen, keine öffentlichen Verkehrsmittel, keine Elektrogeräte.

Der Friedhof, auf dem Ljudmila Schirokowas Großmutter begraben lag, war anderthalb Gehstunden von der

Schwernik-Straße entfernt, wo Ljuba Sergijenko gewohnt hatte. Wenn Pawel Lewakow also nicht log und wenn Ljuba alle seine Anweisungen genau ausgeführt hatte, hatte sie für die Erfüllung der ihr gestellten Aufgabe mindestens sieben Stunden gebraucht. Drei Stunden lang gehen und Gebete sprechen, eine Stunde sitzen und sich in sich selbst versenken, danach ein Fußweg von anderthalb Stunden bis zum Friedhof und noch einmal dieselbe Zeit für den Heimweg. Dazu die Zeit, die sie auf dem Friedhof verbringen musste. Wobei sie das Grab vor Mitternacht erreicht haben musste, um rechtzeitig Kontakt mit der toten Großmutter aufnehmen zu können. Daraus folgte, dass sie an diesem Tag spätestens um sechs Uhr abends das Haus verlassen haben musste. Bis neun musste sie gehen und Gebete sprechen, von neun bis zehn auf irgendeiner stillen Bank sitzen, von zehn bis halb zwölf den Weg bis zum Friedhof zurücklegen. So ungefähr jedenfalls. Jetzt mussten nur noch Zeugen gefunden werden, die Ljuba auf dieser langen Strecke gesehen hatten, dann konnte man die Selbstmörderin ruhigen Gewissens von der Liste der Verdächtigen streichen.

Man forderte das Gesprächsprotokoll mit Ljubas Angaben über ihren Aufenthaltsort während der Tatzeit an. Vielleicht waren diese Angaben gar nicht so weit entfernt von der Wahrheit. Schließlich hatte sie ausgesagt, dass sie zu dieser Zeit spazieren gegangen war, und sie hatte sogar die Orte und Straßen angegeben. Sie behauptete zwar, dass sie das Haus erst gegen acht Uhr verlassen hatte und gegen Mitternacht wieder zurückgekehrt war, aber das war nicht entscheidend. Es war klar, dass sie lügen musste, denn bereits ein vierstündiger Spaziergang, den eine junge Frau allein durch die dunklen Straßen der Stadt unternahm, mutete reichlich seltsam an, erst recht um diese Jahreszeit. Hätte sie erzählt, dass sie sieben Stunden lang ohne Sinn und Ziel unterwegs war, ohne einem einzigen Menschen zu begegnen, hätte ihr niemand geglaubt. Dann wäre ihr nichts anderes übrig geblieben, als von ihren Friedhofsbesuchen zu erzählen und zu gestehen, was sie dort gemacht hatte. Wäre Mila noch am Leben gewesen, wäre so ein Geständnis vielleicht peinlich oder beschämend gewesen, aber es wäre kein Zusammenhang mit einem Verbrechen entstanden. Doch Mila war ermordet worden. Und wenn Ljuba in Anbetracht dieser Tatsache zugegeben hätte, dass sie ihrer Freundin den Tod gewünscht hatte, wäre das einem Geständnis gleichgekommen. Deshalb musste Ljuba Sergijenko alles verschweigen, was mit ihren Besuchen in der Kirche, auf dem Friedhof und beim gottgefälligen Pawel zu tun hatte.

Und wenn das alles nur Bluff ist?, fragte Nastja sich müde.

Die Suche nach Personen, die Ljuba Sergijenko während ihres siebenstündigen Spaziergangs gesehen hatten, beanspruchte zwei Tage. Leider stellte sich heraus, dass es unmöglich war, einen Augenzeugen zu finden, der Ljubas Alibi in vollem Umfang hätte bestätigen können. Die neugierige Nachbarin erinnerte sich daran, dass Ljuba an diesem Tag tatsächlich etwa eine Viertelstunde nach dem Ende der Fernsehserie »Geliebter Feind« das Haus verlassen hatte. Diese Serie, die auf dem Moskauer Regionalsender lief, begann zehn vor fünf und dauerte etwa vierzig Minuten. Die Nachbarin hatte die Serie angesehen und sich danach mit einer Tasse Tee ans Fenster im ersten Stock gesetzt, um die Vorgänge vor dem Haus zu beobachten. Außerdem fanden sich zwei etwa siebzehnjährige Burschen, die sich nächtens auf dem Friedhof mit billigem Wein voll laufen ließen und so ihren Mut erprobten. Sie hatten eine junge Frau gesehen, die an einem der Gräber in der vierundsechzigsten Parzelle etwas verbrannt hatte, das heißt, genau dort, wo Milas Großmutter begraben lag. Mischa Dozenko verbrachte einen Abend in dem Park zwischen der Zagorodnaja Chaussee und dem Serpuchowskij Wall, wo Ljuba angeblich an jenem Abend spazieren gegangen war, und befragte sämtliche Hundebesitzer, die dort auftauchten. Zwei von ihnen erinnerten sich an ein seltsames junges Mädchen, das völlig bewegungslos, wie versteinert auf einer Bank gesessen und sich kein einziges Mal gerührt hatte, während die beiden ihre Hunde ausführten. Und das war tatsächlich in der Zeit zwischen neun und zehn Uhr abends gewesen. Einer der beiden Hundebesitzer, der einen sympathischen, bärtigen Mittelschnauzer ausführte, erinnerte sich sogar daran, dass er das Mädchen bereits am Vortag, also am Sonntag, auf derselben Bank gesehen hatte, auch an diesem Tag hatte sie völlig bewegungslos dagesessen, und ihr Gesichtsausdruck war irgendwie ... als wäre sie nicht ganz bei sich, sagte er, als wäre sie von allen guten Geistern verlassen.

Drei Aufenthaltsorte auf der von Ljuba angegebenen Strecke waren also mehr oder weniger bestätigt, es blieben jedoch immer noch Zweifel darüber, wo die Sergijenko sich von sechs bis neun Uhr abends und zwischen Parkbank und Friedhof aufgehalten hatte. Wenn man es geschickt anstellte, konnte man sowohl im ersten als auch im zweiten Zeitintervall durchaus einen Mord begehen. So jedenfalls meinte Nastja Kamenskaja.

»Und wenn es tatsächlich sie war, die Ljudmila umgebracht hat?«, sagte sie zu Korotkow. »Vielleicht dienten ihre Kirchgänge und Besuche bei Lewakow nur dazu, den Verdacht von sich abzulenken. Ja, hätte sie in diesem Fall sagen können, ich habe meiner Freundin wirklich den Tod gewünscht. Man tut verrückte Dinge aus Eifersucht, aus Hass, aus Verzweiflung, aber Sie werden doch nicht im Ernst glauben, meine Herren Milizionäre, dass meine Verwünschungen Milas Tod bewirkt haben?«

»So etwas glauben die Herren Milizionäre tatsächlich nicht«, erwiderte Korotkow deprimiert. »Was sollen wir tun, Nastja? Wir tappen völlig im Dunkeln und sehen überhaupt kein Land. Sagt dir dein Gefühl irgendetwas?«

»Nein, es schweigt«, gestand Nastja, »als hätte es den Mund voller Wasser. Aber die Geschichte mit den Briefen lässt mir keine Ruhe. Etwas ist daran nicht sauber, Jura. Einerseits ist völlig unklar, wo Derbyschews Brief herkommt und warum er bestreitet, ihn geschrieben zu haben. Andererseits verstehe ich nicht, warum Strelnikow diesen Brief aufbewahrt hat. Diesen und die zwei anderen.«

»Was sagen die Gutachter? Hast du sie heute schon angerufen?«

»Ich habe Angst vor ihnen«, sagte Nastja fröstelnd. »Ich habe sie in den letzten zwei Tagen schon zehnmal angerufen. Sie brüllen mich nur noch an.«

»Was du nicht sagst«, erwiderte Korotkow belustigt. »Derjenige, vor dem du Angst hast, überlebt den Tag nicht. Ich schlage dir ein Tauschgeschäft vor. Du spendierst mir eine Tasse mit einem belebenden schwarzen Getränk namens Kaffee, und ich rufe dafür im Labor an und nehme die Prügel auf mich.«

»Gute Idee.«

Nastja stellte den Wasserkocher an und holte zwei Tassen aus dem Schreibtisch.

»Jura, du darfst nicht denken, dass es mir um den Kaffee Leid tut, ich liebe dich von ganzem Herzen und würde dir fünf Tassen am Tag kochen. Aber eins wüsste ich gern.«

»Was wüsstest du gern?«

»Warum du immer schnorren musst. Mal Kaffee, mal Zigaretten, mal Zucker. Ist der Zucker von anderen süßer? Ich weiß genau, dass du kein Geizhals und kein Abstauber bist, du würdest dein letztes Hemd hergeben, wenn jemand von uns in Not wäre. Außerdem leihst du dir nie Geld, im Gegenteil, alle pumpen dich an. Dir geht es nicht darum, etwas umsonst zu bekommen, dir geht es um etwas anderes. Kannst du mir sagen, worum?«

Jura fuhr sich durch das dichte, lange nicht mehr geschnittene Haar und lächelte nachdenklich.

»Weiß der Teufel, Nastja. Ich wundere mich manchmal über mich selbst. Ich habe bei mir genau dieselbe Dose Kaffee stehen, gerade gestern habe ich sie erst gekauft, ich habe einen eigenen Wasserkocher, eigenen Zucker, eigene Tassen. Aber bei dir schmeckt es irgendwie besser ... Nein, es ist anders. Ich habe mir eben vorgestellt, ich müsste mir deinen Kaffee jetzt selbst kochen ... darauf hätte ich keine Lust. Wahrscheinlich ist es wichtig für mich, dass es fremder Kaffee ist, dass ich etwas von jemandem bekomme. Es ist, als würde man für mich sorgen, verstehst du?«

»Ich verstehe. Aber woher kommt das? Hast du es zu Hause so schlecht?«

»Du müsstest einmal sehen, mit welchem Gesichtsausdruck Ljalja mir das Essen hinstellt. Da bleibt einem jeder Bissen im Hals stecken. Es ist, als würde sie eine verhasste Pflicht erfüllen. Sie hat mich satt wie einen bitteren Rettich, das weiß ich längst. Aber was soll sie tun? Sie bringt es nicht fertig, mich rauszuschmeißen, die Wohnung gehört uns beiden, wir haben sie gemeinsam gekauft, und eine andere Bleibe habe ich nicht. Ein Wohnungstausch kommt auch nicht infrage, die Wohnung ist so klein, dass man für sie nichts anderes bekommen würde als zwei Zimmer in einer Gemeinschaftswohnung. Ich wäre ja bereit, in einer Gemeinschaftswohnung zu hausen, aber was soll Ljalja tun? Ihre Mutter ist bettlägerig, in einem Zimmer mit ihr und unserem kleinen Sohn verliert sie den Verstand. Ich versuche ja ohnehin schon, so wenig wie möglich zu Hause zu sein. In einem der beiden Zimmer liegt meine Schwiegermutter, im anderen hält sich meine Frau mit unserem Sohn auf, so geht es ganz gut. Aber wenn ich auftauche, wird es sofort eng, wir treten uns ständig auf die Füße. So leben wir nebeneinander, und jeder hasst jeden. Ljalja liegt mir ständig in den Ohren, damit ich den Polizeidienst verlasse und eine Stelle als Jurist bei einer Firma oder bei irgendeinem Sicherheitsdienst annehme. Sie meint, so könnte ich eine Menge Kohle machen und eine andere Wohnung kaufen. Dann könnte sie mich endlich zum Teufel jagen.«

»Warum gehst du nicht selbst weg?«, fragte Nastja. »Warum quälst du sie?«

»Wohin sollte ich gehen?«, fragte Korotkow bedrückt. »Weißt du, was eine Mietwohnung kostet? Mindestens zweihundert Dollar im Monat. Wovon soll ich leben, wenn mein Gehalt mit allen Zulagen dreihundert Dollar beträgt? Und überhaupt ...«

»Was und überhaupt?«

»Ich kann nicht einfach so gehen. Das Kind ist noch klein, und meine Schwiegermutter ist krank. Ich käme mir vor wie eine Ratte, die das sinkende Schiff verlässt. Ich kann Ljalja nicht mit dem Kind und der kranken Mutter allein lassen. Würde sie selbst wollen, dass ich gehe, wäre es etwas anderes. Aber aus eigener Initiative kann ich es nicht.«

»Ich habe alles verstanden, Jura. Dir fehlen Liebe und Fürsorge. Bring mir die Nahrungsmittelvorräte aus deinem Büro, und ich werde dir zu essen und zu trinken geben, wenn es für dich so wichtig ist, dass man dich mit einem glücklichen Lächeln bedient. Was denkt sich deine Ljusja eigentlich? Wenn ich mich nicht täusche, dauert euer Verhältnis schon vier Jahre. Macht ihr euch keine Gedanken über die Zukunft?«

»Ljusja denkt überhaupt nichts. Sie zieht ihre zwei Söhne groß, umsorgt ihren Mann und schreibt an ihrer Dissertation. Mit mir hat sie keine Eile. Solange die Kinder noch klein sind, verlässt sie ihren Mann sowieso nicht. Und wir wüssten auch gar nicht, wohin. Du weißt ja, was Michail Bulgakow in ›Meister und Margarita‹ sagt. Wir sind gar nicht so übel, aber die Wohnungsfrage hat uns verdorben. Aber lassen wir das. Warum beschäftigen wir uns ständig mit traurigen Dingen? Gieß mir eine Tasse von dem belebenden braunen Getränk ein und lass uns lieber über Strelnikow reden.«

»Was gibt es da zu reden, solange das Gutachten nicht fertig ist? Übrigens, hattest du mir nicht etwas versprochen?«

»Ja, ich wollte anrufen.«

»Dann ruf an.«

Jura wählte die Nummer des Labors, aber es meldete sich niemand. Er versuchte es noch einmal, aber wieder ohne Erfolg.

»Wo stecken die bloß alle?«, murmelte er verwundert, während er wieder auflegte.

Nastja warf einen Blick auf die Uhr.

»Es ist bereits nach neun, mein Augenstern. Alle anständigen Gutachter haben inzwischen zu Abend gegessen und sitzen vor dem Fernseher. Du hast mich absichtlich in dieses Gespräch über herzzerreißende Dinge verwickelt, du wolltest mich ablenken, damit ich dein Versprechen vergesse. Du hast vor den Gutachtern nicht weniger Angst als ich. Aber genug für heute. Trink deinen Kaffee aus und lass uns nach Hause gehen.«

***

Am nächsten Morgen stellte sich heraus, dass das Gutachten fertig war, aber es brachte leider keinerlei Licht ins Dunkel. Den an Ljudmila Schirokowa adressierten Brief, der mit Viktor Derbyschew unterzeichnet war, hatte nicht die Person geschrieben, von der die beiden Schriftproben stammten. Mit anderen Worten, der Absender des Briefes war nicht Viktor Derbyschew. Allerdings war das nur die Antwort auf die erste Frage, die man den Gutachtern gestellt hatte. Die Antwort auf die zweite Frage führte die Ermittlungen endgültig in die Sackgasse. Auf dem Brief wurden Derbyschews Fingerabdrücke entdeckt.

Konstantin Michajlowitsch Olschanskij ließ Derbyschew sofort zur Staatsanwaltschaft bringen. Man holte ihn mitten aus einer Besprechung, was nicht nur seinen, sondern auch den empörten Protest der Firmenleitung hervorrief.

»Viktor Alexandrowitsch, die Zeit der klugen, behutsamen Gespräche ist vorüber«, begann Olschanskij trocken, ohne seinen Kopf von den vor ihm liegenden Papieren zu heben. »Lassen Sie uns die Angelegenheit mit Ihrer Korrespondenz ein für alle Mal klären. Sie müssen eines wissen: Solange wir das Knäuel nicht entwirrt haben, werde ich Sie nicht gehen lassen. Meinetwegen können Sie sich aufregen, herumbrüllen und mit den Füßen stampfen, aber das wäre sinnlose Verschwendung von Energie. Ich kann auf eine langjährige Berufserfahrung als Untersuchungsführer zurückblicken, in meinem Büro wurde schon so oft gebrüllt und mit der Faust auf den Tisch geschlagen, mir wurde schon so oft gedroht, dass ich eine stabile Immunabwehr gegen solche Ausfälle entwickelt habe. Sie würden nur Zeit und Energie verschwenden.«

Derbyschew sah finster drein und schwieg, alles an ihm drückte Empörung aus.

»Nun, ich hoffe, Sie haben mich richtig verstanden. Lassen Sie uns beginnen, Viktor Alexandrowitsch. Hier ist der Abschlussbericht der Gutachter, bitte lesen Sie ihn durch. Es heißt darin, dass auf dem an Ljudmila Schirokowa adressierten Brief Ihre Fingerabdrücke gefunden wurden. Gleichzeitig haben die Gutachter festgestellt, dass dieser Brief nicht von Ihnen geschrieben wurde. Können Sie sich das irgendwie erklären?«

»Nein, das kann ich nicht«, presste Derbyschew zwischen den Zähnen hervor. »Versuchen Sie bitte nicht, mir Ihre Arbeit aufzubürden. Ich bin nicht verpflichtet, mich zu rechtfertigen, Sie müssen mir beweisen, dass ich schuldig bin.«

»Sie haben Recht, Sie müssen nicht beweisen, dass Sie unschuldig sind. Aber Sie haben die Möglichkeit, sich zu rechtfertigen. Diese Möglichkeit biete ich Ihnen an. Also, Viktor Alexandrowitsch, haben Sie irgendeine Erklärung für diese mehr als seltsamen Fakten?«

»Nein.«

»Nun gut, dann werde ich jetzt laut denken müssen. Erklärung Nummer eins: Sie haben einen Brief mit dem Foto der schönen Blondinen erhalten, aber aus irgendeinem Grund einen Dritten gebeten, diesen Brief zu beantworten, wobei dieser Dritte versuchen sollte, Ihre Handschrift so genau wie möglich zu kopieren. So ist dieser nicht von Ihnen selbst geschriebene Brief mit Ihren Fingerabdrücken entstanden. Was halten Sie davon?«

»Purer Blödsinn!«, erwiderte Derbyschew verächtlich. »Wozu sollte ich einen Dritten bitten, einen Brief mit meiner eigenen Schrift zu schreiben?«

»Das ist wirklich Blödsinn«, stimmte Olschanskij gelassen zu. »Versuchen wir eine andere Variante. Jemand wollte sich mit der Schirokowa treffen und sich dabei als Viktor Derbyschew ausgeben.«

»Auch das ist Unfug. Einer, der so tun wollte, als sei er ich, hätte dieser Frau nicht mein Foto geschickt, sondern sein eigenes.«

»Auch damit haben Sie Recht. Lassen Sie uns nun einmal darüber nachdenken, wie Ihre Fingerabdrücke auf dieses Blatt Papier gekommen sein konnten.«

»Du lieber Gott«, brauste Derbyschew auf. »Das ist doch denkbar einfach. Jeder x-Beliebige kann von meinem Schreibtisch ein Blatt Papier an sich nehmen, das ich bereits berührt habe.«

»Handelt es sich denn um ein Blatt Papier, wie Sie es in Ihrem Büro benutzen?«, fragte Olschanskij unschuldig.

Derbyschew verstummte und wurde nachdenklich. Jetzt waren die Wut und Empörung aus seinem Gesichtsausdruck gewichen, und Olschanskij begriff, dass Viktor sich in die Überlegungen eingeklinkt hatte. Ob er nun schuldig war oder nicht, jetzt würde er mitdenken, argumentieren und widersprechen, und das half immer dabei, entweder die Unschuld einer Person festzustellen oder sie der Lüge zu überführen.

»Ich habe, ehrlich gestanden, nicht darauf geachtet«, sagte Derbyschew endlich. »Darf ich einen Blick auf den Brief werfen?«

»Bitte sehr.« Der Untersuchungsführer reichte ihm das Original des Briefes, der auf Tomtschaks Datscha gefunden wurde.

Viktor drehte das Blatt eine Weile hin und her, dann öffnete cr seinen Aktenkoffer und holte einen Hefter mit Papieren hervor.

»Hier«, sagte er, während er in den Unterlagen blätterte, »wir verwenden in unserem Büro tatsächlich genau dieselbe Papiersorte. Sehen Sie, dieses Schriftstück hier und dieses – beide wurden auf diesem Papier ausgedruckt.«

»Und die anderen Schriftstücke? Wurde für die ein anderes Papier verwendet?«

»Ja. Es hat genau dasselbe Format und ist ebenfalls weiß, aber etwas stärker.«

»Und welches Papier benutzen Sie in der Regel?«

»Wir nehmen, was wir bekommen.« Zum ersten Mal während des Gesprächs lächelte Derbyschew.

»Diese Antwort befriedigt mich nicht«, erwiderte Olschanskij kalt. Er tat so, als hätte er Derbyschews Stimmungsumschwung nicht bemerkt.

»Es ist so«, erklärte Derbyschew, »für Fotokopien und Laserausdrucke benutzen wir besseres Papier, für den Tintenstrahldrucker genügt einfacheres. Deshalb kauft die Firma teures und billiges Papier ein. Das Papier, auf dem der Brief geschrieben wurde, taugt nur für den Tintenstrahldrucker, es ist dünn und hat einen Graustich, sehen Sie?

Das ist die billige Sorte. Und genau auf diesem Papier sind auch diese beiden Unterlagen ausgedruckt. Sie können an der Schrift erkennen, dass es sich um einen Tintenstrahldrucker handelt.«

»Und was für ein Drucker steht auf Ihrem Schreibtisch?«

»Ich habe zwei. Einen Tintenstrahl- und einen Laserdrucker.«

»Wozu brauchen Sie zwei?«, fragte Olschanskij verwundert.

»Aus Gründen der Sparsamkeit. Die endgültige Version eines Schriftstückes wird auf dem Laserdrucker ausgedruckt, auf gutem Papier, in ansprechenden Schriftarten. Aber der endgültigen Version gehen gewöhnlich viele Entwürfe voraus, der Text muss mehrmals überarbeitet und neu ausgedruckt werden. Für diese vorläufigen Ausdrucke verwende ich den Tintenstrahldrucker und die billige Papiersorte. Das handhabe im Übrigen nicht nur ich so, das tun alle Mitarbeiter.«

»Heißt das, dass in Ihrer Firma auf jedem Schreibtisch zwei Drucker stehen?«, fragte Olschanskij skeptisch.

»Wo denken Sie hin! Das wäre ein teures Vergnügen. Wir haben insgesamt nur drei Laserdrucker. Einer steht der Sekretärin zur Verfügung, die andern beiden den Mitarbeitern, die richtig damit umgehen können.«

»Und Sie können richtig damit umgehen?«

»Ja, das kann ich«, erwiderte Derbyschew zurückhaltend. »Ich verstehe nicht, warum Sie das so ironisch sagen.«

»Wegen des Papiers«, entgegnete Olschanskij schulterzuckend. »Ich wüsste gern, wer von Ihren Mitarbeitern nur eine Papiersorte benutzt und wer beide Sorten bekommt, die teure und die billige. Ich verstehe es so, dass beide Papiersorten nur denen zugeteilt werden, die mit zwei Druckern arbeiten. Ist das richtig?«

»Ich weiß es nicht, ich habe nie darauf geachtet … Aber

ich bekomme tatsächlich beide Sorten. Außerdem sollten Sie die Sache nicht so formalistisch betrachten, Konstantin Michajlowitsch. Die Mitarbeiter unserer Firma sind nicht arm, und wenn jemand von uns Papier braucht, kann er es auch aus der eigenen Tasche bezahlen. Natürlich rufen wir zuerst die Sekretärin an und lassen sie wissen, dass uns das Papier ausgegangen ist. In fünf von zehn Fällen bringt sie uns binnen einer halben Stunde ein neues Paket. In den anderen fünf Fällen wird uns mitgeteilt, dass das Lager geschlossen hat, dass das bestellte Papier noch nicht eingetroffen ist oder etwas anderes in dieser Art. Dann geben wir der Sekretärin Geld und schicken sie ins nächste Schreibwarengeschäft, damit sie uns Papier besorgt. So läuft das bei uns. Und deshalb ist es gar nicht so einfach festzustellen, wer bei uns welches Papier benutzt.«

»Ist in Ordnung. Ich werde die auf dem billigen Papier ausgedruckten Schriftstücke allerdings beschlagnahmen müssen.«

»Wozu?«

»Ich möchte sie den Gutachtern vorlegen, damit sie prüfen, ob es sich wirklich um ein und dasselbe Papier handelt.«

»Aber der Inhalt dieser Unterlagen ist Firmengeheimnis ...«

»Das tut mir sehr Leid, Viktor Alexandrowitsch, aber ich muss die Unterlagen trotzdem beschlagnahmen. Wenn Sie Unannehmlichkeiten in geschäftlicher Hinsicht befürchten, können Sie auf den Schriftstücken alles schwärzen, was nicht für fremde Augen bestimmt ist. Sie können ein Tintenfass nehmen und den ganzen Text mit Tinte übergießen. Mich interessiert nur die Qualität des Papiers.«

»Was wollen Sie mit einem erneuten Gutachten erreichen?« Derbyschew wurde wieder sichtlich nervös. Offenbar war es mit seiner Fähigkeit, von seinen Emotionen abzusehen und die Dinge sachlich zu betrachten, nicht weit her. »Ist das denn der Mühe wert?«

»Viktor Alexandrowitsch, bitte besinnen Sie sich und sehen Sie der Wahrheit ins Auge. Sie befinden sich in einer mehr als unangenehmen Situation. Und mich erstaunt die Beharrlichkeit, mit der Sie sich gegen eine Klärung sperren. Für Ihre Haltung gibt es nur eine einzige Deutung.«

»Und welche bitte?«

»Dass Sie schuldig sind. Ich weiß nicht, worin Ihre Schuld besteht, ob darin, dass Sie Ljudmila Schirokowa umgebracht haben oder in etwas anderem, aber Sie sind schuldig. Sie wissen genau, was es mit diesem seltsamen Brief auf sich hat, aber Sie versuchen, die Wahrheit vor mir zu verbergen. Sind Sie mit dieser Deutung einverstanden?«

»Hören Sie, ich habe Ihnen hundertmal gesagt, dass ich nie einen Brief an diese Schirokowa geschrieben habe, weil ich sie nicht kenne und nie einen Brief von ihr bekommen habe. Lassen Sie mich gefälligst in Ruhe mit Ihrem Papier, Ihren Druckern und Ihren Gutachten! Ich habe Ihnen hundertmal gesagt ...«

»Und ich habe es hundertmal gehört«, unterbrach Olschanskij sein Gegenüber durchaus friedfertig. »Und jedes Mal wundere ich mich über Ihre Blindheit. Sie sehen doch selbst, dass ich mir keine Märchen ausdenke, dass ich nicht versuche, Sie irgendwie hereinzulegen. Hier ist der Brief. Verstehen Sie doch, Viktor Alexandrowitsch, dieser Brief existiert, und so oft Sie auch wiederholen, dass Sie ihn nicht geschrieben haben, er wird sich deshalb nicht in Luft auflösen. Dieser Brief ist real, weil jemand ihn geschrieben und ihm sogar Ihr Foto beigelegt hat. Besitzen Sie ein solches Foto?«

»Nein.«

»Sehen Sie. Es gibt also jemanden, der nicht nur dafür gesorgt hat, dass Ihre Fingerabdrücke auf den Brief gelangt sind und dass man die Schrift für die Ihre hält, dieser Jemand hat Ihnen sogar aufgelauert und Sie fotografiert. Das muss ein durchaus kluger und sehr vorausschauender Mensch sein. Und er befindet sich irgendwo ganz in Ihrer Nähe. Denn wenn er von Ihrem Schreibtisch ein Blatt Papier genommen hat, das Sie berührt haben, muss er ganz dicht an Sie herangekommen sein. So dicht, dass er Ihnen in den Nacken hätte atmen können. Ist Ihnen das nicht unheimlich, Viktor Alexandrowitsch? Ich habe nur zwei Möglichkeiten: Ich kann Sie für einen Verbrecher halten oder für ein potenzielles Opfer. Welche der beiden Möglichkeiten ziehen Sie vor?«

»Aber ich verstehe nicht …«, murmelte Derbyschew. »Wozu hätte jemand das alles tun sollen?«

»Haben Sie etwa keine Feinde?«, fragte Olschanskij mit hochgezogenen Augenbrauen. »Nicht einen einzigen? Verzeihen Sie mir, aber das kann ich nicht glauben. Jemand, der Immobiliengeschäfte macht, hat auf jeden Fall Feinde. Zumindest zieht er Missgunst auf sich. Das ist ein Gesetz des freien Marktes.«

»Ich verstehe es trotzdem nicht … Ja, natürlich gibt es Leute, denen aufgrund meiner Einmischung lukrative Geschäfte entgangen sind, aber das geschieht doch auf Schritt und Tritt. Wer wird deshalb so etwas anzetteln. Das geht mir einfach nicht in den Kopf. Ich glaube, Sie übertreiben, Konstantin Michajlowitsch.«

»Schon möglich, schon möglich.« Der Untersuchungsführer kaute bedächtig auf seinen Lippen herum, dann entnahm er seinem Schreibtisch ein Formular und begann, es auszufüllen. »Ich stelle hiermit einen Haftbefehl gegen Sie aus. Aufgrund des vorliegenden Gutachtens, mit dessen Inhalt ich Sie vertraut gemacht habe, sind Sie verdächtig, an der Ermordung von Ljudmila Schirokowa beteiligt zu sein. Einstweilen werden Sie für drei Tage unter Arrest genommen, danach wird man weitersehen.«

»Sind Sie …?«

Derbyschew war vor Verblüffung die Stimme weggeblieben, er musste sich erst räuspern, bevor er weitersprechen konnte.

»Sind Sie verrückt geworden? Was gibt Ihnen das Recht, mich zu verhaften?«

»Viktor Alexandrowitsch, ich habe Ihnen eben alles ganz genau und in gut verständlicher russischer Sprache erklärt. Da Sie mich trotzdem nicht verstehen wollen, werden Sie sich Ihre eigenen Gedanken über die Sache machen müssen. Sie werden ja nun genug Zeit dafür haben. Ja, und noch etwas. Sie haben gesagt, dass Ihre Firma nicht arm ist, deshalb kann sie bei Gericht einen Antrag auf Ihre Freilassung gegen Kaution stellen, sofern ich nach Ablauf dieser drei Tage zu dem Schluss kommen sollte, Sie weiterhin in Untersuchungshaft zu behalten, und der Staatsanwalt das befürwortet. Die Kaution wird nicht gering sein, aber ich denke, die Immobilienhaie werden sie schon aufbringen.«

»Sie werden sich für dieses gesetzwidrige Vorgehen verantworten müssen.«

»Natürlich«, nickte Olschanskij, ohne den Kopf vom Formular zu heben. »Sie haben ein schlechtes Gedächtnis, Viktor Alexandrowitsch. Ich habe Ihnen bereits ganz zu Anfang gesagt, dass ich eine stabile Immunabwehr gegen jede Art von Drohungen besitze. Unbegründete Verhaftungen sind mir in meiner Berufspraxis schon des Öfteren unterlaufen, wir Untersuchungsführer sind auch nur Menschen und machen Fehler. Aber ich kann Ihnen versichern, dass noch nie jemand wegen eines solchen Fehlers entlassen wurde, man bekommt dafür nicht einmal eine Rüge. Sollte sich also am Ende herausstellen, dass Ihre Verhaftung unbegründet war, wird mir nichts geschehen, rein gar nichts. Wir haben das Recht, einen Verdächtigen zu verhaften, um innerhalb von drei Tagen herauszufinden, ob der Verdacht begründet war oder nicht.«

Olschanskij nahm den Telefonhörer ab und bestellte einen Polizeiwagen, der den Verhafteten aus dem Gebäude der Moskauer Staatsanwaltschaft zur Petrowka bringen sollte.

***

»Kostja hat den Verstand verloren«, verkündete Jura Korotkow, der bei Nastja im Büro hereinschaute. »Er hat Derbyschew verhaften lassen.«

»Das kann doch nicht wahr sein.«

Nastja fiel vor Überraschung der Bleistift aus der Hand.

»Das Zeitalter der Freiheit ist nicht in Sicht«, stellte Korotkow prophetisch fest. »Man hat Derbyschew eben hergebracht.«

»Kaum zu glauben! Das sieht Kostja gar nicht ähnlich. Du weißt doch, dass er kein Mensch ist, der zu drastischen Maßnahmen neigt. Und mit Verhaftungen ist er immer sehr vorsichtig.«

»Dieser Derbyschew muss ihm ganz schön zugesetzt haben. Und ich sage dir noch etwas. Ich glaube, er hat auch Strelnikow auf dem Kieker. Seitdem die Briefe auf Tomtschaks Datscha gefunden wurden, verhört er ihn jeden Tag, obwohl Strelnikow hartnäckig behauptet, er hätte diese Briefe nie gesehen und sie auch nicht auf der Datscha seines Freundes versteckt.«

»Wer sollte ihm denn erlauben, Strelnikow zu verhaften! Er ist schließlich die rechte Hand des Vorsitzenden im Hochschulbereich des Staatskomitees, den kann man nicht einfach so verhaften. Und überhaupt, wofür?«

»Kostja findet einen Grund, wenn er will. Ich glaube, er betrachtet die Briefe als ein durchaus mögliches Motiv für den Mord. Und es ist nicht ausgeschlossen, dass Strelnikow gemeinsame Sache mit seiner einstigen Geliebten Ljuba Sergijenko gemacht hat. Ein Motiv hatten beide, da treten einstige Konflikte in den Hintergrund.«

»Nun hör schon auf.« Nastja sah Korotkow skeptisch an. »Glaubst du etwa selbst, was du da redest?«

»Nein, ich glaube es nicht. Ich mache einfach nur ein bisschen Wind. Aber genug, ich muss los. Ruf doch mal Olschanskij an, vielleicht hat er etwas Interessantes zu berichten.«

Kaum hatte Korotkow die Tür hinter sich geschlossen, rief Olschanskij selbst an. Er klang müde und unzufrieden.

»Die Gutachter haben auf den Briefen keinen einzigen Fingerabdruck von Strelnikow entdeckt.«

»Und wie sieht es mit Fingerabdrücken der Schirokowa aus?«

»Jede Menge. Was sagst du dazu?«

»Nichts, Sie wissen alles selbst. Verstecken kann man Briefe auch in Handschuhen. Aber wenn man sie in der Handtasche oder in einer Schublade der Freundin findet, berührt man sie mit der nackten Hand. Haben Sie schon einmal einen Menschen gesehen, der sich erst Handschuhe anzieht, bevor er einen nächstbesten Gegenstand in die Hand nimmt?«

»Nein.«

»Ich auch nicht. Also müssten auf jeden Fall Fingerabdrücke von Strelnikow vorhanden sein. Oder zumindest Wischspuren. Hat man welche gefunden?«

»Nein. Sämtliche Fingerabdrücke auf den Briefen, den Kuverts und auf der Verpackung sind völlig exakt. Es gibt natürlich Substanzverschleppungen, aber das ist ganz normal. Es ist sogar verdächtig, wenn sie fehlen.«

»Das alles heißt, dass Strelnikow die Briefe nie in der Hand gehabt hat.«

»Ein interessanter Gedanke! Und wer hat sie nach deiner Meinung auf Tomtschaks Datscha versteckt?«

»Das weiß der Kuckuck. Vielleicht derjenige, der sich in dem Brief an die Schirokowa als Derbyschew ausgegeben hat?«

»Ist dir klar, was du da sagst?«, brummte Olschanskij, aber seine Stimme klang plötzlich etwas fröhlicher. »Nehmen wir an, der Unbekannte, der diese Briefe mit Derbyschews Namen unterschrieben hat, wollte die Schirokowa umbringen und den Verdacht auf Derbyschew lenken. Das halte ich für möglich. Aber derjenige, der diese Briefe gefunden und sie auf Tomtschaks Datscha versteckt hat, wollte die Sache natürlich Strelnikow unterschieben. Ich bin bereit, diesen Schwachsinn zu glauben, wenn du mir erklären kannst, warum dieser Typ den Verdacht auf beide lenken wollte, auf Strelnikow und auf Derbyschew. Was haben die beiden gemeinsam? Sie kennen sich nicht einmal. Sie haben nie voneinander gehört und sind sich nie begegnet. Sie können keine Berührungspunkte und keine gemeinsamen Interessen haben. Mit anderen Worten, sie können keinen gemeinsamen Feind haben.«

»Sind Sie sich sicher?«

»Wie könnte ich mir sicher sein! Das war's, Anastasija, du kennst deine Aufgabe. Finde für mich diesen gemeinsamen Feind. Und richte Korotkow aus, dass er sich Derbyschew vornehmen und herausfinden soll, wann und wo dieses Foto von ihm geschossen wurde. Vielleicht finden wir wenigstens diesen geheimnisvollen Unbekannten.«

***

Larissa Tomtschak hatte das Jagdfieber gepackt. Ihre innere Stimme sagte ihr, dass sie aufhören musste zu denken, dass das, was sie tat, völlig sinnlos war, ein Wühlen im Schmutz, das niemandem etwas anderes bringen würde als Schmerz und Enttäuschung. Aber sie konnte nicht mehr aufhören.

Die Idee mit der gut informierten Nachbarin war Larissa auf den ersten Blick leicht realisierbar erschienen, aber in der Praxis stellte sich heraus, dass alles nicht so einfach war. Um so eine Nachbarin zu finden, musste man von Tür zu Tür gehen, und wer war schon bereit, sich in dieser unruhigen Zeit, in der jeder jedem misstraute, mit einem fremden Menschen über das Unglück anderer zu unterhalten? Und Larissa konnte schließlich nicht tagelang um die Wohnung der Zukanowa herumschleichen und auf eine passende Bekanntschaft warten. Sie musste sich von ihrer ursprünglichen Idee verabschieden.

Nachdem sie eine Weile nachgedacht hatte, beschloss sie, sich an die Miliz zu wenden. Wenn Nadeschda Zukanowa sich umgebracht hatte, musste die Miliz sich in irgendeiner Weise mit diesem Fall beschäftigt haben. Larissa ging zu dem für den Wohnbezirk zuständigen Revier.

Sie musste mehrere Stunden auf den zuständigen Inspektor warten. Man sagte ihr, Oberleutnant Barulin sei unterwegs, Sprechstunde sei von fünf bis sieben Uhr. Gegen fünf Uhr versammelten sich vor seiner Tür die Besucher, meist ältere Leute und Frauen mit verweinten, unglücklichen Gesichtern. Larissa kannte diese Gesichter gut, auch zu ihr in die psychiatrische Sprechstunde kamen solche Frauen, sie hatten schwer erziehbare Kinder oder Männer, die Alkoholiker waren. Larissa war jetzt froh, dass sie nicht weggegangen war und den Beginn der Sprechstunde an Ort und Stelle abgewartet hatte, sie saß schon so lange hier, dass sie nun die Erste in dieser traurigen Warteschlange war.

Inspektor Barulin erschien gegen halb sechs. Er war noch sehr jung, klein und schmal, sein Gesicht wirkte kindlich.

»Wer ist der Erste?«, fragte er im Vorübergehen. »Kusmitschewa, wie oft soll ich Ihnen noch sagen, dass Sie nicht mehr zu kommen brauchen! Ihr Sohn ist in Untersuchungshaft, ich kann Ihnen nicht helfen.«

Larissa erhob sich schnell und folgte dem Milizionär in ein enges, ungemütliches Zimmer mit ungeputzten Fenstern und von den Wänden blätterndem Putz. Barulin knöpfte im Gehen seine Uniformjacke auf und setzte sich hinter den Schreibtisch.

»Was kann ich für Sie tun?«, fragte er, ohne Larissa anzusehen.

»Ich ...« Larissa stockte, sie hatte nicht darüber nachgedacht, wie sie das Gespräch beginnen sollte. »Ich komme wegen Nadeschda Romanowna Zukanowa. Sie ist im letzten Jahr gestorben, sie hat sich umgebracht.«

»Ich erinnere mich«, erwiderte der Inspektor. »Und was möchten Sie?«

»Entschuldigen Sie bitte, dass ich Ihre Zeit in Anspruch nehme«, sagte Larissa hastig, »aber ich habe erst gestern von ihrem Tod erfahren. In unserer Studienzeit waren wir befreundet, danach haben wir uns lange Zeit nicht gesehen, nichts voneinander gehört ... Und nun ... Könnten Sie mir vielleicht sagen, was passiert ist? Ich habe mit ihrem Sohn Viktor gesprochen, aber es ist mir unangenehm, ihm Fragen zu stellen, es muss ein schweres Trauma für ihn sein. Ich weiß, dass Viktors Vater die Familie verlassen hat und die Kinder in keiner Weise unterstützt. Ich würde ihn gern finden und mit ihm sprechen. Es ist doch nicht normal, dass die Kinder allein leben müssen, ohne jede Unterstützung durch Erwachsene.«

»Nun übertreiben Sie ein wenig, die Kinder sind ja schon so gut wie erwachsen. Die Tochter arbeitet, der Sohn studiert, bei den beiden ist alles in Ordnung. Ich glaube nicht, dass es Ihnen gelingen wird, das Mitleid dieses Schurken zu erwecken.«

»Ist er ein Schurke? Das heißt also, Sie wissen etwas über ihn ... Wer ist er? Sagen Sie es mir bitte.«

»Es ist nicht allzu viel, was ich über ihn weiß. Es gab nie irgendwelche Beschwerden, offenbar hat er nicht getrunken und Frau und Kinder nicht geschlagen. Es schien eine intakte Familie zu sein, aber ich habe sie nur ganze zwei Mal besucht. Das erste Mal, als ich das Revier übernommen habe und von Wohnung zu Wohnung ging, um mich den Leuten vorzustellen. Und als ich zum zweiten Mal kam, war alles schon passiert. Es stellte sich heraus, dass dieser Typ zwanzig Jahre lang mit der Zukanowa zusammengelebt hatte, ohne mit ihr verheiratet zu sein. Sie hatten zusammen einen Sohn großgezogen, und der war davon überzeugt, dass sein Vater der gesetzliche Ehemann seiner Mutter war. Auch die Tochter war dieser Meinung. In Wahrheit hat er zwanzig Jahre lang als freier Vogel gelebt und klammheimlich nach rechts und links geschaut. Und eines schönen Tages verkündet er, dass er eine andere Frau gefunden hat. Über eine Heiratsagentur. Dieser Halunke. Er lebt mit einer Frau zusammen, zieht mit ihr einen Sohn groß und sucht sich nebenbei etwas Besseres über eine Heiratsagentur. Können Sie sich so etwas vorstellen?«

»Nein, das kann ich mir nicht vorstellen«, gestand Larissa. »Hat er diese Frau geheiratet?«

»Darüber bin ich nicht im Bilde. Das geht mich nichts an. Als die Zukanowa Hand an sich gelegt hat, habe ich ihn natürlich ausfindig gemacht. Sie verstehen selbst, Viktor war gerade achtzehn, ein schwieriges Alter, ich habe befürchtet, er könnte den Boden unter den Füßen verlieren nach diesem Schlag. Die Jugend ist dumm, es hätte ja sein können, dass er zu trinken anfängt oder drogensüchtig wird. Sie müssen Ihren Sohn unterstützen, habe ich seinem Vater gesagt, lassen Sie ihn jetzt nicht allein, er braucht Sie. Ziehen Sie nach diesem schrecklichen Unglück für eine Weile wieder zu den Kindern, bis sie sich gefangen haben. Ich konnte ja nicht wissen, dass die Zukanowa sich seinetwegen das Leben genommen hatte und der Sohn ihn niemals über die Schwelle lassen würde. Er ist nicht einmal zur Beerdigung gekommen, um die Kinder nicht aufzuregen.«

»Haben die Kinder gewusst, dass Sie mit ihm gesprochen haben?«

»Nein, ich habe es ihnen nicht gesagt. Wozu auch, wenn sie nichts von ihm wissen wollen ... Es hat wahrscheinlich wenig Sinn, ihn zu suchen. Sogar dann, wenn er sich besinnt und beschließt, seinen Sohn zu unterstützen, werden die Kinder seine Hilfe nicht annehmen.«

»Woher wissen Sie das? Sie haben selbst gesagt, dass Sie seit Nadeschda Romanownas Tod keinen Kontakt mehr zu ihnen haben. Vielleicht sehen sie die Sache inzwischen anders. Immerhin ist seitdem ein ganzes Jahr vergangen, wer weiß, was sich inzwischen verändert hat.«

»Verzeihen Sie, darf ich Sie nach Ihrem Namen fragen?«

»Ich heiße Larissa Michajlowna.«

»Also, Larissa Michajlowna, ich bin nicht von gestern und arbeite auch nicht erst seit heute als Inspektor. Und sollten Sie der Meinung sein, dass ich von meiner Arbeit nichts verstehe oder sie nicht ernst nehme, dann irren Sie sich gewaltig.« Barulin klang sehr verärgert, und Larissa befürchtete, dass sie mit ihrer Taktlosigkeit alles verdorben hatte. »Es liegt mir nicht, Menschen wegen Kleinigkeiten zu behelligen. Wenn sie sich nicht selbst an mich wenden, dann sehe ich keinen Grund, mich ihnen aufzudrängen. Die Beaufsichtigung der Menschen in meinem Revier steht auf einem ganz anderen Blatt. Ich habe in jedem Haus Leute, die alles über alle wissen. Und gäbe es mit Viktor Zukanow irgendwelche Probleme, wäre ich der Erste, der davon erfahren würde.«

»Ich bitte Sie«, sagte Larissa schuldbewusst, »seien Sie mir nicht böse, Genosse Oberleutnant. Sie haben mich missverstanden. Ich bezweifle nicht, dass es Ihnen nicht verborgen bliebe, wenn Viktor in Schwierigkeiten geraten würde, aber ich spreche doch von etwas ganz anderem. Vielleicht hat Viktor aufgehört, seinem Vater zu zürnen, vielleicht hat er ihm verziehen und wäre jetzt bereit, Hilfe von ihm anzunehmen.«

»Und ich sage Ihnen, dass er dazu nicht bereit ist. Er hat ihm nicht verziehen«, entgegnete Barulin mit erhobener Stimme. »Er nimmt nicht einmal seinen Namen in den Mund.«

Larissa begriff, dass Barulin diese Information von einem jener erwähnten Nachbarn bekommen hatte, die alles wussten. Sie versuchte, ihre Stimme so flehentlich wie möglich klingen zu lassen.

»Lassen Sie es mich doch zumindest versuchen, ich bitte Sie sehr darum. Für einen jungen Mann ist es doch immer sehr schmerzhaft, wenn er keinen Vater hat, er braucht unbedingt eine männliche Bezugsperson. Ich werde versuchen, Viktor von seiner Meinung abzubringen. Sagen Sie mir bitte, wer sein Vater ist.«

»Nun gut.«

Der Inspektor erhob sich mit einem Seufzer und ging zum Safe. Er holte ein dickes, abgegriffenes Heft hervor und begann, darin zu blättern.

»Hier. Viktor Alexandrowitsch Derbyschew, Tuchatschewskij-Straße zwölf, Block zwei, Wohnung neununddreißig. Nur wird das alles zu nichts führen, glauben Sie mir. Aber sollte es Ihnen tatsächlich gelingen, Vater und Sohn miteinander zu versöhnen, wird mich das als zuständigen Revierbeamten natürlich beruhigen.«

»Ich danke Ihnen«, sagte Larissa gerührt, nachdem sie die Adresse aufgeschrieben hatte.

»Keine Ursache. Auf Wiedersehen. Sagen Sie draußen Bescheid, dass der Nächste hereinkommen kann.«

Sie verließ beflügelt das Revier. Viktor Alexandrowitsch Derbyschew also. Jetzt musste sie einen Weg finden, um mit ihm in Kontakt zu kommen und sein Vertrauen zu gewinnen, damit er ihr erzählte, wer Nadeschda vor siebenundzwanzig Jahren vergewaltigt hatte.

Zehntes Kapitel

Tomtschak wohnte immer noch auf der Datscha, und im Moment war Larissa das nur recht. Es ersparte ihr Erklärungen, wenn sie aus dem Haus ging und lange wegblieb, zuerst auf der Suche nach Nadeschda Zukanowa und jetzt nach Viktor Derbyschew. Nachdem sie sein Haus gefunden und einen langen Abend im Treppenhaus zwischen zwei Stockwerken verbracht hatte, erblickte sie endlich den Mann, der Nadeschda Zukanowa nach zwanzig Jahren verlassen hatte. Er sah sehr gut aus, keine Frage, ein stattlicher, teuer gekleideter Mann. Leider kam er nicht allein nach Hause, sondern in Begleitung einer Dame, sodass Larissa die Kontaktaufnahme mit ihm verschieben musste.

Der nächste Tag war arbeitsfrei, und Larissa bezog schon am frühen Morgen Posten in der Nähe seines Hauses, ohne dabei ihr Auto zu verlassen. Sie wusste immer noch nicht, unter welchem Vorwand sie Derbyschew ansprechen sollte, deshalb beschloss sie, ihn fürs Erste ein wenig zu beobachten, um etwas über seinen Tagesablauf und seine Gewohnheiten herauszufinden. Derbyschew verließ gegen elf Uhr das Haus, in Begleitung derselben Dame, mit der Larissa ihn am Vortag gesehen hatte. Er stieg mit ihr in seinen Mercedes und fuhr in Richtung Zentrum. Larissa folgte ihm.

Die Dame stieg in der Nähe des Belorussischen Bahnhofs aus, und Derbyschew fuhr allein weiter. Er erreichte das Postamt, parkte seinen Wagen und ging zu dem Teil des Gebäudes, in dem sich die Postfächer befanden. Larissa eilte ihm hinterher, riskierte es aber nicht, ihm zu nah zu kommen. Sie sah, wie Viktor eines der Postfächer aufschloss, die Post entnahm und wieder zum Ausgang ging. Sie drehte sich schnell weg, um nicht frontal in sein Blickfeld zu geraten, wartete einen Moment und ging zu den Postfächern. Hier hatte er gestanden und das dritte Fach von rechts aufgeschlossen. Sie warf einen Blick auf die Nummer, und in diesem Moment ging ihr ein Licht auf. Natürlich nahm er nach wie vor die Dienste einer Heiratsagentur in Anspruch. Das war eine Tatsache, die sie ausnutzen konnte. Diese Art des Kennenlernens war die einfachste und unverfänglichste und zudem ein gewohntes Verfahren für Derbyschew.

Larissa beschloss, ihn an diesem Tag nicht länger zu beobachten. Stattdessen fuhr sie nach Hause und begann, einen Brief an ihn zu entwerfen. Sie musste sein Interesse wecken, den Wunsch, sie kennen zu lernen. Sie überlegte. Ein Mann, der Frauen über eine Agentur suchte ... Warum tat er das? Ein attraktiver, gut gekleideter Mann, der einen Mercedes fuhr. Solche konnten sich für gewöhnlich nicht retten vor Heiratsangeboten. Und auch eine Geliebte konnten sie an jeder Ecke haben. Warum also die Agentur? Was war der Grund?

Larissa lächelte. Es war alles klar. Er wollte keine Verwicklungen, keine Komplikationen. Er brauchte eine Frau, die seine Wünsche erfüllte und von der er sich leicht wieder verabschieden konnte, ohne Auseinandersetzungen und aufdringliche Telefonanrufe befürchten zu müssen. Man trifft sich, geht zwei-, dreimal miteinander ins Bett, und auf Wiedersehen. Keinerlei Ansprüche, keinerlei Eifersucht, man hat einfach festgestellt, dass man nicht zusammenpasst. Und er konnte sich zwei Geliebte gleichzeitig halten, denn in der Agentur gab man seine Nummer sicher nicht nur einer Dame. Herr Derbyschew schien nicht viel von Treue zu halten.

Sie entwarf schnell die erste Variante des Briefs. Dann trank sie eine Tasse Kaffee, streckte sich auf dem Sofa aus und legte sich eine Augenmaske aus Kamille und Schwarztee auf. Nach einer halben Stunde las sie den Text noch einmal durch und überarbeitete ihn. Für alle Fälle wollte sie den Brief noch eine Weile liegen lassen. Sie ging einkaufen und bereitete sich ein kalorienarmes Mittagessen zu. In letzter Zeit neigte Larissa etwas zur Fülle, deshalb hatte sie entsprechenden Maßnahmen ergriffen und hielt sich an eine strenge Diät, um ihre schmale Taille und ihre schlanken Schenkel zu behalten. Nach dem Mittagessen war der Brief endgültig ausgefeilt. Am Ende hatte Larissa ihre private Telefonnummer angegeben. Ihr war klar, dass eine Postfachnummer besser gewesen wäre, aber leider besaß sie kein Postfach. Sie hätte sich natürlich eines einrichten können, aber per Telefon ging es schneller. Sie legte dem Brief das beste Foto bei, das sie von sich besaß, klebte das Kuvert zu, verließ die Wohnung, stieg in ihr Auto und fuhr zur Post. Wenn sie den Brief dort einwarf, würde er bereits morgen in Derbyschews Postfach sein.

***

Der aus der Zelle herbeigeholte Derbyschew betrachtete lange sein eigenes Foto.

»Ich kann einfach nicht erkennen, wo das gewesen ist«, sagte er schließlich. »Auf jeden Fall nicht im Büro, denn ich gehe nie in Jeans und Pullover zur Arbeit.«

»Bei welchen Gelegenheiten tragen Sie denn Jeans?«

»Wenn ich in die Sauna gehe, zum Beispiel. Oder wenn ich aufs Land fahre. Wenn ich zu Hause bin oder einkaufen gehe. Ich weiß nicht, wo man mich hier aufgenommen hat.«

»Sehen Sie sich den Hintergrund bitte genau an«, bat Korotkow. »Seitlich ist die Ecke eines Steinhauses zu sehen, es kann nicht hoch sein, höchstens zwei Stockwerke. Und ringsum sind Bäume. Welche Saunas besuchen Sie gewöhnlich?«

»Die Sauna in Sanduny.«

»Das ist eindeutig nicht in Sanduny aufgenommen. Wohin fahren Sie denn aufs Land? Haben Sie eine Datscha?«

»Nein, ich habe keine Datscha. Ich fahre zum Reiten aufs Land.«

»Und wohin?«

»Achtzig Kilometer hinter Moskau in Richtung Kiew. Dort gibt es einen Club ...« Derbyschew verstummte und sah Korotkow herausfordernd an. »Es ist ein Eliteclub. Die Mitglieder sind bekannte Politiker und Geschäftsleute. Ich hoffe, Sie haben nicht vor, diese Leuten mit Fragen zu behelligen.«

»Doch, das habe ich vor«, erwiderte Korotkow. »Warum denn nicht?«

»Ich bitte Sie ... Nicht genug, dass Sie mich völlig grundlos verhaftet und eingesperrt haben, wollen Sie jetzt auch noch meinen Ruf ruinieren? Es werden keine drei Tage vergehen, bis Ihr Untersuchungsführer mich beschämt um Verzeihung bitten wird, weil ich unschuldig bin und in keinerlei Beziehung zu Ihrer ermordeten Blondine stehe. Hoffentlich wird man wenigstens in meiner Firma Verständnis für diesen skandalösen Vorfall aufbringen und mich nicht an die Luft setzen. Aber wenn Sie anfangen, Ihre Verdächtigungen gegen mich unter Menschen auszustreuen, die ich schätze, werde ich Sie wegen Verleumdung verklagen. Lassen Sie sich das gesagt sein.«

»Ich lasse es mir gesagt sein«, grinste Korotkow. »Übrigens, sagt Ihnen der Name Strelnikow etwas?«

»Strelnikow?«, fragte Viktor erstaunt.

»Ja, Wladimir Alexejewitsch Strelnikow.«

»Wer ist das?«

»Er war bis vor kurzem der Präsident des Fonds zur Förderung humanistischer Bildung. Haben Sie schon einmal von ihm gehört?«

»Nein, nie.«

»Wissen Sie von der Existenz dieses Fonds?«

»Nein, auch nicht. Ich arbeite auf einem anderen Gebiet und komme mit Fragen humanistischer Bildung nicht in Berührung.«

»Also, Viktor Alexandrowitsch, ich fahre jetzt zu Ihrem Elitereitclub, und Sie denken einstweilen darüber nach, ob sich Ihre Wege nicht vielleicht doch irgendwann einmal mit denen von Herrn Strelnikow gekreuzt haben. Abgemacht?«

»Hören Sie auf«, brauste Derbyschew auf. »Sie brauchen nicht so zu tun, als könnte ich irgendwelche freiwilligen Abmachungen mit Ihnen treffen. Sie halten mich gefangen, ich befinde mich in Ihrer Gewalt, Sie schikanieren und demütigen mich. Sie erteilen mir Befehle, und Sie sollten nicht glauben, dass ich das nicht weiß. Versuchen Sie nicht, mich milde zu stimmen und die Sache so darzustellen, als hätten Sie mich in meinem eigenen Interesse meiner Freiheit beraubt. Ich werde mich sowieso über Ihre Willkür beschweren und Sie alle vor Gericht bringen. Ich werde durch alle Instanzen gehen und erreichen, dass man Sie und Ihren Olschanskij aus dem Dienst entlässt. Versuchen Sie nicht, mich zu Ihrem Verbündeten zu machen, daraus wird nichts. Ich werde diese drei Tage durchstehen, und sobald ich wieder frei bin, wird sich herausstellen, wer von uns schuldig und wer unschuldig ist.«

»Warten wir es ab«, sagte Korotkow mit einem Seufzer. »Denken Sie trotzdem über Strelnikow nach. Das ist besonders in dem Fall wichtig, wenn Sie tatsächlich unschuldig sind.«

»Sie werden sich bei mir noch entschuldigen müssen«, sagte Derbyschew hasserfüllt.

»Ich entschuldige mich gern«, sagte Korotkow und rief per Knopfdruck nach dem Milizionär, der Derbyschew in die Zelle zurückbringen sollte. »Ich bin es gewöhnt, mich zu entschuldigen. Aber einstweilen wäre ich Ihnen dankbar, wenn Sie mir die Namen der Leute nennen könnten, mit denen Sie auszureiten pflegen, damit ich es leichter habe, den geheimnisvollen Fotografen zu finden.«

»Und wenn ich mich weigere?« Derbyschew riss stolz sein Kinn empor.

»Dann muss ich sämtliche Mitglieder des Clubs befragen, einen nach dem andern. Das wird sehr viel Zeit in Anspruch nehmen, und ich fürchte, dass ich es in drei Tagen nicht schaffe. Geben Sie zu, dass es viel besser für Sie wäre, wenn wir im Lauf von drei Tagen beweisen könnten, wer das Foto von Ihnen geschossen hat. Wir könnten ihn in dieser Zeit vielleicht sogar finden und sein Motiv erfahren. Danach wird man Sie reinen Gewissens wieder freilassen. Aber solange wir nicht genau wissen, ob Sie Kontakt zu der Ermordeten hatten oder nicht, sind wir gezwungen, Sie zu verdächtigen. Haben Sie den Sachverhalt verstanden?«

»Notieren Sie«, presste Derbyschew zwischen den Zähnen hervor und begann, die gewünschten Namen zu diktieren.

***

Der Reitclub mit dem romantischen Namen Pegasus wirkte sehr luxuriös und teuer. Von der Kiewer Chaussee war er über einen frisch asphaltierten Zufahrtsweg zu erreichen, den man nicht für schlaglocherprobte Shigulis und Moskwitschs angelegt hätte. Man sah sofort, dass die Liebhaber des Reitsports hier in teuren ausländischen Wagen vorgefahren kamen.

Korotkow konnte keinen Zaun entdecken, aber direkt an der Einfahrt stand ein Jeep, in dessen Nähe zwei Muskelprotze mit umgehängten Maschinengewehren über der Tarnuniform umherspazierten. Sie studierten aufmerksam den Dienstausweis von Major Korotkow und bedeuteten ihm wortlos, dass er passieren durfte. Das gefiel Korotkow.

Demnach gab es hier keine Geheimnisse, die fremden Augen verborgen bleiben sollten, es handelte sich nur um übliche Sicherheitsmaßnahmen, die völlig angemessen waren, wenn hier bekannte Politiker und Geschäftsleute verkehrten, wie Derbyschew behauptete.

Es gelang Korotkow ziemlich schnell, den Leiter des Clubs zu finden. Es handelte sich um einen gut genährten, agilen jungen Mann, der schrecklich beschäftigt wirkte, pausenlos auf mehreren Apparaten gleichzeitig telefonierte und Jura kaum zuhörte. Schließlich riss Korotkow die Geduld. Es passte den richtigen Moment ab, nahm sämtliche Hörer ab und legte sie neben die Apparate auf dem von Papieren überhäuften Schreibtisch.

»Ich brauche ganze drei Minuten, um in Ruhe mit Ihnen zu sprechen«, sagte er entschieden. »Dann überlasse ich Sie wieder Ihren Telefonen.«

Der Clubleiter holte ein riesiges zartblaues Taschentuch aus seiner Hosentasche und wischte sich die dicken Schweißperlen von der Stirn. Im Büro war es heiß, die Heizung lief auf Hochtouren, und offenbar war es hier nicht üblich, die Fensterklappe zu öffnen.

»Ich bin ganz Ohr. Wollten Sie etwas über Derbyschew wissen?«

»Über Derbyschew auch. Sehen Sie sich bitte einmal dieses Foto an. Ist es hier auf dem Gelände aufgenommen worden?«

Der Clubleiter warf einen kurzen Blick auf das Foto und nickte sofort.

»Ja, man sieht das Gebäude unseres Fitnessstudios darauf. Wir haben dort eine Sauna, einen Swimmingpool und einen Trainingsraum.«

»Ich muss mit den Angestellten sprechen, die dort arbeiten. Bitte rufen Sie an und sagen Sie den Leuten, dass ich gleich vorbeikomme und dass sie auf meine Fragen antworten müssen.«

»In Ordnung.« Der Mann griff nach einem der abgelegten Telefonhörer auf dem Tisch. »Was noch?«

»Sonst nichts.«

»Sonst nichts? Das war alles?«

»Vorläufig ja. Hätte es mehr sein sollen?«

»Oh mein Gott, wie peinlich ... Sie haben so lange gewartet, um diese paar Worte mit mir zu wechseln. Warum haben Sie mir das nicht gleich gesagt?«

»Ich hatte keine Gelegenheit dazu. Würden Sie mir bitte erklären, wie ich zum Fitnessstudio komme?«

»Aber natürlich«, sagte der Clubleiter geschäftig. »Zuerst gehen Sie geradeaus durch die Allee ... Doch nein, das ist zu kompliziert, Sie werden sich verlaufen. Ich werde jemanden rufen, der Sie begleitet. Wie peinlich, wie peinlich ...«

Er drückte auf den Rufknopf.

»Vadik, komm mal bitte zu mir ins Büro. Ja, jetzt sofort.«

Der Clubleiter wirkte so schuldbewusst, dass Korotkow innerlich lachen musste.

»Verzeihen Sie, aber warum fragen Sie eigentlich nach Derbyschew? Ist etwas nicht in Ordnung? Sie verstehen wahrscheinlich, warum mich das interessiert. Die Mitglieder unseres Clubs sind sehr respektable Personen, und wir können nicht zulassen ...«

»Machen Sie sich keine Sorgen, der Ruf Ihres Clubs wird vorläufig keinen Schaden erleiden. Ich möchte nur herausfinden, unter welchen Umständen dieses Foto geschossen wurde.«

»Du lieber Gott, das können Sie Derbyschew doch selbst fragen. Ich bin mir sicher, dass Sie mir etwas verheimlichen.«

»So ist nun einmal unsere Arbeit«, sagte Korotkow mit einem Lächeln. »Wir verheimlichen immer etwas. Aber ich sage Ihnen ganz offen, worum es geht. Wir haben den Verdacht, dass dieses Foto ohne Derbyschews Wissen aufgenommen wurde. Und ich möchte wissen, wer das getan hat.«

»Glauben Sie, dass es sich um eines unserer Mitglieder handelt?«, fragte der Clubleiter erschrocken.

»Es wäre möglich. Aber vielleicht war es auch einer Ihrer Mitarbeiter. Genauso gut könnte es natürlich irgendein Fremder gewesen sein. Denn das Gelände, auf dem Ihre Gäste dem Reitsport nachgehen, ist ja praktisch nicht kontrollierbar.«

»Ja, Sie haben Recht, das Gelände ist riesig.«

Es wurde vorsichtig an die Tür geklopft.

»Komm herein, Vadik«, rief der Clubleiter.

Eine Minute später ging Korotkow in Begleitung des strammen, sportlichen Vadik durch eine mit Birken bepflanzte Allee in Richtung Fitnessstudio.

***

Alla Sergejewna Strelnikowa war zweifellos eine starke Frau. Sie verfügte über eine ausgezeichnete Selbstbeherrschung, war sehr gelassen und couragiert. Aber sie hatte eine Schwäche. Nur eine einzige, aber diese Schwäche wog im Grunde schwerer als alle ihre Stärken. Alla Sergejewna vergötterte ihren Sohn. Sie war ihm blind ergeben, in Bezug auf ihn besaß sie keinen Funken Vernunft oder Urteilskraft, ganz zu schweigen von Objektivität. Sascha Strelnikow war zwanzig Jahre alt, und er holte aus seiner Mutter völlig ungeniert das Letzte heraus.

Kurz nach der Trennung von ihrem Mann sah Alla Sergejewna sich vor die Notwendigkeit gestellt, eine Wohnung für ihren Sohn zu finden. Sie führte ein recht aktives Privatleben, und Sascha stand ihr hierin in nichts nach. Freunde, Partys, Mädchen – alles das ließ sich in der Wohnung der Mutter auf Dauer schlecht verwirklichen. Alla Strelnikowa war nicht arm, das Geld, das sie als Chefin im Haus der Mode verdiente, reichte, um ihrem Sohn eine eigene Wohnung zu kaufen. Allerdings war sie danach mit ihren Finanzen am Ende. Der Wohnungskauf hatte ihr Bankkonto völlig leer gefegt. Aber ihr Sohn verlangte ständig neues Geld von ihr, und sie konnte ihm nichts abschlagen. Deshalb kam ihr das Geld, das sie von Strelnikow bekam, mehr als gelegen. Das Problem bestand allerdings darin, dass Alla ihrem Mann nicht gestehen konnte, wofür sie sein Geld brauchte. Sie musste ständig lügen und Vorwände erfinden. Mal schob sie eine Wohnungsrenovierung vor, mal eine teure ärztliche Behandlung, mal eine unumgängliche Schönheitsoperation, mal irgendeinen höchst lukrativen Vertragsabschluss, der mit einer Investition verbunden war.

Die Wahrheit bestand allerdings darin, dass ihr Sohn Sascha ein leidenschaftlicher Spieler war. Er verspielte sein Geld im Casino, bei Wettrennen, beim Kartenspiel und in allen möglichen Lotterien. Alles, was er gewann, investierte er sofort wieder ins Spiel, aber entsprechend den Gesetzen des Genres und der Statistik gewann er natürlich sehr viel weniger, als er verlor. Alla Sergejewna wusste genau, was geschehen würde, wenn ihr Mann davon erfahren sollte. Das musste auf jeden Fall verhindert werden. Und sie wusste auch genau, was passieren würde, wenn Wladimir aufhörte, ihr Geld zu geben. Das aber konnte durchaus geschehen, wenn er sich eines schönen Tages von ihr scheiden ließ, um eine neue Ehe einzugehen. Ihr Sohn würde das Spielen nicht aufgeben, über diese Tatsache konnte Alla Sergejewna sich nicht hinwegtäuschen. Das Spielen war eine unheilbare Krankheit, und wer einmal infiziert war, der blieb es für den Rest seines Lebens. Wenn die Finanzspritzen von Strelnikow ausblieben, würde Sascha sich das Geld auf andere Weise besorgen, das war völlig klar. Und Alla kannte ihren Sohn gut genug, um zu wissen, dass er niemals arbeiten gehen würde, um sich sein Geld auf ehrliche Weise zu verdienen. Er würde sich in irgendwelche kriminellen Machenschaften verstricken, und dann war es auch nicht mehr weit bis zum Gefängnis. Obwohl man das Gefängnis ja noch überleben konnte. Es gab etwas, das sehr viel gefährlicher war. Sascha würde sich verschulden, und dann würde man mit ihm so verfahren, wie es in den letzten Jahren üblich geworden war. Leute, die ihre Schulden nicht zurückzahlten, wurden umgebracht, und zwar im Handumdrehen. Damit die anderen Schuldner wussten, woran sie waren.

Heute war das heiß geliebte Söhnchen wieder bei seiner Mutter erschienen, um sie um finanzielle Unterstützung zu bitten. Und wieder machte Alla Sergejewna einen schüchternen, völlig sinnlosen Versuch, auf ihn einzuwirken.

»Hör auf damit, mein Junge«, flehte sie. »Begreif doch, dass es nicht ewig so weitergehen kann. Der Geldbeutel deines Vaters ist kein Fass ohne Boden. Ich weiß nicht mehr, was ich ihm sagen soll, wofür ich ihn um Geld bitten soll.«

»Aber Mamilein«, flötete Sascha mit klagender Stimme, »sei doch nicht so! Alles war so gut, und jetzt machst du es kaputt.«

»Söhnchen, es scheint dir gar nicht in den Sinn zu kommen, dass dein Vater sich auch weigern könnte. Welches Recht habe ich denn, etwas von ihm zu fordern? Er lebt schon seit zwei Jahren nicht mehr mit uns zusammen, du bist volljährig, und er ist uns nichts schuldig. Es könnte ja auch sein, dass er wieder heiratet und dann für seine Frau und vielleicht für ein Kind aufkommen muss.«

»Wie kommst du auf so etwas?«, fragte er argwöhnisch. »Was willst du mir damit sagen? Ich verstehe nicht.«

»Ich will damit sagen, dass du arbeiten und selbst Geld verdienen musst.«

»Aber Mam, lass mich das Leben doch noch ein bisschen genießen. Ich werde noch lange genug arbeiten müssen, ich habe schließlich noch das ganze Leben vor mir. Ich verspreche dir, dass ich mich bald am Riemen reißen werde, Ehrenwort. Aber jetzt brauche ich Geld. Warum sollte mein Vater wieder heiraten wollen? Du willst mir nur Angst einjagen.«

»Ich will dir keine Angst einjagen, ich will dir nur vor Augen führen, dass so etwas immerhin möglich ist.«

»Quatsch«, raunzte Sascha. »Nach allem, was jetzt mit seinen Weibern passiert ist, wird er es sich hundertmal überlegen, bevor er sich wieder eine neue Tussi zulegt. Er wird uns schon nicht sitzen lassen. Komm schon, Mam, rück raus mit der Kohle. Ich bin sowieso schon spät dran.«

Alla spürte, wie sich ihr der Hals zusammenkrampfte bei dem schrecklichen Gedanken, der in ihr aufstieg. Wenn es jemanden gab, der ihre Scheidung von Strelnikow nicht wollte, dann war es in erster Linie Sascha. Ob er womöglich irgendwie beteiligt war an dem, was geschehen war? Nein, nein, nein! Alla verscheuchte diesen unerträglichen Gedanken. So etwas konnte ihr Junge, ihr geliebter Sohn, nicht getan haben. Er könnte so etwas nicht einmal denken. Sicher, er war ein Taugenichts, ein Spieler, aber im Grunde seines Herzens ein guter Junge, der niemandem etwas zuleide tun konnte.

Alla zog eine Schublade der Schrankwand auf und holte einige Geldscheine hervor.

»Hier, nimm. Aber ich bitte dich, Söhnchen ... Ich weiß nicht, wann ich das nächste Mal wieder Geld haben werde. Gib nicht alles auf einmal aus.«

»Ist gut, Mamilein. Danke.«

Sascha küsste seine Mutter schnell auf die Wange und eilte aus der Wohnung. Er sprang die Treppe hinunter, lief auf die Straße und stieg schnell in den auf ihn wartenden Wagen. Das Mädchen, das hinter dem Steuer saß, sah ihn fragend an.

»Und?«

»Alles bestens, Süße. Ich hab die Kohle, wir können los.«

»Super«, sagte das Mädchen erfreut. »Wir leben nicht schlecht. Wohin sollen wir fahren?«

Sascha überlegte einen Moment, dann verzogen sich seine Lippen zu einem wollüstigen Lächeln.

»Zuerst fahren wir zu mir und trinken eine Kleinigkeit. Wir müssen schließlich unseren Erfolg begießen. Dann gehen wir essen, und abends – wie immer. Ich fühle, dass ich heute Glück haben werde. Ich fühle es.«

Das Mädchen nickte schweigend und ließ den Motor an.

***

Nachts wurde Larissa Tomtschak vom Läuten des Telefons geweckt. Ohne Licht zu machen, tastete sie nach dem Hörer.

»Hallo«, meldete sie sich mit verschlafener Stimme.

Am anderen Ende der Leitung blieb es still. Man hörte nicht einmal ein Atmen.

»Wer ist da?«, fragte sie, diesmal mit lauterer Stimme.

Erneut Schweigen. Larissa wurde unbehaglich. Schnell legte sie den Hörer wieder auf, drehte sich zur Wand und verkroch sich tiefer unter der Decke.

Nach etwa einer Stunde läutete es erneut. Dieses Mal konnte Larissa deutlich hören, dass jemand atmete. Sie erschrak, weil sie dachte, ihrem Mann könnte etwas zugestoßen sein. Man versuchte, sie von außerhalb anzurufen, aber die Fernverbindung war, wie immer, gestört.

»Hallo!«, rief sie. »Slawa! Slawa, bist du es?«

Aber es kam keine Antwort. In der Leitung war jetzt undeutlicher Lärm zu hören, entfernte Stimmen und Gelächter, aber niemand sagte etwas.

Den Rest der Nacht verbrachte Larissa schlaflos, und am Morgen fing es wieder an mit den Anrufen. Während der Stunde, in der Larissa sich für die Arbeit fertig machte, meldete sich der schweigsame Anrufer viermal. Als sie bereits mit dem Schlüssel in der Hand in der Wohnungstür stand, begriff sie, dass sie dabei war, die Nerven zu verlieren. Ihre Hände zitterten, die Beine waren wie aus Watte.

Mit Mühe absolvierte sie ihren sechsstündigen Dienst an der Poliklinik, am liebsten hätte sie ihre Patienten angeschrien: Lasst mich in Ruhe! Ich brauche nicht weniger Hilfe als ihr, und ihr redet mich mit eurem Unsinn voll. Nachdem der letzte Patient endlich gegangen war, zog sie sich schnell an und lief aus dem Gebäude. Als sie im Auto saß, merkte sie plötzlich, dass sie Angst vor dem Fahren hatte. Sie schien sämtliche Verkehrsregeln vergessen zu haben und war sich sicher, sie würde im nächsten Moment einen Unfall bauen. Nachdem es nach einer Viertelstunde immer noch nicht besser war, beschloss sie, das Auto stehen zu lassen und in die öffentlichen Verkehrsmittel umzusteigen. Für den Rest des Tages würde sie auch ohne Auto auskommen, und morgen hatte sie Abenddienst. Sie würde mit der Metro zur Klinik fahren und das Auto auf dem Rückweg mitnehmen. Bis dahin würde sie sich wieder gefangen haben. Sie hatte die halbe Nacht nicht geschlafen, die Anrufe hatten sie entnervt, und als Ärztin wusste sie, dass man sich in so einem Zustand nicht ans Steuer setzen durfte. Gleich hier befand sich ein bewachter Parkplatz, ihr Auto würde über Nacht in Sicherheit sein.

Larissa stellte den Wagen ab und ging zur Metro. Die Fahrt lenkte sie ab. Sie war schon so lange nicht mehr Metro gefahren, dass sie gar nicht wusste, wie viele interessante kleine Geschäfte sich inzwischen in den Unterführungen etabliert hatten. Man konnte hier gute Kosmetik kaufen, Kuchen und Süßigkeiten, Souvenirs, technisches Gerät, Bücher und Zeitschriften, es wurden sogar Filme zum Entwickeln angenommen. Larissa erstand die Zeitschrift »Lisa« und fuhr mit der Rolltreppe hinunter zu den Bahnsteigen. Ihre Nervosität hatte etwas nachgelassen, aber als erfahrene Psychiaterin war ihr klar, dass sie nicht sehr gut in Form war. Sie stellte sich nicht an den Bahnsteigrand, so, wie sie es früher immer getan hatte, sondern ging nach hinten und lehnte sich gegen die Mauer. Sie fühlte eine unbestimmte Angst, dass irgendein Betrunkener oder Verrückter sie auf die Gleise stoßen könnte, unter die einfahrende Bahn. Sie wusste, dass grundlose Ängste dieser Art das erste Anzeichen für ein angegriffenes Nervenkostüm waren.

***

Zu Hause angekommen, hörte Larissa als Erstes den Anrufbeantworter ab. Zu ihrer Überraschung vernahm sie eine angenehme Männerstimme.

Guten Tag, Larissa. Hier spricht Viktor Derbyschew. Ich habe Ihren Brief mit dem Foto bekommen und würde Sie sehr gern treffen. Leider sind Sie im Moment nicht zu Hause. Ich werde heute von acht bis halb neun Uhr abends an der Metrostation Akademicheskaja auf Sie warten. Wenn Sie heute nicht kommen können und ich Sie bis zum Abend nicht mehr erreiche, warte ich morgen um dieselbe Zeit am selben Ort auf Sie. Auf Wiedersehen.

Großartig! Larissas Stimmung besserte sich sofort, sie vergaß sogar die mysteriösen Anrufe, die sie so aufgeregt hatten. Jetzt war es erst halb vier, noch viel Zeit bis zum Treffen mit Derbyschew, und Larissa wollte alles dafür tun, um am Abend so gut wie möglich auszusehen.

Sie ging ins Bad und betrachtete sich kritisch im Spiegel. Die unruhige Nacht war nicht spurlos an ihr vorübergegangen, ihr Gesicht sah müde aus, Fältchen unter den Augen, matte Haut. Sie musste wenigstens noch zwei Stunden schlafen und sich danach eine Gesichtsmaske auflegen.

Sie nahm eine warme Dusche, legte sich ins Bett und versuchte, sich zu entspannen. Es gelang ihr nicht einzuschlafen, der Schrecken, den der mysteriöse Anrufer ihr eingejagt hatte, saß ihr immer noch in den Gliedern, aber nach zwei Stunden hatte sie sich dennoch einigermaßen erholt, und als sie wieder aufgestanden war, gefiel ihr das eigene Spiegelbild schon sehr viel besser. Die Augen waren wieder klar, der Teint sah frisch aus. Und als Larissa Tomtschak weitere zwei Stunden später das Haus verließ, sah sie mindestens acht Jahre jünger aus als sie war. Ihre Augen leuchteten, ein Lächeln umspielte ihre Lippen, die Füße in den eleganten Stiefeletten schienen geradezu über dem Trottoir zu schweben. Jetzt bedauerte sie, dass sie ihren Wagen hatte stehen lassen und nun erneut mit der Metro fahren musste, aber sie tröstete sich schnell mit dem Gedanken, dass Derbyschew sicher in seinem Mercedes erscheinen würde, sodass es mit dem Nachhausekommen zu später Stunde wohl keine Probleme geben würde.

Obwohl es bereits Viertel nach acht war, konnte sie Derbyschew am vereinbarten Ort nicht erblicken. Sie entfernte sich ein wenig, blieb stehen und überlegte, ob sie bis halb neun warten oder sich stolz umdrehen und wieder gehen sollte. Stolz tut hier nichts zur Sache, sagte sie sich schließlich, sie wollte ja nicht seine Liebhaberin werden oder gar seine Ehefrau. Sie wollte ihn nur kennen lernen, um zu erfahren, wer Natascha Zukanowas Vater war, und dafür lohnte es sich zu warten, sogar viel länger als bis halb neun. Denn wenn sich herausstellen sollte, dass es Strelnikow war, der vor langer Zeit das hilflose, alkoholisierte Mädchen vergewaltigt hatte, würden ihr Mann und sie selbst ein für alle Mal von dieser Männerfreundschaft erlöst sein, die Larissa schon so viele Jahre im Wege stand und sie nicht frei atmen ließ.

»Larissa?«, hörte sie jemanden neben sich sagen.

Noch bevor sie sich umdrehte, wurde ihr bewusst, dass die Stimme ganz anders klang als die, die sie auf dem Anrufbeantworter gehört hatte. Sollte es jemand von ihren Bekannten sein? Das war Pech. In diesem Fall würde Slawa zweifellos von ihrer nächtlichen Unternehmung erfahren.

Sie wandte sich vorsichtig um und erblickte einen jungen Mann, der etwas seltsam, aber insgesamt sehr sympathisch wirkte. Larissa war auf den ersten Blick klar, dass er zu einer sexuellen Minderheit gehörte, auch solche wie ihn brachte man zu ihr in die Sprechstunde. Trotz der zahlreichen einschlägigen Veröffentlichungen und der umfassenden Aufklärungsarbeit der letzten Jahre war die Masse immer noch überzeugt davon, dass es sich bei Homosexualität um eine psychische Krankheit handelte. Der junge Mann, der neben ihr stand, war groß und breitschultrig, er trug eine Hose aus teurem dünnen Leder, die seine muskulösen Beine eng umschloss. Seine Haare waren am Hinterkopf zusammengebunden, die Augenbrauen zu hohen, feinen Monden gezupft, das Gesicht von einer dicken Make-up-Schicht bedeckt, was allerdings nicht sofort ins Auge fiel, erst recht im Dunkeln, da es sich ganz offensichtlich um ein teures Make-up handelte, das der männlichen Haut, die auch nach einer guten Rasur immer etwas grob blieb, eine dezente Glätte verlieh. Mit geübtem Blick erkannte Larissa die Spur Lippenstift auf seinem Mund. Nein, dieser Mann war kein Transvestit, er wollte nicht aussehen wie eine Frau, sondern nur seinen männlichen Partnern gefallen. Was wollte er von ihr? Handelte es sich um einen ehemaligen Patienten? Aber dazu passte die familiäre Anrede nicht. Für ihre Patienten war sie immer nur Larissa Michajlowna.

»Larissa?«, wiederholte der originelle junge Mann noch einmal und sah ihr ins Gesicht.

»Ja bitte?«, fragte sie neutral.

»Verzeihen Sie, warten Sie auf Viktor Derbyschew?«

»Ja.«

»Gott sei Dank, ich habe es noch geschafft«, lächelte der junge Mann. »Ich habe schon befürchtet, Sie würden nicht bis halb neun warten und wieder gehen. Viktor schickt mich. Er hat eine Besprechung, die sich in die Länge zieht, und er kann sie leider nicht vorzeitig verlassen. Deshalb hat er mich geschickt, damit ich Sie zu ihm nach Hause bringe, er selbst wird so bald wie möglich nachkommen. Er hat mir sogar Ihr Foto gegeben, damit ich Sie erkenne.«

Larissa nickte. Immerhin erwies sich Derbyschew als verlässlicher Mensch, das war schon einmal gut. Seltsam war nur, dass er sie zu sich nach Hause einlud. Er wohnte an der Metrostation Oktjabrskoje Polje, nicht an der Akademicheskaja, an der Larissa sich in diesem Moment befand. Wenn er von Anfang an vorhatte, sie in seine Wohnung zu bitten, warum hatte er sich dann hier mit ihr verabredet? Aber danach durfte Larissa nicht fragen, sonst hätte sie sich verraten. Es musste so aussehen, als kenne sie seine Adresse nicht, als hätte sie lediglich seine Postfachnummer von der Agentur bekommen.

»Gut, gehen wir. Oder fahren wir?«

»Nein, wir gehen. Es ist ganz in der Nähe. Mein Name ist übrigens Alik.«

»Sehr angenehm. Meinen Namen kennen Sie ja schon.«

Larissa wusste nicht so recht, worüber sie mit diesem Alik sprechen sollte, sie hatte kein Interesse daran, ihn näher kennen zu lernen. Andererseits hatte er Viktor einen Gefallen getan, er war an seiner Stelle zum Treffpunkt gekommen, deshalb war eisiges Schweigen ebenfalls irgendwie unangebracht.

»Arbeiten Sie mit Viktor zusammen?«, fragte sie höflich.

»Nein, wir sind einfach nur Freunde.«

Der junge Mann fing Larissas raschen Seitenblick auf und lachte leise. Sein Lachen war genauso hell wie seine Sprechstimme.

»Ich weiß, was Sie denken. Aber wir sind wirklich nur Freunde, ohne alle Zweideutigkeiten. Haben Sie doch keine Angst, Larissa, seit dieser Paragraph nicht mehr existiert, verbergen wir uns nicht mehr. Ja, ich bin so einer, und ich bin damit glücklich. Man kann sogar sagen, dass ich stolz darauf bin. In meinem Leben gibt es viele Freunde und viel Liebe, und das kann nicht jeder normal orientierte Mann von sich behaupten. Nehmen Sie zum Beispiel Viktor. Sie kennen ihn noch nicht, aber glauben Sie mir, ich kenne keinen anderen Mann, der so viel Pech in der Liebe hat wie er. Es ist, als würde ein Fluch über ihm hängen. Er sieht gut aus, hat Geld und ist gesund, aber er muss die Dienste einer Heiratsagentur in Anspruch nehmen. Es ist paradox.«

Alik blieb neben einem Obst- und Gemüsekiosk stehen.

»Bitte entschuldigen Sie mich, Viktor hat mich gebeten, ein wenig einzukaufen«, sagte er. »Er war sich sicher, dass er heute spätestens ab sieben Uhr frei sein würde und alles selbst vorbereiten könnte, aber diese Besprechung hat alle seine Pläne durchkreuzt.«

Er wählte Trauben aus, einige Mango, Bananen und große, leuchtende Orangen. Larissa quittierte es mit Wohlwollen. Offenbar war Derbyschew kein schlechter Kerl, er legte Wert darauf, das Treffen mit einer Frau angenehm zu gestalten, auch wenn es das erste und letzte sein sollte. In ihr blitzte der heimliche Gedanke auf, dass sich auf diese ungewöhnliche Weise vielleicht eine Affäre entwickeln würde. Natürlich hatte ihre Begegnung mit Derbyschew einen ganz anderen Grund, aber man konnte nie wissen ...

Es war tatsächlich nicht weit bis zu Derbyschews Wohnung, in etwa zehn Minuten erreichten sie ein mehrstöckiges Wohngebäude und fuhren mit dem Lift in die zweite Etage. Alik holte den Schlüssel aus der Hosentasche und schloss die Wohnungstür auf.

»Bitte treten Sie ein«, sagte er. »Viktor bittet um Verzeihung, wenn etwas nicht in Ordnung ist, er war schon zwei Wochen nicht mehr hier.«

»Wohnt er denn nicht hier?«, fragte Larissa erstaunt.

»Im Moment nicht. Viktor hat noch eine zweite Wohnung, die gerade renoviert wird, und vorübergehend hält er sich dort auf, um die Handwerksarbeiten unter Kontrolle zu behalten. Sie wissen ja selbst, wie es ist, wenn man die Handwerker sich selbst überlässt. Am Ende hat man den Schaden.«

Larissa atmete erleichtert auf. So war das also. Jetzt passten die Dinge wieder besser zusammen. Vielleicht war die Frau, die er vor kurzem mit nach Hause gebracht hatte, gar keine Geliebte, sondern einfach eine Verwandte, die ihm beim Aufräumen und Putzen half. Während einer Wohnungsrenovierung gab es ja immer viel Arbeit.

Sie inspizierte mit interessiertem Blick die Wohnung. Nicht schlecht, dachte sie, gar nicht schlecht. Gepflegt, ordentlich, geschmackvoll. Alik bat sie, es sich bequem zu machen, und ging selbst in die Küche. Larissa setzte sich auf das weiche Veloursofa und versuchte, sich zu sammeln. Immerhin stand sie vor keiner leichten Aufgabe: Sie musste sich in das Vertrauen eines Fremden einschleichen und ihn dazu bringen, dass er ihr von seiner verstorbenen Frau erzählte.

An der Wand gegenüber dem Sofa hing eine große, gerahmte Fotografie von Derbyschew: Er stand neben einem zweiten Mann, beide trugen Reitdress und hielten Pferde am Zaum. Der zweite war Larissa gut bekannt. Ein prominenter Politiker, ein Abgeordneter der Staatsduma, der fast täglich im Fernsehen zu sehen war. Solche Bekanntschaften pflegte Viktor Alexandrowitsch also.

Larissa Tomtschak warf ihre Schuhe ab, schlug die Beine auf dem Sofa unter und kehrte in Gedanken zum Grund ihres Hierseins zurück: zu Strelnikow. Sollte sich herausstellen, dass er nicht Natascha Zukanowas Vater war, dann konnte es immer noch so gewesen sein, dass er in jener Silvesternacht während der Vergewaltigung daneben gestanden und zugesehen hatte, ohne dem armen, absichtlich betrunken gemachten Mädchen zu helfen. Es durfte sich nur nicht herausstellen, dass Tomtschak der Schuldige war. In jedem anderen Fall würde Larissa Strelnikow, diesem charmanten Despoten, den Hals brechen, diesem egoistischen Tyrann, dessentwegen sie schon so viele Tränen vergossen hatte.

Der eigenwillige, feminine Alik klapperte in der Küche mit dem Geschirr, im Zimmer war es warm und gemütlich, und Larissa fühlte sich in dieser fremden Wohnung plötzlich ungewöhnlich wohl. Ihr stand ein Abend in der Gesellschaft eines gut aussehenden, eleganten Mannes bevor, der um sie werben, ihr Komplimente machen und sie mit Champagner bewirten würde. Sie hatte schon lange nicht mehr geflirtet und dachte mit Genuss an die bevorstehende Begegnung.

»Larissa, darf ich Ihnen etwas zu trinken bringen?«

»Ja, gern«, rief sie, »aber bitte etwas Leichtes.«

Eigentlich wollte sie gar nichts trinken, aber sie wusste, dass sie hübsch wurde, wenn sie Wein trank, ihre Augen begannen zu glänzen, die Wangen bedeckten sich mit einem zarten, verjüngenden Rosa. Sie merkte plötzlich, dass ihr ein Bein eingeschlafen war, und veränderte ihre Position, um sich bequemer auf dem Sofa einzurichten. Sie musste sich mit einer Hand an einem Polster abstützen, aber die Hand rutschte an dem glatten Velours ab und glitt in den Spalt zwischen zwei Polstern. Ihre Fingerspitzen stießen auf etwas Hartes. Sie ertastete den Gegenstand und zog ihn hervor. Sie hielt einen silbernen Amor mit Pfeil und Bogen in der Hand. Sie lächelte. Eine von Derbyschews Freundinnen muss ihn hier verloren haben, dachte sie. Ein hübscher, ungewöhnlicher Anhänger. So einen habe ich noch nie gesehen. Oder etwa doch? Larissa kam dieser Anhänger plötzlich bekannt vor, sie wusste jetzt, dass sie ihn tatsächlich schon einmal gesehen hatte.

Sie drehte die kleine Silberfigur zwischen ihren Fingern

und entdeckte auf der Rückseite eine Gravur. Im Zimmer war es nicht sehr hell, das Deckenlicht brannte nicht, nur eine Stehlampe und eine Wandleuchte, sodass Larissa die winzige, feine Aufschrift nicht entziffern konnte. Sie hielt sich den Anhänger näher an die Augen und erstarrte. »Von Wolodja für Mila, in Liebe«. Natürlich hatte sie diesen Anhänger schon gesehen, Mila hatte ihn auf Gena Leontjews Geburtstagsfeier getragen. Also ist sie hier gewesen, dachte Larissa. Darum hat der Untersuchungsführer so beharrlich nachgefragt, was Mila an der Metrostation Akademicheskaja gemacht haben konnte. Und ich dumme Gans habe geglaubt, dass sie sich mit Ljuba getroffen hat. Ich habe gewusst, dass die naive Ljuba irgendeinen Scharlatan aufsuchte und nachts zum Friedhof ging, um ihre Freundin zu verwünschen. Sie hat tatsächlich geglaubt, sie könnte Mila auf diese Weise töten. Aber als sie gemerkt hat, dass es so nicht funktioniert, hat sie den Entschluss gefasst, Mila mit ihren eigenen Händen umzubringen. Sie hat ihre Freundin angerufen und ihr vorgeschlagen, sich an der Akademicheskaja zu treffen, um ein wenig spazieren zu gehen. So habe ich mir das vorgestellt. Und nun? Hat Ljuba sie also gar nicht umgebracht? Aber wer dann? Wie ist Milas Anhänger in diese Wohnung gekommen, auf dieses Sofa? Was hat Mila hier gemacht? Eine blöde Frage. Dasselbe natürlich, was ich hier mache. Nur bin ich aus einem persönlichen Grund hier, während es bei ihr ein sexueller war. Sie war ein Flittchen, und deshalb musste sie sterben. Aber was tat das jetzt zur Sache? Wenn Mila an dem Abend ermordet wurde, an dem sie in dieser Wohnung war, dann musst du die Beine in die Hand nehmen und laufen, Larissa, laufen, so schnell du kannst. Du musst sofort zur Miliz gehen, ihnen diesen Anhänger zeigen und alles erzählen. Du wirst natürlich zugeben müssen, warum du hier warst, aber um deinen guten Ruf geht es jetzt nicht mehr, du musst nur so schnell wie möglich von hier verschwinden, damit es dir nicht genauso ergeht wie Mila …

Auf der Schwelle erschien Alik in seiner eng anliegenden Hose aus dünnem, seidigem Leder und einer cremefarbenen Seidenbluse mit weiten Ärmeln.

»Bitte sehr, Larissa.« Er reichte ihr ein Glas Weißwein auf einem kleinen Tablett. »Das ist deutscher Rheinwein. Ober bevorzugen Sie Rotwein?«

»Nein, nein«, entgegnete Larissa schnell und nahm das Glas.

Schnell austrinken, Kopfschmerzen vorschützen und die Flucht ergreifen. Oder lieber irgendwo anrufen und sich dann unter einem Vorwand aus dem Staub machen. Ich werde sagen, dass meine Mutter schwer krank geworden ist und dass ich dringend zu ihr fahren muss, dachte Larissa.

Sie trank das Glas in einem Zug aus, stellte es auf den Tisch, steckte den Anhänger unauffällig in die Tasche ihres Rockes und erhob sich vom Sofa.

»Ich müsste mal kurz telefonieren«, sagte sie entschieden. »Darf ich Ihr Telefon benutzen?«

Alik reagierte seltsam.

»Telefonieren?«, fragte er. »Mit wem?«

»In einer dringenden Angelegenheit«, erklärte Larissa geduldig und noch völlig ohne Argwohn.

»In welcher dringenden Angelegenheit?«

Larissa blieb das Herz stehen. Schlagartig hatte sie begriffen. Es war also schon zu spät. Und sie hatte gedacht, dass Derbyschew hinter der Sache steckte. Aber in Wahrheit war es dieser liebenswürdige junge Mann. Derbyschew hatte mit alledem gar nichts zu tun. Alik lockte die Frauen, die dem begehrten Junggesellen auf die Pelle rücken wollten, in diese Wohnung und brachte sie um. Er war ein Wahnsinniger, ein Geisteskranker. Und sie, die Ärztin der Psychiatrie, hatte es nicht bemerkt. Sie war einem Psychotiker auf den Leim gegangen wie ein dummes kleines Mädchen. Natürlich würde er ihr nicht erlauben zu telefonieren, weil er fürchtete, sie würde seine Adresse nennen und jemanden um Hilfe rufen. Sie hätte in aller Ruhe den Wein austrinken müssen, abwarten, bis er wieder in der Küche war, und sich dann leise aus der Wohnung schleichen. Selbst wenn er sie auf der Treppe eingeholt hätte, hätte sie noch eine Chance gehabt. Sie hätte um Hilfe rufen können ... Aber jetzt? Sie hatte sich verraten, sie hatte den Argwohn des Psychopathen erregt.

»Meine Mutter fühlt sich heute nicht gut.« Larissa versuchte, so ruhig wie möglich zu sprechen. »Ich muss sie anrufen und mich nach ihrem Befinden erkundigen. Sie ist schon sehr alt, und ich mache mir ständig Sorgen um sie.«

Larissa fühlte plötzlich, dass sie schwach wurde und alles um sie herum sich zu drehen begann. Er hat mir etwas in den Wein getan ... dachte sie. Oh mein Gott, wie einfach alles ist. Ich wollte davonlaufen, mich retten, aber in Wahrheit war ich bereits verloren. Ich hatte schon das Gift in mir ...

Larissa schwankte, zwei starke, muskulöse Arme hoben sie hoch und trugen sie zum Sofa. Ihr Bewusstsein schwand, aber es ging langsam. Sie konnte sich nicht mehr bewegen und nicht mehr sprechen, aber sie hörte und sah noch alles. Das geschminkte Gesicht mit den geschliffenen Zügen und den dünnen Augenbrauen kam ihr ganz nah. Sie spürte sogar Aliks Atem, der ihr seltsam frisch, rein und süß erschien.

»So, meine Liebe«, hörte sie ihn an ihrem Ohr flüstern. »Du wirst jetzt sterben. Und das wird wunderbar sein. Du wirst sehen, dass es wunderbar ist. Ohne mich wärst du nie eines so wunderbaren Todes gestorben. Du hättest ein langes Leben voller Leiden und Krankheiten gelebt, du wärst in Schmerzen, Krämpfen und Gestank gestorben. Aber durch mich wirst du jung, schön und ohne alle Leiden sterben. Du darfst nicht glauben, dass der Tod schrecklich ist. Ich werde dir etwas geben, das dir sonst niemand auf der Welt geben kann. Ich werde dir zeigen, dass der Tod wunderbar sein kann. Du wirst sein lichtes Antlitz sehen. Nicht das hässliche, runzlige Antlitz einer Greisin mit grauem Zopf, sondern das lichte, von aller Pein erlöste Antlitz des ewigen Friedens. Deine Freundin Ljudmila wollte dieses Antlitz nicht sehen, sie war eine dumme, unwissende Kreatur, und als solche ist sie auch gestorben. Ich musste sie erwürgen. Sie hatte große Angst. Aber du hast keine Angst, nicht wahr? Dir geht es gut, du fühlst fast gar nichts mehr, du schläfst ein, du entfernst dich ... Sieh mich an, sieh mir bis zum letzten Moment in die Augen, ich werde dich bis an die Schwelle begleiten, ich werde bis zum Ende bei dir sein.«

Die Stimme wurde leiser und leiser, und Larissa begriff, dass sie starb. Jede Sekunde brachte sie dem Tod näher, jede Sekunde kam ihr vor wie ein Schritt, den sie gegen ihren Willen tun musste. Noch einen Schritt und noch einen ... Aliks dunkle Augen waren ihr ganz nah, und mit erlöschendem Bewusstsein klammerte sich ihr erstarrter Blick an diese Augen. Solange sie diese Augen noch sah, war sie am Leben. Solange sie diesen Blick noch erkannte, war sie nicht tot. Sie durfte nicht aufgeben, sie musste mit ihrer ganzen Kraft kämpfen, vielleicht war in dem Wein gar kein Gift, sondern nur ein starkes Betäubungsmittel, dessen Wirkung bald wieder nachlassen würde. Sie durfte nicht aufgeben, sie musste durchhalten, vielleicht würde gleich alles vorüber sein. Gleich würde die Wirkung des Mittels nachlassen, und sie würde wieder zu sich kommen ...

Aber Larissa hoffte umsonst. In dem Wein war Gift.

Elftes Kapitel

Zum Fundort der Leiche von Larissa Tomtschak fuhr wieder dasselbe Team: der Untersuchungsführer Olschanskij, der Gutachter Oleg Subow, der Gerichtsmediziner Gurgen Artaschesowitsch Ajrumjan, zwei Ermittlungsbeamte von der Bezirksmiliz und Anastasija Kamenskaja und Jura Korotkow von der Petrowka. Normalerweise kam so etwas nicht vor. Wenn ein Kriminalfall mehrere Opfer forderte, begaben sich jeweils die Beamten an den Tatort, die gerade Zeit hatten. Aber nachdem Konstantin Michajlowitsch erfahren hatte, dass bei der Toten Papiere gefunden wurden, die auf den Namen Larissa Michajlowna Tomtschak lauteten, hatte er Himmel und Hölle in Bewegung gesetzt, um wieder das alte Team einzusetzen.

»Ich habe dieses Liebes- und Ehespektakel mit toten Frauenkörpern satt«, schrie er in den Telefonhörer. »Wenn wir an jeden Tatort andere Leute schicken, kommen wir nie auf einen grünen Zweig. Wollen Sie vielleicht, dass dieser Geistesgestörte halb Moskau unter die Erde bringt?«

Hier übertrieb Olschanskij natürlich. Er hatte nicht den geringsten Grund zu der Annahme, dass das Ableben von Ljudmila Schirokowa, Ljuba Sergijenko und Larissa Tomtschak auf das Konto ein und desselben blutrünstigen Geisteskranken ging. Der erste Mord und der darauf folgende Selbstmord hatten erkennbare Motive, auch wenn noch unklar war, auf welche Art und Weise Mila Schirokowa ermordet wurde, aber was tat hier der Geisteskranke zur Sache? Und was Larissa Tomtschak betraf, so war es noch zu früh, um Hypothesen aufzustellen. Bis jetzt hatte man weder den Tatort besichtigt noch die Leiche untersucht. Vielleicht bestand gar kein Zusammenhang zwischen diesen drei Todesfällen.

Konstantin Michajlowitsch verfügte aufgrund seiner langjährigen Berufserfahrung als Untersuchungsführer über eine außergewöhnliche kriminalistische Intuition, und manchmal tat er Dinge, deren Sinn er niemandem hätte erklären können, nicht einmal sich selbst. Er ließ sich einfach von seinem Gefühl leiten. Allerdings kam das nicht sehr oft vor. Meistens folgte er streng der Logik und dem gesunden Menschenverstand. Und vom Standpunkt der Logik deutete im Mordfall Schirokowa nichts auf einen geisteskranken Täter hin. Ein Mädchen hatte einem anderen übel mitgespielt, sie hatte sie um ihr Geld gebracht und ihr schließlich den Freund weggenommen. Das so betrogene Mädchen vergoss ein paar Tränen und wandte sich an einen Magier, der ihr helfen sollte, ihre Freundin zu verwünschen. Dann, als diese Freundin, die für ihre sexuelle Unersättlichkeit und ihre Bedenkenlosigkeit bei der Auswahl ihrer Liebhaber bekannt war, ermordet aufgefunden wurde, vergoss das Mädchen erneut ein paar Tränen und brachte sich aus Schuldgefühl selbst um. Was hatte hier ein geisteskranker Frauenmörder zu suchen? Er hatte in diesen Zusammenhängen keinen Platz. Doch in seinen Gesprächen mit den Vorgesetzten operierte Olschanskij trotzdem mit dem Wahnsinnigen als Täter, weil er eines mit Sicherheit wusste: Für die Aufklärung eines gewöhnlichen Mordes, der aus Eifersucht oder Rache begangen wurde, würde man ihm nicht die angeforderten Leute zur Verfügung stellen. Aber wenn es sich um einen geisteskranken Täter handelte, würde er diese Leute bekommen. Der Untersuchungsführer wollte diesen Fall so schnell wie möglich abschließen, weil er sich unbehaglich fühlte. Derbyschew saß in der Gefängniszelle, aber am Abend des heutigen Tages musste man ihn wieder freilassen. Selbst dann, wenn er tatsächlich ein Mörder war und Mila Schirokowa umgebracht hatte, ließ sich hier kein Zusammenhang mit der Ermordung von Larissa Tomtschak herstellen. Jemand, der sich im Gefängnis befand, konnte diese Frau nicht umgebracht haben. Und wenn beide Morde zusammenhingen, dann hatte Viktor Alexandrowitsch nichts mit der Sache zu tun. Oder etwa doch?

Olschanskij bekam Anrufe von Abgeordneten der Staatsduma: Wir bürgen für Viktor Alexandrowitsch ... Er ist ein ehrlicher Mensch ... Was erlauben Sie sich ... Das ist reinste Willkür ... Dafür werden Sie sich verantworten müssen ... Und so weiter. Nicht dass Olschanskij Angst vor den Repräsentanten der Staatsmacht gehabt hätte, er fürchtete sich schon seit langem vor niemandem mehr, weil er nur allzu gut über den katastrophalen Personalmangel bei den Justizbehörden Bescheid wusste. Ein Untersuchungsführer musste schon eine schwere Straftat begehen, um entlassen zu werden. Ansonsten konnte er tun, was er wollte. Und Rügen und Verwarnungen stellten in der heutigen Zeit auch keine große Gefahr mehr dar. Früher, in den »gesegneten Zeiten des Sozialismus«, konnten drei Rügen dazu führen, dass man von der Warteliste für ein Auto oder eine neue Wohnung gestrichen oder im Dienstgrad herabgesetzt wurde. Jetzt interessierte die Leute vor allem das Geld, die Ehre kam erst an zweiter Stelle, und mit einer Herabsetzung im Dienstgrad konnte man kaum noch jemanden erschrecken. Der Unterschied im Gehalt war so gering, dass es nicht der Rede wert war. Die Wartelisten für Wohnungen waren längst eine Fiktion. Der staatliche Wohnungsbau hatte seinen Kopf in den Sand gesteckt und tat so, als hätte es ihn nie gegeben. Die Wartelisten für Autos hatten ihren Sinn verloren. Jetzt gab es Autos wie Sand am Meer, jeder konnte sich sofort jede beliebige Marke kaufen, vom Zaporoshez bis zum Chrysler. Insofern hatte Olschanskij keine große Angst vor dienstlichen Schwierigkeiten, in dieser Hinsicht war er abgehärtet. Aber etwas an dem Fall selbst irritierte ihn. Hier stimmte etwas nicht ... Es war nicht mit Worten zu beschreiben, aber Konstantin Michajlowitsch war unruhig und fühlte sich unwohl in seiner Haut.

Larissa Tomtschaks Leiche wurde unter einem Torbogen gefunden, keine hundert Meter entfernt von ihrem Haus. Bei oberflächlicher Leichenbeschau waren keinerlei Spuren von Gewaltanwendung zu entdecken. Man hätte meinen können, die Frau habe unterwegs einfach einen Schwächeanfall erlitten und sei tot umgefallen. Der Torbogen war geöffnet für Fußgänger und Autos. Die Leiche hatte ein Mann entdeckt, der morgens um Viertel vor fünf das Haus verlassen hatte, um die S-Bahn zu erreichen, die um fünf Uhr zweiundvierzig vom Pawlezkij-Bahnhof abfuhr. Natürlich war der Tod eines fremden Menschen und der Fund einer Leiche kein Grund, ein geplantes Vorhaben aufzugeben, jedenfalls nicht in der heutigen Zeit. Der unerschütterliche Mann rief schnell bei der Miliz an, teilte ihr seinen Fund mit und setzte seinen Weg zum Bahnhof fort. Seine Nachricht war fünf vor fünf bei der Miliz eingegangen. Es war eine sehr turbulente Nacht, an mehreren Orten gleichzeitig fanden Treffen von Mafia-Mitgliedern statt, die nicht mit Liebesbezeugungen endeten, sondern mit blutigen Abrechnungen, sodass es nicht möglich war, sofort einen Einsatztrupp zu dem Ort zu schicken, an dem aus irgendeinem Grund eine reglose Frau lag. Die Nachricht wurde allerdings an die Erste Hilfe weitergeleitet, und nach etwa einer Stunde traf der Notarzt ein. Er stellte den Tod der Frau fest und fuhr wieder weg. Was hätte er sonst tun sollen? Wenn eine Leiche auf der Straße lag und niemand wusste, wie sie dorthin gekommen war, durfte man sie nicht anrühren, sonst bekam man Ärger mit der Miliz. Hätte ich etwa neben der Leiche stehen bleiben und aufpassen sollen?, hätte der Notarzt zu Recht gefragt. Schwer kranke Menschen warten stundenlang auf das Eintreffen der Ersten Hilfe, und ich soll auf der Straße stehen und Leichen für euch bewachen? Nein, liebe Freunde, das müsst ihr schon selbst tun.

Als in der Petrowka endlich wieder Einsatzfahrzeuge frei waren, stellte sich heraus, dass keiner mehr genug Benzin im Tank hatte, um zu einem neuen Einsatzort zu fahren. Noch während die Benzinfrage geklärt wurde, tauchte Jura Korotkow auf. Aufgrund seiner misslichen familiären Lage verließ er das Haus immer möglichst früh und erschien gewöhnlich schon gegen acht Uhr morgens im Büro. Er ging kurz beim Bereitschaftsdienst vorbei, um seinen Freund Wassja Kudin zu begrüßen, unter dessen strengem, unermüdlichem Schutz die Stadt in den vergangenen vierundzwanzig Stunden gestanden hatte, und warf bei dieser Gelegenheit, wie immer, einen Blick in den Lagebericht. Der Eintrag über den Fund einer weiblichen Leiche war einer der letzten. Daneben eine handschriftliche Notiz: Nach Mitteilung des Notarztes W. K. Djakow befanden sich in der Handtasche der Frau Papiere, die auf den Namen Larissa Michajlowna Tomtschak ausgestellt sind … Major Korotkow stürzte hinauf in den vierten Stock, riss den Hörer von der Gabel und wählte Olschanskijs Privatnummer. Dieser schickte Jura sofort zum Fundort der Leiche und schaltete sich in die Einsatzplanung ein, um das von ihm gewünschte Arbeitsteam zusammenzustellen. Das, was Korotkow am Fundort vorfand, machte ihm keine Freude. Der Bereitschaftsdienst der Hauptverwaltung für Inneres hatte die Meldung an die Bezirksverwaltung weitergegeben, aber die Beamten von dort waren ebenfalls erst vor kurzem eingetroffen. Inzwischen war die Straße unter dem Torbogen schon stark frequentiert, zahllose Füße hatten alle Spuren zertrampelt, und um die Leiche drängte sich eine neugierige Menge. Allerdings konnte Korotkow gleich in Erfahrung bringen, dass die Leiche gegen Mitternacht noch nicht hier gelegen hatte. Das Mädchen Vera ging nachts immer bis fast ein Uhr mit ihrem Rüden hier spazieren, es war ein riesiger, bösartiger Hund, den nicht nur die Kinder fürchteten, sondern auch die Erwachsenen, deshalb führte Vera ihn erst spät aus, wenn niemand mehr auf der Straße war. Auch gestern war sie hier vorbeigekommen und hatte keine Leiche unter dem Torbogen gesehen. Es fanden sich auch andere Anwohner, die entweder spät nachts nach Hause gekommen waren oder ebenfalls ihre Hunde ausgeführt hatten, und ihren Aussagen zufolge hatte die Leiche bis etwa halb eins noch nicht hier gelegen. Wahrscheinlich wurde sie irgendwann zwischen ein Uhr nachts und halb fünf Uhr morgens hier abgelegt.

Die erste Amtshandlung des Gerichtsmediziners Ajrumjan bestand darin, den Zeitpunkt des Todes festzustellen. Es stellte sich heraus, dass Larissa Tomtschak nicht an Ort und Stelle gestorben war, sondern lange bevor man sie hierher gebracht und unter den Torbogen gelegt hatte. Nach der Schätzung des Gerichtsmediziners war der Tod vor etwa elf Stunden eingetreten, das heißt gegen zehn Uhr abends. Ajrumjan hatte die Leichenbeschau noch nicht beendet, deshalb war die Todesursache noch nicht bekannt.

»Sieh mal«, sagte Nastja leise zu Korotkow und zog ihn am Ärmel etwas zur Seite, »wie alles dem Mord an der Schirokowa gleicht. Eine elegant gekleidete Frau wird tot aufgefunden. Die beiden Opfer haben einander gekannt und hatten eine Menge gemeinsamer Bekannter.«

»Du hast leider nicht ganz Recht, meine Liebe«, entgegnete Korotkow. »Ich bin gestern spät nach Hause gekommen und wollte dich nicht mehr anrufen, aber alles ist nicht so einfach, wie es scheint.«

»Hast du etwas herausgefunden?«

»Ja, ich habe etwas herausgefunden, nur weiß ich selbst noch nicht, was es ist. Die prominenten Pferdeliebhaber und die Mitarbeiter des Reitclubs erinnern sich an einen seltsamen jungen Mann, der im letzten Jahr auf dem Gelände des Clubs Fotos gemacht hat. Er hatte sich als Fotograf einer neuen Zeitschrift vorgestellt, deren Zielgruppe die ›neuen Russen‹ und deren sich langweilende Ehefrauen seien. Die Zeitschrift sei so neu, dass noch nicht einmal die erste Ausgabe erschienen war, sodass niemand sie kennen konnte. Natürlich hatte niemand etwas dagegen, dass der junge Mann ein paar Fotos machte, auf denen Landschaftsausschnitte zu sehen waren, Pferde, Reiter, Trainer, die Pferdeboxen und das Fitnessstudio. Da sich ziemlich viele Leute mit diesem Mann unterhalten haben, habe ich auch solche getroffen, die sich an den Namen der Zeitschrift erinnern konnten. Ich habe einen ganzen Tag lang recherchiert, und ich kann dir mit Bestimmtheit sagen, dass es so eine Zeitschrift nie gegeben hat und dass sie auch nie geplant war.«

»Alles klar. Warum hast du den jungen Mann seltsam genannt?«

»Nicht ich habe ihn seltsam genannt, sondern die Mitarbeiter des Clubs. Irgendwie hat er ihnen nicht gefallen.«

»Inwiefern?«

»Nastja, sie konnten selbst nicht erklären, was seltsam an ihm war. Nur ein oder zwei Leute meinten, er würde wirken wie ein Homosexueller. So ein riesiger, muskulöser Typ, an dem aber etwas Feminines sei. Ich habe natürlich genauer nachgefragt, und es stellte sich heraus, dass ihnen seine Kleidung nicht gefallen hat. Zu eng anliegende Hosen, ein zu zartes, plissiertes Hemd, wie im Kino oder beim Ballett. Langes Haar, obwohl heute ja viele so herumlaufen. Wenn dieser Typ also wirklich das Foto von Derbyschew gemacht hat, dann müssen wir den Zusammenhang zwischen Derbyschew, der Schirokowa und Larissa Tomtschak suchen. Irgendwo müssen sich ihre Wege gekreuzt haben. Aber wo?«

»Wir werden suchen«, seufzte Nastja. »Jetzt wissen wir wenigstens, in welcher Richtung wir suchen müssen. Ich habe übrigens noch eine andere Hypothese. Ich war in den letzten Tagen auch nicht tatenlos und bin auf ein interessantes Detail gestoßen. Strelnikow hat, wie du weißt, einen Sohn namens Sascha. Und dieser Sascha ist leidenschaftlich dagegen, dass sein Vater sich scheiden lässt und wieder heiratet. Er ist ein Spieler und zudem ein kompletter Dummkopf. Seine Intelligenz reicht nur dafür aus, seiner Mutter das Geld aus der Tasche zu ziehen, das sie regelmäßig von Strelnikow bekommt. Wäre Alla Sergejewna nicht Strelnikows offizielle Ehefrau, würde sie sicher auch kein Geld von ihm bekommen. Insofern kann dieser Sascha durchaus ein Motiv gehabt haben, die für ihn gefährliche Mila Schirokowa zu beseitigen. Die andere Frage ist natürlich, warum Larissa Tomtschak umgebracht wurde. Obwohl wir bis jetzt ja noch gar nicht wissen, ob sie wirklich umgebracht wurde oder einfach an einem Herzanfall gestorben ist …«

Nastja hatte noch nicht zu Ende gesprochen, als plötzlich Subow nach ihr rief.

»He, Nastja, komm mal her.«

Er kniete auf einer untergelegten Zeitung und drehte eine kleine silberne Figur in den Händen.

»Hier, sieh dir das an.« Er reichte die Figur Korotkow.

»Was ist das?«

»Ich habe es in der Rocktasche der Toten gefunden. Schau dir mal die Gravur auf der Rückseite des Engelchens an.«

Nastja riss Korotkow den silbernen Amor aus den Händen und starrte auf die Inschrift aus kleinen, zarten Buchstaben: Von Wolodja für Mila, in Liebe.

»Das ist ja ein Ding«, murmelte sie. »Wie ist dieser Anhänger in Larissas Besitz gekommen?«

»Es gibt zwei Möglichkeiten«, erwiderte Jura schulterzuckend. »Entweder hat Larissa Michajlowna die unglückselige Schirokowa mit eigenen Händen erwürgt, oder sie hat den Anhänger aus irgendeinem Grund an sich genommen ...«

»Oder beide wurden von ein und demselben Täter ermordet«, fügte Nastja hinzu. »Larissa hat diesen Anhänger kurz vor ihrem Tod bei dem Täter gefunden und in ihre Rocktasche gesteckt. Aber was kann sie zu ihrem Mörder geführt haben? Woher kannte sie ihn?«

»Darauf kommt es jetzt nicht an«, konstatierte Korotkow missmutig. »Auf diese Fragen finden wir im Moment sowieso keine Antwort. Wir wissen nur eines mit Sicherheit: Larissa wurde nicht von Derbyschew ermordet.«

Olschanskij trat an die beiden heran und reichte ihnen einen Schlüsselbund, den man in Larissas Handtasche gefunden hatte.

»Ihr vertut hier nur eure Zeit, geht lieber zu den Tomtschaks in die Wohnung, vielleicht findet ihr dort etwas. Aber seid vorsichtig, nichts anfassen oder bewegen. Wenn wir hier fertig sind, kommen wir nach. Und gib den Anhänger lieber mir, bei mir ist er sicherer.«

Nastja überließ das silberne Schmuckstück dem Untersuchungsführer und machte sich mit Jura Korotkow auf den Weg.

»Wo ist eigentlich Larissas Mann?«, erkundigte sich Jura. »Immer noch auf der Datscha?«

»Sieht so aus. Jedenfalls hat morgens in der Wohnung der Tomtschaks niemand das Telefon abgenommen. Es lief der Anrufbeantworter. Weißt du den Weg?«

»Aber sicher. Dieses Haus dort, das erste hinter der Kreuzung.«

Sie schlossen die Wohnungstür auf, blieben auf der Schwelle stehen und betrachteten aufmerksam den Fußboden im Flur. Hätten sie irgendwelche sichtbare Spuren entdeckt, hätten sie die Wohnung nicht betreten, sondern auf das Eintreffen des Gutachters gewartet. Doch es waren keinerlei Spuren zu sehen. Am Eingang lag ein dunkelbrauner

Teppichvorleger, auf dem man ganz offensichtlich seine Straßenschuhe zurücklassen sollte, um die Wohnung barfuß oder in Hausschuhen zu betreten. Neben dem Vorleger standen zwei Paar Hausschuhe. Das größere Paar gehörte offenbar dem Hausherrn, das kleinere Larissa. Beide Paare waren sorgfältig neben dem Vorleger abgestellt. Demnach hatte Larissa ohne alle Hast und Eile die Wohnung verlassen. Alles war ordentlich und sauber, kein einziges Stäubchen auf den Möbeln.

»Lass uns den Anrufbeantworter abhören«, sagte Nastja, zog ihre Turnschuhe aus und ging auf Zehenspitzen weiter. »Dann erfahren wir vielleicht, wann Larissa das Haus verlassen hat.«

Auf dem Display des Anrufbeantworters leuchteten die Ziffern null und vier, was bedeutete, dass Larissa in ihrer Abwesenheit vier Anrufe erhalten hatte. Nastja drückte auf den Knopf »Nachricht«.

»Larissa Michajlowna, hier spricht die Mutter von Gera Solotowskij. Er ist heute wieder unruhig, und ich wollte Ihren Rat einholen. Vielleicht sollte man vorläufig auf das Medikament verzichten, das Sie ihm neulich verschrieben haben. Ich rufe morgen früh noch einmal an.«

»Lara, hier ist Anna. Gena hat gesagt, dass Slawa bald wieder nach Moskau zurückkommt. Wenn das stimmt, möchten wir euch für Samstag zum Essen einladen. Ruf mich bitte an und sag mir, was du dazu meinst. Umarmung.«

»Kind, warum bist du so spät nicht zu Hause?«, fragte eine greisenhafte, krächzende Stimme. »Es ist schon elf, ich mache mir Sorgen um dich. Ruf mich unbedingt an, wenn du nach Hause kommst, vorher werde ich kein Auge zutun können.«

»Guten Tag, Wjatscheslaw Petrowitsch, hier spricht die Kripo. Wenn Sie zu Hause sind, nehmen Sie bitte den Hörer ab. Es geht um Ihre Frau.«

Nastja erkannte ihre eigene Stimme und musste unwillkürlich lachen. Ihre Stimme klang ganz anders, als sie sie selbst hörte, wenn sie sprach. Wahrscheinlich hallte die eigene Stimme beim Sprechen unter der Schädeldecke wider und kam entstellt im Gehörgang an.

Nach jeder Nachricht teilte eine elektronische Stimme die Eingangszeit des Anrufs mit. Nastja erinnerte sich an den drei Jahre zurückliegenden Mord an der trunksüchtigen Prostituierten Vika Jeremina. Der Anrufbeantworter hatte eine große Rolle bei der Aufklärung des Falles gespielt, aber damals gab es noch keine elektronischen Zeitansagen, und Nastja hatte in mühsamer Kleinarbeit nach den Daten und Uhrzeiten der eingegangenen Anrufe forschen müssen. Man sagte, dass der technische Fortschritt den Tätern dabei half, Spuren zu verwischen und sich der Strafe zu entziehen. Aber auch den Ermittlungsbeamten half er bei ihrer Arbeit. Wie zum Beispiel jetzt.

Der Anrufbeantworter piepste dreimal, dann erschienen auf dem Display zwei Nullen. Nastja blickte verständnislos auf das Gerät. Was war passiert? Bei den Anrufbeantwortern, die sie kannte, wurde nach dem Abhören der Nachrichten erneut die Zahl der eingegangenen Anrufe angezeigt. Die zwei Nullen erschienen nur nach dem Löschen der Nachrichten. War es hier etwa so, dass die Nachrichten nach dem ersten Abhören automatisch gelöscht wurden? Das konnte nicht sein. Eine Nachricht konnte schließlich eine Adresse oder eine Telefonnummer enthalten. Sollten solche Angaben für immer verloren sein, wenn man beim ersten Abhören nicht zum Mitschreiben kam, weil man gerade keinen Stift zur Hand hatte?

Nastja rief nach Korotkow, der gerade das zweite Zimmer in Augenschein nahm.

»Komm bitte mal her, ich verstehe hier etwas nicht.«

Korotkow kam mit einem Aschenbecher, in dem sich eine einzelne Kippe befand, aus dem Schlafzimmer.

»Madame geruhen, sich am Tag hinzulegen«, sagte er. »Sie lag auf dem Bett, zugedeckt mit einer Decke, und hat geraucht. Danach hat sie bis halb sechs geschlafen.«

»Der Wecker?«, fragte Nastja.

»Genau der.«

»Woher weißt du, dass sie nicht morgens um halb sechs aufsteht? Hast du es überprüft?«

»Das nicht, aber es ist unwahrscheinlich. Von hier bis zu der Poliklinik, in der sie arbeitet, fährt man eine halbe Stunde mit dem Auto. Einen Hund, der morgens ausgeführt werden muss, scheinen die Tomtschaks nicht zu haben, sodass Larissa Michajlowna kaum einen Grund hat, so früh aufzustehen.«

»Da hast du sicher Recht. Entweder musste sie gestern aus irgendeinem Grund morgens zeitig aufstehen, oder sie hat sich tatsächlich tagsüber hingelegt und den Wecker auf halb sechs gestellt. Aber wenn das so ist, dann muss sie am Abend etwas vorgehabt haben, sonst hätte sie sich den Wecker nicht gestellt.«

»Genau. Warum hast du mich gerufen? Was verstehst du nicht?«

»Die Technik überfordert mich. Ich komme mit dem Anrufbeantworter nicht klar. Ich habe vier Nachrichten abgehört, und jetzt zeigt das Gerät zwei Nullen an. Da stimmt doch etwas nicht.«

»Das ist völlig normal«, erwiderte Jura schulterzuckend. »Was gefällt dir daran nicht?«

»Und wenn ich die Nachrichten noch einmal abhören möchte?«

»Dann tu es. Heb den Deckel hoch, darunter findest du noch einen Knopf.«

Nastja zog den Deckel mit dem Fingernagel hoch und entdeckte den Knopf mit der Aufschrift »alle Nachrichten«.

Sie nahm Notizblock und Stift zur Hand und drückte auf

den Knopf. Es stellte sich heraus, dass sich auf dem Band die Nachrichten einer ganzen Woche angesammelt hatten. Nastja beschloss, sich mit Geduld zu wappnen und alles von Anfang an abzuhören. Man konnte schließlich nie wissen …

Anrufe von Larissas Mutter, von Patienten, von Anna Leontjewa und Alla Strelnikowa, Nachrichten für Wjatscheslaw Tomtschak. Und plötzlich …

»Guten Tag, Larissa. Hier spricht Viktor Derbyschew. Ich habe Ihren Brief mit dem Foto bekommen und würde Sie sehr gern treffen. Leider sind Sie im Moment nicht zu Hause. Ich werde heute von acht bis halb neun Uhr abends an der Metrostation Akademicheskaja auf Sie warten. Wenn Sie heute nicht kommen können und ich Sie bis zum Abend nicht mehr erreiche, warte ich morgen um dieselbe Zeit am selben Ort auf Sie. Auf Wiedersehen.«

Nastja blieb das Herz stehen. Sie hatte nie mit Derbyschew gesprochen und konnte deshalb nicht sicher sein, ob es sich wirklich um seine Stimme handelte. Aber Derbyschew saß im Gefängnis, und der Anruf war am gestrigen Tag gegen zwei Uhr nachmittags eingegangen. Wie war das zu verstehen?

Korotkow, der nach dem Schlafzimmer die Küche inspizierte, kam ins Zimmer gestürzt.

»Was höre ich da?«, fragte er verdutzt. »Was für ein Derbyschew? Wann hat er angerufen? Und überhaupt, das ist nicht Derbyschews Stimme. Ich unterhalte mich jeden Tag mindestens drei Stunden mit ihm und kenne seine Stimme.«

»Das ist nicht Derbyschew«, sagte Nastja leise. »Das ist der Mörder. Derjenige, der in Derbyschews Büro das Briefpapier mit dessen Fingerabdrücken gestohlen hat. Derjenige, der das Foto von Derbyschew geschossen und seine Handschrift nachgemacht hat. Er hat sich als Derbyschew mit Mila Schirokowa getroffen und sie umgebracht. Genau dasselbe hat er mit Larissa gemacht. Nur dass er ihr keinen Brief geschrieben, sondern angerufen hat. Wenn ich begreife, warum er der einen geschrieben und die andere angerufen hat, werde ich wissen, was hier los ist.«

»Aber warum verhält sich dieser Mann so dumm? Viktor Derbyschew ist in U-Haft. Und in dieser Zeit agiert dieser Mann in dessen Namen. Ist ihm nicht klar, dass das sehr riskant ist?«

»Er weiß nicht, dass Derbyschew in U-Haft ist. Was bedeutet, dass er nicht zu Derbyschews engerem Umfeld gehört. In seiner Firma weiß absolut jeder über die Verhaftung Bescheid.«

»Und seine Nachbarn wissen es auch«, fügte Korotkow hinzu. »Derbyschew hat mich gebeten, dass ich zu ihm nach Hause fahre und seine geliebte Katze zu einem von den Nachbarn bringe, solange er sie nicht selbst versorgen kann. Also gehört der Mörder tatsächlich nicht zu seinem engeren Umfeld, aber da er das Briefpapier gestohlen hat, muss er dennoch Zugang zu Derbyschews Büro haben. Wobei Derbyschew ihn wahrscheinlich nicht von Angesicht zu Angesicht kennt. Oder er hat einen Komplizen.«

»Du meinst den Fotografen?«, fragte Nastja. »Du meinst, Derbyschew hätte den Mörder erkennen müssen, wenn er es war, der ihn fotografiert hat?«

»Sicher. Aber wenn Derbyschew ihn gesehen und nicht erkannt hat, dann heißt das, dass er den Mörder entweder nicht kennt oder dass derjenige, der ihn fotografiert hat, irgendeine dritte Person war. Was übrigens gut möglich ist. Erinnere dich an das Foto. Man kann darauf genau sehen, dass Derbyschew nicht posiert, er schaut nicht einmal in die Kamera. Dabei wurde er in ganzer Größe aus einer Entfernung von etwa fünf Metern aufgenommen. Wenn der Fotograf hinter Bäumen oder Büschen gestanden hat, kann es durchaus sein, dass Viktor ihn nicht bemerkt hat.«

»Jura, kannst du dir wirklich vorstellen, dass Derbyschew den Mörder nicht persönlich kennt? Dieser Unbekannte tut alles, um ihn für den Rest seines Lebens hinter Gitter zu bringen, und er hat von allem nicht die geringste Ahnung. Hältst du das für möglich? Du wirst dich erinnern, dass wir ganz vor kurzem schon einen ähnlichen Fall hatten. Tscherkassow hat auch Stein und Bein geschworen, dass er nie jemandem etwas getan und dass er absolut keine Feinde hat. Aber viel mehr interessiert mich jetzt, woher Larissa Tomtschak Derbyschew gekannt und warum sie ihm einen Brief geschrieben und sogar ein Foto beigelegt hat. Hast du sie jemals auf Derbyschew angesprochen?«

»Nein, wozu?« Jura zuckte mit den Schultern. »Bei der Hausdurchsuchung auf Tomtschaks Datscha ist sein Name gefallen, aber nur beiläufig. Und Tomtschak war so durcheinander, dass er sich kaum irgendwelche Einzelheiten gemerkt haben dürfte. Außerdem wurde nur Derbyschews Vor- und Nachname erwähnt, von seinem Vatersnamen und seiner Adresse war nicht die Rede. Wenn Larissa Michajlowna einen Viktor Derbyschew hätte finden wollen, ohne dessen Vatersnamen, Adresse, Geburtsjahr und Geburtsort zu kennen, wäre ihr das nicht so schnell gelungen, das kannst du mir glauben.«

»Ich glaube dir ja. Übrigens, da wir schon damit angefangen haben, der Fall Tscherkassow lehrt uns, dass man die Biographien der Verdächtigen sehr genau studieren muss. Man findet darin immer etwas Interessantes und Wichtiges für die Aufklärung des Falles. Nehmen wir zum Beispiel Strelnikows Frau.«

»Was ist mit Strelnikows Frau? Was gefällt dir nicht an der reizenden Alla Sergejewna?«

Ihre Diskussion wurde von einem fordernden Läuten an der Tür unterbrochen. Draußen stand Olschanskij, hinter ihm Oleg Subow, der jetzt noch grimmiger dreinblickte als am Morgen, nachdem man ihn aus dem Bett geholt und direkt an den Tatort gejagt hatte, obwohl er wegen einer

Virusinfektion krankgeschrieben war. Auch das war eine Besonderheit des Gutachters: Beim geringsten Unwohlsein ließ er sich sofort krankschreiben, legte sich genau einen Tag ins Bett, kehrte dann an seinen Arbeitsplatz zurück und ließ jeden mit leidender Miene wissen, dass er arbeiten müsse, obwohl er schwer krank sei, da er es nur mit rücksichtslosen Egoisten zu tun hätte, die einem Kranken die nötige Bettruhe nicht gönnen würden, und dabei ginge es ihm so schlecht, so schlecht ... Oleg Subow liebte seine Arbeit über alles, niemals wäre er länger als einen Tag im Bett geblieben, aber alle sollten unbedingt wissen, welche Opfer er der Untersuchung und Aufklärung von Verbrechen brachte. Niemand konnte sagen, warum Oleg einen so seltsamen Charakter hatte, aber da er bereits seit über zehn Jahren bei der Petrowka arbeitete, hatten alle sich längst daran gewöhnt und nahmen seinen ständigen Unmut und sein Gejammer als gottgegeben hin.

»Na, was habt ihr gefunden?«, fragte Olschanskij im Vorübergehen, so, als sei er sich sicher, dass sich des Rätsels Lösung in dieser Wohnung verbarg und man nur die Augen öffnen musste, um diese Lösung zu finden.

»Vielleicht haben wir tatsächlich etwas gefunden«, erwiderte Korotkow vorsichtig. »Larissa Michajlowna wurde gestern gegen zwei Uhr von einem Mann angerufen, der sich ihr als Viktor Derbyschew vorgestellt hat.«

»Wie? Wie hat er sich ihr vorgestellt?«

»Als Viktor Derbyschew. Offenbar hat dieser Mann nicht gewusst, dass Derbyschew im Moment in U-Haft ist. Larissa Michajlowna hat das auch nicht gewusst und ihm deshalb geglaubt. Die Stimme des Mannes hat keine Ähnlichkeit mit der von Derbyschew, aber wahrscheinlich hat Larissa dessen Stimme nicht gekannt. Sie hat ihm einen Brief geschrieben und ein Foto von sich beigelegt. Und gestern hat irgendein Mann bei ihr angerufen und sich als Derbyschew ausgegeben. Er hat den Erhalt ihres Briefes bestätigt und mitgeteilt, dass er abends zwischen acht und halb neun an der Metrostation Akademicheskaja auf Larissa warten würde. Nachdem Larissa Michajlowna gestern von der Arbeit nach Hause gekommen war, hat sie sich ein wenig hingelegt und dann kurz nach sieben die Wohnung verlassen. Ihren Wagen hat sie gestern in der Nähe der Poliklinik stehen lassen, sie muss die Metro oder ein Taxi genommen haben.«

»Akademicheskaja«, murmelte Olschanskij. »Schon wieder die Akademicheskaja. Die Schirokowa war auch dort am Tag ihrer Ermordung. Man könnte meinen, der angebliche Derbyschew hat auch sie dorthin gelockt. Der Teufel weiß, was hier passiert. Jetzt verstehe ich überhaupt nichts mehr.«

Nach einer Weile schickte Olschanskij Nastja und Jura nach Hause und blieb mit Subow allein in der Wohnung. Das bedeutete, dass er sich auf den Rand eines Stuhles setzen und lange nachdenken würde, während Oleg neben ihm ausharren und in jedem Moment bereit sein musste, irgendeine Idee, die dem unermüdlichen Untersuchungsführer in den Kopf kam, zu überprüfen. Zum Beispiel: Schau dir mal das Geschirr in der Küche an. Was wurde vor kurzem benutzt und abgespült? Oder: Sieh mal im Bad nach, ob du feuchte Handtücher findest und ob die Seife feucht ist. Wann wurde der Rasierapparat zum letzten Mal benutzt? Man konnte nie wissen, was Olschanskij in den Sinn kommen würde, und Oleg Subow blieb nichts anderes übrig, als geduldig auf seine Anweisungen zu warten.

***

»Was ist nun mit Alla Sergejewna Strelnikowa?«, fragte Korotkow, nachdem er mit Nastja in sein altes, von den Moskauer Straßen und dem schweren Leben gebeuteltes Auto gestiegen war.

»Es ist eher etwas mit ihrem Sohn. Du kannst mich auslachen, Jura, aber ich konnte mein tiefes Misstrauen gegen Wladimir Alexejewitsch Strelnikow nicht überwinden und habe deshalb Informationen über ihn eingeholt. Unter anderem habe ich mit Anna Leontjewa gesprochen, die mit Alla Sergejewna befreundet ist und Strelnikow nicht mag. Außerdem mit ihrem Mann Genadij Fjodorowitsch Leontjew, der Strelnikow vergöttert und dem Alla Sergejewna gleichgültig ist. Von diesen Leuten habe ich Folgendes erfahren. Alla Sergejewna verlangt von ihrem Mann regelmäßig Geld für Ausgaben, die sie in Wirklichkeit gar nicht hat. Genadij Fjodorowitsch beteuerte mir mit Schaum vor dem Mund, wie anständig und edel sein Freund Strelnikow sei. Obwohl von seiner Frau getrennt und praktisch in Scheidung lebend, soll er ihr eine Wohnungsrenovierung nach europäischem Standard bezahlt haben und sie ständig mit großen Geldsummen unterstützen. Sie lässt sich auf seine Kosten teure kosmetische Operationen machen, er bezahlt ihre Autoreparaturen, luxuriöse Urlaubsreisen ins Ausland und so weiter. Aber Leontjews Frau Anna, die nichts von meiner Unterhaltung mit ihrem Mann wusste, hat mir etwas ganz anderes erzählt. Alla Sergejewna soll eine ungewöhnlich schöne Frau sein und aussehen wie dreißig, obwohl sie einen erwachsenen Sohn hat. Sie soll sich ihr jugendliches Aussehen ganz ohne die heute üblichen Schönheitsoperationen erhalten haben. Außerdem würde sie Tag und Nacht arbeiten und sich nie einen Urlaub gönnen. Bestenfalls würde sie mal auf ihre Datscha fahren, da sie immer erreichbar bleiben will und sofort in die Stadt zurückkehrt, wenn sie in ihrem Modehaus gebraucht wird. Sie sei immer so beschäftigt, dass sie nicht einmal dazu käme, endlich einmal ihre Wohnung renovieren zu lassen. Vielleicht hat Anna Leontjewa in Bezug auf die Schönheitsoperationen gelogen, weil sie einer fremden Person nicht offenbaren will, auf welche Weise es ihrer Freundin gelingt, ihre Jugend und Schönheit zu erhalten, aber was die Wohnungsrenovierung betrifft, so hat sie die Wahrheit gesagt. Mischa Dozenko hat mehrmals mit Alla gesprochen und war auch bei ihr zu Hause. Von Renovierung nach europäischem Standard keine Spur. Auf meine Bitte hin hat er sich auch klammheimlich Allas Auto angesehen. Baujahr 1992, keine Unfälle, irgendwelche teuren Reparaturen wurden an diesem Auto nie vorgenommen, bestenfalls wurde vielleicht einmal der Blinker ausgewechselt. Und jetzt fragt sich, was Alla Sergejewna mit all dem Geld macht, das sie von Strelnikow bekommt. Richtig. Sie gibt es ihrem Sohn Sascha, der es braucht, um seiner Spielleidenschaft nachzugehen. Ohne diese Zuwendungen würde es ihm schlecht gehen, er würde sich sehr langweilen in seinem Leben. Seine Freundin Natascha ist ein Mädchen der Extraklasse, sie fährt ein eigenes Auto, beherrscht die moderne Buchhaltung, den Computer und zwei Fremdsprachen. Sie arbeitet bei einer großen Firma und verdient mehr als gut. Unsere Natascha ist ebenfalls eine leidenschaftliche Spielerin, noch leidenschaftlicher als Sascha. So jedenfalls behaupten die Stammgäste an den Orten, wo die beiden ständig spielen. Wohin fährst du eigentlich?«

»Natürlich ins Büro. Hast du etwas anderes vor?«, fragte Korotkow erstaunt.

»So ist das also. Ich singe dir etwas vor wie eine verliebte Lerche, und du hörst mir nicht zu. Für wen gebe ich mir eigentlich Mühe, für mich selbst etwa?«

»Ich höre dir sehr aufmerksam zu.«

»Wenn es so ist, dann muss dir klar sein, dass wir nicht ins Büro fahren, sondern an einen ganz anderen Ort. Erstens müssen wir herausfinden, ob die Firma, bei der unsere Natascha arbeitet, irgendwelche geschäftlichen Beziehungen zu der Firma unterhält, bei der Derbyschew beschäftigt ist. Zweitens müssen wir in Erfahrung bringen, ob die Besitzerin der Heiratsagentur Amor irgendwelche vertraulichen Informationen über Ljudmila Schirokowa verkauft hat und, falls ja, welche und an wen. Und drittens müssen wir wissen, ob Ljudmila Schirokowa und Larissa Tomtschak sich jemals mit Strelnikows Sohn Sascha getroffen haben, das heißt, ob sie ihn jemals mit eigenen Augen gesehen haben.«

»Ich verstehe deine Gedankengänge nicht ganz«, sagte Jura stirnrunzelnd. »Natürlich vertraue ich dir, und wenn du sagst, dass wir das alles herausfinden müssen, dann werden wir das tun. Aber ich verstehe leider nur Bahnhof, und außerdem habe ich Hunger.«

»Dann lass uns irgendwo etwas essen«, stimmte Nastja erfreut zu. »Ich kann es selbst kaum noch aushalten ohne einen Kaffee, ich schlafe schon fast im Stehen ein. Und was meine Gedankengänge betrifft, so sind sie ganz einfach, geradezu primitiv. Der chronische Müßiggänger und Taugenichts Sascha Strelnikow hat Angst bekommen, dass die zupackende, clevere Mila Schirokowa sein Papachen ernsthaft und für lange Zeit vor ihren Karren spannen wird. Dessen vorherige Geliebte Ljuba war ein völlig anspruchsloses Geschöpf und deshalb ungefährlich. Sie liebte Papa Wolodja von ganzem Herzen und interessierte sich nicht für sein Geld, sie wollte nur ihn. Mit Mila hingegen war es eine ganz andere Geschichte. Und die kirchliche Trauung war der endgültige Beweis. Sascha und Natascha wird klar, dass die Befriedigung ihrer Spielleidenschaft ernsthaft bedroht ist. Natascha hat nicht viel zu befürchten, sie ist ein selbständiges Mädchen und kann sich ihr Vergnügen selbst finanzieren, aber sie hat keine Lust, Sascha auszuhalten, so ein kostbarer Schatz ist er nun auch wieder nicht, um für ihn das Geld aus dem Fenster zu werfen. Was folgt daraus? Richtig. Mila, das gefährliche Raubtier, muss aus dem Weg geräumt werden. Sie wird unter Beobachtung genommen, und schon sehr bald stellt sich heraus, dass sie des Öfteren die reizende Tamara Nikolajewna besucht, die eine Heiratsagentur betreibt. Tamara Nikolajewna erhält ein kleines Geschenk in Form eines Kuverts mit knisternden Dollarnoten, dafür lässt sie die beiden wissen, mit welchem Mann Mila sich demnächst zu treffen gedenkt. Alles Weitere ist noch einfacher. Tamara gibt ihnen Derbyschews Daten und seine Postfachnummer, Sascha und Natascha öffnen sein Postfach, ich habe es ausprobiert, es geht ganz einfach. Weißt du, wie man das macht? Du wirst einen Lachanfall bekommen. Kein Mensch wird dreihundert Postfächer mit dreihundert verschiedenen Schlössern ausstatten. Gewöhnlich gibt es fünf, sechs verschiedene Schlösser, von denen je fünfzig bestellt und an den Postfächern angebracht werden. Um an den Schlüssel für ein bestimmtes Postfach zu kommen, braucht man sich nur zehn Postfächer einzurichten und die Schlüssel dafür zu bekommen, einer von ihnen passt auf jeden Fall. Sascha und Natascha besitzen nun also einen Schlüssel zu Derbyschews Postfach, dessen Nummer sie ja von der reizenden Tamara Nikolajewna erfahren haben, und nun brauchen sie nur noch auf Post von Mila zu warten. Die Post kommt. Sie nehmen den Brief aus dem Postfach und gehen. Demzufolge hat Derbyschew tatsächlich nie einen Brief von Mila erhalten und ihr Foto nie gesehen, und erst recht hat er selbst ihr nie geschrieben. Danach oder auch schon vorher erscheint Natascha unter einem geschäftlichen Vorwand in Derbyschews Büro und stiehlt dort ein paar Bogen Papier für den Tintenstrahldrucker. Vorher überzeugt sie sich davon, dass Derbyschew dieses Papier in der Hand gehabt und seine Fingerabdrücke darauf hinterlassen hat. Es gelingt ihr auch, eine handschriftliche Unterlage von Derbyschew an sich zu nehmen, diese benutzen sie später, um Derbyschews Handschrift zu fälschen. Ungefähr zur gleichen Zeit folgt Sascha Derbyschew in den Reitclub, gibt sich als Fotograf aus und macht dort Aufnahmen. Schließlich müssen sie ihrem Antwortbrief an Mila ein Foto von Derbyschew beilegen. Sie können nicht das Bild eines beliebigen attraktiven Mannes schicken, weil sich in Tamara Nikolajewnas Kartei ein Foto von Derbyschew befindet und Mila es gesehen hat. Der Rest ist denkbar einfach. Die Kinder schreiben Mila einen Brief in Derbyschews Namen, verabreden sich mit ihr an der Akademicheskaja, von dort locken sie sie auf die Müllhalde am Stadtrand und bringen sie um. Ich weiß nur noch nicht, wie sie das angestellt haben. Und welchen schweren Gegenstand Mila auf ihren Armen trug.«

»Wenn man dir zuhört, könnte man meinen, es gibt überhaupt keine Unklarheiten mehr«, brummte Korotkow ungläubig. »Hier ist ein gutes Lokal, lass uns hineingehen. Zumindest vergiftet man sich hier nicht.«

Sie parkten das Auto vor einem unscheinbaren Gebäude und stiegen aus. In dem Lokal war es still und dämmerig, es roch nach Piroggen und schlechtem Kaffee. Nastja war nicht anspruchsvoll, deshalb setzte sie sich einfach in eine Ecke, lehnte sich zurück und schloss die Augen. Sie war sehr müde, der Tag war schon so lang, dass sie seinen Anfang vergessen hatte, und wenn sie nicht alle zwei Stunden einen starken Kaffee bekam, fühlte sie sich völlig zerschlagen.

»Was soll ich dir bringen?«, fragte Jura.

»Egal«, murmelte sie, ohne die Augen zu öffnen. »Hauptsache, der Kaffee ist stark.«

Nach einigen Minuten stand eine Tasse Kaffee vor ihr und ein Teller mit belegten Broten. Sie nahm einen Schluck und sah Korotkow erstaunt an.

»Wie ist es möglich, dass man in solch einem Loch einen so guten Kaffee bekommt? Man könnte meinen, er wäre hausgemacht oder für den Direktor persönlich.«

»Du beleidigst mich«, lachte Jura. »Da ich mich nicht vergiften will, gehe ich nur in Lokale, aus denen man lebend wieder herauskommt. Und das ist nur garantiert, wenn man den Lokalbesitzer persönlich kennt.«

»Du bist ein kleiner Mafioso«, lachte Nastja. »Trotzdem danke.«

»Mit einem Danke kommst du mir nicht davon. Wenn du so gescheit bist, dann sag mir lieber, warum Sascha Strelnikow eng anliegende Lederhosen und plissierte Hemden mit Rüschen trägt. Du hast gesagt, dass er eine Freundin hat, also ist er nicht homosexuell. Wozu die Maskerade?«

»Weil es genau darum geht. Er maskiert sich, damit ihn später niemand erkennt.«

»Ich bewundere deine Logik. Man erinnert sich genau deshalb an ihn, weil er einen Schwulen gespielt hat. Er ist doch genau deshalb allen aufgefallen.«

»Richtig. Und was ist außer seinen Lederhosen, seinem Rüschenhemd und seinen langen Haaren noch aufgefallen? Gar nichts. Er zieht Hemd und Hose aus, nimmt die Perücke ab, und die Sache hat sich. Hat sich jemand sein Gesicht gemerkt, seine Stimme, seine Gestik und Mimik? Kennst du die Grundregeln der Kriminalistik nicht? Die Leute merken sich immer nur das, was zuerst ins Auge fällt. Die Frisur, die Kleidung. Die Nase, die Augen sehen sie ganz zuletzt. Erinnerst du dich, welche Augenfarbe unser Chef hat?«

»Du meinst Knüppelchen? Der hat blaue Augen.«

»Bist du dir sicher?«

»Absolut. Himmelblaue Augen. Darauf wette ich meinen Kopf.«

»Dann hast du ihn verloren, Jura. Knüppelchen hat grünbraune Augen. Ich habe absichtlich hingesehen, als mir eines Tages klar wurde, dass ich es nicht weiß.«

»Das kann nicht sein. Du hältst mich zum Narren. Er hat blaue Augen.«

»Nein, mein Freund, grünbraune. Wie lange arbeitest du eigentlich schon mit ihm zusammen?«

»Dreizehn Jahre«, sagte Jura konsterniert. »Du hast

mich ganz schön aufs Glatteis geführt. Aber jetzt werde ich dich aufs Glatteis führen. Nehmen wir an, mit dem Mord an Ljudmila Schirokowa verhält sich alles tatsächlich so, wie du annimmst. Aber was ist dann mit Larissa Tomtschak? Haben die beiden sie auch umgebracht? Warum hätten sie das tun sollen? Strelnikow hatte schließlich nicht vor, sie zu heiraten. Und warum hätten sie die Briefe auf Tomtschaks Datscha verstecken sollen? Was hätte das für einen Sinn?«

»Überhaupt keinen. Sie haben sich einfach abgesichert. Nach ihrer genialen Idee sollte Derbyschew des Mordes überführt werden. Er ist für sie nur ein zufälliges Opfer. Er war einfach derjenige, den die Agentur zu diesem Zeitpunkt Ljudmila empfohlen und dem sie geschrieben hatte. An seiner Stelle hätte auch jeder x-beliebige andere sein können. Aber für alle Fälle sollte Papachen im Zusammenhang mit dem Mord an Mila jede Menge Schwierigkeiten bekommen, damit ihm die Lust aufs Heiraten für lange Zeit vergeht. Und da ist noch ein wichtiger Aspekt, vielleicht der wichtigste überhaupt. Um den Verdacht auf Derbyschew zu lenken, musste man es so einrichten, dass die Miliz seinen vermeintlichen Brief an Mila findet. Wäre Milas Liebeskorrespondenz in Strelnikows Hände gelangt, hätte er sie mit Sicherheit vernichtet. Und dann wäre die Miliz niemals auf Derbyschew gekommen, sondern hätte nach einem anderen Mörder gesucht und wäre womöglich Sascha und Natascha auf die Schliche gekommen. Die andere Frage ist natürlich, wie sie an diese Briefe herangekommen sind. Vielleicht haben sie sie in Milas Handtasche gefunden, vielleicht in Strelnikows Wohnung, zu der Sascha natürlich freien Zutritt hat. Aber das werden wir die beiden selbst fragen, auf jeden Fall wollten sie, dass die Miliz die Briefe findet und Strelnikow des Mordes verdächtigt. Aber ausgerechnet in diesem Moment fährt Papachen zu Tomtschak auf die Datscha. Warum er das tut, ist nicht von Belang, aber man kann davon ausgehen, dass die Miliz früher oder später davon erfahren wird. Und wenn sie es nicht erfährt, kann man ein wenig nachhelfen. Sie wird die Briefe auf der Datscha finden, und Strelnikow gerät in den Verdacht des Mordes aus Eifersucht. Natürlich hat Papachen Mila nicht umgebracht und kann das beweisen, aber die Miliz wird ihn ganz schön in die Mangel nehmen, und das wird ihm eine Lehre sein. Die Lust auf junge Mädchen wird ihm gehörig vergehen.«

»Gut. Angenommen, es ist so, wie du sagst. Aber was ist mit Larissa? Welche Rolle spielt sie?«

»Vielleicht hat sie etwas geahnt. Vielleicht hat sie von der Geschichte zwischen Alla und ihrem Sohn Sascha gewusst und war deshalb auf den Gedanken gekommen, dass er etwas mit dem Mord zu tun hat. Sie hat einen Brief an Derbyschew geschrieben, um zu sehen, was passiert.«

»Nein, Nastja, etwas stimmt hier nicht«, sagte Korotkow. »Das alles hat doch weder Hand noch Fuß. Welchen Grund hätte Larissa gehabt, sich in diese Sache einzumischen? Und woher soll sie Derbyschews Namen und seine Postfachnummer gekannt haben?«

»Ich weiß es nicht, Jura.« Nastja verzog schmerzhaft das Gesicht und rieb sich die Stirn. Der tückische Kopfschmerz, der schon den ganzen Tag in ihr gesessen hatte, war nun doch ausgebrochen. »Ich weiß überhaupt nichts. Da sind noch so viele Fragen, die wir klären müssen. Lass uns zu Tamara Nikolajewna fahren. Mit ihr fangen wir an. Sascha und Natascha, unsere zwei Turteltäubchen, lassen wir erst einmal in Ruhe. Wir wollen sie nicht unnötig aufschrecken.«

Zwölftes Kapitel

Tamara Nikolajewna, die Besitzerin der Heiratsagentur Amor, erkannte Nastja sofort, aber Korotkow sah sie mit einem erstaunten Blick an.

»Haben Sie noch irgendwelche Fragen?«

»Ja«, sagte Korotkow. »Aber bevor wir anfangen, Fragen zu stellen, möchte ich etwas sagen.«

Heute sah Tamara Nikolajewna sehr viel imposanter aus als beim ersten Mal, als Nastja sie allein besucht hatte. Man sah ihr an, dass sie gerade bei der Maniküre und beim Friseur gewesen war. Ihre Nägel waren frisch lackiert, das Haar, aus dem die grauen Strähnen verschwunden waren, mit eleganter Nachlässigkeit frisiert. Außerdem trug sie ein teures Kostüm. Jetzt hätte niemand mehr daran gezweifelt, dass ihre Geschäfte sehr gut gingen.

»Tamara Nikolajewna, Sie sind freie Unternehmerin und können Ihre Arbeit so gestalten, wie Sie wollen. Die Informationen, über die Sie als Besitzerin einer Heiratsagentur verfügen, sind kein Staatsgeheimnis und unterliegen nicht der Geheimhaltung. Habe ich Recht?«

»Ja, natürlich. Was wollen Sie damit sagen?«

»Wenn sich plötzlich herausstellen sollte, dass Sie diese Informationen nicht nur im unmittelbaren Interesse Ihrer Kunden benutzen, kann Ihnen niemand einen Vorwurf daraus machen. Die Informationen gehören Ihnen, und Sie können damit machen, was sie wollen. Sie können sie sogar für Geld verkaufen.«

»Ich verstehe Sie nicht.« Tamara hob ihre Brauen. »Wie kommen Sie darauf, dass ich Informationen für Geld verkaufe? Im Grunde besteht meine ganze Arbeit darin, Informationen über bestimmte Personen an andere zu verkaufen, die diese Personen kennen lernen möchten. Insofern ist mir nicht klar, was Sie meinen. Ich habe nie einen Hehl daraus gemacht, dass ich bestimmten Kunden Vergünstigungen einräume, aber Sie haben ganz richtig bemerkt, dass ich dazu das Recht habe. Und bis jetzt hat mir dieses Recht nie jemand streitig gemacht.«

»Aber wenn, ich betone, wenn sich nun herausstellen sollte, dass Sie die Ihnen zur Verfügung stehenden Informationen nicht nur an Ihre Kunden weitergegeben haben, sondern auch an andere Personen, wird Ihnen auch dieses Recht niemand absprechen. Niemand wird Ihnen deshalb ein Haar krümmen. Und jetzt kommt meine Frage: Haben Sie jemandem gesagt, dass Sie Ljudmila Schirokowa die Postfachnummer von Viktor Derbyschew gegeben haben?«

»Ja, das habe ich.« Tamara wandte sich an Nastja. »Ich habe Ihnen davon erzählt. Erinnern Sie sich?«

»Ja, ich erinnere mich«, erwiderte Nastja. »Haben Sie es sonst noch jemandem gesagt?«

Tamara Nikolajewna überlegte.

»Nein, sonst niemandem mehr«, sagte sie schließlich entschieden. »Jedenfalls kann ich mich nicht erinnern.«

»Und wenn Sie ganz genau nachdenken? Ich wiederhole, Tamara Nikolajewna, das ist Ihr Recht, und niemand wird Sie deshalb verurteilen. Erinnern Sie sich bitte.«

»Nein.« Tamara schüttelte den Kopf. »Ich kann mich wirklich nicht erinnern.«

»Dann frage ich konkreter. Sind bei Ihnen ein junger Mann namens Sascha und eine junge Frau namens Natascha gewesen, um zu erfahren, welchem Ihrer Kunden Mila Schirokowa zu schreiben beabsichtigte, um seine Bekanntschaft zu machen? Das muss Ende August, Anfang September gewesen sein.«

»Nein, mit Sicherheit nicht«, erwiderte Tamara ohne nachzudenken. »So etwas würde ich nicht vergessen.«

»Würden Sie eine solche Information weitergeben?«

Tamara Nikolajewna erhob sich vom Sofa, machte ein paar Schritte zum Fenster und blieb nachdenklich stehen.

»Ich weiß es nicht«, sagte sie schließlich. »Vielleicht würde ich es tun.«

»Wovon hängt das ab?«

»Vom Zweck, für den diese Information benötigt wird. In erster Linie wäre ich natürlich darauf bedacht, dass meinen Kunden kein Schaden zugefügt wird. Aber wenn man mich davon überzeugen würde, dass die Information nicht missbraucht wird und der Zweck mir einleuchten würde, würde ich sie wahrscheinlich weitergeben.«

»Nicht umsonst natürlich, oder?«, erkundigte sich Korotkow.

»Junger Mann«, entgegnete Tamara ungerührt, »meine Agentur ist keine karitative Einrichtung, und umsonst macht heute niemand mehr etwas.«

»Alles klar. Ist so etwas schon einmal vorgekommen? Nicht in Bezug auf die Schirokowa, sondern überhaupt.«

»Bis jetzt nicht«, sagte die Agenturbesitzerin mit einem kaum merklichen Lächeln. »Es gab ähnliche Fälle, aber es ist nicht ganz das, wonach Sie fragen.«

»Zum Beispiel?«, fragte Nastja argwöhnisch. »Was heißt ›ähnliche Fälle‹?«

»Zum Beispiel trifft sich eine Dame mit einem von mir empfohlenen Kunden, sie ist sehr beeindruckt und möchte die Bekanntschaft fortsetzen, aber der Mann verhält sich passiv, er ruft nicht an und hat ganz offensichtlich kein Interesse an einem weiteren Kontakt. Meine Kundin ist außer sich, sie glaubt, den Mann ihres Lebens getroffen zu haben, und möchte wissen, warum sie ihm nicht gefallen hat. Vielleicht besteht die Chance, doch noch sein Interesse zu erwecken. Sie kommt zu mir und fragt, mit welchen anderen Damen dieser Mann sich getroffen hat. Besonders interessieren sie die Frauen, mit denen er längere Zeit in Kontakt war. Wie sind diese Frauen? Wie sehen sie aus? Was machen sie? Welche Ausbildung haben sie, wie ist ihre materielle Lage? Mit solchen Fragen kommen manche Frauen zu mir, solche Fälle hat es gegeben.«

»Und Sie geben ihnen die Information?«

»Warum denn nicht? Wenn ich möchte, dass die Menschen sich finden oder einander zumindest gefallen, muss ich alles dafür tun, was in meinen Kräften steht. Natürlich erzähle ich meiner Kundin in so einem Fall alles, was ich weiß. Es könnte ja sein, dass sie tatsächlich etwas an sich verändern und so die Aufmerksamkeit des Mannes, der sie so beunruhigt, auf sich ziehen kann. So etwas ist in der Tat schon vorgekommen. Das erste Treffen führt zu nichts, dann sieht sich die Dame ihre Rivalinnen etwas genauer an und macht nach einer entsprechenden Korrektur an sich selbst einen zweiten Anlauf. Der Angebetete ist hingerissen von ihr und macht ihr einen Heiratsantrag.«

»Geben Sie Ihrer Kundin in so einem Fall die volle Information? Ich meine, einschließlich Name und Adresse?«

»Nein, natürlich nicht. Dazu besteht nicht der geringste Anlass. Ich zeige ihr nur die Fotos der anderen Frauen und erzähle ihr alles, was ich über sie weiß. Meine Kundin interessieren ja ganz andere Dinge als Name und Adresse. Sie hat schließlich nicht vor, ihre Rivalinnen zu observieren und dem ungetreuen Geliebten eine Szene zu machen.«

»Sie erinnern sich also genau, dass nie jemand zu Ihnen gekommen ist, der etwas über Ljudmila Schirokowas Bekanntschaften wissen wollte? Vielleicht war es ein Verehrer, der sich in sie verliebt hat und den sie nicht wiedersehen wollte? Sind Sie sich ganz sicher, dass so etwas nie passiert ist?«

»Ich bin mir ganz sicher. Ich würde es Ihnen nicht verschweigen, das können Sie mir glauben. Erstens hat man

Mila ermordet, und mir ist der Ernst der Lage bewusst. Zweitens habe ich Ihnen schon gesagt, dass ich in der Weitergabe solcher Informationen nichts Schlechtes sehen kann. Und wenn ich mich nicht täusche, vertreten Sie selbst diese Meinung.«

Nastja und Korotkow erhoben sich und begannen, ihre Jacken zuzuknöpfen.

»Nun gut, vielen Dank, Tamara Nikolajewna«, sagte Korotkow mit einem Seufzer. »Verzeihen Sie bitte die Störung.«

Tamara verabschiedete sich mit einem majestätischen Nicken und lächelte nachsichtig.

***

»Ich verstehe überhaupt nichts mehr«, sagte Nastja verstimmt, während sie ins Auto stieg. »Ich war mir so sicher, hundertprozentig sicher.«

»Macht nichts, reg dich nicht auf«, beruhigte sie Korotkow. »Vielleicht lügt diese Tamara.«

»Nein, sie lügt nicht«, sagte Nastja deprimiert. »Du hast schließlich genug Zeit investiert, um sie davon zu überzeugen, dass sie keinen Grund hat, etwas zu verheimlichen. Außerdem ist sie wirklich der Meinung, dass sie das Recht hat, Informationen zu verkaufen, dass sie damit nichts Unrechtes tut. Wie sind die beiden bloß auf Derbyschew gekommen? Woher hatten sie seine Postfachnummer? Wer hat ihnen gesagt, dass es ausgerechnet Derbyschews Postfach ist, in dem sie nach einem Brief von der Schirokowa suchen müssen?«

»Beiß dich jetzt nicht fest, Nastja«, riet Korotkow. »Wir mussten drei Dinge überprüfen. Jetzt bleiben noch zwei. Und wenn wir in diesen beiden Fällen ins Schwarze treffen, dann wird sich auch das erste Rätsel lösen. Diese Kupplerin wollte uns nicht die Wahrheit sagen. Na und? Wir werden auch ohne sie die Wahrheit erfahren. Schließlich werden die zwei Turteltäubchen uns alles erzählen, wenn wir sie an die Wand drücken. Wohin fahren wir jetzt?«

»Zu Strelnikow. Wir müssen herausfinden, ob Mila Schirokowa seinen Sohn gekannt hat. Und Olschanskij soll klären, ob Larissa Tomtschak ihn gekannt hat. Er wird heute sowieso ihren Mann vernehmen, man hat ihn wahrscheinlich bereits von der Datscha nach Moskau geholt.«

***

Unaufhaltsam lief die Zeit, der Tag neigte sich bereits seinem Ende zu, aber in den seltsamen, mit der Heiratsagentur Amor verknüpften Mordfällen wurde nichts klarer. Wladimir Alexejewitsch Strelnikow behauptete steif und fest, dass Mila Schirokowa seinen Sohn Sascha nie gesehen hatte.

»Ich halte nichts von Sippenwirtschaft«, sagte er trocken, nachdem Korotkow und Nastja bei ihm erschienen waren.

»Wovon halten Sie nichts?«, fragte Korotkow verständnislos.

»Von Sippenwirtschaft.«

Strelnikow lächelte herablassend.

»Es gibt Leute, denen es gefällt, ihre sämtlichen Verwandten, Freunde und sogar zufälligen Bekannten zusammenzubringen. Sie schaffen um sich herum eine Korona von Leuten, die sich alle gegenseitig kennen, und geben sich genüsslich der Illusion hin, wie beliebt sie sind und wie viele Freunde ständig um sie herumschwirren. Es gibt sogar solche, die ihre ehemaligen und neuen Ehefrauen oder Freundinnen miteinander bekannt machen und sich darüber freuen, dass die Damen ganz normal miteinander kommunizieren, sich gegenseitig nicht die Augen auskratzen, sondern sich scheinbar sogar mögen. Das nenne ich Sippenwirtschaft.«

»Sie selbst tun so etwas nicht?«

»Niemals.«

»Warum denn? Was ist schlecht daran, wenn Ihre Freunde sich gegenseitig kennen und Kontakt miteinander pflegen? Ist es nicht angenehm, so eine Gemeinschaft um sich zu haben?«

»Mir ist es nicht angenehm«, versetzte Strelnikow. »Ich weiß nur zu gut, wozu so etwas führt. Jedenfalls habe ich meinen Sohn nicht mit meiner Freundin bekannt gemacht.«

»Betrifft das nur die Schirokowa, oder hat Ljuba Sergijenko ihn auch nicht gekannt?«

»Da war es etwas anders ... Mit Ljuba habe ich lange zusammengelebt, und wenn mein Sohn mich anrief, dann kam es mitunter vor, dass sie das Telefon abnahm. Aber das ist nur einige wenige Male vorgekommen, Sascha ruft mich selten an, höchst selten.«

»Warum?«, fragte Nastja erstaunt. »Haben Sie Probleme mit Ihrem Sohn?«

»Ganz und gar nicht. Ich selbst rufe ihn fast täglich an, deshalb braucht er es nicht zu tun. Er ruft nur in dringenden Fällen selbst an. Aber ich wiederhole, außer einigen kurzen Telefongesprächen hat es zwischen Ljuba und Sascha keinen Kontakt gegeben. Jedenfalls ist mir nichts davon bekannt.«

»Und wie war es mit Mila?«, fragte Korotkow noch einmal nach, um wieder auf das Wesentliche zu kommen.

»Mila hat ihn erst recht nicht gekannt. Sascha hat seit einiger Zeit eine neue Freundin und ist mit ganz anderen Dingen beschäftigt. Soviel ich weiß, hat er in der Zeit, in der Mila bei mir gewohnt hat, kein einziges Mal bei mir angerufen. Aber ich verstehe nicht, warum Sie mich das fragen. Warum interessiert es Sie, ob mein Sohn Mila gekannt hat?«

»Ich werde es Ihnen erklären, aber etwas später«, versprach Jura. »Jetzt würde ich gern von Ihnen erfahren, ob die Tomtschaks Ihren Sohn kennen.«

»Selbstverständlich. Sie kennen ihn seit seiner Geburt. Es kann ja gar nicht anders sein, da Slawa und ich seit unserer Studienzeit miteinander befreundet sind.«

»Also hat Larissa Michajlowna ihn auch gekannt?«

»Aber sicher.«

Man spürte, dass Strelnikow langsam ärgerlich wurde.

»Nachdem Larissa ihr Medizinstudium abgeschlossen hatte und Ärztin geworden war, haben wir uns mit gesundheitlichen Problemen immer an sie gewandt. Als Sascha mit sieben Jahren von einem Baum fiel und sich eine leichte Gehirnerschütterung zuzog, hat Larissa ihn jahrelang beobachtet, da solche Verletzungen, auch wenn sie leichter Natur sind, mit den Jahren zu Komplikationen führen können, besonders in der Pubertät. Seitdem hat sie Sascha viele Jahre lang mindestens zweimal pro Jahr untersucht. Zum Glück ist alles gut gegangen. Larissa hat uns versichert, dass keine Folgeschäden aufgetreten sind.«

Zurück in der Petrowka, rief Nastja Untersuchungsführer Olschanskij an. Er hatte Tomtschak bereits vernommen, und dessen Aussagen stimmten mit denen von Strelnikow überein. Es war also unmöglich, dass Larissa Sascha nicht erkannt hätte, egal, in welcher Maskerade er aufgetreten wäre. Wieder war alles völlig unklar. Der spielsüchtige junge Mann konnte zwar Mila Schirokowa umgebracht haben, aber nicht Larissa Tomtschak. Sie mussten wieder von vorn beginnen.

»Konstantin Michajlowitsch, was sollen wir mit Derbyschew machen?«, fragte Nastja missmutig. »Wir müssen ihn freilassen, die Frist läuft ab. Und ich habe keinerlei Ideen. Heute Morgen hatte ich noch jede Menge davon, aber jetzt sind alle zerplatzt wie Seifenblasen.«

»Das ist schlecht. Du enttäuschst mich, Kamenskaja«, sagte Olschanskij ernst. »Wir könnten die altbewährte

Methode des Sturmangriffs ausprobieren. Vielleicht klappt es ja.«

»Wie das?«

»Ganz einfach. Ihr holt Derbyschew aus der Zelle und bringt ihn in einem Polizeiwagen hier her, zu mir. Dann bestellt ihr für sieben Uhr auch alle anderen in mein Büro. Strelnikow, Tomtschak, Leontjew und seine Frau. Gegen neun lasst ihr das junge Paar herbringen, Sascha Strelnikow und seine Freundin. Warst du übrigens bei ihr in der Firma?«

»Ja, war ich«, seufzte Nastja. »Aber das hilft uns auch nicht weiter, ich habe nichts von Bedeutung erfahren. Natascha Sagrebina wird dort sehr geschätzt, sie ist eine sehr qualifizierte, disziplinierte Arbeitskraft, die nie unangenehm aufgefallen ist. Die Firma unterhält keine geschäftlichen Beziehungen zu dem Unternehmen, bei dem Derbyschew arbeitet. Was natürlich nicht ausschließt, dass die Sagrebina dennoch bei Derbyschew im Büro gewesen ist. Ein Vorwand wäre leicht zu finden gewesen, da beide Firmen mit Immobilien handeln. Und noch etwas. Von unserem Adressbüro haben wir die Auskunft bekommen, dass die Sagrebina in Moskau nicht polizeilich gemeldet ist, während alle ihre Kollegen einmütig behaupten, dass sie gebürtige Moskauerin sei.«

»Wo hält sich das reizende Pärchen in diesem Moment auf?«

»Nach letzten Erkenntnissen in der Wohnung von Strelnikow junior. Selujanow beobachtet die beiden, er hat festgestellt, dass die Sagrebina gewöhnlich um fünf Uhr Feierabend hat, dann setzt sie sich in ihren Luxusschlitten und trifft sich mit Sascha. In der Regel halten sie sich bis etwa zehn Uhr abends bei ihm in der Wohnung auf oder fahren zusammen irgendwo hin, der Rest des Abends gehört dem Glücksspiel. Selujanow hat herausgefunden, dass sie im Lauf der letzten Woche zweimal an Orten gesehen wurden, wo um hohe Summen Karten gespielt wird, und dreimal im Casino.«

»Was erzählt dein scharfsichtiger Selujanow sonst noch?«

»Dass Sascha Strelnikow lange Haare hat und ziemlich schmächtig ist. Das hat mir den Rest gegeben. Die langen Haare passen natürlich ins Bild, das stimmt mit der Personenbeschreibung des mysteriösen Fotografen überein, der im Reitclub gesehen wurde. Aber die Tatsache, dass er schmächtig ist, kann nur bedeuten, dass er entweder einen Komplizen hatte oder mit den Morden überhaupt nichts zu tun hat. Sie werden sich erinnern, dass Mila Schirokowas Leiche keinerlei Spuren eines Kampfes aufwies. Ein schwächlicher, schmächtiger junger Mann hätte sie nicht einfach so erwürgen können, gegen ihn hätte sie sich zur Wehr gesetzt. Man hätte am Körper des Opfers Kratzer und blaue Flecken finden müssen, aber da war nichts. Und noch etwas. An den Fundorten beider Leichen wurden keinerlei Schleifspuren entdeckt. Wenn Mila Schirokowa und Larissa Tomtschak nicht dort gestorben sind, wo man sie gefunden hat, dann hat jemand sie im Auto an die Fundstellen gebracht und dort abgeladen. Aber eine erwachsene Frau ist schließlich keine leere Zigarettenschachtel, Konstantin Michajlowitsch, man kann sie nicht zusammenknüllen und einfach aus dem Fenster werfen. Man muss sie irgendwie ins Auto transportieren und aus dem Auto wieder ins Freie befördern. Für einen eher schwächlichen Menschen ist das ein gewaltiger Kraftakt, der deutliche Spuren am Körper und an der Kleidung des Opfers hinterlässt. Und auf der Erde bleiben Schleifspuren zurück. Aber beides ist nicht vorhanden.«

»Vielleicht hat seine Freundin dem Jungen geholfen. Wie gefällt dir diese Variante?«

»Mir gefällt nicht, dass Larissa Tomtschak Sascha Strelnikow bestens gekannt hat, unter anderem auch seine Stimme. Er kann es also nicht gewesen sein, der sie angerufen und sich als Derbyschew ausgegeben hat. Und er kann auch nicht der gewesen sein, den Larissa an der Metrostation Akademicheskaja getroffen hat. Hier muss noch ein Zweiter im Spiel sein. Einer, der hinter dem spielsüchtigen Pärchen steht. Wir versuchen im Moment, uns Informationen über die Sagrebina zu beschaffen. Vielleicht handelt es sich bei dem Mörder um ihren Liebhaber oder einen Verwandten, irgendeinen ausgekochten, cleveren Typ, der sich das alles ausgedacht hat. Nur weiß ich beim besten Willen nicht, aus welchem Grund jemand so etwas tun sollte.«

»Vielleicht will er sich für irgendetwas an Strelnikow rächen«, schlug der Untersuchungsführer als Erklärung vor.

»Vielleicht«, stimmte Nastja zu. »Aber wie hat er es geschafft, den Verdacht auf Derbyschew zu lenken? Hier ist das schwächste Glied in unserer Kette. An dieser Stelle bricht jede unserer Versionen zusammen.«

»Also habe ich Recht, ohne Sturmangriff kommen wir nicht aus«, konstatierte Olschanskij. »Wir versammeln sie alle in meinem Büro und lassen sie so lange schmoren, bis sich ihre geheimen Beziehungen und Konflikte offenbaren.«

»Wie Sie meinen.«

Nastja legte den Hörer auf und starrte, ohne etwas zu sehen, aus dem Fenster. Olschanskijs Idee gefiel ihr nicht, sie gefiel ihr ganz und gar nicht. Aber sie hatte nicht mit ihm diskutieren wollen, ganz einfach deshalb, weil sie keinen besseren Vorschlag hatte. Ja, die Methode des »Sturmangriffs« war seit langem bekannt, aber man musste einen besonderen Charakter haben, um sie anzuwenden. Wenn sich auf dem engen Raum eines Zimmers Menschen mit konträren Interesse versammelten, Menschen, die etwas zu verbergen hatten und nicht wollten, dass die Wahrheit ans Licht kam, war die Gefahr groß, dass Streit ausbrach. Es konnte passieren, dass die Leute hysterisch wurden, sich anschrien, in Tränen ausbrachen, sich gegenseitig beleidigten und an die Kehle gingen. Sogar Herzanfälle kamen in solchen Situationen vor. Und ein Untersuchungsführer, der so ein Zusammentreffen inszenierte, musste ein sehr guter Regisseur sein, um das gesamte Geschehen und jede einzelne Figur genau im Auge zu behalten. Er musste in der Lage sein, das Orchester so zu dirigieren, dass keine Kakophonie dabei herauskam, sondern ein Finale mit einem klaren Schlussakkord. Vielleicht konnte Konstantin Michajlowitsch das alles. Aber was, wenn er es nicht konnte? Was, wenn die von ihm geplante Veranstaltung mit nichts anderem als mit Gezänk und wüstem Geschrei enden würde? Nach dem so genannten Sturmangriff gab es kein Zurück mehr. Man hatte die Beteiligten miteinander konfrontiert, und wenn die Inszenierung misslang, konnte man die Hoffnung auf eine baldige, erfolgreiche Aufklärung des Falles begraben.

Draußen war es inzwischen dunkel geworden. Nastja löste sich aus ihrer Erstarrung und machte sich missmutig auf den Weg zu Oberst Gordejew, ihrem Chef.

»Du kennst Kostja nicht«, sagte dieser, nachdem Nastja ihn in ihre Zweifel eingeweiht hatte. »Er lässt in seinem Büro keine Händel zu, so etwas unterbindet er sofort. Wirst du selbst auch an der Veranstaltung teilnehmen?«

»Was bleibt mir anderes übrig, zumal Olschanskij es so will. Aber mir liegt so etwas nicht, Viktor Alexejewitsch. Ich mag keine ...«

»Lass gut sein«, unterbrach sie der Oberst, »behalte es für dich. Alle wissen, was du magst und was du nicht magst. Ginge es nach dir, würdest du dein Leben lang mit deinen Papieren und Zahlen in einer stillen Ecke sitzen und Ränke schmieden. Aber so funktioniert das nicht, Nastja, manchmal muss man mit offenen Karten spielen. Nicht jeder kann mit einer schweren Konfliktsituation umgehen.

Du würdest es nicht können. Aber Kostja ist anders. Er schert sich nicht um die Gefühle anderer.«

Wahrscheinlich hat Gordejew Recht, dachte Nastja, während sie in ihr Büro zurückging. Es gab Menschen, die sich die Gefühle anderer »einfingen« wie einen Grippevirus während einer Epidemie. Sie ließen sich sofort von deren Nervosität anstecken und in ihre Auseinandersetzungen hineinziehen. Allerdings war das ein Typ Mensch, der sich auch von positiven Gefühlen anstecken und sich aufrichtig mit anderen freuen konnte. Es gab auch solche, die auf Konflikte in ihrem Umfeld mit Rückzug reagierten, sie konnten sich abschirmen und schützen, aber das beraubte sie auch der Möglichkeit, positiv in einen Konflikt einzugreifen. Offenbar gehörte Olschanskij weder zur ersten noch zur zweiten Kategorie. Er stand über den Dingen und sah von oben auf die Streithähne herab, er konnte einen Konflikt in Grenzen halten und so dirigieren, dass größtmöglicher Nutzen für die Wahrheitsfindung entstand. Hoffentlich war es tatsächlich so.

***

Kolja Selujanow hatte seinen Beobachtungsposten vor dem Haus bezogen, in dem Strelnikow junior wohnte. Dieser war vor etwa einer Stunde zusammen mit seiner Freundin aufgetaucht, und Kolja stellte sich auf eine lange Wartezeit ein. Vor zehn Uhr würden die beiden das Haus wahrscheinlich nicht wieder verlassen. Er beobachtete das Paar seit dem gestrigen Tag und konnte sich nicht genug darüber wundern, wie wenig die beiden zusammenpassten. Der langhaarige, jämmerliche Sascha, der keiner Arbeit nachging, kein Geld verdiente und überhaupt nichts besaß außer einer eigenen Bude, und die groß gewachsene, attraktive, gut bezahlte Referentin einer soliden Firma, die ein teures ausländisches Auto fuhr. Was konnten die beiden gemeinsam haben? Nur die unstillbare Leidenschaft für das Glücksspiel?

Aus dem Auto hatte Selujanow einen freien Blick auf die Haustür und auf das geöffnete Fenster zu Sascha Strelnikows Wohnung. Er lehnte sich entspannt im Sitz zurück und wollte sich gerade eine Zigarette anstecken, als er draußen drei junge Männer erblickte, die er gut kannte. Unauffällige Regenjacken, dunkle Hosen, ein absichtlich schwerfälliger, nachlässiger Gang. Kolja verließ das Auto und schlüpfte rasch in den nächsten Hauseingang, nachdem er sich vorher davon überzeugt hatte, dass die drei Männer ihn bemerkt hatten. Ein paar Minuten später standen sie bereits neben ihm.

»Kommt ihr mir etwa zu Hilfe?«, erkundigte sich Kolja skeptisch.

»So ungefähr«, erwiderte einer der drei. »Was machen die beiden Kinder?«

»Ich nehme an, sie turteln. Bis zum Beginn ihres allabendlichen bourgeoisen Amüsements in der Spielhölle ist noch Zeit. Seid ihr wirklich gekommen, um mich abzulösen?«

»Nicht ganz. Wir müssen die beiden um neun Uhr bei der Staatsanwaltschaft abliefern. Wir warten bis acht Uhr und greifen dann zu.«

»Wie das?«, fragte Selujanow erstaunt. »Ist etwas passiert? Heute Morgen war von einer Verhaftung noch nicht die Rede. Und es liegt doch gar nichts gegen sie vor. Oder hat sich das inzwischen geändert?«

»Wir werden sie auch nicht verhaften, sondern nur höflich bitten, uns zu begleiten. Olschanskij möchte sich mit ihnen unterhalten, aber nicht früher als um exakt neun Uhr. Danach können sie wieder gehen.«

»Vielleicht auch nicht«, erwiderte der zweite operative Beamte. »Vielleicht wird man sie nach dem Gespräch verhaften.«

»Und warum ausgerechnet um neun Uhr?«, fragte Selujanow argwöhnisch nach. »Warum nicht gleich? Was soll das? Ihr verschweigt mir etwas, Jungs. Das ist eine Schweinerei.«

»Unsinn«, winkte der erste Beamte ab. »Olschanskij hat angeordnet, dass für acht Uhr irgendwelche anderen Leute in sein Büro gebracht werden sollen, die werden gerade von Korotkow und Dozenko abgeholt. Es wird ja eine Weile dauern, bis man sie alle gefunden und an Ort und Stelle gebracht hat. Nichts als Scherereien ... Olschanskij wird ein Stündchen mit ihnen plaudern, und pünktlich um neun kommen dann die zwei Kinder dazu.«

»Dann ist es ja gut«, sagte Kolja besänftigt. »Braucht ihr mich?«

»Wir schaffen es allein«, meinte derjenige, der bis jetzt noch kein Wort gesagt hatte. »Aber du kannst dich natürlich beteiligen, wenn du willst.«

»Ich habe da etwas zu klären, ich fahre mal schnell los. Bis acht bin ich wieder da. Seid ihr einverstanden?«

»Geht klar. Wenn du nicht zurückkommst, gehen wir ohne dich. Dritter Stock, Wohnung sechsundsiebzig, richtig? Wir kennen die beiden und werden sie nicht verpassen, falls sie vorher das Haus verlassen.«

Selujanow drückte seinen Kollegen die Hand, stieg wieder in seinen Wagen und fuhr los, um das zu klären, was ihm vor ein paar Stunden in den Sinn gekommen war und keine Ruhe mehr ließ.

***

In Olschanskijs Büro war es still und stickig. In dem kleinen Raum befanden sich eindeutig zu viele Menschen, aber Olschanskij konnte sich nicht entschließen, das Fenster zu öffnen, weil es draußen stürmte und regnete. Der Untersuchungsführer saß hinter seinem Schreibtisch, die Gäste, Wjatscheslaw Petrowitsch Tomtschak, Wladimir Alexejewitsch Strelnikow, Genadij Fjodorowitsch Leontjew mit seiner Frau und Viktor Alexandrowitsch Derbyschew, hatten an einem zweiten Tisch Platz genommen. Nastja hatte sich in einem alten, durchgesessenen Sessel in der Ecke niedergelassen und verfolgte von dort aus gespannt die Vorgänge. Allerdings war bis jetzt noch nichts passiert. Vor einer Dreiviertelstunde hatte Konstantin Michajlowitsch das Gespräch eröffnet.

»Meine verehrten Damen und Herren. Im Verlauf unserer Ermittlungen in den Mordfällen Ihrer Freundin, Wladimir Alexejewitsch, und Ihrer Frau, Wjatscheslaw Petrowitsch, haben wir festgestellt, dass in diese Verbrechen jemand verwickelt ist, der unter dem Namen von Herrn Derbyschew auftritt. Ich wiederhole: Jemand, der sich hinter dem Namen von Viktor Alexandrowitsch Derbyschew versteckt, ist an den Morden beteiligt, die an Ljudmila Schirokowa und an Larissa Tomtschak begangen wurden. Wer dieser Mann ist, weiß ich nicht. Und ich möchte, dass Sie mir diese Frage beantworten.«

Eine Weile herrschte betretenes Schweigen. Als Erste fasste sich Anna Leontjewa.

»Was heißt, jemand versteckt sich hinter dem Namen dieses ... dieses Herrn da? Wollen Sie damit sagen, dass dieser Herr selbst nichts zur Sache tut und dass Sie ihn für völlig unschuldig halten?«

»Im Moment halte ich ihn tatsächlich für völlig unschuldig«, erwiderte Olschanskij entschieden. »Ich kann Ihnen sagen, dass unser Verdacht gegen ihn am Anfang so stark war, dass wir ihn verhaftet und für drei Tage in Untersuchungshaft genommen haben. Aber genau in dieser Zeit wurde die Frau von Wjatscheslaw Petrowitsch ermordet, und uns wurde bekannt, dass sie einige Stunden vor ihrem gewaltsamen Tod einen Anruf von einem Mann erhalten, der sich als Viktor Derbyschew ausgab. Sie verstehen selbst, dass Viktor Alexandrowitsch nicht der Mörder gewesen sein kann. Deshalb bitte ich Sie, gründlich nachzudenken und mir zu sagen, wann, wo und in welchen Zusammenhängen sich Ihre Wege mit Herrn Derbyschew gekreuzt haben können.«

»Ich sehe ihn heute zum ersten Mal«, erklärte Genadij Leontjew gereizt.

»Wir sind uns nie begegnet«, sagte Strelnikow.

Tomtschak schüttelte den Kopf.

»Auch ich habe ihn noch nie gesehen. Das muss ein Irrtum sein.«

»Nun gut«, sagte der Untersuchungsführer friedfertig. »Was sagen Sie dazu, Viktor Alexandrowitsch? Vor Ihnen sitzen vier Menschen. Einer von ihnen hat seine Freundin verloren, der andere seine Frau. Bei dem dritten ist bis jetzt zum Glück nichts passiert, aber sie alle sind seit über zwanzig Jahren miteinander befreundet, sie haben zusammen studiert und später zusammengearbeitet. In gewisser Weise könnte man sagen, dass sie ein Ganzes sind. Und in Ihrem Umfeld muss es jemanden geben, der diese Menschen kennt. Und er kann Ihnen nicht wohl gesonnen sein, da er Ihnen zwei Morde unterschieben will. Ich möchte nicht, dass Sie mich für pessimistisch halten, aber wenn wir heute zu keiner Klärung kommen und unverrichteter Dinge auseinander gehen müssen, kann das Unglück morgen die Leontjews ereilen. Und der Verdacht wird wahrscheinlich erneut auf Sie fallen, Viktor Alexandrowitsch.«

»Das ist doch alles Unsinn«, sagte Strelnikow ärgerlich. »Ich verstehe überhaupt nichts. Wie kommen Sie darauf, dass wir Herrn Derbyschew kennen?«

»Ich möchte nicht darüber diskutieren, wie begründet oder unbegründet Ihnen meine Annahmen erscheinen«, erwiderte Olschanskij kalt. »Ich habe Ihnen allen eine Frage gestellt, und ich werde so lange warten, bis ich eine Antwort bekomme. Und glauben Sie bitte nicht, dass ich Sie um dreiundzwanzig Uhr gehen lasse. Das Gesetz verbietet nächtliche Verhöre, aber ich werde dieses Gesetz brechen, wenn das zur Verhinderung eines erneuten Mordes nötig sein sollte. Niemand von Ihnen wird diesen Raum verlassen, solange ich nicht erfahren habe, welche Fäden alle hier Anwesenden miteinander verbinden.«

Nastja, die nach wie vor in ihrem Sessel in der Ecke saß, musste innerlich lächeln. Eher wäre die Welt untergegangen, als dass Konstantin Michajlowitsch Olschanskij ein Gesetz gebrochen hätte. Sicher hatte er nicht vor, diese Leute die ganze Nacht in der Staatsanwaltschaft festzuhalten, er war sich sicher, dass sich alles sehr viel schneller klären würde. Allerdings war bereits eine Dreiviertelstunde vergangen, und bis jetzt hatte sich noch nichts geklärt. Nach dem ersten Schock hatten die Anwesenden damit begonnen, die wesentlichen Stationen ihrer Biographien zu schildern, allerdings recht lustlos. Olschanskij steuerte gekonnt das Gespräch und flocht ständig Fragen ein.

»Wo waren Sie im Urlaub?«

»In welchen Krankenhäusern haben Sie gelegen?«

»Welche Mitreisenden haben Sie in Zügen und Flugzeugen kennen gelernt?«

»Wen haben Sie bei Freunden, auf Banketten, auf Geburtstagsfeiern und bei ähnlichen Anlässen getroffen?«

Nastja hörte aufmerksam zu und dachte dabei an die Theorie, nach der zwischen zwei x-beliebigen Menschen auf diesem Planeten eine Verbindung bestand, die über höchstens fünf Glieder in der Kette reichte. Das hörte sich unwahrscheinlich an, aber bei näherem Hinsehen bestätigte sich diese Theorie fast immer. Nastjas Mutter, die Professorin Kamenskaja, hatte einige Jahre an einer der bedeutendsten schwedischen Universitäten gelehrt. Der Rektor dieser Universität kannte den schwedischen Premierminister, und dieser wiederum kannte den Präsidenten der USA. Also lagen zwischen Nastja und Bill Clinton nur drei Verbindungsglieder.

Im Lauf des Gesprächs stellte sich heraus, dass die drei Freunde und Viktor Derbyschew sich auf ihren Lebenswegen oft sehr nah gekommen waren, so nah, dass nur noch ein Kettenglied zwischen ihnen blieb. Aber direkt waren sie sich dennoch nie begegnet und hatten auch keine gemeinsamen Feinde.

»Nun, dann sehen wir uns jetzt die individuellen Feinde an«, sagte Olschanskij. »Beginnen wir mit Ihnen, Viktor Alexandrowitsch. Und die anderen bitte ich, genau zuzuhören und besonders auf jeden einzelnen Namen zu achten, der genannt wird.«

Allem Anschein nach hatte Derbyschew keine Feinde. Er nannte zwar einige Namen, aber sobald sich der Grund für den Konflikt herausstellte, wurde jedes Mal klar, dass es sich nicht um das handelte, worum es hier ging.

»Und Ihr Sohn?«, insistierte der Untersuchungsführer. »Soviel ich weiß, ist Ihre Beziehung zu ihm mehr als angespannt.«

»Was hat mein Sohn mit der Sache zu tun?«, brauste Derbyschew auf. »Ich habe keinen Kontakt zu ihm.«

»Eben«, sagte Olschanskij. »Da er nichts von Ihnen wissen will, scheint er Ihnen sehr böse zu sein.«

»Vermuten Sie etwa, dass Viktor ...? Das ist doch Humbug. Er will tatsächlich nichts von mir wissen, aber was hat das mit den hier anwesenden Personen zu tun?«

»In der Tat gar nichts«, seufzte Konstantin Michajlowitsch. »Anastasija Pawlowna, was sagen Sie dazu?«

»Sie haben Recht. Viktor Alexandrowitschs Sohn hat weder die Schirokowa noch Larissa Michajlowna gekannt. Er hatte keinen Grund, sie umzubringen.«

»So ist es«, ereiferte sich Derbyschew. »Lassen Sie den Jungen in Ruhe.«

»Gut, wir lassen ihn in Ruhe. Aber was ist mit seiner Schwester? Könnte es nicht sein, dass sie Sie insgeheim hasst? Immerhin hat ihre Mutter sich das Leben genommen, nachdem Sie sie verlassen haben.«

»Hören Sie auf, in der schmutzigen Wäsche anderer Leute herumzuwühlen. Sie sollten sich schämen! Ja, ich habe mich von ihrer Mutter getrennt, na und? Tausende von Männern verlassen ihre Frauen, deshalb passiert noch lange kein Unglück. Wenn Sie es genau wissen wollen: Ich habe Nadeschda verlassen, weil sie äußerst unausgeglichen war, unter Depressionen und starken Stimmungsschwankungen litt. Ich wundere mich selbst, dass ich es so lange mit ihr ausgehalten habe. Natascha hat das übrigens sehr gut verstanden. Viktor hat mir natürlich nicht verziehen, aber Natascha ist eine erwachsene Frau, mit ihr bin ich bis heute in Verbindung. Auch sie hatte es schwer mit ihrer Mutter, und als ich ging, beneidete Natascha mich sogar. Wenn ich könnte, sagte sie, würde ich auch gehen, aber eine Mutter ist eben eine Mutter.«

»Wollen Sie damit sagen, dass Sie nach wie vor Kontakt zu Natascha unterhalten?«

»Natürlich. Sie ruft mich oft an, und wir treffen uns häufig. Wir haben sehr lange zusammengelebt, und in dieser Zeit ist eine sehr herzliche Beziehung zwischen uns entstanden. Viktor ist noch ein Kind, er neigt zu jugendlicher Unbedingtheit, aber Natascha ist sehr viel erwachsener und klüger. Sie nimmt sogar finanzielle Unterstützung von mir an, allerdings heimlich, damit Viktor nichts davon erfährt.«

»So ist das also«, sagte Olschanskij nachdenklich.

Nastja hörte interessiert zu. Alles, was Derbyschew eben gesagt hatte, war der Kripo bereits bekannt, denn im Rahmen der Ermittlungen hatte man natürlich auch Viktor Derbyschew und seine ältere Schwester befragt. Diese hatte sich über Viktors Vater sehr positiv und wohlwollend geäußert, jedenfalls war das der Eindruck des Kollegen gewesen, der sich mit ihr unterhalten hatte. Es handelte sich um einen Revierbeamten, dem Nastja voll und ganz vertraute. Er hatte den Kollegen von der Petrowka zugearbeitet und einige Aufgaben bei den Nachforschungen über

Derbyschew senior übernommen, während dieser in U-Haft war.

Nastja warf einen Blick auf die Uhr. Es war drei Minuten vor neun. Gleich würden Strelnikows Sohn und seine nirgends gemeldete Freundin Natascha Sagrebina erscheinen. Wladimir Alexejewitsch würde sich freuen …

***

Selujanow jagte seinen Wagen durch die dunklen, nassen Straßen. Er hoffte, die Staatsanwaltschaft vor dem Eintreffen des spielsüchtigen Pärchens zu erreichen. Es war genau so, wie er vermutet hatte. Er hatte es längst gefühlt, und jetzt schimpfte er sich einen Dummkopf, weil er seinen Verdacht nicht schon viel früher überprüft hatte. Ihm blieb nur noch sehr wenig Zeit, aber er wollte Olschanskij nicht aus der Telefonzelle anrufen. Solche Nachrichten musste man persönlich überbringen, aber es sah so aus, als hätte er keine Wahl. Bis neun Uhr würde er es nicht schaffen. Oder sollte er es doch versuchen?

Nikolaj traf eine Entscheidung. Vor ihm lagen zwei stark befahrene Kreuzungen und eine Brücke, auf der man meistens in einen Stau kam. Er wollte sehen, wie die Lage dort war. Sollte er nicht ungehindert durchkommen, würde er sofort nach einer Telefonzelle suchen. Etwa zweihundert Meter vor der ersten tückischen Kreuzung sah er, dass die Straße weitgehend frei war. Er trat aufs Gaspedal, um über die Kreuzung zu kommen, bevor die Ampel auf Rot umschaltete. Und er hätte es auch geschafft, wenn der Asphalt nicht so nass gewesen wäre …

***

Pünktlich um einundzwanzig Uhr klopfte es an der Tür zu Olschanskijs Büro.

»Dürfen wir hereinkommen, Konstantin Michajlowitsch?«

»Ihr dürft.«

Die Tür öffnete sich, und in Begleitung von drei Beamten betraten Sascha Strelnikow und seine Freundin den Raum. Nastja sah die beiden zum ersten Mal. Der junge Mann war wirklich klein und schmächtig, er hatte langes Haar und trug ein ledernes Stirnband. Natascha Sagrebina war einen halben Kopf größer als er, sie trug sackartige Jeans und einen weiten Pullover, der ihr bis zu den Knien reichte und ihre Figur gänzlich verdeckte.

»Sascha?«, rief Strelnikow senior aus.

»Natascha?«, flüsterte Derbyschew.

In diesem Moment hatte Nastja alles begriffen. Aber es war zu spät. Dieses Treffen hätte niemals stattfinden dürfen! Wie sollte es jetzt weitergehen? Olschanskij betrachtete die Anwesenden schweigend, und an seinem angespannten Gesichtsausdruck sah Nastja, dass auch er zu begreifen begann. Das Opfer all dessen, was geschehen war, hatte also Viktor Derbyschew werden sollen und keineswegs Strelnikow. Mila Schirokowa war nur ein Mittel zum Zweck, das dem Mörder zufällig in die Hände gefallen war. Aber warum Sagrebina? Sie hieß doch Zukanowa …

»Na, ihr alten Böcke?« Die Stimme der jungen Frau klang grob und spöttisch. »Habt ihr euch versammelt? Bei dieser Gelegenheit könnten wir doch herausfinden, wer von euch meine Mutter vergewaltigt hat.«

Nastja fing den konsternierten Blick eines der drei Beamten auf und nickte rasch. Die Situation lief aus dem Ruder, jetzt war alles möglich, bis hin zu Handgreiflichkeiten und Herzanfällen. Für alle Fälle sollten die drei Beamten an der Tür warten.

»Wir fahren fort«, sagte der Untersuchungsführer, der sich schnell wieder gefasst hatte. »Natascha Alexandrowna, Sascha Wladimirowitsch, nehmen Sie Platz. Auf den Stühlen dort bitte. Ich nehme an, Sie kennen die anderen im Raum, ich brauche Sie einander nicht vorzustellen.«

Sascha Strelnikow setzte sich gehorsam auf einen der Stühle, Natascha blieb stehen und ließ ihren höhnischen Blick von Strelnikow senior zu Tomtschak und Leontjew schweifen.

»Natascha Alexandrowna«, wiederholte Olschanskij geduldig, »seien Sie bitte so freundlich und nehmen Sie Platz.«

»Ich bleibe lieber stehen«, erwiderte sie verächtlich.

Ein kurzer Blick, den der Untersuchungsführer den Beamten an der Tür zuwarf, genügte. Einer von ihnen machte einen Schritt, packte die Sagrebina an der Schulter und stieß sie in Richtung Stuhl. Im nächsten Moment flog er zur Seite wie ein kleiner, aufdringlicher Hund. Nastja hatte den Eindruck, dass die Sagrebina sich nicht einmal gerührt hatte, so leicht und unauffällig war die Bewegung gewesen. Nastja schoss ein neuer Gedanke durch den Kopf, sie senkte die Augen und betrachtete die Schuhe der jungen Frau. Sie hatte tatsächlich einen kleinen, hübschen Fuß, bei einer Körpergröße von eins fünfundsiebzig waren die Füße meistens größer. Jetzt war klar, was am Fundort der erwürgten Mila Schirokowa geschehen war. Und Nastja hatte sich so lange den Kopf darüber zerbrochen, was für ein Gewicht Mila getragen hatte ...

»Natascha Alexandrowna«, fuhr der Untersuchungsführer so ruhig fort, als sei nichts geschehen, »in diesem Büro haben alle meinen Anweisungen zu folgen. Wenn Sie sich mit den Anwesenden auseinander setzen wollen, werde ich das nur begrüßen, aber ich bitte Sie, das im Sitzen zu tun. Andernfalls muss ich aufstehen, denn Sie sind schließlich eine Dame. Aber ich bin heute müde und außerdem nicht mehr der Jüngste. Darum bitte ich Sie, mir die Unbequemlichkeit zu ersparen.«

Seltsamerweise gehorchte die Sagrebina und setzte sich,

allerdings behielt sie ihren spöttischen, schadenfrohen Gesichtsausdruck.

Einer der Beamten trat zum Untersuchungsführer heran und legte wortlos zwei Pässe auf seinen Schreibtisch. Olschanskij öffnete die Pässe und blätterte sie kurz durch.

»Natascha Alexandrowna, warum kennt man Sie an Ihrem Arbeitsplatz unter dem Namen Sagrebina? In Ihrem Pass steht ein anderer Name. Auch an den Orten, wo Sie sich an den Abenden so hingebungsvoll zu vergnügen pflegen, kennt man Sie als Sagrebina. Was hat das zu bedeuten?«

»Ich habe geheiratet«, erklärte Natascha gleichgültig.

»Und wo ist Ihr Mann, wenn ich fragen darf?«

»Keine Ahnung. Wir haben uns gleich wieder scheiden lassen.«

»Heißt das, Sie haben Ihren Pass nicht auf den neuen Namen umschreiben lassen und an Ihrem Arbeitsplatz die Heiratsurkunde vorgelegt, in der steht, dass Sie den Namen Ihres Mannes angenommen haben?«

»Klar.«

»Aber Natascha ...«, mischte sich Derbyschew ein. »Du hast geheiratet? Wann? Warum hast du mir nichts davon gesagt? Und überhaupt, warum hat man dich hierher gebracht?«

»Mann, halt doch die Klappe, mit dir rede ich nicht«, versetzte Natascha.

Tomtschak, Strelnikow und Leontjew schwiegen. Sie wirkten so verdattert, als sei ihnen ein Gespenst erschienen. Wieder fasste Anna Leontjewa sich als Erste. Sie wandte sich an Natascha.

»Verzeihung, Sie haben vorhin von einer Vergewaltigung gesprochen. Was wollten Sie damit sagen?«, fragte sie empört. »Wer ist Ihre Mutter?«

»Natascha Alexandrownas Mutter hieß Nadeschda Romanowna Zukanowa«, erklärte der Untersuchungsführer. »Sagt Ihnen dieser Name etwas?«

»Ich höre ihn zum ersten Mal«, erwiderte Anna schnell.

Es trat ein verhängnisvolles Schweigen ein. Annas Mann und seinen zwei Freunden war deutlich anzusehen, dass sie diesen Namen nicht zum ersten Mal hörten. Und da begriff Nastja, in was für eine schreckliche Situation sie alle geraten waren. Wenn Nadeschda Zukanowa wirklich von einem der einstigen Kommilitonen vergewaltigt worden war ... Es konnte ja durchaus Strelnikow gewesen sein. Und dann war Natascha seine Tochter. Was bedeutete, dass sein ehelicher Sohn mit seiner eigenen, unehelich geborenen Schwester schlief. Gleich würde das zum Gegenstand öffentlicher Diskussion werden, und das in Anwesenheit von Strelnikow senior und junior. Und wenn Leontjew der Vergewaltiger war? Neben ihm saß schließlich seine Frau. Das konnte heiter werden ...

Olschanskij hatte die Zusammenhänge schnell erfasst.

»Anna Georgijewna, ich muss Sie bitten, den Raum zu verlassen und auf dem Korridor zu warten. Igor, bringen Sie bitte auch Sascha Strelnikow hinaus. Ich werde Sie wieder rufen, wenn es nötig ist.«

»Ich werde nicht hinausgehen«, protestierte die Leontjewa. »Ich möchte wissen, was für eine schmutzige, verleumderische Geschichte diese unverschämte Person meinem Mann und seinen Freunden anzudichten versucht.«

»Anna Georgijewna«, erwiderte der Untersuchungsführer mit erhobener Stimme, »bitte zwingen Sie mich nicht zu wiederholen, was ich eben schon gesagt habe. Verzeihen Sie, aber in diesem Büro gelten meine Befehle und nicht Ihre Wünsche.«

Anna erhob sich und verließ das Zimmer mit hoch erhobenem Kopf, laut mit den hohen Absätzen ihrer modischen Herbststiefel klappernd. Hinter ihr wurde Sascha Strelnikow hinausgeführt.

»So, meine Herren«, sagte Olschanskij mit gedämpfter Stimme, »jetzt können wir offenbar mit der Unterhaltung beginnen, wegen der ich Sie hierher gebeten habe. Lassen Sie uns anfangen.«

Dreizehntes Kapitel

Schon lange bevor Derbyschew die Familie verlassen hatte, wusste Natascha, dass er ihre Mutter betrog. Sie war ein sehr neugieriges Mädchen, das nie eine Gelegenheit ausließ, in einer fremden Tasche herumzuwühlen. Sie war keine Diebin, Gott bewahre, sie stahl nie etwas. Sie war einfach neugierig. Natascha Zukanowa war erpicht auf Geheimnisse, und ihre Lieblingsbeschäftigung bestand darin, andere heimlich zu beobachten oder zu belauschen. Als sie in Derbyschews Jackentasche zum ersten Mal einen Zettel mit dem Namen und der Adresse einer Frau entdeckte, war sie siebzehn Jahre alt. Natürlich konnte sie sich nicht zurückhalten und fuhr zu der Adresse, die der Mann ihrer Mutter in seiner Jackentasche herumtrug. Und sie fand heraus, dass Viktor sich mit dieser Frau traf. Seitdem beobachtete sie ihren Stiefvater auf Schritt und Tritt.

Natascha liebte ihre Mutter über alles, deshalb sagte sie ihr nichts. Doch mit jeder neuen Geliebten, die Derbyschew sich nahm, wuchs ihr Hass gegen ihn. Ihre Mutter liebte diesen Bastard, sie hatte sogar ihren Sohn nach ihm benannt, und er ... Dieser Schweinehund. Dieser Halunke. In Natascha Zukanowa reifte ein Plan. Der erste Schritt zu seiner Verwirklichung war das Bodybuilding. Natascha hatte ideale körperliche Anlagen, und schon nach einem Jahr verfügte sie über eine beneidenswerte Muskulatur.

Sie war ein sehr begabtes Mädchen. Mühelos absolvierte sie ihr Studium, eignete sich kaufmännisches Wissen an, die Programmiertechnik und zwei Fremdsprachen. Sofort fand sie eine angesehene, gut bezahlte Stellung in der freien

Wirtschaft. Aber einen großen Teil ihrer Energie und ihrer intellektuellen Fähigkeiten investierte sie nach wie vor in die Entwicklung ihrer Rachepläne gegen den verhassten Derbyschew. Sie klügelte alle möglichen Varianten aus, und von ihrer Verwirklichung hielt sie nur eines ab: ihre Mutter. Diese liebte Derbyschew und konnte ohne ihn nicht leben.

Es kam, wie es kommen musste. Als dieser geile alte Bock, wie Natascha ihn insgeheim nannte, wieder einmal eine neue Affäre anfing, kam es zum Bruch mit Nadeschda. Die ohnehin labile, zu Depressionen neigende Mutter verlor endgültig den Halt. Sie ging zwar noch zur Arbeit und kümmerte sich um ihre Kinder, aber jeder Lebenswille war in ihr erloschen. Sie vernachlässigte ihr Äußeres, saß stundenlang da und weinte leise oder starrte vor sich hin, ohne auf ihren Sohn und ihre Tochter zu reagieren. Schließlich geschah das, was geschehen war. Das Leben ohne Derbyschew war für sie unerträglich geworden.

Jetzt brauchte Natascha auf nichts mehr Rücksicht zu nehmen. Aber sie hatte keine Eile. Schließlich hatte sie so viele Jahre gewartet und wollte jetzt das Gefühl ihrer Rache auskosten. Während sie über eine neue Variante nachdachte, veränderte sich die Lage. Derbyschew trennt sich von der Frau, wegen der er Nataschas Mutter verlassen hatte. Und ohne diese Frau funktionierte der Plan nicht. Jetzt wechselte Derbyschew seine Freundinnen so oft, dass Natascha nicht mehr nachkam mit ihrer Planung. In dieser ganzen Zeit verhielt sie sich ihm gegenüber freundlich und liebenswürdig, um in Kontakt mit ihm zu bleiben und die Hand am Puls zu behalten.

Schließlich wusste sie, was sie tun musste. Sie besorgte sich einen Schlüssel zu seinem Postfach und kontrollierte regelmäßig die für ihn eingehende Post, um die erste Kandidatin für die Verwirklichung ihres Plans auszumachen. Sie hatte nicht vor, sich mit nur einem Mord zu begnügen, denn sie wollte auf Nummer sicher gehen, Derbyschew sollte auf jeden Fall die Höchststrafe bekommen.

Die Idee, die Gestalt eines homosexuellen Mannes anzunehmen, war ihr bei der Lektüre eines Krimis gekommen. In diesem Buch beging eine junge Frau einen Mord in Männerkleidung, und die Augenzeugen sagten aus, der Mann hätte irgendwie seltsam ausgesehen, wie ein Schwuler. Genau das brachte den Untersuchungsführer auf den Gedanken, dass es sich nicht um einen schwulen Mann handelte, sondern um eine verkleidete Frau. Natascha zog schöpferischen Nutzen aus dieser Idee. Eine Frau, die sich als Mann ausgab, war sehr viel leichter zu entlarven als eine muskulöse Frau, die sich die Brust mit einer Bandage abband und als schwuler Mann auftrat. Die glatte Haut einer Frau konnte man nicht mit der eines Mannes verwechseln, selbst dann, wenn der Mann sich soeben rasiert hatte. Aber in Gestalt eines schwulen Mannes konnte Natascha sich der Kosmetik bedienen und eine dicke Make-up-Schicht auftragen, ohne Verdacht zu erregen. Ein weites, plissiertes Hemd verdeckte den Rest ihrer ohnehin kleinen, bandagierten Brust und kaschierte die weiblichen Bewegungen. Auch eine hohe, manierierte Stimme würde in dieser Verkleidung völlig natürlich erscheinen. Je länger Natascha nachdachte, desto sicherer war sie sich, dass sie sich in der Gestalt eines femininen Mannes am besten verstecken konnte.

Sie lauerte regelmäßig den Damen auf, die Derbyschew schrieben. Sie nahm die Briefe aus seinem Postfach, fuhr zu der angegebenen Adresse, beobachtete die Frauen und holte Erkundigungen über sie ein. Aber keine von ihnen passte in ihren Plan, und Natascha brachte die Briefe wieder zurück. Sie wartete auf ein primitives, verkommenes Flittchen, das nur seinen Gelüsten folgte und auf ein billiges Vergnügen aus war. Eine, die so war wie Derbyschew selbst. Aber sie stieß nur auf anständige, kultivierte Frauen, die bisher einfach nur kein Glück in der Liebe gehabt hatten. Bei all ihrer Brutalität schreckte Natascha davor zurück, eine solche Frau umzubringen.

Schließlich fiel ihr Ljudmila Schirokowas Brief in die Hände. Natascha begann, sie zu beobachten, und eines Tages erblickte sie einen Mann an ihrer Seite, der ihr bekannt vorkam. Er war etwa fünfundvierzig Jahre alt, sehr attraktiv und gut gekleidet. Sehr schnell fiel ihr ein, wo sie ihn schon einmal gesehen hatte. Auf einer Fotografie. Auf jener, wegen der ihre Mutter sich einst mit Derbyschew gezankt hatte. Natascha hatte den Streit belauscht und wusste, dass einer von den drei Männern auf dem Foto ihr Vater war.

Und da war er nun, einer der drei, und neben ihm dieses Flittchen, das sich des Angebots einer Heiratsagentur bediente und anderen Frauen ihre Männer wegnahm. Eine Schlampe, ein Stück Dreck. Und dieser Schönling stand ihr sicher in nichts nach. Es war erstaunlich. Nach so vielen Jahren, die inzwischen vergangen waren, hatte er sich fast gar nicht verändert. Natascha hätte es niemals für möglich gehalten, dass man jemanden aufgrund eines Fotos erkennen konnte, das vor einem Vierteljahrhundert gemacht worden war. Aber er war es, daran bestand kein Zweifel.

Dennoch zögerte Natascha noch eine Weile. Sie war nicht leichtgläubig und tat nie etwas auf gut Glück. Sie beobachtete den Mann und holte Erkundigungen über ihn ein. Er traf sich mit vielen Leuten, unter anderem auch mit zwei Männern, die, wie gealtert auch immer, stark an die anderen beiden Studenten auf dem Foto erinnerten. Es bedurfte keiner großen Anstrengung, um herauszufinden, an welcher Hochschule die drei studiert hatten. Es war genau dieselbe, an der einst ihre Mutter gewesen war und die sie wegen ihrer Schwangerschaft verlassen musste. Nun waren alle Zweifel endgültig ausgeräumt. Das waren sie, die drei Hundesöhne. Einer von ihnen hatte die hilflose Lage ihrer

Mutter ausgenutzt, und die anderen hatten zugesehen und ihn gedeckt. Oder hatten sie womöglich alle drei …? Dieses Pack!

Alles lief bestens. Nun konnte Natascha auch mit ihnen abrechnen, in einem Aufwasch mit Derbyschew. Es wäre eine Sünde gewesen, nichts mit diesem Zufall anzufangen.

Wer von den dreien war es? Natascha nahm Urlaub und widmete sich ganz der Erforschung der neuen Sachlage. Da war der früh gealterte, kahlköpfige, immer hektische Genadij Leontjew, der sich ständig irgendwo etwas dazuverdiente. Da war der etwas gebückte, stille, kultivierte Wjatscheslaw Tomtschak, der ganz offensichtlich unter dem Pantoffel seiner sehr aktiven, dominanten Frau stand. Und da war der ungewöhnlich gut aussehende, energische, erfolgreiche Wladimir Strelnikow. Wenn Natascha schon davon ausgehen musste, dass einer von diesen dreien ihr Vater war, dann wäre ihr Strelnikow am liebsten gewesen. War sie denn nicht selbst so wie er? Gut aussehend, energisch, erfolgreich? Ganz die Tochter ihres Vaters. Es hätte ja wirklich sein können …

Sie fand schnell heraus, dass Strelnikow seine Frau verlassen hatte und Vater eines Sohnes war. Ihr Racheplan nahm allmählich Gestalt an. Sie beschloss, auch Strelnikows Sohn in die Sache mit hineinzuziehen. Und Alla Sergejewna, Strelnikows verlassene Frau, die diesen Schwachkopf von Sohn großgezogen hatte, sollte auch nicht leer ausgehen. Alle würden ihr Fett abbekommen. Jeder, wie er es verdiente.

Natascha Zukanowa bemerkte nicht, dass sie allmählich zur Furie wurde. Aus der vorsätzlichen Rächerin, die aus einem ganz bestimmten Grund mit einem ganz bestimmten Menschen abrechnen wollte, verwandelte sie sich allmählich in einen tödlichen Orkan, der wahllos alles mit sich riss, was sich ihm in den Weg stellte.

Es fiel ihr nicht schwer, den Kontakt zu Sascha Strelnikow herzustellen und ihn glauben zu machen, dass sie, genau wie er, dem Glücksspiel verfallen war. Der zwanzigjährige Grünschnabel zweifelte keinen Augenblick daran, dass er einer Frau wie Natascha gefallen könnte. Was machte es schon, dass sie älter war als er, dass sie viel Geld verdiente und ein teures Auto fuhr? Sie hatten schließlich etwas Wesentliches gemeinsam: die Spielleidenschaft. Aber eines wusste Natascha genau: Da sie Strelnikows Tochter sein konnte, durfte sie auf keinen Fall mit seinem Sohn schlafen. Aber auch das war kein Problem. Es gelang ihr leicht, Sascha zu beeinflussen. Wir sind von einer Art, sagte sie, wir sind leidenschaftliche Spieler. Das Glücksspiel ist unsere Liebe, unsere erste, einzige und letzte. Das verbindet uns viel stärker als Sex. Der dümmliche Sascha fiel leicht auf die Mär von einer ungewöhnlichen Beziehung herein. Er war schließlich kein gewöhnlicher Mann, und Natascha war keine gewöhnliche Frau. Also war auch die Beziehung zwischen ihnen anders als bei anderen.

Natascha mietete eine Wohnung unweit der Metrostation Akademicheskaja und brachte sie in Ordnung. Voller Schadenfreude dachte sie daran, dass sie es mit dem Geld tat, das Derbyschew ihr gab. Dann fuhr sie zu dem Reitclub, in dem Viktor Mitglied war. Sie brauchte ein Foto unbekannter Herkunft von ihm. Hätte sie ein bereits vorhandenes Foto aus dem Familienalbum genommen, hätte er sagen können, wer es geschossen hatte. Außerdem musste es eine möglichst ausdrucksvolle Aufnahme sein, die das Interesse des potenziellen Opfers wecken würde. Ein in dem Eliteclub aufgenommenes Foto war für diesen Zweck ideal.

Natascha traf sich auch weiterhin freundlich lächelnd mit Viktor und kam mit Leichtigkeit an Schreibpapier mit seinen Fingerabdrücken und an eine handschriftliche Vorlage heran. Nun konnte sie zur Tat schreiten.

Alles klappte perfekt. Die dumme, mannstolle Mila war

natürlich begeistert von dem viel versprechenden Liebhaber auf dem Foto und kam mit fliegenden Fahnen zum Rendezvous. Es erstaunte sie nicht im Geringsten, dass Derbyschew sich wegen einer dringenden Besprechung verspätete und deshalb einen Freund zum Treffpunkt geschickt hatte, der die Dame bis zu seinem Eintreffen unterhalten sollte. Ohne den Schatten eines Zweifels folgte sie dem amüsanten, schwulen Alik in Derbyschews vermeintliche Wohnung. Nur wollte das Luder leider nichts trinken. Natascha hatte sie vergiften wollen, aber daraus wurde nun nichts. Sie musste sie erwürgen, aber auch das war nicht schwer. Natascha hatte Muskeln wie aus Stahl, und Mila war auf den Angriff nicht vorbereitet.

Spätnachts, als alles im Haus schon schlief, hob Natascha den leblosen Körper mit Leichtigkeit hoch und trug ihn auf den Armen hinunter auf die Straße, zu ihrem Auto. Sie machte sich keine Mühe mit dem Verstauen der Leiche im Kofferraum, sondern drapierte sie so auf dem Beifahrersitz, dass es aussah, als wäre die Frau eingenickt. Dann fuhr sie hinaus auf die Ringstraße und weiter zur Müllhalde. Erst dort fiel ihr ein, dass sie Turnschuhe mit Profilsohle trug. Dummerweise hatte sie nicht bedacht, dass das Spuren hinterlassen würde. Aber sie fand schnell eine Lösung für das Problem. Sie zog der Toten die hohen Schuhe aus und schlüpfte selbst hinein, die Größe passte genau. Dann hob sie die Leiche wieder hoch, trug sie etwa fünfzig Meter weit auf die Müllhalde und legte sie sorgfältig auf der Erde ab. Danach presste sie die Füße der Toten wieder in die ihr abgenommenen Schuhe und ging auf Zehenspitzen, nur mit Socken an den Füßen, zurück zum Auto.

Dreimal drang sie in Strelnikows Wohnung ein, mit Hilfe der Schlüssel, die sie in Milas Handtasche gefunden hatte. Diese nächtlichen Besuche, wie auch die Anrufe bei seiner Frau Alla Sergejewna, bereiteten Natascha teuflisches

Vergnügen. Einmal schlich sie sich sogar am Tag in Strelnikows Wohnung, als dieser nicht zu Hause war, sie wühlte in Milas Sachen und fand die Briefe ihrer Liebhaber. In diesem Moment kam ihr der Gedanke, den Verdacht auch auf Strelnikow selbst zu lenken. Mord aus Eifersucht. Warum nicht? Das leuchtete ein.

Am Tag vor Ljubas Begräbnis fuhr Strelnikow zu seinem Freund Tomtschak auf die Datscha, und drei Tage später, als Wjatscheslaw Petrowitsch ebenfalls nach Moskau gefahren war, um an der Beerdigung teilzunehmen, stieg sie durch ein offen stehendes Fenster in seine Datscha ein und hinterließ dort das Bündel Briefe. Sollten sie alle zittern vor Angst und sich in Ungewissheit verzehren. Sie sollten leiden. Einst litt ihre Mutter. Jetzt waren sie an der Reihe.

Sie begann, das nächste Opfer unter den Frauen zu suchen, die Derbyschew schrieben. Und da stieß sie auf einen Brief von Larissa Michajlowna, Tomtschaks Frau. Hochinteressant! War das nicht der Name dieses lästigen Weibes, das vor kurzem bei ihnen zu Hause erschienen war und Viktor auszuquetschen versucht hatte?

Natascha fühlte, dass hier etwas nicht stimmte. Was wollte Larissa Tomtschak von Derbyschew? Ahnte sie etwas? Aber eigentlich spielte das gar keine Rolle. Sie war im Weg und musste beseitigt werden.

Mit Larissa war es einfacher als mit Mila. Sie trank das angebotene Glas Wein und besiegelte damit ihr Schicksal. Natascha verwendete ein Mittel zur Senkung des Blutdruckes, das bei entsprechender Überdosierung sehr schnell zum Herzstillstand führte. Der einzige Haken an der Sache hatte darin bestanden, dass Larissa in ihrem Brief statt eines Postfachs ihre Telefonnummer angegeben hatte. Sie konnte ihr keinen Antwortbrief schreiben, sie musste sie anrufen. Natascha machte einige Kontrollanrufe, um sich zu vergewissern, dass Larissa allein zu Hause war. Sie wusste aus Erfahrung, dass eine Frau nach einigen anonymen Anrufen stets ihren Mann bat, den Hörer abzunehmen. Aber Larissa meldete sich immer selbst. Das beruhigte Natascha. Wäre Larissas Mann zu Hause gewesen, hätte ihr Interesse an dem liebeshungrigen Junggesellen höchst verdächtig gewirkt. Aber da die Dame offenbar allein war, hatte sie vielleicht tatsächlich beschlossen, sich ein wenig zu vergnügen, solange ihr Ehemann sich auf der Datscha seinem Kummer hingab.

Für fünfzigtausend Rubel überredete Natascha den nächstbesten männlichen Passanten auf der Straße, einen Anruf für sie zu machen und eine Nachricht auf dem Anrufbeantworter zu hinterlassen. Den Text schrieb sie vorher auf einen Zettel und steckte ihn dem Freund des leichten Nebenverdienstes zu.

Sie war überzeugt davon, dass sie völlig sicher war. Wenn der Verdacht auf Derbyschew fiel, würde niemand einen Zusammenhang mit Strelnikows Sohn oder gar seiner Freundin herstellen. Und wenn der Verdacht auf Sascha fiel, der dringend das Geld seines Vaters brauchte, oder auf Strelnikow selbst, der von Milas lasterhaftem Lebenswandel erfahren hatte, käme niemand auf die Idee, irgendwelche Berührungspunkte mit Derbyschews einstiger Familie zu suchen. Das eine hatte nichts mit dem anderen zu tun. Wer war denn Natascha Sagrebina? Niemand! Warum hätte sie Mila Schirokowa und Larissa Tomtschak umbringen sollen? Sie hatte kein Motiv. Und außerdem gab es keinen Grund, die Morde an Mila und Larissa einem einzigen Täter zuzuschreiben. In Bezug auf Mila war alles klar, dort deutete alles auf Derbyschew hin, notfalls auf Strelnikow oder seinen Sohn. Aber was hatte Larissa mit alledem zu tun? Sie war schließlich eine kluge Frau und außerdem verheiratet. Sie hatte die Nachricht des angeblichen Viktor Derbyschew auf dem Anrufbeantworter mit Sicherheit gelöscht, damit ihr Mann den Text nicht zufällig abhörte. Es gab keinerlei Spuren. Wohin war Larissa an diesem Abend gegangen? Zu wem? Was hatte sie vorgehabt? Nie würde es jemand erfahren.

***

Nastja lag neben ihrem Mann und lauschte seinem gleichmäßigen Atem. Ljoscha schlief schon lange, aber ihr gingen immer noch die Ereignisse dieses Abends durch den Kopf.

Natascha Zukanowa hatte sich eisern in der Hand gehabt. Keine Spur von Irritation, Angst oder Verzweiflung. Obwohl man sie zweier Morde überführt hatte. Eine erstaunliche Kaltblütigkeit. War es ihr denn gleichgültig, dass sie nun hinter Gittern landen würde? Sie hatte nicht einmal versucht, etwas zu leugnen, sondern kalt lächelnd davon erzählt, wie sie die Morde geplant und ausgeführt hatte. Nach einer Weile hatte Nastja begriffen, dass diese Frau so tief in ihrem eigenen Hass steckte, dass sie zu anderen Gefühlen nicht mehr fähig war. Die anderen Gefühle würden später kommen, vielleicht nach einigen Tagen in der Gefängniszelle. Dann würde sie begreifen müssen, dass jenes Leben, in dem sie gehasst und Rache geübt hatte, vorüber war und nun ein völlig anderes Leben für sie begann. Sie hatte nichts von dem erreicht, was sie hatte erreichen wollen. Sie hatte Derbyschew nicht ins Gefängnis gebracht, auch Strelnikow, Leontjew und Tomtschak waren ungeschoren davon gekommen. Die Opfer waren drei Frauen, die Natascha nichts getan hatten. Zwei Frauen hatte sie selbst umgebracht, die dritte, Ljuba Sergijenko, hatte sich das Leben genommen, aber nur deshalb, weil Mila ermordet worden war. Natascha Zukanowa hatte ihre eigenen Ziele verfolgt und ganz nebenbei das Leben von Menschen zerstört, die sie nicht einmal kannte. Sie brauchte Zeit, um sich dessen bewusst zu werden. Die Zeit der Angst, des Grauens und der Verzweiflung stand ihr noch bevor. Bis jetzt spuckte sie noch große Töne, spielte die Superfrau und ließ alle wissen, wie klein und unbedeutend sie im Vergleich zu ihr waren. So klein und unbedeutend, dass man vor ihnen kalt lächelnd zwei Morde gestehen konnte. Natürlich hatte sie nicht sofort gestanden. Doch Konstantin Michajlowitsch Olschanskij nahm sie so lange in die Zange, bis sie nicht mehr auskam. Er hielt ihr den silbernen Anhänger mit dem Amor vor, Zeugen, die Mila Schirokowa kurz vor ihrem Tod an der Akademicheskaja gesehen hatten, und anderes. Und als Nastja aus ihrer Ecke einwarf, dass die Zukanowa Milas Schuhe getragen hatte, war der Bann endgültig gebrochen. Lässig im Stuhl zurückgelehnt, begann Natascha zu erzählen, wie sie Alla Strelnikowa angerufen hatte, wie sie nachts in die Wohnung ihres Mannes eingedrungen war. Sie erzählte lange und genüsslich.

»Nun reicht es, meine Herren«, sagte sie zum Schluss, »ich habe euch lange genug unterhalten. Das Gefängnis ist mir sicher. Nun seid ihr dran, ihr alten Böcke. Wer von euch ist mein Vater?«

Die drei Männer erstarrten wie Karnickel vor der Schlange. Man hätte natürlich eingreifen und dafür sorgen können, dass den Anwesenden das qualvolle Ende der Szene erspart blieb, doch der Untersuchungsführer tat nichts dergleichen. Er schwieg, trommelte mit einem Bleistift lautlos auf einem Aktenordner herum und sah durch seine dicken Brillengläser von einem zum andern. Niemand wagte, das Schweigen zu brechen.

»Ich bin der Meinung, dass Natascha Alexandrowna das Recht hat, eine Antwort auf ihre Frage zu bekommen«, sagte Olschanskij schließlich. »Für die Vergewaltigung ihrer Mutter kann niemand zur Verantwortung gezogen werden, da Nadeschda Romanowna seinerzeit keine Anzeige erstattet hat. Außerdem ist die Tat längst verjährt. Es geht hier nur um den rein menschlichen Aspekt. Natascha Alexandrowna wird verhaftet und dem Gericht übergeben, und es ist nicht ausgeschlossen, dass sie für lange Zeit ins

Gefängnis kommt. Ihr Wunsch, eine Antwort auf die Frage zu bekommen, die sie so viele Jahre gequält hat, ist durchaus verständlich und muss nach meiner Meinung erfüllt werden. Sie sind Männer und sollten sich nun mannhaft verhalten.«

Erneut trat Schweigen ein. Es war, als würde die Luft vibrieren vor Spannung.

»Ich bin der Vater«, sagte Wladimir Alexejewitsch Strelnikow schließlich. »Ich bin es.«

***

Am frühen Morgen wurde Nastja vom Läuten des Telefons geweckt.

»Nastja, es ist etwas passiert«, vernahm sie Korotkows aufgeregte Stimme in der Leitung. »Kolja hatte gestern einen Verkehrsunfall.«

»Ist er am Leben?«

Nastja schrie fast und warf die Bettdecke so hastig von sich ab, als müsste sie sofort losstürzen, um Selujanow zu retten.

»Er lebt, beruhige dich. Mittelschwere Verletzungen. Einige Knochenbrüche, aber nichts Lebensgefährliches. Die Sklifosowskij-Klinik hat schon gestern Abend beim Bereitschaftsdienst angerufen. Man hat Gordejew benachrichtigt, aber er hat sich bis heute Morgen zurückgehalten, um unsere Nerven zu schonen.«

»Darf man ihn besuchen?«

»Wir dürfen«, erwiderte Jura zuversichtlich. »Irgendwie werden wir uns schon Zugang verschaffen. Schließlich handelt es sich um eine Unfallklinik, und dort kennt man uns. Soll ich dich abholen?«

»Ja. Ich bin in einer halben Stunde fertig.«

»Gut, ich fahre los.«

Der morgendliche Stoßverkehr hatte noch nicht eingesetzt, und sogar in Korotkows altersschwacher Klapperkiste erreichten sie die Sklifosowskij-Klinik ziemlich schnell. Jura hatte hier tatsächlich viele Bekannte, und so gelangten sie außerhalb der Besuchszeit in Selujanows Zimmer.

Kolja lag von Kopf bis Fuß in Gips, aber beim Anblick der Freunde begann er zu grinsen und zwinkerte ihnen vergnügt zu. Nichts konnte seinen angeborenen Optimismus erschüttern.

»Was machst du denn für Sachen, Kolja?«, fragte Korotkow. »Du bist doch bei der ganzen Kripo dafür bekannt, dass du noch nie einen Unfall gebaut hast. Wie hast du das hingekriegt?«

»Wir sind alle Schafsköpfe, Kinder, und ich bin der größte. Eigentlich war es genau das, was ich euch mitteilen wollte, als ich mich gestern so beeilt habe, um zu verhindern, dass ihr die Tochter der Zukanowa mit den andern zusammenbringt. Wir haben ganz schönen Mist gebaut. Man sollte uns alle erschlagen.«

»Da hast du Recht«, stimmte Nastja zu. »Auch wir machen Fehler. Wir hatten Angst, die Sagrebina zu verschrecken, deshalb haben wir keinen Kontakt zu ihr aufgenommen und ihre Papiere nicht überprüft, sondern beim Adressbüro angerufen und dort erfahren, dass sie keinen Wohnsitz in Moskau hat. Wir hätten auch in ihrer Firma anrufen können, aber wir wollten sie, wie gesagt, nicht verschrecken.«

»Wir wollten vieles«, brummte Selujanow. »Wie war es gestern? Ist es zu einer Katastrophe gekommen?«

»Es war schwierig«, gestand Nastja, »der reinste Eiertanz. Man wundert sich, wie sie das alles durchgestanden haben, ohne die Nerven zu verlieren. Ein paarmal war ich mir sicher, dass es gleich zu einer Schlägerei kommen würde. Die junge Dame spart ja nicht mit Kraftausdrücken und schleuderte den Herren die Wahrheit gnadenlos ins Gesicht. Ich glaube, sie hat das genossen. Derbyschew wäre fast gestorben vor Entsetzen. Er war sich ja sicher, dass

Natascha ihn mag und versteht. Nun musste er erfahren, dass sie ihn jahrelang ausspioniert und insgeheim Rachepläne gegen ihn geschmiedet hat. Aber Kostja ist natürlich genial. Er hatte die Situation absolut unter Kontrolle und ließ sich das Ruder keine Sekunde lang aus der Hand nehmen. Seit gestern schätze ich ihn noch mehr als bisher.«

Eine junge Krankenschwester, eine Bekannte von Korotkow, steckte ihren Kopf durch die Tür.

»Genossen Ermittler«, flüsterte sie, »ihr müsst verschwinden, der Chefarzt kommt.«

»Wir sind schon auf dem Weg«, erwiderte Korotkow. »Brauchst du etwas, Kolja? Wir kommen heute Abend wieder, zur offiziellen Besuchszeit.«

»Bringt mir etwas zu essen und etwas zu lesen mit, möglichst viel von beidem. Und sagt Katja Bescheid, sie weiß nicht, wo ich bin.«

Nastja und Jura verließen die Klinik und fuhren zur Petrowka. Es begann ein neuer Arbeitstag, der wieder neue Verbrechen, neue Opfer und neue Täter bescheren und in dem kein Platz für Gefühle und Empfindlichkeiten bleiben würde.

***

Wladimir Alexejewitsch Strelnikow fuhr zur Arbeit, als das auf dem Beifahrersitz liegende Handy läutete.

»Wolodja, ich bin es«, hörte er Genadij Leontjew sagen.

»Ja, Gena, guten Morgen«, erwiderte Strelnikow, ohne den Blick von der Straße zu wenden.

»Wolodja, ich … Ich weiß gar nicht, was ich sagen soll … Ich danke dir.«

»Keine Ursache.«

»Du hast mich gerettet. Du hast meine Schuld auf dich genommen. Warum hast du das getan? Slawa und ich haben geschwiegen, und du hättest auch schweigen sollen. Warum hast du das gesagt?«

»Es musste sein, Gena, verstehst du denn nicht? Für Slawa spielt das alles keine Rolle mehr, weil Larissa nicht mehr am Leben ist. Und ich lebe praktisch in Scheidung. Hätten wir alle geschwiegen, hätte deine Anna bis zu ihrem Tod der Verdacht gequält, dass du damals ... Einer von uns musste die Schuld auf sich nehmen, entweder Slawa oder ich. Slawa hat geschwiegen, also musste ich es tun. Glaub mir, so ist es am besten.«

»Ja, so ist es am besten. Aber nicht für dich, sondern für mich. Du hast es schließlich nicht getan, und nun werden alle denken, dass du Nadeschda ... Wolodja, was außer danke kann ich dir sagen? Es gibt keine Worte, mit denen man ausdrücken könnte, was du für mich getan hast.«

»Hör bitte auf. Wir sind doch Freunde. Und wozu sind Freunde da, wenn nicht dazu, einander zu helfen? Lass uns jetzt Schluss machen. Wir telefonieren heute Abend.«

Strelnikow legte das Handy zurück auf den Beifahrersitz. Wenn die Geschichte bekannt werden sollte, konnte er den ihm bereits zugesagten neuen Posten vergessen. Aber zum Teufel damit. Dafür war Genas Ehe gerettet. Er und Anna hatten eine kleine Tochter, Alisa, ein prächtiges Mädchen. Mochte Gott ihnen noch für lange Jahre ein glückliches Familienleben bescheren. Gena Leontjew war sein Freund. Und Freunden musste man helfen.

Alexandra Marinina
Auf fremdem Terrain
Anastasijas erster Fall
Aus dem Russischen von Felix Eder und Thomas Wiedling
Band 14313

Eigentlich wollte Anastasija Kamenskaja, die erfolgreiche Moskauer Kriminalistin, im Sanatorium ihr verschlepptes Rückenleiden auskurieren und Ordnung in ihr verworrenes Gefühlsleben bringen. Doch in dem trügerischen Idyll der Kleinstadt, fernab der russischen Metropole, gehen seltsame Dinge vor sich …

»Alexandra Marinina gesellt sich zu
Donna Leon und Ingrid Noll.«
ZDF-aspekte

Fischer Taschenbuch Verlag

fi 14313 / 1

Alexandra Marinina

Der Rest war Schweigen

Anastasijas zweiter Fall

Aus dem Russischen von Natascha Wodin

Band 14311

Etwas überrascht ist Kommissarin Anastasija Kamenskaja schon, als sich ihr sonst so nachlässiger Halbbruder Alexander plötzlich bei ihr meldet und ihren Rat sucht. Doch was Alexander erzählt, weckt Anastasijas professionelle Neugier: Er hat seine Geliebte Dascha in Verdacht, gemeinsamen Freunden die Pässe gestohlen zu haben, und bittet Anastasija, die junge Frau unauffällig zu überprüfen. Und selbst der analytisch so brillanten Kommissarin gelingt es diesmal erst im letzten Moment, das komplexe Geflecht von Beziehungen unter den Verdächtigen zu durchschauen – und Dascha zu retten

Fischer Taschenbuch Verlag

fi 14311 / 1

Alexandra Marinina

Tod und ein bißchen Liebe

Anastasijas vierter Fall

Aus dem Russischen von Natascha Wodin

Band 14314

Endlich: Anastasija heiratet ihren langjährigen Lebensgefährten Ljoscha. Doch dann wird sie noch im Standesamt Zeugin eines Mordanschlags, der möglicherweise ihr selbst galt. Anastasija schiebt ihre Flitterwochen auf und übernimmt die Ermittlungen. Zum Glück ist auf dem Standesamt ein Fotograf zur Stelle, der alles und jedes auf ihr Geheiß fotografiert. Und dann verschwinden die Negative.

»Grips statt Brutalität.«

Der Spiegel

Fischer Taschenbuch Verlag

fi 14314 / 1

Alexandra Marinina

Mit verdeckten Karten

Anastasijas dritter Fall

Aus dem Russischen von Natascha Wodin

Band 14312

Zwei Morde und die Zusammenarbeit mit Wirtschaftsverbrechern werden dem Kriminalbeamten Platonow zur Last gelegt. Seine Flucht kommt einem Schuldbekenntnis gleich. Doch Anastasija gelingt es zu beweisen, dass nichts so ist, wie es auf den ersten Blick erscheint.

»Die Autorin aus Moskau
ist eine faszinierende Entdeckung.«
Frankfurter Rundschau

Fischer Taschenbuch Verlag

fi 14312 / 1

Alexandra Marinina

Die Reihenfolge
entspricht der Chronologie der Serie

Auf fremdem Terrain
Anastasijas erster Fall
Aus dem Russischen von Felix Eder und Thomas Wiedling
Band 14313

Der Rest war Schweigen
Anastasijas zweiter Fall
Aus dem Russischen von Natascha Wodin
Band 14311

Mit verdeckten Karten
Anastasijas dritter Fall
Aus dem Russischen von Natascha Wodin
Band 14312

Tod und ein bißchen Liebe
Anastasijas vierter Fall
Aus dem Russischen von Natascha Wodin
Band 14314

Die Stunde des Henkers
Anastasijas fünfter Fall
Aus dem Russischen von Natascha Wodin
Band 13415

Widrige Umstände
Anastasijas sechster Fall
Aus dem Russischen von Hanna-Maria Braungardt
Band 15414 – März 2003

Fischer Taschenbuch Verlag

fi 555 041 / 1